ALL SOULS TRILOGY

魔法觉醒三部曲

《魔法觉醒》

A DISCOVERY OF WITCHES

《黑夜魅影》

SHADOW OF NIGHT

《生命之书》

THE BOOK OF LIFE

ALL SOULS TRILOGY

魔法觉醒三部曲［Ⅱ］

黑夜魅影 下卷

DEBORAH HARKNESS

［美］德博拉·哈克尼斯 著　　徐翠萍 译

清華大学出版社

北京

CONTENTS

目 录

SHADOW
OF
NIGHT

21

“艾尔索普奶奶，我喊你来，不知是否妥当？”苏珊娜在围裙里扭着双手，焦急地看了看我，“我差点就叫她回家了。”她有气无力地说，“我要是……”

“但是你没有，苏珊娜。”艾尔索普奶奶又老又瘦，手和手腕的皮肤都紧紧地贴在骨头上。然而，这个女巫的声音却异常地响亮有力，根本不像是如此瘦弱的人说出来的，而且眼睛里还闪烁着睿智的光芒。她也许有八十多岁了，但任何人都不会认为她年老体弱。

艾尔索普奶奶来了以后，诺曼家的客厅就快要挤爆了。苏珊娜勉强允许马修和皮埃尔站在门里边，前提是他们俩不准碰触任何东西。杰弗里和约翰一边看着这两只吸血鬼，一边看着那只小鸡。小鸡正安全地卧在火边约翰的帽子里，身上的羽毛在温暖的空气中开始蓬松起来，而且谢天谢地，也不再唧唧叫个不停了。我坐在火边的凳子上，紧挨着艾尔索普奶奶，她坐在这房间里唯一一把椅子上。

“让我瞧瞧你，黛安娜。”艾尔索普奶奶就像当初比顿寡妇和尚皮耶那样，把手指伸向我的脸，我向后退缩。这个女巫停了下来，皱了皱眉头，“怎么回事，孩子？”

“法国有个巫师想阅读我的皮肤，那感觉就像刀割。”我低声解释。

“是不会很舒服——检查不就是这么回事吗？——但应该不会痛。”她的手指一点一点地摸着我的脸。她的双手清凉干燥，静脉在斑斑点点的皮肤下突起，攀爬上弯曲的关节。我有种轻微的被掏挖的感觉，但和尚皮耶带给我的痛苦相比，这根本不算什么。

“啊。”她摸到我额头上光滑的皮肤时，吸了一口气。我的女巫之眼在之前苏珊娜和安妮发现我跟那只小鸡在一起的时候，就又陷入了令人沮丧的休眠状态，此时却完全睁开了。艾尔索普奶奶是个值得认识的女巫。

看进艾尔索普奶奶的第三只眼，我陷入了一个色彩绚烂的世界。尽管我已尽力尝试，但交织在一起的鲜艳线条仍不肯转化成可以辨识的东西，不过我仍然感到了一种诱人的可能，即它们可以发挥某种作用。艾尔索普奶奶用她的第二视力探查我的身体和心灵，她的能量发出带紫色的橙光，在她的周围震动着，刺痛着我。在我有限的经验中，还没有人显示过这种特别的混合色彩。她不断地咂着舌头，发出满意的啧啧声。

“她很奇怪，不是吗？”杰弗里从艾尔索普奶奶的背后窥视，轻声说道。

“杰弗里！”苏珊娜低吼一声，对儿子的举止感到尴尬。“罗伊登夫人，请您原谅。”

“就是啊。罗伊登夫人是个奇怪的人。”杰弗里毫无懊悔之意。他双手扶在膝盖上，挨得更近了。

“你看到了什么，小杰弗里？”艾尔索普奶奶问。

“她——罗伊登夫人——身上有彩虹的全部颜色。她的女巫之眼是蓝色的，但其他部分是绿色和银色，和女神一样。但那里为什么会有一圈红色和黑色呢？”杰弗里指着我的额头问。

“那是血族的记号。”艾尔索普奶奶说着，用手指轻抚那里，“它告诉我们，她属于罗伊登老爷的家族。杰弗里，无论你什么时候看到这个——这是非常罕见的——你一定要把它当作一种警告。如果你打扰这个血族宣称属于他的温血人，他是不会善罢甘休的。”

“会疼吗？”这个孩子问。

“杰弗里！”苏珊娜又一次大喊道，“你不该用这些问题来缠着艾尔索普奶奶。”

“如果孩子们不再问问题，我们的未来就黯淡无光，苏珊娜。”艾尔索普奶奶说。

“血族的血可以愈合伤口，不会造成伤害。”我在艾尔索普奶奶还没来得及回答时，对这个男孩说道。让另一个巫师在成长的过程中对不明白的事情充满恐惧，这完全没有必要。我的目光转到马修身上，他对我的主权意识比他父亲的血誓还要更加深入。马修愿意让艾尔索普奶奶继续探查下去——目前而言——但他的眼睛从没有离开过这个女人。我挤出一个微笑，马修的嘴唇极轻微地抿了一下，算是对我的回应。

“哦。”杰弗里对这则情报兴趣不大，“您能再发出那种光辉吗，罗伊登夫人？”男孩们错过了那次魔法能量的展示，都觉得很可惜。

艾尔索普奶奶伸出一根盘根错节的手指，按在杰弗里的人中沟，很有效地让这个孩子安静下来。“我现在需要跟安妮谈谈。我们谈完后，罗伊登老爷的人要把你们三个带到河边。等你们回来以后，想问什么都行。”她说。

马修朝门口点点头，皮埃尔把交给他照顾的两个男孩拉到身旁，警惕地看了一眼这个老太太，带着他们去楼下等待。跟杰弗里一样，皮埃尔也需要克服对其他生物的恐惧。

“那个女孩在哪儿？”艾尔索普奶奶回头问道。

安妮悄悄走上前，“我在这里，奶奶。”

“安妮，跟我们说实话。”艾尔索普奶奶语气坚决，“你答应安德鲁·哈伯德什么了？”

“什——什么都没有。”安妮结结巴巴地说着，眼睛转向了我。

“不要撒谎，安妮。撒谎是一种罪恶。”艾尔索普奶奶责备道，“快说出来。”

“如果罗伊登老爷打算再次离开伦敦，我就传信给他。他还会趁夫人和老爷还在睡觉的时候，派一个人过来问我屋子里发生的事情。”安妮滔滔不绝地说出这些话。说完之后，她用手捂住嘴巴，好像无法相信自己竟然透露了这么多的秘密。

“我们必须让安妮在字面上遵守她和哈伯德的协议，而不必真正履行。”艾尔索普奶奶考虑了片刻，又说道，“如果罗伊登夫人基于什么理由而离开这个城市，安妮都必须先通知我。然后等一个小时后，你再让哈伯德知道，安妮。你要是对任何人说一句这里发生的事情，我都会在你的舌头上施上魔咒，让你无法说话。就算让十三个巫师一起施法，都无法解开那个魔咒。”想到那个场面，安妮已吓得脸色发白。“去和那两个男孩一起去吧，但在离开前要打开所有的门窗。该回来的时候，我会派人去叫你。”

安妮打开百叶窗和房门，脸上满是歉意和恐惧，我向她点点头表示鼓励。这个可怜的孩子根本无法反抗哈伯德，她所做的一切都是为了生存。她又害怕地看了一眼此刻对她明显非常冷淡的马修，然后离开了。

房子里终于安静下来，一股股气流绕着我的脚踝和肩膀旋转。马修发话了。他仍然靠着房门，身上黑色的衣服吸收着房间里微弱的光线。

“您能帮帮我们吗，艾尔索普奶奶？”他彬彬有礼地说道，跟他对待比顿寡妇的高压手段截然不同。

“我想可以的，罗伊登老爷。”艾尔索普奶奶回答。

“请休息一下。”苏珊娜说，示意马修坐到旁边的凳子上。天啊，马修这种体型的人坐在一张三脚小凳子上是几乎不可能舒服的，但他毫无怨言地蹲坐在上面。“我丈夫在隔壁睡觉。千万不能让他听见这里有血族，也不能让他听到我们的谈话。”

艾尔索普奶奶在裹着她脖子的灰羊毛围巾和珍珠白麻纱披肩上抓了几下，然后仿佛从中抽出了某种不具实体的东西，把手拿开。她伸出手，抖动手腕，往房间里释放出一个影子。那是跟她一模一样的复制人形，它走出房间，进入苏珊娜的卧室。

“那是什么？”我问道，几乎不敢呼吸。

“我的灵仆。她会看着诺曼先生，确保我们不受打扰。”艾尔索普奶奶嘴唇嚅动，气流停了下来，“现在所有的门窗都已封住，没有人能听到我们的谈话了。这方面你可以放心了，苏珊娜。”她说。

这两种魔咒在间谍之家应该都很管用。我张口想问艾尔索普奶奶是如何施咒的，但还没有来得及开口，她就举起一只手，轻声地笑起来。

“对于一个成年女人来说，你的好奇心还真是不小，恐怕你比杰弗里还更能考验苏珊娜的耐心。”她坐回椅子上，用愉快的表情看着我，“我已经等你很久很久了，黛安娜。”

“我？”我疑惑地说道。

“毫无疑问。自从第一批宣称你即将到来的预言出现，已经过了很多年，而且随着时间的流逝，我们中有些人已经不抱什么希望了，但是当我们的姐妹们说起北方出现预兆的时候，我就知道你快来了。”艾尔索普奶奶说的是发生在贝里克郡和苏格兰的奇怪事件。我朝前靠过去，准备提出更多的问题，但马修轻轻摇了摇头。他还不确定这个女巫是否值得信任。艾尔索普奶奶看到他无声的表示，又一次轻声笑了起来。

“这么说，我是对的。”苏珊娜如释重负。

“是的，孩子。黛安娜的确是个编织者。”艾尔索普奶奶的话语在房间里回荡着，其力量不亚于任何魔咒。

“那是什么意思呢？”我低声说。

“我们对自己目前的处境有很多不明白的地方，艾尔索普奶奶。”马修拉住我的手，“也许您可以把我们当作杰弗里，像对待小孩子一样解释给我们听。”

“黛安娜是创造魔咒的人。”艾尔索普奶奶说道，“我们编织者是罕见的生物，所以女神才把你送到我这里来。”

“不，艾尔索普奶奶，你搞错了。”我摇着头反对。“我对魔咒一窍不通。我阿姨萨拉这方面的技艺非常高超，但就连她都教不会我使用巫术。”

“你当然不会施用其他巫师的魔咒了。你必须创造自己的魔咒。”艾尔索普奶奶的话跟我以前学到的所有东西都不一样。我不解地看着她。

“巫师要学习魔咒，我们不发明魔咒。”魔咒在家人之间、巫师团成员之间代代相传。我们精心守护着这门学问，把字句和步骤记录在魔法书里，还在里面记录下擅长相关魔法的巫师的名字。有经验的巫师要负责带领年轻的巫团成员，让他们亦步亦趋，留心每个魔法之间的细微差别，以及每个女巫过去使用魔法的经验。

“编织者会。”艾尔索普奶奶回答。

“我从没有听说过编织者。”马修小心翼翼地说。

“很少有人听说过。我们是个秘密，罗伊登老爷，一个连巫师都很少知道的秘密，更不用说血族了。我想，你熟知各种秘密，也善于保守秘密。”她的眼睛里闪烁着顽皮的目光。

“我已经活了很多年，艾尔索普奶奶。我很难相信在这么长的时间里，巫师们能向其他生物一直隐瞒编织者存在的秘密。”马修板着面孔说，“难道这又是哈伯德的把戏吗？”

“我太老了，要不动什么把戏了，克莱蒙先生。啊，对了，我知道你的真实身份，也知道你在我们这个世界里的地位。”艾尔索普奶奶看见马修显得惊讶，说道，“也许在巫师面前，你并没有把真相隐藏得如你想象得那样好。”

“也许吧。”马修发出警告的低吼。他的低声吼叫却让这个老太太觉得更加好笑了。

“你这一套可能会吓住杰弗里和约翰那样的小孩子，或者是像你朋友克里斯托弗那样疯狂的精灵们，但是却吓不到我。”她的声音变得严肃起来，“编织者们之所以要隐藏起来，是因为我们曾经遭到狩猎和杀害，就像你父亲的骑士一样。不是每个人都肯定我们的力量。你应该很清楚，如果你的敌人以为你已经死了，求生就会容易一些。”

“但谁会做出这样的事情，又是为什么呢？”我希望答案不会让我们回到吸血鬼和巫师之间长久存在的仇恨上。

“搜捕我们的不是吸血鬼，也不是精灵，而是其他巫师。”艾尔索普奶奶平静地说道，“他们之所以害怕我们，是因为我们跟他们不一样。恐惧滋生轻蔑，然后变成仇恨，这是再熟悉不过的故事了。以前，巫师们会把整个家族都灭掉，以免婴儿长大后也变成编织者。幸存下来的为数不多的编织者就把自己的孩子隐藏起来。父母对孩子的爱是很强大的，这一点你们俩很快就会明白。”

“你知道这个婴儿的事。”我双手护着肚子说。

“是的。”艾尔索普奶奶郑重地点点头，“你已经编织出强大的魔法了，黛安娜。你不可能长时间瞒过其他巫师的。”

“一个孩子？”苏珊娜瞪大眼睛，“女巫和血族生的？”

“并非所有女巫都可以，只有编织者才能创造出这样的奇迹。苏珊娜，女神选择你来完成这项任务是有原因的，就像她召唤我也是有原因的。你是接生婆，你的技能不久就能派上用场。”

“我没有什么可以帮到罗伊登夫人的经验。”苏珊娜反对道。

“你多年来一直在帮女人生孩子。”艾尔索普奶奶说。

“那是帮温血的女人，奶奶，生的也是温血的孩子呀！”苏珊娜愤愤地说，“而不是像——”

“血族有胳膊有腿，就跟我们其他人一样。”艾尔索普奶奶打断她，“我想象不出来这孩子跟我们有什么不一样。”

“它有十根手指、十根脚趾并不意味着它有灵魂。”苏珊娜怀疑地看了一眼马修。

“苏珊娜，你真让我吃惊。对我来说，罗伊登老爷的灵魂跟你的一样纯洁。你是不是又在听你的丈夫瞎扯血族和精灵天生邪恶的鬼话啦？”

苏珊娜抿了抿嘴巴：“听了又怎样，奶奶？”

“那你就是个白痴。真相在女巫眼中是很清楚的——即使她们的丈夫满脑子都是胡说八道。”

“事情不像你说的那么简单。”苏珊娜嘟囔道。

“也没必要弄得太复杂。等待已久的编织者如今就在我们中间，我们必须做好计划。”

“谢谢你，艾尔索普奶奶。”马修说。他松了口气，终于有人跟他意见一致了。“你说得对，黛安娜必须很快学会她需要的知识。她不能在这里生下孩子。”

“这并不完全取决于你，罗伊登老爷。如果这个孩子注定要在伦敦出生，那么这里就是它出生的地方。”艾尔索普奶奶说。

“黛安娜不属于这里。”马修很快补充道，“她不属于伦敦。”

“上帝保佑，这一点我们看得很清楚。但她是时光编织者，仅仅把她挪到另一个地方并不会有什么用。不管是在坎特伯雷还是在纽约，黛安娜都一样引人注意。”她说。

“所以你还知道我们的另一个秘密。”马修冷冷地盯着她说，“既然你了解得这么多，肯定也猜到黛安娜不会独自一人返回她的时代。我和孩子将会跟她一起回去。你要教给她可以让我们一起回去所需要知道的一切。”马修开始主导大局，这意味着事情跟以往一样开始变得越来越糟。

“你妻子的教育问题包在我身上，罗伊登老爷——除非你自以为比我更了解做一个编织者是什么意义。”艾尔索普奶奶温和地说。

“他知道这是女巫之间的事情。”我对艾尔索普奶奶说着，伸手拉住他的胳膊，“马修不会干涉的。”

“所有和我妻子有关的事都是我的事，艾尔索普奶奶。”马修说道。他转向我，“而且这不仅仅是女巫之间的事。如果这里的女巫可能与我的伴侣和孩子为敌，那就不成。”

“所以伤害你的不是血族，而是巫师了。”艾尔索普奶奶轻柔地说道，“我感觉到你的痛苦，也知道有巫师介入，但我原来还希望那个巫师为你疗伤，而不是给你带来伤害。这个世界怎么了，一个巫师居然会对另一个巫师做出这样的事情来？”

马修紧紧地盯着艾尔索普奶奶，“也许那个巫师也意识到黛安娜是个编织者。”

我从未想过萨图可能也知道。听艾尔索普奶奶描述巫师对待编织者的态度，想到彼得·诺克斯和他圣会中的同伙，可能也怀疑我隐藏了这么一个秘密，我不禁热血沸腾。马修找到我的手，用双手握着。

“有可能，但我不敢肯定。”艾尔索普奶奶带着遗憾说，“尽管如此，我们还是得在女神提供的时间内帮黛安娜做好面对未来的准备。”

“停。”我说着，一巴掌拍在桌子上。伊莎波的戒指碰到坚硬的木头，发出一声清脆的响声。“你们把什么编织者说得有模有样，我却连一支蜡烛都点不着。我的才能是魔法，我的血液里有风、水——

甚至是火。”

“如果我看得见你丈夫的灵魂，黛安娜，你应该不会奇怪我也看得见你的力量。但是，你不是火巫，也不是水巫，不管你信还是不信。你无法掌控这些自然力量，如果你愚蠢到企图这么做，就会把自己毁掉。”

“但我差点被自己的泪水淹死。”我固执地说，“我还为了救马修，用一支巫火之箭杀死了一个血族。我阿姨认得那种气味。”

“火巫是不需要箭的。她会在瞬间发出火焰击中目标。”艾尔索普奶奶摇了摇头，“这些只不过是用爱和悲伤编织成的简单魔法而已，我的孩子。女神保佑你，让你借用自己需要的力量，但你对它们并没有完全的控制。”

“借用。”我仔细想了想过去几个月里发生的那些令人沮丧的事件，还有那些从来没有发挥出应有作用的微弱魔法。“所以这就是那些法力忽隐忽现的原因，它们从来都不真正属于我。”我说。

“任何一个女巫，如果在体内掌握那么多的力量，一定会扰乱众多世界之间的平衡。编织者仔细地选取周围的魔法，然后用它塑造新的东西。”

“但是现存的魔法一定有成千上万种——且不说那些魅符和魔药。我创造出来的东西不可能是原创的。”我举手抚了一下额头，菲利普留下血誓的地方摸起来凉凉的。

“黛安娜，所有的魔咒都有来历：瞬间的需要、一种渴望、一种无法用其他方法完成的挑战，而且它们都是某一个人创造的。”她说。

“第一个巫师。”我低声说道。有一些生物认为，《阿什莫尔782号》手抄本就是第一本魔法书，收集有巫师们原创的魔法和符咒的书。这是我和那本神秘的手抄本之间的另一种联系。我看了看马修。

“第一个编织者，”艾尔索普奶奶温和地纠正道，“还有后来所有的编织者。编织者不仅仅是巫师，黛安娜。苏珊娜是个了不起的女巫，和她伦敦的其他姐妹相比，懂得更多土系魔法及其知识，但虽然她如此有天赋，也无法编织出一个新的魔法来。你却可以。”

“我甚至不知道如何着手。”我说。

“你孵出了那只小鸡。”艾尔索普奶奶指着那只昏昏欲睡、黄色绒球似的小鸡。

“但当时我其实是想把鸡蛋打破！”我反对说。我现在已经学会射箭，所以知道这是问题的所在。我的魔法跟我射出的箭一样，没有击中目标。

“显然不是。你如果只是简单地想打破一只鸡蛋，我们现在就会吃上苏珊娜做的美味蛋挞了。你心里想的是别的事情。”那只小鸡也表示同意，发出特别响亮而清晰的吱吱声。

她说得对，我心里的确想着其他事情：我们的孩子，我们能不能好好抚养他，如何保障他的安全。

艾尔索普奶奶点点头：“我想是的。”

“我没念魔咒，没有做仪式，也没有编造任何东西。”我抓着萨拉教给我的巫术原理不放，“我所做的就是提了一些问题，甚至都算不了什么好问题。”我说。

“魔法始于欲望。字句要等很久很久才会出现。”艾尔索普奶奶解释道，“就算是编织者也不一定每次都能把魔咒浓缩成几句话，让其他巫师使用。有些编织魔法抗拒转移，无论我们如何努力尝试，它们只让我们使用，这也是人们惧怕我们的原因。”

“‘一切从匮乏与欲望开始。’”我低声说道。我背诵着《阿什莫尔 782 号》手抄本某一张单页上的第一行诗文——有人之前把这一页寄给我父母，过去和现在再次碰撞在一起。屋中一角闪现蓝色和金色的光芒，照亮了空中的微尘，这次我没有移开目光，艾尔索普奶奶也没有。马修和苏珊娜顺着我们的目光看过去，却都看不到什么不寻常的东西。

“一点没错。看那里，时光发觉你不在了，它想让你编织魔法，返回原来的世界。”她满面笑容，啪的一声合拢双手，好像我用彩色蜡笔画了一栋非常漂亮的房子送给她，而她打算把画贴在冰箱门上展示。“当然了，时光还没有为你做好准备。如果准备好了，那蓝色光芒会更加明亮。”

“你说得好像可以把魔法和巫术融合起来，但它们是不相干的。”我依然迷惑，“巫术用的是魔咒，而魔法则是一种与生俱来的力量，用来操纵空气或火那样的元素。”

“是谁教给你这些胡言乱语呢？”艾尔索普奶奶轻蔑地说道。苏珊娜也显得非常惊讶。“魔法和巫术只不过是森林里相互交叉的两条道路。编织者可以站在岔路口，双脚分别踩在不同的道路上。她能站在二者之间的地方，那里的力量最为强大。”

时光发出一声尖叫，抗议秘密被泄露。

“‘你往返于不同世界之间，是个与众不同的女巫。’”我难以置信地低声说。布里奇特·毕晓普的幽灵警告过我，处在这样一个易受攻击的位置是非常危险的。“我们来到这里之前，我一个祖先的幽灵——布里奇特·毕晓普——告诉过我，这就是我的命运。她一定知道我是个编织者。”我说。

“你的父母也知道。”艾尔索普奶奶说道，“我能看到他们禁制魔法残留下来的细线。你的父亲也是个编织者，知道你会追随他的脚步。”

“她父亲？”马修问道。

“编织者很少是男人，艾尔索普奶奶。”苏珊娜提醒道。

“黛安娜的父亲是个有很高天分的编织者，但没有受过训练。他的魔咒是拼凑起来的，没有好好编织。尽管如此，他的魔咒中充满了爱，而且在一段时间内发挥了作用，就像把你和你的血族结合在一起的锁链那样，黛安娜。”那条锁链是我的秘密武器，让我即使在最黑暗的时刻，也能有停泊在马修这个港湾里的安定感。

“那天晚上，布里奇特还告诉我另一件事：‘无论你要走哪条路，都必须选他。’她一定也知道马修的事。”我承认道。

“你从来都没有跟我说过那次对话，我的心肝儿。”马修说，听上去更像是好奇，而不是生气。

“这些十字路口、道路以及含糊不清的预言那时似乎并不重要。后来又发生了一些事，我就把它们忘掉了。”我看着艾尔索普奶奶说道，“另外，我什么魔咒都不会，怎么可能创造魔咒呢？”

“编织者的周围是一个谜团。”艾尔索普奶奶告诉我，“我们现在没有时间为你的问题寻找答案，而是必须集中力量教你在魔法穿过你时加以控制。”

“我的力量一直在捣乱。”我想起了那枯萎的榅桲和玛丽那双被毁掉的鞋子，“我从不知道下一步会发生什么事情。”

“这对刚开始拥有力量的编织者而言很正常，但你发出的亮光连人类都能看到、感觉得到。”艾尔索普奶奶坐回椅子上，仔细打量着我。“如果巫师们能像小安妮那样看到你的亮光，他们可能就会利用这种知识来达到自己的目的。我们是不会让你或你的孩子落入哈伯德手里的。我相信你能对付得了圣会，对吗？”她看着马修说道。马修沉默，艾尔索普奶奶就当作他同意了。

“很好。黛安娜，你以后周一和周四就来我这里，周二由诺曼夫人负责。我周三请玛乔丽·库珀过来，周五请伊丽莎白·杰克逊和凯瑟琳·斯特里特。黛安娜需要她们帮助调和血液里的水和火，否则充其量只能制造一些水蒸气而已。”

“让那些女巫知道这个特殊的秘密，也许是不明智的，奶奶。”马修说。

“罗伊登老爷说得对，已经有太多关于这个女巫的耳语了。约翰·钱德勒为了讨好哈伯德神父，一直在散布她的消息。我们自己肯定可以教她。”苏珊娜说。

“你什么时候变成火巫了？”艾尔索普奶奶反驳说，“这个孩子的血液里充满了火焰。我的天分主要是巫风，你的法力则是来自大地的力量。光靠我们，无法达成任务。”

“如果按照你的计划进行，我们这个巫师会就会引来太多的注意。我们只有十三个女巫，你却要我们其中的五个人都参与这件事情。让别的巫师会来负责解决罗伊登夫人的问题吧——高沼门的那个，或者是无税门的。”

“无税门的规模已经很大了，苏珊娜。它连自己的事情都管不了，更别说什么教育编织者了。而且它太远了，我走不了那么多路，而且护城河上污浊的空气会让我的风湿病更加严重。我们就在这个教区训练她，这是女神的旨意。”

“我不能——”苏珊娜开始说。

“我是你的长老，苏珊娜。如果你再反对，就需要去调解团寻求仲裁了。”气氛变得凝重，令人非常不安。

“那好吧，奶奶。我会把我的要求呈给女王坞。”苏珊娜说出这种话，自己也好像吓了一跳。

“谁是女王坞？”我问马修，声音很低。

“女王坞是个地方，不是一个人，”他轻声答道，“但是这关芦苇①什么事啊？”

① 芦苇（reed）与调解团（Rede）发音一样。

“我不知道。”我坦承道。

“别再窃窃私语了。”艾尔索普奶奶生气地摇着头说，“门窗上都施了魔咒，你们低声说话搅动了空气，害我耳朵疼。”

空气平静下来，艾尔索普奶奶接着说：“苏珊娜在这件事上挑战我的权威。因为我是大蒜区巫师团的领头人，也是酒商区巫师团的长老，诺曼夫人得向其他教区的长老们申诉。她们会决定我们该采取什么行动，每当巫师之间发生争议，都是这样处理的。一共有二十六位长老，我们全体被称作仲裁团。”

“所以这就只是政治问题吗？”我说。

“政治加上谨慎。如果我们自己没有办法解决争端，哈伯德神父这个血族就会更深入干涉我们的事务。”艾尔索普奶奶说，“要是对你有所冒犯，请原谅，罗伊登老爷。”

“我不介意，艾尔索普奶奶。但如果惊动你们的长老去解决这个问题，全伦敦城都会知道黛安娜的身份。”马修站起身说道，“我不允许这样。”

“城里的每个巫师都已经听说你妻子的事了。这里的消息传得很快，大部分要感谢你的朋友克里斯托弗·马洛。”艾尔索普奶奶昂起脖子迎上他的目光，“罗伊登老爷，请坐下。我这把老骨头已经经不起这么弯折了。”让我感到惊讶的是，马修坐了下来。

“伦敦的巫师还不知道你是个编织者，黛安娜，这才是重要的。”艾尔索普奶奶接着说道，“当然了，我们会告诉仲裁团。当其他巫师听到长老们传唤你的时候，会认为你是因为与罗伊登先生的关系而受到审诫，或者认为你会受到某种禁制，以免他获取你的血液或法力。”

“无论他们做出什么样的决定，你还会做我的老师吗？”我已习惯成为其他巫师蔑视的对象，也知道没必要指望伦敦的巫师会认可我和马修的关系。玛乔丽·库珀、伊丽莎白·杰克逊以及凯瑟琳·斯特里特（管她们是谁呢）是否参与到艾尔索普奶奶培训我的课程中，对我来说都无关紧要，但艾尔索普奶奶不一样，我想得到这个女巫的友谊和帮助。

“在世界的这个角落，我是已知仅有的三个编织者之一，也是伦敦唯一的编织者。苏格兰的编织者阿格尼丝·桑普森如今被囚禁在爱丁堡的一所监狱里，爱尔兰的编织者已经数年来无声无息了。仲裁团除了让我指导你，别无选择。”艾尔索普奶奶向我保证。

“女巫们什么时候开会？”我问。

“尽快安排。”艾尔索普奶奶承诺。

“我们会做好准备。”马修也承诺。

“有些事情你妻子只能一个人做，罗伊登老爷。孕育宝宝和面见仲裁团就是其中的两件。”艾尔索普奶奶回答，“我知道对于一个血族来说，信任并非一件易事，但为了她，你必须尝试。”

“我信任我的妻子。你已经感觉到巫师们曾对她做出的事情，所以我愿意把她交给你们同类，你应该不会意外。”马修说。

“你一定要尝试。”艾尔索普奶奶重复道，“你不能冒犯仲裁团。如果你那么做，哈伯德就必须干预。仲裁团不会容忍这种额外的羞辱，就会坚持要求圣会介入。无论我们之间有多少分歧，这个房间里没有一个人希望圣会把注意力集中到伦敦，罗伊登老爷。”

马修考虑艾尔索普奶奶的观点，终于点头说道：“好吧，奶奶。”

我是个编织者。

我很快就要当妈妈了。

“你往返于不同世界之间，是个与众不同的女巫。”布里奇特·毕晓普幽灵低声说道。

马修尖锐的吸气声告诉我，他发现我的气味有了变化。“黛安娜累了，需要回家。”

“她不是累，是害怕。黛安娜，害怕的时刻已经过去了，你一定要面对真正的自己。”艾尔索普奶奶略带遗憾地说。

但即便我们平安回到鹿冠公寓，我的焦虑仍持续升高。一到家，马修就脱下棉外套，用它裹着我的肩膀，试图抵挡寒冷的空气。衣服上有他残留的丁香和肉桂气味，还有一丝苏珊娜火炉的烟味和伦敦潮湿空气的气味。

“我是个编织者。”也许只要不停地重复这句话，这件事就会有意义。“但我怎么也不明白这代表什么，也不知道自己究竟是谁。”

“你是黛安娜·毕晓普——历史学家、女巫。”他搂着我的肩膀，“不管你曾经是什么人，也不管将来可能会是什么人，但这就是现在的你，也是我的生命。”

“你的妻子。”我纠正道。

“我的生命。”他重复道，“你不仅是我的心，还是我的心跳。我以前不过是个影子而已，就像艾尔索普奶奶的灵仆一样。”他的口音越来越重，声音因情绪激动变得沙哑起来。

“终于知道了真相，我应该感到释然才对。”我爬上床时牙齿咯咯打颤。寒冷似乎在我的骨髓中扎了根。“我一辈子都不明白自己为什么与众不同。现在我知道了，却毫无帮助。”

“总有一天会有用的。”马修跟我一起躺在被窝里，用手臂围绕着我。我们的腿像树根一样纠缠在一起，攀附着对方寻求支持，同时尽可能把身体贴在一起。在我内心深处，我用爱和对命中之人的渴望铸造的那条锁链，变得如液体一般，在我们中间流动。它如生命之甘泉，源源不断地从女巫流向吸血鬼，再流回女巫身上，浓稠且永不断绝。很快我就感觉不到我们之间的空隙，而是一个幸福圆满的核心。我深吸了一口气，再吸一口。我想挣脱出来，但马修却不愿意。

“我还不准备放开你。”他把我抱得更紧了。

“你肯定有工作要做——圣会、菲利普、伊丽莎白。我没事的，马修。”我坚持道，尽管我也想停留在这一刻，越久越好。

“吸血鬼对时间的掌握跟温血动物不一样。”他说道，还是不肯松开我。

“那么吸血鬼的一分钟有多长呢？”我贴在他的下巴底下问道。

“很难说。”马修低声道，“从普通的一分钟到永恒，都有可能。”

22

让伦敦二十六位最强大的女巫聚在一起，绝不是一桩小事。召开仲裁会和我想象的场面——办一个类似法院开庭的聚会，女巫们坐成几排，我站到她们面前——不太一样。其实正好相反，会议是在这座城市各个角落的商店、酒馆以及客厅里持续了好多天。没有正式的介绍，也没有把时间浪费在交际寒暄上。我见到了许多陌生的女巫，很快她们的模样就混在一起，变得模糊不清。

但这次经历也有一部分留给我深刻的印象。我第一次感受到了火巫不容置疑的力量。艾尔索普奶奶并没有误导我——那个红发女巫的凝视或触摸都和熊熊烈焰无异。虽然她一靠近我，我血液里的火焰就开始跳跃舞蹈，但我显然不是一个火巫。当我在主教门区主教法冠酒馆的一个私人房间里又遇到另外两个火巫后，这印象就更确定了。

“她会成为我们的一个挑战。”一个女巫读完我的皮肤后说道。

“她是一个时光编织者，体内有大量的火与水。”另一个附和道，“我这辈子还没见到这种组合。”

仲裁会的风巫在艾尔索普奶奶家开会，房子内部比外部显得更加宽敞。两个幽灵在房间里晃荡，艾尔索普奶奶的灵仆也在，它们在门口迎接客人，悄无声息地滑来滑去，确保每个人都感觉舒适自在。

风巫并不像火巫那样让人害怕。她们的触摸轻柔干燥，安静地评估我的优势和缺点。

“是个烈性子。”一个五十岁上下的银发女巫低声说。她身材娇小柔软，动作敏捷，似乎地心引力对她的影响跟我们不一样似的。

“太多方向了。”另一个皱着眉说，“她需要让事情顺其自然，否则她制造的每一股气流都有可能变成一场灾难性的暴风。”

艾尔索普奶奶对他们的评语一一致谢，但她们都离开后，她似乎松了一口气。

“孩子，我要休息了。”她虚弱地说，从椅子上站起身，向房子后方走去。她的灵仆跟在后面，如影子一般。

“仲裁会里有男人吗，艾尔索普奶奶？”我搀扶着她，问道。

“只剩下几个了。所有年轻的男巫都去大学攻读自然哲学了。”她叹了口气，“真是一个奇怪的时代，黛安娜。每个人都急着去拥抱新事物，巫师们以为书本比经验更值得学习。我要暂时告退了。听了那么多话，我在耳鸣。”

星期四上午，一位水巫独自来到鹿冠公寓。我正躺在床上，前一天在城里奔波，把我累坏了。这个水巫长得很高，身体很有弹性，与其说是走进屋子，不如说是行云流水般流进屋里。但她遇到了坚固的障碍，一道吸血鬼组成的围墙，在门厅里把她拦下来。

“没关系，马修。”我站在卧室门口，示意她继续向前。

我俩独处时，这个水巫把我上下打量了一番。她的目光如盐水般刺痛我的皮肤，又像是在炎炎夏日里一头跳进大海，让人感觉神清气爽。

“艾尔索普奶奶说的对。”她用低沉悦耳的声音说道，“你的血液里有太多的水。我们不敢一起来见你，就是怕引起洪灾。你必须一个一个和我们见面，恐怕这要花上一整天的时间了。”

因此不是我去见水巫，而是水巫们来见我。她们浑身滴着水走进房间，然后又滴着水走出去，把马修和弗朗索瓦丝都快搞疯了。不过我和她们有种亲和力，或者该说，水巫在场时，我会感受到一股潜流。

“水不会撒谎。”一位水巫用指尖滑过我的前额和肩膀，轻声说道。她把我的两只手翻过来，研究我的手掌心。她的年龄几乎和我一般大，长相奇特：白皮肤、黑发，眼睛是加勒比海的蓝。

“什么水？”她描画我生命线分流出来的纹路时，我问道。

“伦敦每个水巫都收集从仲夏到玛布秋分节的雨水，然后倒进仲裁会的占卜碗里。它预言我们等待已久的编织者血管里会有水流动。”水巫发出一声释然的叹息，然后松开了我的手。“我们帮助把西班牙舰队赶回去后，就需要新的魔咒。艾尔索普奶奶已经能够补充风巫的力量，不过苏格兰的那个编织者的天赋是土系的，帮不了我们——即使她想帮都不行。你是月亮真正的女儿，对我们将是一大助力。”

星期五上午，一名信差到屋里，带来面包街上的一个地址，指定我十一点钟到那里去见剩下的仲裁会成员：两位**土巫**。大部分巫师或多或少都会一些土系魔法。它是巫术的基础，而且在现代的巫师会中，土巫并没有什么特别的不同之处。我非常想知道，伊丽莎白时期的土巫是不是有什么不一样的地方。

皮埃尔出去给马修办事，弗朗索瓦丝外出购物，因此马修和安妮就陪我一起过去。我们刚走过圣保罗大教堂的墓园，马修突然抓住一个满脸脏污、双腿细得可怜的顽童，手中的利刃刹那间就放在了孩子的耳朵上。

“你的手指胆敢再动一下，小子，我就割掉你的耳朵。”他轻轻说道。

我低下头，惊讶地看到孩子的手指碰到了我挎在腰间的皮包。

即使是在我所处的时代，马修的身上也总有一丝潜在的暴力倾向，但在伊丽莎白时代的伦敦，它就更容易流露出来了。尽管如此，他也没必要将自己的恶意撒在这么小的孩子身上。

“马修。”我注意到了孩子脸上的惊恐，警告道，“住手。”

“换了别人，早就割掉你的耳朵，或把你带到执法官那里。”马修眯起眼说道，那孩子的脸色更苍白了。

“够了。”我立刻说。我碰触那个孩子的肩膀，他瑟缩了一下。短暂的瞬间，我的女巫之眼看到一个男人粗重的巴掌打到孩子身上，他飞出去撞上了一堵墙。在我的手指下面，这孩子唯一用来御寒的粗布衬衫底下，他的皮肤肿胀，布满丑陋的淤青。“你叫什么名字？”

“杰克，夫人。”小男孩低声说。马修的刀还放在他的耳朵上，有人开始注意到我们。

“把匕首收起来，马修。这孩子对我们没有威胁。”

马修嘶地一声收回匕首。

“你的父母呢？”

杰克耸耸肩，“没有父母，夫人。”

“把这个男孩带回家，安妮，让弗朗索瓦丝给他一些食物和衣服。如果做得到，教他洗个热水澡，然后让他在皮埃尔的床上睡觉。他看上去很疲倦。”

“你不可能收留伦敦每一个流浪儿，黛安娜。”马修用力把匕首插回刀鞘，作为强调。

“弗朗索瓦丝需要一个跑腿的。”我把男孩垂在额前的头发往后梳平，“你愿意为我工作吗，杰克？”

“嗯，夫人。”杰克的肚子发出一阵咕咕声，警惕的眼神中透出一线希望。我的女巫之眼睁得很大，透过他凹陷的肚皮，看到里面空空如也，他的双腿也在打颤。我从钱包里拿出几枚硬币。

“路上经过普赖尔师傅的店，先给他买个馅饼，安妮。他饿得快昏倒了，那应该能让他撑到弗朗索瓦丝做好一顿正餐。”

“好的，夫人。”安妮说。她抓住杰克的胳膊，拉着他朝黑衣修士区的方向走去。

马修皱着眉头，看着他们远去的背影，然后又向我皱了皱眉。“你帮不了那个孩子。这个杰克——如果这是他的真名，但我怀疑不是——要是继续偷东西，是活不过一年的。”

“如果没有一个成年人负起照顾他的责任，这孩子都活不过这个星期。当初你是怎么说的？爱、成年人的照顾，还有一个柔软的落脚地？”

“不要用我说过的话来对付我，黛安娜。我那些话说的是我们的孩子，可不是什么无家可归的流浪儿。”在过去这几天，马修见到的女巫比大多数吸血鬼一辈子见过的都要多，他显然很想大吵一架。

“我曾经也是个无家可归的流浪儿。”

我的丈夫退后一步，好像我打了他一记耳光。

“现在赶走他没有那么轻松了吧？”我不等他回答就说道，“要是杰克不愿跟我们在一起，我们不妨直接把他带到安德鲁·哈伯德那里。到时候，他要么可以有一口合身的棺材，要么就被当作晚餐吃掉。无论是哪一种，他得到的照顾都会比在大街上好得多了。”

“我们的仆人已经够多了。”马修冷冷地说。

“你有的是钱。要是你负担不起，我会用自己的钱付他工资。”

“你既然要做这件事，最好能想出一个睡前故事，哄他入睡。”马修紧紧抓住我的手肘，“你以为他不会知道自己是跟三个血族和两个女巫生活在一起吗？人类的小孩对生物往往比成人看得更加清楚。”

“如果杰克头上有个屋顶，肚里装满食物，晚上有张可以睡觉的床，你还以为他会在乎我们是什么吗？”一个女人在街对面困惑地看着我们。吸血鬼和女巫不应该在公共场合展开如此激烈的辩论。我把兜帽拉低，遮住脸。

“进入我们生活的生物越多，这一切就会越复杂。”马修说。他察觉到那个女人在看着我们，就松开我的手臂，“如果是人类的话，就会加倍复杂。”

拜访过那两位结实而严肃的土巫后，我和马修就各自走到鹿冠公寓的两端，等待我们的怒火冷却。马修不停地拿那些信件撒气，吼叫着让皮埃尔过去，不停地咒骂女王的政府、他父亲的怪念头以及苏格兰詹姆士国王的愚蠢。我利用这段时间跟杰克说明他的职责。在撬锁、扒钱包、设局把乡巴佬骗得一干二净这些事情上，这个男孩很有一套，但他不会读写、做饭、缝纫，任何可能帮到弗朗索瓦丝和安妮的活都不会做。不过，皮埃尔对这个男孩非常感兴趣，尤其当他从这孩子的二手上衣的贴身口袋里找回自己的幸运护身符之后，更是如此。

“跟我来，杰克。”皮埃尔拉开门，向楼梯侧了一下头。他要去拿马修的线人发来的最新信件，心里盘算着如何利用这个小孩熟悉伦敦下层社会的知识。

“好的，先生。”杰克的声音里透着急切。才吃过一顿饱饭，他的脸色已经好多了。

“不能做危险的事。”我警告皮埃尔。

“当然不会，**夫人**。”这个吸血鬼一脸无辜。

“我是认真的。”我反击道，“天黑之前要把他带回来。”

马修从书房里出来时，我正在整理桌子上的一堆文件。弗朗索瓦丝和安妮到史密斯菲尔德肉品市场去找屠夫买肉和血。现在整栋房子里就只有我们俩。

“对不起，**我的心肝儿**。”马修说着，从后面揽住我的腰。他在我脖子上吻了一下。“仲裁会加上女王，这真是漫长的一个星期。”

“我也很抱歉。我理解你为什么不想让杰克在这里，马修。可是，我不能不管他。他受伤了，而且还在挨饿。”

“我知道。”马修说，把我紧紧搂在怀里，让我的背紧贴着他的胸膛。

“要是我们在现代的牛津碰到这个孩子，你的反应是不是就不一样了？”我凝视着炉火，而不是迎着他的目光。自从杰克事件后，我就一直在想这个问题：马修的表现是源自吸血鬼的遗传，还是伊丽莎白时代的道德规范？

“可能不会。吸血鬼跟温血动物生活在一起并不容易，黛安娜。如果没有情感的纽带，温血动物就不过是一个营养源而已。无论吸血鬼再怎么有教养、懂礼节，靠近温血动物时，都不可能不产生吸血的冲动。”他呼出的空气冷冷地吹到我的脖子上，弄痒了那个马修造成的敏感伤口，那个伤口被米丽娅姆用她的鲜血愈合。

“你似乎并不想把我当食物。”马修的身上看不到任何为此欲望挣扎的迹象，他父亲建议他吸我的血的时候，他也断然拒绝了。

“我现在比我们初次见面时能更好地控制自己的渴望了。现在我还是想要你的血，但不是为了获取营养，而是为了控制。既然我们已经结合了，吸你的血主要是为了确立支配权。”

“我们做爱就是为了这件事。”我很实际地说。虽然马修是个慷慨而有创意的爱人，但是他绝对把卧室看作是自己的领地。

“你说什么？”他拉下眉毛，露出不悦的表情。

“性和支配。现代人类总以为吸血鬼式恋爱就只有这两件事。”我说，“他们的故事里，吸血鬼都是疯狂的阿尔法男[①]，把女人抡上肩头，再带她们去吃晚餐和约会。”

“晚餐和约会？”马修一脸惊愕，“你是说……？”

“嗯。你应该看看萨拉的朋友在麦迪逊女巫集会上读的那些书。吸血鬼遇见女孩子，吸血鬼咬了女孩子，女孩子惊讶地发现世界上真

① 指在群体中游刃有余，一切尽在掌握之中的“老大型”男性。

的有吸血鬼。然后性爱、血液和过度保护的行为很快就会出现。其中一些段落写得很露骨。”我顿了顿，“肯定没有时间培养感情了，这是肯定的。我也不记得有什么诗词或者跳舞的情节了。”

马修骂了一句。“难怪你阿姨想知道我肚子是不是很饿。”

“即使只是为了弄明白人类是怎么想的，你也真的应该读读那些书。那真是一场公关工作的梦魇，比女巫面对的讹传还要糟糕。”我转过来面对着他，“不过，你会感到很吃惊的，因为竟然有那么多女人无论如何都想找个吸血鬼男友。”

“如果她们的吸血鬼男友表现得就像是大街上无情的恶棍一样，还恐吓那些快要饿死的孤儿，会怎么样呢？”马修问。

“小说里的绝大多数吸血鬼都有着金子般的内心，只是偶尔会嫉妒得发狂，把人肢解而已。”我替他拨开遮住了眼睛的头发。

“难以相信我们竟然在谈论这种事。”马修说道。

“为什么？吸血鬼也读有关巫师的书啊。虽然基特的《浮士德博士》纯属幻想，却不妨碍你享受超自然故事的乐趣。”

“是啊，但那么粗暴地对待，然后做爱……”马修摇摇头。

“你也对我粗暴过啊，既然你用这么迷人的字眼。我记得你在塞图尔城堡似乎不止一次地把我高高举起。”我提醒道。

“那只是在你受伤的时候！”马修愤愤地说，“还有累的时候。”

“或者是你想要我待在一个地方，我却去了另一个地方的时候。还有马太高的时候，床太高的时候，海上风浪太大的时候。马修，老实说，你的记忆很有选择性。说到做爱，也并非每次都像你形容的那么温柔。在我看过的书里都没有。有时候只是一场痛快的好——”

我还没把话说完，一个身材高大、相貌英俊的吸血鬼就一下把我抡到他的肩上。

“我们私底下继续这次对话。”

“救命啊！我觉得我丈夫是一只吸血鬼！”我大笑着捶他的大腿后侧。

“安静。”他吼道，“否则霍利夫人会抗议的。”

“如果我是个普通女人，而不是女巫，你刚才的吼声就该把我吓昏的。我会完全由你摆布，你可以想怎样就怎样。”我咯咯笑道。

“你已经完全由我摆布了。”马修提醒我说，把我放到了床上。“顺便说一下，我要改变这个荒唐的情节。为了新奇——先不说真实性——我要跳过晚餐这个环节，直接开始约会。”

“读者一定爱死了说这种话的吸血鬼！”我说道。

马修似乎并不在乎我的编辑旁白，他忙着掀起我的裙子。

“等等，至少让我脱掉裙撑呀。”安妮曾告诉过我，这是那个形状类似甜甜圈的东西的专有名称。正是它让我的裙子保持有型且蓬松饱满。

但是，马修并不愿意等。

“去他的裙撑吧。”他解开裤腰带，抓住我的双手，把它们按在我头顶上方。只用力一顶，他就进入了我的身体。

“我都不知道讨论通俗小说会对你产生这种效果。”他开始动作的时候，我气喘吁吁地说，“要经常提醒我跟你讨论讨论这个哦。”

我们刚坐下要吃晚餐的时候，有人请我到艾尔索普奶奶家里去。

仲裁会已经做出了裁决。

我和安妮，还有两个吸血鬼护卫和小跟班杰克抵达时，艾尔索普奶奶跟苏珊娜与三个陌生的女巫在前厅里。她让男人们去金鹅酒馆，然后带着我走到火炉旁那群人的面前。

“来吧，黛安娜，快来见见你的老师们。”艾尔索普奶奶的灵仆指向一个空椅子要我坐，随即退入她主人的影子里。五个女巫都在仔细端详我。她们看上去就像一帮殷实的都市主妇，穿着厚厚的冬季暗色调羊毛长袍。只有她们刺人的目光才暴露出她们女巫的身份。

“所以仲裁会同意你原来的计划了。”我慢条斯理地说，努力正视她们的眼睛。向一个老师显示出胆怯，决不会有什么好下场。

“他们同意了。”苏珊娜顺从地说道，“你会原谅我吧，罗伊登夫人。我要照顾两个男孩，丈夫病得很重，没法养家。邻人的友善可能一夜之间就没有了。”

“我来把你介绍给其他人。”艾尔索普奶奶说着，轻轻转向她右侧的那个女人。那个女人大约六十岁，身材矮小，圆脸，如果她的微笑可以作准，她的个性应该是慷慨的。“这位是玛乔丽·库珀。”

“黛安娜。”玛乔丽点点头，衣领飞边窸窣作响，“欢迎参加我们的聚会。”

跟仲裁会见面时，我就已经听说，伊丽莎白时代的巫师口中的“聚会”相当于现代巫师用的“巫团”，用来表示一个得到认可的巫师社团。跟伦敦的其他事务一样，这座城市里的各种巫师聚会都在教区的边界地区举行。虽然想到巫团和基督教会如此密合，感觉有点奇怪，但这种组织结构很合理，也提供了一种额外的安全感，因为它将巫师事务限制在近邻之间。

所以在伦敦市区就有一百多个聚会，在郊区还有二十几个。和教区一样，这些聚会会组成更大的区，称作选区。每个选区都选派其中一位长老参加仲裁会，其职责是监管这座城市里所有的巫师事务。

随着恐巫心态和猎巫狂热的升高，仲裁会很担心旧的行政体系就要崩溃。伦敦已经人满为患，而且每天还有更多人涌入。我已听人抱怨过无税门区的聚会过于庞大——有六十多名巫师，而不是一般的十三到二十名——跛子门和南华克区的人数也太多。为了避免引起人类的注意，一些聚会已经开始“分群”，然后再分成不同的分支机构。不过，在这个举步维艰的时代，由于领导人缺乏经验，新聚会正暴露出越来越多的问题。仲裁会中具有预见天赋的女巫已经预见到了以后的麻烦。

“玛乔丽跟苏珊娜一样，她的天赋是土系魔法。她还擅长记忆。”艾尔索普奶奶解释道。

“我不需要魔法书，也不需要书商叫卖的那些新历书。”玛乔丽自豪地说。

“玛乔丽能清楚地记得她掌握的每一条魔咒，还能记得她这一生每一年——以及她出生前许多年的星宿的准确位置。”

“艾尔索普奶奶担心，你无法把在这里学到的东西都写下来带走。我不仅要帮你找到合适的词语，这样其他巫师也可以使用你发明的魔法，还要教你如何和这些词语融为一体，这样就没有人能把它们抢走了。”玛乔丽眼睛一亮，诡秘地压低声音说，“我丈夫是个酿酒商，他可以帮你弄到比你们现在喝的更好的酒。我知道酒对血族来说非常重要。”

我听了大笑，其他女巫也笑了起来。“谢谢您，库珀太太。我会把您的盛情转告我丈夫的。”

“叫我玛乔丽就好，在这里我们都是姐妹。”这是我第一次听到另一个女巫称我姐妹，而没有感到难为情。

“我叫伊丽莎白·杰克逊。”艾尔索普奶奶另一侧的那位年长女人说。她的年龄差不多介于玛乔丽和艾尔索普奶奶之间。

“你是水巫。”她一开口，我就感受到了那种亲和感。

“我是水巫。”伊丽莎白有着铁灰色的头发和眼睛，身材高挑，玛乔丽却是又矮又胖。尽管仲裁会的水巫大都迂回流动，伊丽莎白却带有高山流泉的轻快与清澈。我感觉她会永远告诉我真相，即使我不想听。

“伊丽莎白有预知未来的天赋。她会教你占卜的技巧。”

“我母亲以预知能力著称。”我迟疑地说，“我想追随她的脚步。”

“但她没有火。”伊丽莎白断然说道，立刻说出了真相，“你不能在每样事上都学妈妈，黛安娜。水与火的混合是一种强大的力量，前提是它们不能彼此抵消。”

“我们会设法不让那种事发生。”最后一个女巫承诺，把目光投向我。在这之前，她一直都在刻意避开我的目光。我现在明白原因了：她棕色的眼睛里闪耀着金色的火花，我的第三只眼惊恐地睁开了。凭着这份额外的视力，我可以看到她周围灵光缭绕。这位一定就是凯瑟琳·斯特里特。

“你甚至……比仲裁会里的火巫还要强。”我结结巴巴地说。

“凯瑟琳是个很特别的女巫。”艾尔索普奶奶承认道，“她的父母也都是火巫。这种事很少发生，就好像大自然自己也担心这样的光芒遮盖不住。”

我的第三只眼被拥有三重威力的火巫照得眼花缭乱，闭了起来，接着凯瑟琳就好像褪色了。她的棕发失去了光泽，目光暗淡下来，脸蛋漂亮却给人留不下印象。不过她一开口说话，魔力就又恢复了生气。

“你身上的火比我想象的要多。”她若有所思地说。

“西班牙的无敌舰队进犯的时候，她不在这里，真是可惜呀。”伊丽莎白说。

“所以那是真的了？把西班牙舰队从英格兰海岸吹走的著名的‘英吉利风’就是女巫召唤的？”我问。这是关于巫师的传说，不过我总是把它斥为神话。

“艾尔索普奶奶对女王陛下的贡献最大。”伊丽莎白自豪地说，“要是你当时在场，我想我们说不定可以制造燃烧的水——或者至少是灼热的雨。”

“我们也不要超前进度。”艾尔索普奶奶举起一只手说道，“黛安娜还没有施展她的编织者入门咒呢。”

“入门咒？”我问道。就像聚会和仲裁会一样，这个词我从来没听说过。

“入门咒揭示编织者天赋的状态。我们先联手围一个祝福圈，然后要暂时释放你的各种力量，让它们自己寻找道路，不受言词或欲望的左右。”艾尔索普奶奶回答，“我们可以借此了解你的天赋，以及该用什么方式来训练它们，同时让你的魔宠现身。”

“巫师没有魔宠。”这和崇拜魔鬼一样，又是人类的一种幻想。

“编织者就有。”艾尔索普奶奶平静地说，一边向她的灵仆挥手示意。“这就是我的魔宠。像所有的魔宠一样，她是我能力的延伸。”

“以我的状况,有魔宠未必是一件好事。”我想到变成发黑的榅桲、玛丽的鞋子，还有那只小鸡。“我要担心的事已经够多了。”

“所以你才要施入门咒——正视你最深的恐惧，然后才能自由运用你的魔法。尽管如此，这可能是一场极端痛苦的体验。曾经有编织者走进圈子时头发和渡鸦的羽毛一样黑，出来时竟像雪一样白。”艾尔索普奶奶坦承。

“但不会像血族离开她那晚，水从她体内涨起时那么令人心碎了。”伊丽莎白轻柔地说道。

“也不会像她被关在地牢的那个夜晚那么寂寞了。”苏珊娜打了一个寒战。玛乔丽同情地点点头。

“也不像那个火巫企图劈开你的时候那么可怕了。”凯瑟琳安慰我道，她的手指由于愤怒而变成了橙色。

“星期五的时候，月亮就会完全黑下来，再过几周就是圣烛节[①]。即将开始的这段时间，适合施放敦促孩子努力学习的魔咒。”玛乔丽说，她凭借惊人的记忆力召唤出相关信息，脸上由于过于专注而显出一道道皱纹。

“我还以为这个星期适合制作防蛇咬的魅符？”苏珊娜说着，从口袋里掏出一本小历书。

当玛乔丽和苏珊娜讨论牵扯到时间表的魔法细节时，艾尔索普奶奶、伊丽莎白和凯瑟琳正目不转睛地盯着我。

“我想……”艾尔索普奶奶望着我，显然在考虑什么，用一根手指敲着双唇。

“千万不能。”伊丽莎白压低声音说道。

“我们不能超前进度，记得吗？”凯瑟琳说，“女神给我们的保佑已经够多了。”这么说的时候，她棕色的眼睛里闪现绿色、金色、红色和黑色的火花。“但也许……”

“苏珊娜的历书完全错了，但是我们已经断定，下周四新月渐满，应该是黛安娜编织入门咒的吉日。”玛乔丽愉快地拍着手说。

“哇啊。”艾尔索普奶奶说着，用手指堵住耳朵，挡住空气的搅动。“轻点，玛乔丽，轻点。”

除了圣詹姆斯教堂大蒜区聚会的新任务，我对玛丽的炼金术实验仍然兴趣浓厚，所以花在外面的时间越来越多，但是鹿冠公寓仍然是暗夜学派的活动中心，也是马修的工作中心。信差络绎不绝地传送报告与信件。乔治经常过来蹭饭，告诉我们他最近在努力寻找《阿什莫尔 782 号》手抄本，虽然总是徒劳无功。汉考克和加洛格拉斯把他们要洗的衣物扔在楼下，然后裸身在我的火炉边消磨几个小时，直到

---

① 2月2日纪念圣母玛利亚行洁净礼的基督教节日。

拿回衣物为止。经过哈伯德和约翰·钱德勒的事情之后，基特和马修达成不太稳定的停战协定，所以我经常在前厅看到那位剧作家闷闷不乐地凝视远方，然后奋笔疾书。他擅自取用我的纸张这回事，构成另一个惹我生气的事实。

还有安妮和杰克。让两个孩子融入这个家是一份全职工作。我猜杰克大概有七岁或八岁（他不知道自己的实际年龄），他喜欢戏弄十来岁的安妮。他到处跟着她，拿腔拿调地模仿她说话。安妮会被气得满眶眼泪地跑上楼，扑到自己床上。我严厉训斥杰克时，他就会闷闷不乐。我迫切需要几个小时的安宁，于是就找了一位小学老师。他愿意教他们阅读、写作和算数，但他们两个很快就用空洞的眼神和故作天真赶走了这位刚毕业的剑桥生。他们两个人都宁可和弗朗索瓦丝一起去购物，或者和皮埃尔一起在伦敦到处跑来跑去，也不要安静地坐着做算术题。

“如果我们的孩子是这个样子，我就把他溺死。”我躲到马修书房喘口气的时候，这样告诉他。

“她会这个样子的，你可以确定，而且你也不会把她溺死。”马修说着，放下了手中的笔。我们对孩子的性别还是各执己见。

“我试了各种办法，劝过，哄过，求过——该死，我甚至还贿赂过他们。”普赖尔师傅的圆面包只是让杰克的精力指数升高了。

“天下的父母都会犯这些错误，”他笑着说，“想要成为他们的朋友。应该要把杰克和安妮像小狗一样对待，偶尔敲一下他们的鼻子，比一块肉馅饼更能建立你的权威。”

“你在给我讲动物王国的育儿秘诀吗？”我想起他早期的野狼研究。

“说实话，是的。如果他们继续吵闹下去，就交给我吧。不过，我不掐，而是直接咬。”一阵特别响亮的哗啦声响彻整栋房子，接着是一声可怜兮兮的“对不起，夫人”。马修怒冲冲地朝门口扫了一眼。

“谢谢，不过我暂时还没有绝望到要用驯狗技巧。”我说着，退出了房间。

在两天内，我用训诫和松弛结合的方法，总算建立了些许秩序，但孩子们还需要大量活动来消耗他们旺盛的精力。我丢开书本和文件，带他们沿着齐普赛街漫步，一直走到西郊。我们和弗朗索瓦丝一起去逛市场，在酒窖区观看船只在码头卸货。我们想象着这些货物来自何方，猜测船员的出身。

在路上，我不再感觉自己像个游客，开始觉得伊丽莎白时代的伦敦似乎就是自己的家。

星期六上午，我们正在勒顿豪集市买东西，这里是伦敦首屈一指的精品杂货商业中心，这时，我看到一个只有一条腿的乞丐。我正要从钱包里掏一便士给他，孩子们却已经跑进一家帽子店。他们有可能在那种地方造成破坏——昂贵的破坏。

“安妮！杰克！”我喊着，把钱丢在乞丐的手上。“小手不能乱动！”

“你离家太远了，罗伊登夫人。”一个低沉的声音说道。我背上的皮肤感觉到冰冷的目光，一转身便看到了安德鲁·哈伯德。

“哈伯德神父。”我说。乞丐一小步一小步地走了。

哈伯德四下看了看。“你的女仆在哪里？”

“如果你说的是弗朗索瓦丝，她就在市场里。”我尖刻地说，“安妮也跟我来了。你派她过来，我一直没机会向你道谢。她帮了很大的忙。”

“我知道你已经见过艾尔索普奶奶了。”

我没有回应这么明显的探询。

“自从西班牙人来过以后，除非有很好的理由，否则她连家门都不出。”

我还是沉默不语。哈伯德笑了。

“我不是你的敌人，夫人。”

“我可没有说你是，哈伯德神父。不过，我见过谁，为什么见，都跟你没什么关系吧。”

“是跟我无关。这一点你公公——或你认为的父亲？——在他的信里说得很明白。当然了，菲利普也感谢我帮助你。克莱蒙家族的头领总是先表示谢意，然后恐吓。这跟你丈夫一贯的作风比起来，倒是令人耳目一新的改变。”

我眯起眼睛：“你想要什么，哈伯德神父？”

“我之所以容忍克莱蒙的存在，是因为迫不得已。但如果惹出麻烦，我就没有义务继续那样做了。”哈伯德说着，向我靠了过来，呼出的气息冰冷。“你在制造麻烦，我闻得到，尝得出来。自从你来了以后，巫师们就……难对付了。”

“这是一个不幸的巧合。”我说，“不过这可不能怪我。我没有受过魔法方面的教育，连把一只鸡蛋打进碗都做不到。”弗朗索瓦丝从市场里走出来。我向哈伯德行了个屈膝礼，然后从他身旁走过。他突然伸出手，抓住我的手腕。我低头看了看他冰冷的手指。

“不仅生物们有气味，罗伊登夫人。秘密也会发出独特的气味，你知道吗？”

“不知道。”我抽回手腕。

“巫师看得出别人有没有撒谎。血族闻得出秘密，就像猎狗闻得到鹿。我一定要揪出你的秘密，罗伊登夫人，不管你怎么掩饰。”

“您准备走了吗，夫人？”弗朗索瓦丝问道，皱着眉走过来。安妮和杰克跟她在一起，小女孩看到哈伯德时，吓得脸色发白。

“是的，弗朗索瓦丝。”我终于把目光从哈伯德那双布满皱纹的怪诞眼睛上移开。“谢谢你的忠告，哈伯德神父，还有你的情报。”

“要是你实在对付不了那小子，我倒是乐意照管他。”哈伯德在我走过时，低声说道。我又转过身，大步向他走了回来。

“不要碰我的人。”我们四目相对，这次是他先移开目光。我转身走回我那个由吸血鬼、女巫和人类组成的小团体。杰克看上去很焦急，不停在两只脚上变换重心，仿佛在考虑拔足狂奔。“我们回家吃姜味饼干。”我说着，抓起他的胳膊。

“那是谁？”他低声问。

“哈伯德神父。”安妮小声回答。

“就是歌里唱的那个神父？”杰克扭头看了看。安妮点点头。

“是的，当他——”

“好了，安妮。你们在帽子店里看了些什么？”我问道，把杰克抓得更紧了。我把手向满满的食品篮伸过去。“那个我来拿，弗朗索瓦丝。”

“没有用的，夫人。”弗朗索瓦丝说，但还是把篮子递给我。“老爷会知道你和那个魔鬼见过面，就连卷心菜的气味也掩盖不住。”听到这个，杰克好奇地扭过头。我对弗朗索瓦丝使了一个警告的眼色。

“别惹麻烦。”我们转身向家里走去。

回到鹿冠公寓，我放下篮子，脱去斗篷、手套，把孩子们打发走，然后端了一杯酒给马修。他坐在桌前，俯身在一堆纸上。看到这幅已变得熟悉的画面，我的心轻松了下来。

“还在忙啊？”我问道，伸手把酒放在他面前。我皱起眉头。那张纸上画满了图形，有很多X，也有很多O，还有看上去像是现代科学方程式的东西。我不认为这与间谍活动或圣会有关，除非他正在设计密码。“你在干嘛？”

“只不过想弄懂一件事。”马修说着，把纸滑到了一边。

“和遗传有关吗？”那些X和O让我想起了生物学和格雷戈尔·孟德尔[①]的豌豆。我把纸抽回来，上面不仅仅有X和O，我还认出了代表马修家族成员的首字母：YC、PC、MC、MW。其他的则是我家族的：DB、RB、SB、SP。马修在每个人名之间画上了箭头，隔代之间还有交错的线条相连。

“严格来说不算是。”马修打断了我的审视。这是典型的马修式不作答。

“我想你需要设备。”那张纸最下方有两个字母被圈起来：B和C——Bishop（毕晓普）和Clairmont（克莱尔蒙特）。我们的孩子。这和孩子有关。

“要获得结论的话，当然需要了。”马修端起酒，送到嘴边。

“那么你的假设是什么？”我说，“如果和孩子有关，我就要知道到底是什么。”

马修突然不动，鼻孔张得很大。他小心地把酒放到桌上，拿起我的手，用嘴唇贴着我的手腕，似乎在表达爱意。他的双眼变成黑色。

“你见过哈伯德。”他用控诉的语气说。

“不是我找他的。”我把手抽回来。这样做是个错误。

“别动。”马修哑声道，收紧手指。他哆嗦着又吸了一口气。“哈伯德碰了你的手腕，只碰了手腕。你知道为什么吗？”

“因为他要引起我的注意。”我说道。

“不，他想引起我的注意。你的脉搏在这里。”马修说着，用大拇指抚过我的血管。我浑身颤抖。“血液离皮肤表面这么近，我不仅闻得到，也看得见。它的热度使任何触及此处的外来气味更加浓厚。”他的手指像手镯一样箍住我的手腕。“弗朗索瓦丝当时在哪里？”

---

① 格雷戈尔·孟德尔（1822—1884），奥匈帝国生物学家，现代遗传学之父。

“在勒顿豪集市，我带着杰克和安妮。有一个乞丐，而且——”我感到一阵短暂的剧痛。当我低头看的时候，发现手腕已经被撕破，血从一排浅浅的弧形齿痕里咕咕地涌出来。*牙印*。

“哈伯德可以用这么快的速度吸到你的血，然后知道有关你的一切。”马修用大拇指紧紧按住伤口。

“但我都没有看到你的动作。”我麻木地说。

他的黑眼睛发出光芒，“如果哈伯德发动攻击，你也同样看不到。”

或许马修并不像我以为的那样过分保护我。

“别再让他接近到足以碰到你的距离，知道吗？”

我点点头，马修开始慢慢抚平怒火。他恢复自我控制后，才回答我刚才的问题。

“我想判定我的血怒遗传给孩子的概率有多大。”他的语气中带有一丝痛苦，“本杰明有这种问题，但马库斯就没有。想到我可能把这种诅咒带给一个无辜的孩子，我真不甘愿。”

“你知道为什么马库斯和你的哥哥路易斯有抗体，而你、路易莎和本杰明却没有吗？”我小心地避免假设他只有两个孩子。马修会告诉我更多，如果——只要——他能够。

他的肩膀耷拉下来。“路易莎早在可以做适当测试之前就去世了。我缺乏做出可靠结论所需的数据。”

“但是你有一套理论。”我想着他的各种图表。

“我一直都把血怒看作是一种传染病，认为马库斯和路易斯有与生俱来的抗体。可是当艾尔索普奶奶告诉我们，只有编织者才能怀上*血族*的孩子时，我怀疑自己看这件事的方式错了。也许不是马库斯身上有抗体，而是我身上有受体，就像编织者可以接受*血族*的种，而其他温血女子却不行。”

“遗传倾向？”我努力跟上他的思维。

“或许是吧。很可能是一种隐性基因，而且除非父母双方都携带有这种基因，否则就很少会在人群中显现出来。我一直在想你的朋友凯瑟琳·斯特里特，你形容她是‘三重祝福’，好像她基因的整体大于各部分相加的和。”

马修很快就沉浸在复杂的知识迷宫中。“后来我开始想，你是一个编织者的事实是否可以解释你的怀孕能力。是否有可能这是由于所有隐性基因的结合呢——不仅有你的，也包括我的？”他沮丧地用双手梳理着头发，我认为这个动作是血怒消失的信号，所以轻轻地发出一声释然的叹息。

“等我们回到你的实验室，你就能验证你的理论了。”我压低声音说道，“如果萨拉和埃姆一听说她们要做姨婆，你要抽她们的血液做样本——或需要临时保姆——保证都易如反掌。她们两个都有着严重的外婆饥渴症，多年来一直拿邻居的小孩子来缓解。”

这番话终于让他露出了微笑。

“外婆饥渴症？这真是一个粗鲁的表达。”马修向我身边靠了靠，“伊莎波可能也有这种症状，已经持续好几个世纪了。”

“不敢想象。”我假装发抖。

像这种时候——我们谈论别人对这消息的反应，而不是分析自己的反应——我才真正觉得自己怀孕了。我的身体对它体内的新生命几乎毫无感觉，而且在鹿冠公寓忙碌的日常生活中，很容易就会忘记我们很快就要为人父母。我可以一连几天不想这件事，只有在夜阑人静，马修来到我身边，把手放在我腹部，倾听新生命的动静，在沉默中心灵交流，我才会想起自己的状况。

“我也不敢想象你受伤害的样子。”马修把我搂在怀里，“小心点，*我的小母狮*。”他贴着我的发丝低语。

“我会的，我保证。”

“如果危险拿着烫金请柬来找你，你是不会认出来的。”他退后一点，正视我的眼睛。“要记住：吸血鬼与温血动物不同，不要低估我们制人于死地的力量。”

马修的警告久久回荡在我的耳畔。我发现自己在监视屋里其他的吸血鬼，注意任何行动的征兆，观察他们是否饥饿或疲倦，坐立不安或感到无聊。这些征兆都很隐晦，也很容易被忽略。当安妮经过加洛格拉斯的身边时，他会垂下眼睑掩饰贪婪的目光，但这个动作只发生在一瞬间，说不定只是我的幻觉，就像一群温血动物从窗下的街道经过时，汉考克的鼻孔突然张大，也可能只是我的想象。

但是清洗他们换下来的脏衣服上的血迹，要付额外的洗衣费用，却不是我能想象出来的。加洛格拉斯和汉考克一直在城市里狩猎、进食，不过马修没有跟他们在一起。他只吃弗朗索瓦丝从屠夫那里买来的随便什么东西。

我和安妮每周的星期一下午去拜访玛丽已经成为惯例，从到达伦敦开始，我对周遭的环境越来越警觉。这么做不是为了探究伊丽莎白时代的生活细节，而是防范监视和跟踪。我让安妮始终保持在伸手可及的安全范围之内，皮埃尔则紧紧拉住杰克。我们吃了不少苦头，才发现唯有如此，这孩子才不会如汉考克所说的那样“像喜鹊一样搜刮东西”。尽管我们作出了很大努力，杰克顺手牵羊的行为还是层出不穷。为了解决这个问题，马修还制定了新的家规。杰克每晚都要掏空口袋，老实说明那些古怪的亮闪闪东西的来路。但截至目前，这种办法还是不能让他有所节制。

以杰克灵活的手脚，实在不能放心让他在彭布罗克伯爵夫人装饰华美的家中走动。我和安妮离开皮埃尔和杰克，这个小女孩想到可以和玛丽的女仆琼在一起闲聊很长时间，还能在几个小时里摆脱杰克的骚扰，她的脸色一亮。

“黛安娜！”我一踏进实验室，玛丽就喊道。不管来过这里多少次，每当我看到那些描绘哲人石制作方法的生动壁画，我都觉得叹为观止。“快来，我有好东西给你看。”

“这就是你说的惊喜吗？”玛丽一直暗示，她即将为我表演她优异的炼金术。

“是啊。”玛丽一边回答，一边从桌上拿过笔记本。“看这里，今天是 1 月 18 日，我从 12 月 9 日开始工作。正好花了四十天，符合贤者的承诺。”

在炼金术中，40 是个重要的数字，玛丽在这期间已经做了很多次实验。我翻阅她的实验室记录，希望确认她在做哪种实验。在过去的两个星期里，我已经学会看玛丽的速记和她用来表示各种金属和物质的符号。如果我没有理解错的话，她一开始是用炼金师所谓的“强水”——我的时代称之为硝酸——溶解了一盎司的银。玛丽还加入了一些蒸馏水。

“你用这个符号代表水银吗？”我指着一个陌生的符号问道。

“是的——但只限于表示我从德国最好的货源处取得的水银。”在实验室、化学药品或设备的开销方面，玛丽都是毫不吝惜的。她拉着我去看另一个她不惜代价追求最高品质的例子：一个大玻璃烧瓶。它完美无瑕，亮如水晶，一看就是从威尼斯进口过来的。萨塞克斯郡制造的英国玻璃上有许多小气泡和隐约的阴影。彭布罗克伯爵夫人更喜欢威尼斯的产品——而且也买得起。

当我看到里面的东西时，感觉仿佛一根带有预见性的手指拂过我的双肩。

烧瓶底部的一粒小种子上长出了一株银白色的小树。树枝从树干上分叉开来，向四方伸展，然后又发出更多的细枝，散发出缕缕光辉，布满了容器的顶部。枝头末端的小珠子表明那是果实，好像这整棵树都已经成熟，准备收获了。

“*黛安娜之树*。”玛丽骄傲地说，“就好像是上帝给了我灵感来创造它，让它在这里欢迎你。我以前也试着去培育这样一棵树，但从来没有生过根。凡是看到这棵树的人，都不会怀疑炼金术的真实性和力量。”

黛安娜之树真是奇观。它亮光闪闪地在我面前生长，不断抽出新芽，填满瓶子里剩余的空间。尽管我知道这不过是一种银结晶的枝状混合物，但亲眼看着一团金属显现出植物般的生长过程，我还是觉得很神奇。

在对面的墙上，一条龙盘坐在一个跟玛丽用来盛放*黛安娜之树*那样的容器上。那条龙咬着自己的尾巴，让自己的血液滴进下面的液态银中。我找到了这个系列画中的下一幅：飞向化学婚礼的赫尔墨斯[①]之鸟。这只鸟让我想起了《阿什莫尔 782 号》手抄本中的婚礼插图。

“我觉得有可能找到一种方法，能以更快的速度获得同样的结果。”玛丽说道，唤回我的注意力。她从自己朝上梳起的头发中拔下一支鹅毛笔，在耳朵上留下了一块黑渍。“如果我们在银融入强水之前，先把它锉一锉，你觉得会发生什么事？”

我们整个下午都在愉快地讨论制造*黛安娜之树*的新方法，可是时间过得太快了。

“星期四会见到你吗？”玛丽问。

“恐怕我还有别的事。”我说。日落之前我都得待在艾尔索普奶奶家里。

---

① 又译赫耳墨斯。他是宙斯与迈亚的儿子，是奥林匹斯十二主神之一。他双脚长有双翼，因此行走如飞，并成为在奥林匹斯山担任宙斯和诸神传令的使者，为诸神传送消息，并完成宙斯交给他的各种任务。

玛丽脸色一暗。“那星期五呢？”

“就星期五吧。”我同意。

“黛安娜。”玛丽迟疑地说道，“你没事吧？”

“没事呀。”我有点惊讶，“我看起来像是生病了吗？”

“你脸色苍白，看上去非常疲倦。”她承认道，“和大部分做了母亲的女人一样，我总是——噢。”玛丽突然停下来，满脸绯红。她的目光落到我的肚子上，又回到我的脸上，“你怀孕了？”

“在接下来的几周里，我会有很多问题要请教你。”我牵起她的手，用力捏了一下。

“你怀孕多久了？”她问道。

“没有太久。”我故意说得很含糊。

“但这孩子不可能是马修的。血族是不能让人类怀孕的。”玛丽惊奇地捂住脸颊，“即使不是马修的，他也欢迎这个孩子吗？”

尽管马修已经警告过我，每个人都会认为这个孩子是另一个男人的，但我们还没有讨论过该如何回应。我不得不赌一把了。

“他认为这是他的骨肉。”我坚定地说。我的答案似乎让她更加担心了。

“你真幸运，马修愿意如此无私地保护遇到困难的人。但是你——你还能爱这个孩子吗？你被迫委身给那个男人。”

玛丽以为我被强暴了——或许马修和我结婚，只是为了保护我，不让我背上单身而怀孕的污名。

“孩子是无辜的，我不能拒绝爱他。”我回答得很谨慎，既不否认也不肯定玛丽的猜疑。幸运的是，她对我的回答很满意，而且跟往常一样，没有再深究下去。“正如你能想象的那样，”我接着说，“我们希望这个消息能保密越久越好。”

“当然。”玛丽附和道，“我会让琼给你做个软蛋挞。你晚上入睡前吃，可以强化血液，而且肠胃会很舒服。我上次怀孕时，它帮了大忙，似乎还能缓和晨间的孕吐。”

“所幸的是，到目前为止，我还没有出现这种反应。”我戴上手套。“但马修向我断言，这种情况随时都会发生。”

“唔。”玛丽若有所思地说，一道阴影划过她的脸庞。我皱了皱眉，不知道她现在在担心什么。她看到了我的表情，露出灿烂的微笑。“你要小心，别让自己累着。星期五你来的时候，不能站这么长时间。我们工作的时候，你要好好坐在凳子上。”玛丽替我把斗篷整理好。“不要吹风。要是脚肿了，就让弗朗索瓦丝给你弄点膏药。我送蛋挞的时候会送上药方的。要我派船夫送你到水巷吗？”

“走路去也不过五分钟罢了！”我笑着反对。最后在我向她保证不仅会避免吹风，也不碰冷水、远离响亮噪声后，玛丽才答应我步行离开。

那天晚上，我梦到自己睡在一颗从我子宫里长出来的树底下。它的枝叶挡住了倾洒下来的月光，同时有一条龙在高空飞过黑夜。当龙抵达月亮时，它卷起身体包在月亮外围，银白色的月盘就变成了红色。

我在空荡荡的床上惊醒，血浸湿了床单。

“弗朗索瓦丝！”我大叫道，突然感到一阵剧烈的痉挛。

飞奔进来的却是马修。他冲到我身边，满脸绝望的表情确认了我的恐惧。

23

“我们所有人都失去过孩子，黛安娜。”艾尔索普奶奶悲伤地说，“这种痛苦多数女人都能理解。”

“所有人？”我环顾了一下艾尔索普奶奶的起居室，打量大蒜区的众位女巫。

故事源源涌现，有的孩子在出生时就夭折了，有的孩子在六个月大或六岁的时候就死了。以前我不认识任何有过流产经历的女人——或者说我以为自己不认识。是否我的朋友中有人经历过这样的痛苦，我却不知道呢？

“你又年轻又强壮。”苏珊娜说，“没有理由认为你不会再怀一个孩子。”

完全没有理由，只不过在我丈夫回到有避孕工具和胚胎监视器的世界之前，他再也不肯碰我。

“也许吧。”我耸耸肩，含糊地说道。

“罗伊登老爷在哪里？”艾尔索普奶奶低声问道。她的灵仆在客厅里飘荡，好像以为马修会躲在窗前座位的垫子下，或者坐在碗柜顶。

“出去办事了。”我把借来的披肩裹紧了一点。披肩是苏珊娜的，闻起来有烧焦了的砂糖和甘菊的气味，就像她自己一样。

“我听说他昨晚和克里斯托弗·马洛在中殿律师学院[1]大厅，听

① 中殿律师学院（The Middle Temple）是伦敦四所律师学院之一。

说是在看话剧。”凯瑟琳把她带给艾尔索普奶奶的一盒糖果递了过来。

“普通男人失去了孩子都很伤心。血族会更加难过，我也不意外。毕竟他们的占有欲是很强的。”艾尔索普奶奶说着，伸手去抓那块胶状的红色糖果。“谢谢你，凯瑟琳。”

女人们都在默默等待，希望我会接受艾尔索普奶奶和凯瑟琳谨慎的问询，告诉他们我和马修的近况。

“他会没事的。”我绷着脸说道。

“他应该来这里。”伊丽莎白尖刻地说道，“我看不出来为什么失去孩子他会比你更加痛苦！”

“因为马修忍受了千年的心碎，而我只有三十三年。”我的语气同样尖刻，“他是个血族，伊丽莎白。我是否宁愿他在这里而不是和基特出去？当然。我会因为自己的缘故而恳求他留在鹿冠公寓吗？绝不。”我提高声音，宣泄痛苦与沮丧。马修待我一直都那么温柔体贴。在我们的孩子流产后，我对未来无数脆弱的梦想都宣告破灭，他都在安慰我。

我担心的是他在别的地方消磨的时光。

“我的理智告诉我，必须让马修用他自己的方式表达哀痛。”我说，“我的感情告诉我，虽然他现在宁愿和他的朋友待在一起，他还是一样爱我的。我只是希望他跟我亲近时心中不要有遗憾。”无论是在他看着我，抱着我，还是在握着我的手的时候，我都有那种感觉。那才真正让人无法忍受。

“对不起，黛安娜。”伊丽莎白满脸懊悔。

“没关系。”我安慰她。

事实上，并非真正没关系。全世界都感觉不和谐、不对劲，色彩太过明亮，声音太过吵闹，把我吓得跳起来。我的身体觉得空虚，无论我如何努力把心思放在阅读上，就是看不进那些词句。

“我们按照计划明天见。”所有女巫都离开后，艾尔索普奶奶轻快地说。

“明天？”我皱皱眉，“我没有心情练习魔法，艾尔索普奶奶。”

“如果看不到你编织出第一则魔咒，我也没有进坟墓的心情。因此，钟敲六响的时候，我等你来。”

那天晚上，我一直在凝视着火焰，听钟敲了六响，然后七响，接着八响、九响、十响。当钟敲三响时，楼梯上传来声音。我以为是马修来了，就向门口走去。楼梯上空无一人，只有一包东西：一只婴儿短袜，一截冬青树枝，还有一卷纸，上面写着一个男人的名字。我坐在一个破损的梯阶上，把它们捡起来放到大腿上，裹紧身上的披肩。

我正在努力想着这些东西到底意味着什么，它们是怎么放到这里的时候，马修悄无声息地快步爬上楼梯。他猛然停步。

“黛安娜。”他用手背抹了抹嘴，眼神呆滞呈绿色。

“至少你和基特在一起时有进食。”我站起身说道，“很高兴知道你们的友谊不仅限于诗歌和下棋。”

马修踏上和我同一级的台阶，靴子紧贴着我的双脚。他用膝盖把我顶到墙上，让我动弹不得。他的呼吸里带有甜甜的味道，还有一点金属气息。

“你到明天早上就会憎恨自己的。”我平静地说着，转过头去。我知道在他嘴唇上还有血腥味的时候，最好不要跑开。“基特应当让你和他待在一起，直到你体内没有麻药为止。难道伦敦的血液里都含有鸦片吗？”这是连续第二个晚上，马修和基特外出后醉醺醺地回来了。

“当然不是所有人。”马修嘴里发出咕噜的声音，“但这个最容易到手。”

“这些又是什么？”我举起小袜子、冬青和纸卷。

“给你的。”马修说，“每天晚上都有新的。我和皮埃尔趁你没睡醒的时候，把它们收起来了。”

“从什么时候开始的？”我不相信自己竟会接着说下去。

“上星期——你去见仲裁团的那个星期。大部分都是请求帮忙的。自从你——自星期一开始，也有送给你的礼物。”马修伸出手，“我来处理。”

我缩手捧在胸前。“其他的在哪里？”

马修抿紧嘴唇，但还是指给我看他存放那些东西的地方——阁楼上的一口箱子，塞在一张凳子下面。我仔细看了看里面的东西，有点像杰克每天晚上从衣兜里掏出来的东西——纽扣、几根丝带、一片破碗。还有几绺头发，几十张写了名字的纸。尽管大多数人都看不到，但我能看到每样东西上都有垂下的参差不齐的细线，在等着被系起来、接起来或用其他办法修补。

“这都是魔法的请求。”我抬起头看着马修，“这事你不应该向我保密。”

“我不想让你给伦敦城里的每个生物都行使魔咒。”马修的眼睛开始发黑。

“好吧，我也不要你每天晚上在外面吃饭，然后再跟朋友去喝酒！但你是个吸血鬼，有时候你就是非那样做不可。”我抗议道，“我是个女巫，马修。这样的请求必须小心处理才行。我的安全取决于我和邻居的关系。我不能像加洛格拉斯那样去偷船，也不能对着人吼叫。”

“老爷。”皮埃尔站在阁楼的另一端。那里有一个洗衣女工用的硕大的洗衣盆，洗衣盆后面是一段狭窄的旋转楼梯，往下通向一个隐蔽的出口。

“什么事？”马修不耐烦地说。

“阿格尼丝·桑普森死了。”皮埃尔看上去很恐惧，“星期六他们把她带到爱丁堡的城堡山，绞死她，然后把尸体烧了。”

“上帝啊。”马修的脸色变白了。

“汉考克说，木头点燃前她已经死透了，不会有任何感觉的。”皮埃尔继续说道。这是一个微不足道的怜悯，然而一个被定罪的女巫并非总能得到这样的待遇。“他们拒绝看你的信，*老爷*。有人对汉考克说，苏格兰的政务要由苏格兰国王来处理，否则他下次再出现在爱丁堡，就让他尝尝上螺丝夹板的滋味。”

“为什么我改变不了这件事？”马修咆哮道。

“这么说，你之所以与基特同流合污，并不仅仅是因为失去了孩子。你一直在躲避苏格兰的那些事。”

“无论我多么努力想做对事情，都似乎打不破这该死的模式。”马修说道，“以前，作为女王的间谍，我很高兴苏格兰出问题；作为圣会的成员，我也觉得为了维持现状而让桑普森死掉是可以接受的代价。但是现在……”

“你现在娶了一个女巫。”我说，“因此一切看上去都不一样了。”

“是的，我被困在曾经的信念和现在最珍视的东西之间，被困在我曾经带着自豪感捍卫的真理与如今不再明白的众多事情之间。”

“我会返回城里。”皮埃尔说着，转身向门口走去。“可能会有更多的发现。”

我仔细端详着马修疲惫的面容。“你不能奢望理解生命中的所有悲剧，马修。我也希望自己现在还怀着那个孩子。我知道眼下似乎毫无希望了，但这并不代表未来不值得期待——我们的孩子和家人的安全都有保障。”

“怀孕这么早就流产，几乎可以确定是基因异常导致胚胎无法存活。这种事情一旦发生……”他的声音越来越低。

“基因异常不一定会危及胎儿。”我说道，“我就是个例子。”

我是个遗传嵌合体，身上有配对错误的DNA。

“我无法忍受再失去一个孩子，黛安娜。我真的……承受不了。”

“我知道。”我疲倦到骨髓里，和他一样渴望睡着后能忘掉一切。我不曾有机会像他了解卢卡那样去了解我的孩子了，但还是痛苦得无法忍受。“我今晚六点必须去艾尔索普奶奶家。”我抬起头看着他，“你要出去跟基特瞎混吗？”

“不。”马修柔声说道。他把嘴唇凑到我的唇上——短暂且充满憾意，“我跟你一起去。”

马修说到做到，把我送到了艾尔索普奶奶家之后，才跟皮埃尔一起去金鹅酒店。女巫们尽可能用最客气的方式解释，血族是不受欢迎的。带领一个编织者安全通过入门咒，需要动用大量的超自然和魔法能量，而血族只会碍事。

要是我阿姨萨拉在这里，就会密切注意苏珊娜和玛乔丽准备圣圈的过程。她们使用的材料和设备有一部分很熟悉——比如说她们撒在地板上净化空间的盐——但其他的就不熟悉了。萨拉的女巫装备包括两把刀子（一把是黑柄的，另一把是白柄的）、毕晓普家传的魔法书，还有各种药草和植物。伊丽莎白时代的女巫施法时需要更多种类的东西，这其中就包括扫帚。我除了在万圣节前夕看过女巫做正式打扮，并戴尖顶帽之外，不曾见过她们拿扫帚。

大蒜区聚会的女巫每个人都带了一把独特的扫帚来到艾尔索普奶奶家。玛乔丽的扫帚是用樱桃树的树枝做的，顶端刻着各种字母和符号。玛乔丽没有在树枝主干分岔成细枝处绑扎常见的猪鬃，而是用了干燥的药草和枝叶。她告诉我，这些药草对她的魔法很重要——龙芽草能破解法术；仍保留完整黄白二色蕾丝状花朵的小白菊可以起保护作用；长着灰绿色叶子的迷迭香强韧枝条用来净化，使灵智清明。苏珊娜的扫帚是用榆树枝做的，象征人生从生到死的不同阶段，还呼应了她接生婆的职业。系在扫帚杆上的植物也有类似含义：瓶尔小草的肥厚绿叶有治疗作用，兰草泡沫状的白色花冠提供保护，千里光锯齿状的叶子会带来健康。

玛乔丽和苏珊娜仔细地按顺时针把那些盐扫开，直到细小的盐粒覆盖到了每一寸的地板。这些盐不仅会净化空间，玛乔丽解释道，还会赋予它一个牢靠的基础，使我的法力脱离约束后，不至于扩散到外边的世界。

艾尔索普奶奶把门窗都封住了——还有烟囱。房子里的幽灵们有两种选择，要么待在房梁之间，免得碍事，要么暂时躲到住在楼下的家人那里。幽灵们既不想错过任何事情，又对除了留在主人身边别无选择的灵仆有点儿嫉妒，于是就在屋椽子之间飞来晃去，搬弄是非，说什么中世纪某位名叫伊莎贝拉的女王和一个名叫阿格尼丝·亨格福德的女凶手又开始争吵。在这两个幽灵的争斗下，新门大街的居民们恐怕片刻也别想安宁了。

伊丽莎白和凯瑟琳讲了一些她们早年的魔法冒险，还鼓励我谈论自己的经历，让我镇静下来——也让我听不见阿格尼丝女士犯罪和被处死的血腥细节。我把萨拉果园地下的水一滴一滴地引入我的掌心，伊丽莎白对此赞叹不已。而我描述巫火发射前，弓箭忽然出现在我手中，凯瑟琳听了也开心地大笑。

“月亮升起来了。”玛乔丽说，她的圆脸由于满怀期待而变得绯红。尽管窗户都已经封上了，但没有一个女巫质疑她的话。

“那么时候到了。”伊丽莎白断然说道，表情严肃。

每个女巫都从房间的一个角落走到下一个角落，同时从自己的扫帚上折下一根细枝，放在角落里。她们不是随意乱放，而是把这些细枝交叠起来，排列成五芒星的形状，那是女巫的五角星。

我和艾尔索普奶奶在魔法圈正中间就位。尽管用肉眼是看不见边界的，但其他女巫站到各自指定的位置后，边界会发生变化。她们全部就位后，凯瑟琳低声念出一个魔咒，各女巫之间就出现了一道弧形的火线，把她们连接成一个圆圈。

力量在圆心涌现。艾尔索普奶奶警告过我，我们今晚的作法会召唤出古老的魔法。不久，来回摆动的能量波就被某种东西取代了，它让我感觉像是被一千个女巫注视着，充满刺痛感与爆裂感。

“用你的女巫之眼看一看周围。”艾尔索普奶奶说，“告诉我你看到了什么。”

我睁开第三只眼，心中期待着能看到空气活了过来，每个粒子都充满了可能性。然而，我却看到房间里布满了魔法的细线。

“细线。”我说，“好像世界本身只不过是一块挂毯。”

艾尔索普奶奶点点头。“成为编织者就是要与周围的世界连在一起，透过细线和色彩来观察它。有些细线会限制你的魔法，但其他细线会把你血液中的力量与四大元素以及它们蕴含的伟大秘密连接起来。编织者要学会如何解除束缚魔法的那些细线，并利用其他的细线。”

“可是我不会区分它们。”成百上千条线碰到我的裙子和紧身胸衣。

“你很快就会测试它们，就像鸟儿测试自己的翅膀一样，发现它们为你保守的秘密。现在我们要把它们都剪断，这样它们才能摆脱束缚，回到你的身上。我剪这些线的时候，你必须要克制抓住周遭力量的冲动。因为你是个编织者，你会想把那些断线接上。你要让思绪自由驰骋，保持内心空白，让力量照它的意愿行动。”

艾尔索普奶奶松开我的胳膊，开始编织她的魔咒，发出完全不像语言，但听起来却莫名熟悉的声音。每念一句，我就看到眼前的细线纷纷脱落，蜷曲变短。我的耳朵里充满了咆哮声。我的手臂听从了那个声音，好像它在发号施令，我举起手臂，向外伸展，直到我站成像当初在毕晓普老宅，从萨拉的果园汲取地下水时，马修帮我摆出的 T 形姿势。

那些魔法线——所有那些我只能借用，却抓不住的力量之线——都向我爬过来，就好像它们是由铁屑做的，而我就是一块磁铁。当它们落到我手上时，我努力忍住想要握拳抓住它们的冲动。正如艾尔索普奶奶预测过的那样，这种欲望是如此强烈。不过，我还是让它们像小时候妈妈在故事里讲到的缎带那样轻轻滑过我的皮肤。

到目前为止，发生的每件事都跟艾尔索普奶奶曾告诉我的一样。但是没有人能预测我的魔法具体呈现后会发生什么事。我周围的女巫都打起精神，准备迎接不可知的变故。艾尔索普奶奶曾警告过我，并非所有的编织者都能在入门咒阶段制造出魔宠，所以我不应该对魔宠的出现保持期待。不过，过去几个月的生活已经让我明白，只要有我在，出乎意料的事情发生的概率就特别高。

咆哮声变得更大了，空气开始躁动起来。一个旋转着的能量球悬在我头顶正上方。它从房间汲取力量，但是一直在往中心塌陷，就像一个黑洞。我的女巫之眼紧紧闭上，无法直视那种不断翻腾的刺眼强光。

某种东西在风暴中脉动。它摆脱束缚，呈现一个朦胧的形体。它一出现，艾尔索普奶奶就沉默下来。她久久地看了我最后一眼，然后把我一个人留在圆阵中心。

我听到了拍打翅膀的声音，还有带刺尾巴的抽击声。一股热腾腾的湿润气息掠过我的脸颊。空中浮现出一只透明生物，长着蜥蜴状的龙头，鲜艳的翅膀碰到房梁，幽灵们纷纷避开。它只有两条腿，脚上弯曲的爪子看上去就像它长尾巴上的刺一样致命。

“它有几条腿？”玛乔丽喊道。她站的那个位置看不清楚，“就只是一条龙吗？”

就只是一条龙吗？

“是一条火龙。”凯瑟琳惊讶地说。她抬起胳膊，准备它一旦发起攻击，就施展防御咒。伊丽莎白·杰克逊也抬起了胳膊。

“等一下！”艾尔索普奶奶大喊，打断了她们的魔法，“黛安娜还没有完成她的编织，或许她会找到驯服她的办法。”

驯服她？我难以置信地看了看艾尔索普奶奶。我甚至都不确定，眼前的这个生物是实体还是幽灵。她看起来很真实，但我的目光能穿透她。

“我不知道该怎么办。”我开始恐慌。这个生物每拍一下翅膀，就有一团火星夹杂着火焰，像雨一般落到房间里。

“有些魔咒始于一个念头，其他的则始于一个问题。有许多方法思考接下来会发生什么事：打一个结，搓一根绳，甚至锻造一根链子，就像你和你的血族之间的那种链子。”艾尔索普奶奶的声音低沉而有抚慰的作用，“要让力量穿过你。”

火龙不耐烦地吼叫着，向我伸出脚。她想要什么？抓起我，带我离开这个房子？一个可以让它栖息、让双翅休息的舒适之地吗？

我脚下的地板嘎吱嘎吱作响。

“躲开！”玛乔丽大喊道。

我及时移开了。不一会儿，一棵树从我刚刚站过的地方冒了出来。树干往上生长，分出两个结实的枝丫，向旁边展开。枝头的嫩芽长成绿叶，然后开出白色的花，结出了红色的浆果。不消几秒钟，我就站在了一棵同时开着花结着果的大树下。

火龙的脚抓住最高的树干。有一阵儿，她似乎打算在那里休息。一根树枝啪一声断了。火龙重新回到空中，爪子上抓着一截扭曲的树枝。火龙张口喷出一团火焰，树瞬间化为烈焰。房间里的易燃物实在太多了——木地板和家具，女巫身上穿的衣服。我唯一的念头就是必须阻止火势蔓延。我需要水——很多的水。

我的右手感觉很沉。我低头看去，以为会看到一只水桶，然而却是一支箭。巫火。可是再大的火有什么用呢？

“不，黛安娜！不要尝试创造魔咒！”艾尔索普奶奶警告道。

我摇摇头，摆脱雨和河的意念，然后直觉就接手了。我把两只手臂举到胸前，右手向后拉，然后手指一松，箭就射进树干中心。火焰喷涌，又高又急，亮得我睁不开眼睛。等热度减弱，我的视觉恢复，发现自己站在山顶，头上是星光闪烁的夜空。一弯巨大的新月低低地挂在天上。

“我一直在等你。”女神的声音只比轻盈的风声略大一点。她穿着柔软的长袍，长发瀑布般地垂在背上。看不到她常用的武器，只有一条大狗跟在她身边。那只狗又大又黑，可能是一头狼。

“是你。”一种恐怖的感觉挤压着我的心脏。自从失去孩子之后，我就一直期望见到她。“你拿走我的孩子来交换马修的性命吗？”我质问道，一半出于愤怒，一半出于绝望。

“不。那笔账已经算清了，我已经取走了另一条命。一个死去的孩子对我没什么用。”这个狩猎女神的眼睛碧绿，就像春天柳树抽出的第一批嫩芽。

我的血液忽然变冷，“你取走了谁的命？”

“你的。”

“我的？”我木然地说，“难道我……死了？”

“当然没有。死者属于另一个辖区，我要的是生者。”现在，狩猎女神的声音清凉通透，宛如月光。“你答应过我可以带走任何人的命——任何东西——来交换你心爱的人的生命。我选择了你。我跟你之间的事还没有完。”

女神退后一步，“你把自己的命交给了我，黛安娜·毕晓普。现在该派上用场了。”

头顶上传来一声唳叫，提醒我火龙也在场。我抬起头，想在月影中找寻她的踪迹。我眨了眨眼睛，在艾尔索普奶奶天花板的映衬下，她的轮廓清晰可见。我又回到了女巫的家，不再跟女神一起站在光秃秃的山顶。树不见了，只剩一堆灰烬。我又眨了眨眼。

火龙也对着我眨眼。她的眼神悲伤而熟悉——眼睛是黑色的，虹膜是银色而非白色。她又尖叫一声，松开爪子。那截树枝掉进我的怀里。它摸着像箭杆一样，但比乍看上去的尺寸更加沉重和结实。火龙来回摆动着头，几缕烟从她的鼻孔中冒了出来。我很想伸手去摸她，不知道她的皮肤会不会像蛇一样温暖而柔软，但某种因素告诉我，她不会喜欢我这个举动。我不想惊动她。她说不定会猛然仰起头，冲破屋顶。在树和火之后，我开始担心艾尔索普奶奶的房子状况。

“谢谢你。”我低声说。

火龙用火的低吟与歌声回应我。她用银灰二色的眼睛端详着我，眼神苍老而睿智，并若有所思地前后甩动尾巴。她把翅膀张开到最大，然后缩回来紧贴着身体，接着消失于无形之中。

火龙给我留下的只有肋部刺痛的感觉，让我知道她就在我的体内，等待我需要她的时刻。因为体内住着这么重的一个动物，所以我跪在了地上，手中的树枝也哐啷一声砸在地板上。女巫们赶快冲过来。

艾尔索普奶奶第一个来到我身边，张开细细的胳膊搂着我。“你做得很好，孩子，你做得很好。”她低声说道。伊丽莎白将一只手窝成杯状，口中念念有词，把它变成一个浅浅的装满水的银杯。我喝掉杯子里的水，杯子变空后又还原成一只手。

“今天太棒了，艾尔索普奶奶。”凯瑟琳笑容满面。

“是啊，而且对一个如此年轻的女巫来说还真不容易。”艾尔索普奶奶说道，“你做事不半途而废，黛安娜·罗伊登。首先，你不是普通的女巫，而是编织者。其次，你编织出一个魔咒，用它召唤出花楸树，但最终目的只是为了驯服火龙。我如果是在预言中看到这一切，肯定是不会相信的。”

“我看到了女神。”她们扶我站起来的时候，我解释道，“还有一条龙。”

“那不是龙。”伊丽莎白说。

“它只有两条腿。”玛乔丽解释道，“所以她不仅属火，而且也属水，能够在这两种元素间自由移动。火龙是两种极端的结合体。”

“火龙的特性也适用于花楸树。”艾尔索普奶奶带着自豪的微笑说道，“花楸树把树枝探进一个世界，而把根留在另一个世界，这可不是每天都能见到的事。”

虽然这些女人围绕在我身边开心地说笑，我还是不知不觉地想起了马修。他还在金鹅酒店等我的消息。我睁开第三只眼，看到从我的心脏里伸出一根弯弯曲曲、黑红相间的细线，它越过房间，穿过钥匙孔，进入外面的黑暗之中。我用力拉了它一下，体内的那条锁链就发出一声共鸣。

“如果我没猜错的话，罗伊登老爷很快就会来接他的妻子了。”艾尔索普奶奶面无表情地说道，“我们先扶你站起来，不然他会认为我们没有照顾好你。”

“马修的保护欲很强。”我带着歉意说，“尤其自从……”

“我还真没见过不是这样的**血族**，这是它们的天性。”艾尔索普奶奶说着，扶我站了起来。空气又恢复了粒子状态，在我走动时轻轻摩擦我的皮肤。

“在这件事上，罗伊登先生没必要担心。”伊丽莎白说，“我们会确保你从黑暗回来时找得到路，就像你的火龙那样。”

“什么黑暗？”

女巫们都沉默了。

“什么黑暗？”我再次问道，把疲倦抛在一旁。

艾尔索普奶奶叹了口气。“有些巫师——极少数——能来往于这个世界和另一个世界之间。”

“时光编织者。”我点点头说，“是的，我知道。我就是其中一个。”

“不是来往于这个时代和下一个时代之间，黛安娜，而是这个世界与另一个世界之间。”玛乔丽指了指我脚边的树枝。“生——与死。你可以同时置身于两个世界之中。这就是为什么是花楸树选择了你，而不是桤木或桦树。”

“我们曾经猜测有这种可能，毕竟你能怀上一个血族的孩子。”艾尔索普奶奶专注地看着我说道。我的脸色突然变得惨白。“怎么了，黛安娜？”

“那些榅桲，还有那些鲜花。”我的膝盖又开始发软，但我依然保持站姿。“玛丽·西德尼的鞋子，还有麦迪逊的那棵橡树。”

“还有这个血族。”艾尔索普奶奶柔声说道。不用我说，她就已经明白了。“有这么多征兆都指向真相。”

门外隐隐传来敲门声。

“不能让他知道。”我抓住艾尔索普奶奶的手，急切地说道，“现在还不行。我们的孩子刚失去不久，而且马修不想让我搅和生死之事。”

“现在这么说，已经太迟了。”她忧伤地说。

“黛安娜！”马修的拳头砸在门上。

“这个血族会把木门劈成两半的。”玛乔丽说，“罗伊登老爷是无法打破束缚咒进来的，但是门板破裂的声音会大得吓人。想想你的邻居吧，艾尔索普奶奶。”

艾尔索普奶奶做了个手势。空气变得凝重起来，然后松弛。

马修正站在我面前，只隔一个心脏的距离。他用灰色的双眼扫遍我的全身，“这里出什么事了？”

“如果黛安娜想让你知道，她会告诉你的。”艾尔索普奶奶说。她转向我说道：“根据今晚发生的事，我想明天你应当跟凯瑟琳和伊丽莎白上课。”

“谢谢你，奶奶。”我小声说道，非常感激她没有泄露我的秘密。

“等一下。”凯瑟琳从花楸树的枝干上折下一根细枝。“拿上这个吧，你要随时带在身边，作为护身符。”凯瑟琳把那根树枝塞进我手中。

不仅皮埃尔，还有加洛格拉斯和汉考克都在大街上等着我们。他们簇拥着我，把我带上蒜头山下的一艘船。我们回到水巷之后，马修把其他人都打发走，留下我们独享卧室宁静的幸福。

“我不需要知道出了什么事。”马修关上了门，粗声粗气地说，“我只需要知道你是否真的平安。”

“我真的很好。”我转身背对着他，让他帮我解开紧身胸衣上的带子。

“你在害怕什么，我闻得出来。”马修把我转过来面对着他。

“我害怕可能会找到什么跟自己有关的事。”我径直迎上他的目光，说道。

“你会找到真正的自己。”他的声音听上去如此肯定，又是那么漫不经心。不过，他并不知道那条龙和花楸树的事，也不知道它们对编织者的意义。马修既不知道我的生命已归女神所有，也不知道那是我为了救他而达成的交易。

“要是我变成了另外一个人，而你又不喜欢她怎么办？”

“不可能。”他向我保证，把我拉得更近了。

“假如我们在我的血液里找到操纵生死的力量呢？”

马修后退一步。

“我在麦迪逊救你并不是偶然事件，马修。我还把生命吹进玛丽的鞋子——就像我从萨拉家的橡树和这里的榅桲吸走生命一样。”

“生和死是很大的责任。”马修灰绿色的眼睛一片暗淡，“但我还是一样爱你。你忘了，我也有控制生死的力量。我在牛津狩猎的那天晚上，你是怎么跟我说的？你说我们之间并没有什么不同。‘**我偶尔吃山鹑，你偶尔吃鹿。**’”

“我们相似的程度远远超出我们的想象。”马修继续说道，“只要你能相信我的善良，让我知道你如何看待我的过去，那么就应该让我也对你有同样的信念。”

我突然想要说出自己的秘密。“有一条火龙和一棵树——”

“唯一重要的事就是你安全到家了。”他说道，用一个吻让我安静下来。

马修把我抱得这么久、这么紧，在这充满幸福的时刻，我——差点——就相信他了。

第二天，我如约来到艾尔索普奶奶家去跟伊丽莎白·杰克逊和凯瑟琳·斯特里特见面。安妮陪着我，不过她被送到苏珊娜家等我下课。

花楸枝靠在房间的一角。此外这个房间看上去极为普通，根本不像女巫站成圆形阵或召唤火龙的地方。不过我仍然期待能看到一些肉眼能看见的施法迹象——也许是一口大锅，或者可能象征各种元素的彩色蜡烛。

艾尔索普奶奶指了指桌子，那里已经摆好了四把椅子。“来，黛安娜，坐下。我们认为可以从头开始。跟我们说说你的身世。追踪女巫的血缘会发现很多线索。”

“但是我还以为你们会教我如何编织火和水的魔咒。”

“血除了火和水，还会是什么呢？”伊丽莎白说。

三个小时后，我将自己的童年记忆挖了个遍，累得精疲力竭——那种被人监视的感觉，彼得·诺克斯来我家探访，我父母的死。不过，这三个女巫并没有停止对我的追问。我又讲述了自己在中学和大学里的经历：那些跟踪我的精灵，少数几个我操作起来没有困难的魔咒，遇见马修后开始出现的各种怪事。如果这些事情都有一个模式的话，我是没有看出来，但艾尔索普奶奶送我走的时候，向我保证说，她们很快就会制订出一个计划。

我拖着步子来到贝纳德城堡。玛丽把我按在椅子上，不愿让我帮忙，在她试着弄清那批初始材料出了什么问题的同时，坚持让我休息。那些材料已经发黑，变得像一摊烂泥，表面还长出一层绿色的薄膜。

玛丽工作的时候，我在胡思乱想。今天阳光明媚，一束光线穿过烟雾弥漫的空气，照在画有炼金之龙的壁画上。我在椅子上俯身向前。

“不。”我说，“这不可能。”

但确实如此。这条龙不是普通的龙，因为它只有两条腿。这是一条火龙，嘴里噙着自己带刺的尾巴，就像克莱蒙家族旗徽上的衔尾蛇。火龙的头侧向天空，嘴里含着一轮新月，头顶上方有一颗多角星。**马修的纹章**。我以前怎么没有注意到呢？

“那是什么，黛安娜？”玛丽皱着眉问道。

“帮我一个忙可以吗，玛丽，即使这个要求很奇怪？”我解掉手腕上的丝带，期待着她的回答。

“当然可以。你需要我做什么？”

火龙的血以弯弯曲曲的路径滴进翅膀下方的炼金容器内，融入水银与银的海洋中。

“我要你抽一些我的血，然后放进强水、银和水银的溶液里。”我说。玛丽的目光在我和火龙之间转动，“因为血液无非就是水与火，对立两端的结合，一场化学的婚礼。”

“好吧，黛安娜。”玛丽同意道，显得困惑不解，但也没有再问其他问题。

我信心十足地在我手臂内侧的伤疤上轻轻一弹。这次我不需要什么刀。皮肤裂开了，正如我所预料的那样，鲜血涌出，因为我需要它。琼赶紧拿着一个小碗跑过来承接那股红的液体。那头火龙高居墙上，用银黑相间的眼睛看着血一滴滴落下。

“‘一切从匮乏与欲望开始，一切从鲜血与恐惧开始。’”我低语道。

“‘一切从女巫的觉醒开始。’”时光用远古的声音回应道，蓝色与琥珀色的细线随即被点燃，在房间石壁的掩映下闪烁。

24

“它要一直那样做吗？”我站起来，两手叉腰，皱着眉头，抬头看着苏珊娜家的天花板说道。

“‘是她’，黛安娜，你的火龙是母的。”凯瑟琳也在看着天花板，但一副觉得很好笑的表情。

“她，它，那个。”我指着上方说道。我本来在尝试编织一则魔咒，但我的龙却从我的肋骨里逃了出来。现在它又飞了出来，贴在天花板上，吐出一阵阵烟雾，兴奋地把牙齿咬得咯咯响。“我不能让它——她——想什么时候在屋里飞就什么时候飞。”如果她在耶鲁大学的学生中一阵乱飞，后果将会非常严重。

“你的火龙挣脱出来，其实象征了一个更大的问题。”艾尔索普奶奶交给我一束顶端绑在一起、色泽艳丽的丝线。这把线尾端自由飘动，像五朔节花柱的彩带，总共有九根，分别是红色、白色、黑色、银色、金色、绿色、褐色、蓝色和黄色。“你是一个编织者，必须要学会控制自己的力量。”

“这点我很清楚，艾尔索普奶奶，但我还是不明白，这些——绣花丝线——会有什么用。”我固执地说道。那条龙也嘎嘎地叫了一声，表示同意。发出声音的时候，她的形体膨胀，显得更加实体化，然后又淡去，恢复原来朦胧的轮廓。

“你对做一个编织者有多少了解呢？”艾尔索普奶奶严厉地问道。

“不多。”我承认。

“黛安娜应该先喝一点这个。”苏珊娜端着一个冒着热气的杯子走过来。洋甘菊和薄荷的味道弥漫在空气中，我的龙好奇地歪起头。“这是镇定心神的药草茶，可以让她的龙镇静下来。”

“我不太担心这头野兽。”凯瑟琳不屑地说道，“驯服它们本来就很难——就像管制一个成心捣蛋的精灵。”我觉得她这些话说起来倒是容易，但她又不必说服这头野兽爬回她的体内。

“这药茶里都放了什么植物？”我喝了一口苏珊娜的药茶，问道。自从喝了玛尔特的药茶之后，我就对药草饮料都心存怀疑。我的问题才出口，杯子里就开出薄荷，带着药香的甘菊花，花朵像一堆泡沫的白芷，还有一种我不认识的僵硬发亮的叶片。我骂了一句。

“你看！”凯瑟琳指着杯子说，“正如我所说的那样，黛安娜提出问题，女神就给予回答。”

苏珊娜吃惊地看着自己的高脚杯被膨胀的块茎撑破。“我想你是对的，凯瑟琳。但她应该编织而不是破坏东西，她需要提出更好的问题。”

艾尔索普奶奶和凯瑟琳已经搞清楚我的魔法秘密：它与我的好奇心紧密相关。这种情况造成许多不便，但经这么一说，很多事情就可以解释了：每次我面对难题，眼前就浮现一张白色桌子，上面摆了许多色彩鲜艳的拼图片；我在麦迪逊的时候，想知道萨拉的冰箱里是否还有黄油的时候，黄油就会从里面飞出来。甚至《阿什莫尔 782 号》手抄本在博德利图书馆离奇出现也能说得通了：我填写借书单的时候，就在好奇这本书里写了些什么。今天早些时候，我只是想了一下苏珊娜的魔法书上某一个魔法可能是谁写的，书上的墨迹就离开纸页，在旁边的桌子上重组成一张酷似她去世的祖母的画像。

我答应苏珊娜，一旦找到方法，就尽快把那些墨迹放回书中。

于是我发现，魔法的运作其实和历史是一样的。两者的重点都不在于找到正确的答案，而是如何提出更好的问题。

“再给我们讲一讲你召唤巫水的事情，黛安娜，以及你心爱的人遇到麻烦时，弓箭是怎么出现的。”苏珊娜建议道，“也许我们可以从中找到某种规则。”

我重述了马修把我留在塞图尔城堡的那个夜晚，当时水如洪水一般从我的身体里流出来，以及在萨拉果园里的那个早上，我看到了地下水脉。我又非常仔细地描述每一次弓出现的过程——包括有弓无箭，或有箭但我没发射的那几次。我讲完的时候，凯瑟琳发出了一声满意的叹息。

“我现在明白了问题所在。除非要保护某一个人，或者要被迫面对恐怖的情况，否则黛安娜不会全心全意地投入。”凯瑟琳指出，“她总是要么对过去充满疑惑，要么对未来充满忧虑。一个女巫必须全身心地处于此处，活在当下，才能编织出魔法。”我的火龙扇了扇翅膀，表示同意，在房间中卷起一阵强大的暖风。

“马修一直认为我的情感、需求和魔法之间有联系。”我对她们说。

“有时候我都怀疑这个血族说不定有一部分是个巫师。”凯瑟琳说。其他人都大笑起来，因为伊莎波·克莱蒙的儿子身上，即使只流有一滴巫师的血，都是很荒谬的想法。

“我想我们可以暂时把火龙放到一边，先帮黛安娜处理伪装咒的问题。”艾尔索普奶奶认为，每当我使用魔法，四周都会涌现大股能量，需要遮蔽起来。“你有进展了吗？”

“我感觉周围冒出了几缕烟雾。”我迟疑着说道。

“你需要把注意力都放到那些线结上。”艾尔索普奶奶盯着我腿上的那些细线。每种颜色都可以在连接这个世界的细线上找到，操纵这些细线——把它们扭转或者打结——会制造一种表达赞同的魔法。

不过我先得知道应该使用哪几根细线。我拎起最上面的结，拿起所有的彩色细线。艾尔索普奶奶已经教过我，轻轻对细线吹气，同时集中精神，应该就可以让适合拿来编织魔咒的细线松脱出来。

我把气吹进了那些细线里，它们发出微弱的光芒，轻轻拂动。黄色和棕色的细线自己松开，落在我的腿上，此外还有红色、蓝色、银色和白色的细线。我用手指捋了捋捻成九寸长的丝线。六股线代表六种绳结，一个比一个复杂。

我打结的技术还是很笨拙，却发现这个阶段的编织格外能镇定心神。当我用普通细线练习捻绳、交叉打结，看上去竟让人想起一种古老的凯尔特绳结。那些编结是有等级顺序的。前两个结是单活结和双活结。萨拉在编织一个爱情魔法或其他约束魔法的时候，有时会用上这种绳结。但是只有编织者才能打出最复杂的绳结，使用多达九种的不同交叉方法，最后再用魔法把细线融合在一起，让其牢不可破。

我深吸一口气，把注意力重新集中到我要做的事情上。伪装是一种保护形式，是紫色的。但这里没有紫色的细线。

蓝色和红色的细线立刻飘起来，紧紧地缠绕在一起，形成一种略带斑驳的紫线，和之前我母亲在晚上月色昏暗时放在窗口的那种蜡烛的颜色一模一样。

“绳结见一，魔咒出击。”我低声说着，用紫线打成一个简单的双活结。火龙模仿我的声音发出低吟。

我抬头看了看火龙，再次对她变化无常的外表感到震撼。她呼气的时候，就褪变成一团模糊的烟雾；吸气的时候，身体的轮廓就变得非常清晰。她是物质与精神的完美平衡，既不完全是实体，也不完全是幽灵。我能达到这样和谐的境界吗？

“绳结分双，魔咒释放。”我在同一条紫线上打了一个双活结。我心中想着能否可以像火龙那样，每次想遁入安全的灰色区域时都能如愿，于是就用手指梳理那根黄线。第三个结是我要打的第一个真正的编织者之结。尽管只要交叉三次，但对我来说仍然是个挑战。

“绳结成三，魔咒出山。”我把那根线绕几个圈，打成三叶草的形状，然后把末端系在一起。它们融为一个整体，成为牢不可破的编织者之结。

我松了口气，把它放在我的腿上，一团比烟雾还要薄的灰色水汽从我的嘴里冒了出来，像一个罩子般地包围着我。我惊得轻呼一声，呼出更多那种怪异而透明的雾气。我抬头向上看去，火龙去哪里了？那根棕线跳上了我的手指。

“绳结占四，法力聚集。”我很喜欢第四个结，长得像一块椒盐卷饼，要反复扭转好几次。

“很好，黛安娜。”艾尔索普奶奶说道。此刻是我的魔咒最容易出错的关头。“好，在这种状态停留一会儿，让那条龙跟你待在一起。如果她愿意配合，就会帮你躲开好奇的眼光。”

指挥火龙合作似乎是一种奢望，但我还是用那根白线打成了一个五角星形状的编结。“绳结下五，魔咒吞吐。”

火龙俯冲下来，翅膀依偎在我的肋骨上。

你愿意跟我在一起吗？我默默地问她。

火龙把我包裹在一个精致的灰茧里。它让我的黑色裙子和上衣失去光泽，变成了深灰色。伊莎波的戒指不再那么熠熠生辉，钻石核心里的火焰暗淡下来，就连我腿上剩下的那根银线也失掉了光泽。我对火龙无声的回答露出微笑。

“绳结如六，魔咒入扣。”我说。最后这个结打得不太对称，但也没有散开。

“你的确是一个编织者，孩子。”艾尔索普奶奶松了口气，说道。

在步行回家的路上，火龙像一片围巾似地裹着我，我变得毫不引人注目，感觉十分神奇。但当我一踏进鹿冠公寓的门槛，一切就又恢复了生机。在那里等着我的是一个包裹，还有基特。马修仍然花太多的时间和这个反复无常的精灵厮混在一起。我和马修相互冷冷地寒暄了一下。当我正要拆开包裹的外包装时，马修大吼一声。

“天啊！”马修出现在几分钟前还空无一物的地方，难以置信地盯着一张纸。

“这个老狐狸现在想干嘛啊？”基特没好气地说着，把笔使劲往墨水瓶里一塞。

“我刚收到巷子里那个金匠尼古拉斯·瓦兰的账单。”马修怒视着说。我无辜地看着他。“一个老鼠夹子他竟然收我十五英镑。”现在我对一英镑的购买力更加了解了——玛丽的女仆琼一年才挣五英镑——所以我能理解马修这么震惊的原因。

“哦，那个呀。”我继续拆着包裹，“我让他做的。”

“你竟然让伦敦最好的金匠给你做一个老鼠夹子？”基特简直难以置信，“如果你的钱多得花不完，罗伊登夫人，就让我给你做一个炼金术实验。我可以把你的金银变成主教帽酒吧的酒。”

“是个老鼠笼，不是老鼠夹子。”我嘀咕着说。

“我能看一下这个老鼠笼吗？”马修的语气很镇静，是个不祥的征兆。

我除掉最后一层包装，把那个东西拿了出来。

“镀银，还刻了字。”马修拿在手里翻来覆去地看。看得更加清楚之后，马修骂了一句：“**艺术永存，生命短暂**。[1]的确如此。”

“应该非常有效。”瓦兰先生的设计非常巧妙，笼子的造型很像

① 原文为拉丁语 Ars longa, vita brevis。

一只警惕的猫，铰链上是一双做工精美的耳朵，两只瞪得很大的眼睛雕刻在交错的支架上。笼子两端都做成嘴巴的形状，还附带有致命的利齿。它有点让我想起了萨拉的猫塔比莎。瓦兰突发奇想，在这只猫的鼻子上装了一只银鼠。这只小东西一点都不像在我们的阁楼上悄悄跑来跑去的长牙怪物。只要想到它们趁着我和马修睡着的时候，在马修的文件里啃来啃去的，就让我不寒而栗。"看，他还在下面刻了东西。"基特说着，顺着那只嬉闹的小银鼠向笼子底座看去。"上面写着希波克拉底[①]格言的剩余部分——居然还是拉丁文：'Occasio praeceps, experimentum periculosum, iudicium difficile.'"

"鉴于这个用具的作用，刻这行字可能过于矫情。"我说。

"矫情？"马修的眉毛挑了起来，"在老鼠看来，听上去相当实际啊：**机遇诚难得，实验有风险，判断很困难。**"他撇了撇嘴。

"瓦兰占了你的便宜，罗伊登夫人。"基特大声说，"你应该拒绝付钱，马特，把这个笼子退回去。"

"不。"我反对道，"这不能怪他。我们当时正说着钟表，瓦兰先生给我看了一些漂亮的样品，我让他看了从跛子门约翰·钱德勒的店铺里拿的小册子——介绍如何捕捉害虫的那本——并给他讲了我们家的鼠患问题。这是顺理成章的事。"我低头看了看那个笼子。真是一件精美的工艺品，装有小巧的齿轮和弹簧。

"全伦敦的人都有鼠患的问题。"马修努力掌握主导权，"但我没有听说谁要用一个镀银的玩具来解决这个问题。通常情况下，买几只猫就足够了。"

"马修，我来付钱。"这么一来，我的钱包可能就空了，还要向沃尔特要钱，但这也没有办法。不经一事，不长一智，有时要付出昂

---

① 希波克拉底（约公元前460—约前370），古希腊医师，又称医药之父。

贵的代价。我伸手去拿那个笼子。

“瓦兰还设计报时装置了吗？如果有这个功能，那它就是世界上唯一一个既能报时又能捕捉害虫的东西，那样价格也许还算合理。”马修努力试着皱起眉头，脸上却忍不住露出微笑。他没把笼子递给我，而是拉住我的手，放到唇边吻了一下。“我来付钱，我的心肝儿，即使是为了可以在未来六十年里拿它取笑你。”

就在这时，乔治匆忙走进前厅，带来一股寒风。

“我得到消息了！”他把斗篷猛地一甩，摆出一个自豪的姿势。

基特呻吟一声，用手抱住脑袋：“别告诉我，庞森比那个傻子很满意你翻译的《荷马史诗》，而且准备不再修改就出版。”

“我今天办妥了一件了不起的大事，即便是你，也不会让我感到扫兴的，基特。”乔治满怀期待地环视了一圈，“嗯？你们一点都不好奇吗？”

“什么消息呀，乔治？”马修心不在焉地说着，把笼子扔向空中，然后又接住。

“我找到罗伊登夫人的手抄本了。”

马修抓着老鼠笼子的手一紧，机关猛地弹开。他松开手指，笼子咔嗒一声掉到桌子上，又迅速合上。“在哪里？”

乔治本能地后退一步。我一直在面对我丈夫的质问，所以明白作为吸血鬼全部注意力集中的焦点，又是多么的令人不安。

“我就知道你能找到它。”我亲切地对乔治说，拉了拉马修的袖子，让他放慢速度。正如我所料，这句话果然让乔治平静下来，回到桌子边，拉出一把椅子，坐了下来。

“你的信任对我非常重要，罗伊登夫人。”乔治脱下手套，抽了抽鼻子。“不是每个人都这样想。”

“在、哪、里？”马修咬着牙关，一字一顿地问道。

“在能想象到的最明显的地方，却逃过了每个人的眼光。我很意外我们竟然一开始没有想到。”他又顿了一下，确定是不是每个人都在听他说。马修沮丧地发出一声几乎听不见的低吼。

“乔治。”基特警告道，“马修咬人可是出了名的。”

“在迪伊[①]博士那里。”乔治见马修作势要扑过来，赶紧说道。

“女王的占星师。”我说。乔治说得很对，我们早就应该想到这个人。迪伊也是个炼金术士——还拥有英格兰最大的图书馆。“但他在欧洲呀。”

“迪伊博士一年多前就回来了，现在就住在伦敦城外。”

“请告诉我，他不是个巫师、精灵，也不是个吸血鬼。”我恳求道。

“他就是一个人类——还是个大骗子。”马洛说，“他说的话我一个字都不会相信，马特。他很卑鄙地利用可怜的爱德华，强迫他观察水晶石，还强迫他没日没夜地给天使们讲炼金术的事情，然后再抢走所有的功劳！”

“可怜的爱德华？”沃尔特嘲弄道，没打招呼就推开门走了进来。跟他一起的是亨利·珀西。暗夜学派的成员只要走到鹿冠公寓周围一英里之内，就会不由自主地被吸引到我们的壁炉旁边。“你那位精灵朋友几年来一直牵着他的鼻子走。你要问我的话，我会说迪伊博士没有他还比较好一点。”沃尔特拿起那个鼠笼子问道，“这是什么？”

“狩猎女神把注意力转向小型猎物了。”基特一脸坏笑。

“呵，是个老鼠笼子。但是没有人会蠢到做一个镀银的老鼠笼子。”亨利从沃尔特的背后看过来，“看上去很像是尼古拉斯·瓦兰的杰作。

① 约翰·迪伊（John Dee，1527－1608/1609），英国数学家、天文学家、占星学家、亡灵法师、地理学家、神秘学家，女王伊丽莎白一世的顾问。他把自己一生的大部分时间献给炼金术、占卜及赫耳墨斯哲学。

他被封为嘉德骑士的时候，为埃塞克斯造了一个漂亮的钟表。这是小孩玩具吗？”

吸血鬼的一只拳头砸在我的桌子上，打得木头四分五裂。

“乔治。”马修大吼，“给我们讲一讲迪伊博士的事情。”

“哦，是的，当然。没有太多可讲的，我是按照你的要求去做、做的。”乔治结结巴巴地说，“我去看过那些书摊，没有获得什么情报。有人提到有一本希腊诗集要卖，听起来很适合我翻译——哎呀，我跑题了。”乔治停下来，吸了一大口气，“朱琪寡妇建议我去问问约翰·海斯特——保罗码头的那个药剂师。海斯特让我去找休·普拉特——你们知道的，就是那个住在大蒜区的葡萄酒商。”我用心听着，记下这条错综复杂、追寻知识的朝圣路线，希望下次去见苏珊娜的时候，可以重走一遍乔治的旅程，说不定她跟普拉特是邻居。

“普拉特跟威尔一样坏。”沃尔特咬牙切齿地说，“总是把一堆跟他没有关系的事记录下来。那家伙还打听我母亲做油酥点心的秘方。”

“普拉特师傅说，迪伊博士有一本来自皇帝图书馆的书，谁都读不懂，里面还有一些奇怪的图画。”乔治解释道，“普拉特是在找迪伊请教炼金术的时候看到的。”

我和马修相互看了一眼。

“马修，有可能。”我压低声音说道，“伊莱亚斯·阿什莫尔在迪伊死后，曾搜寻他遗留下来的藏书，而且他对炼金术书籍还特别感兴趣。”

“迪伊的死。罗伊登夫人，那个好博士是怎么去世的呢？”马洛柔声问道，棕色眼睛的目光轻瞟着我。亨利没有听到基特的问题，所以没等我回答就抢先发话。

“我要去看看。”亨利果断地点头，“我要去里士满见女王，路上就可以安排，很容易。”

“但你可能认不出它，哈尔。”马修虽然听到了基特的问题，但也打算置之不理，“我跟你一起去。”

“你也没见过。”我摇了摇头，希望能摆脱马洛刺探的目光，“再说如果要去拜访约翰·迪伊，我也要去。”

“你没必要那样瞪着我，**我的小母狮**。我非常清楚，你怎么都不会放心把这件事交给我的。只要是与书本和炼金术士有关的事情，你都不会的。”马修伸出一只告诫的手指，“但是不许发问。明白吗？”他已经见识过我提出的问题会引起什么样的魔法灾难。

我点点头，却把手指藏到裙褶里，比出一个交叉的手势。这是一个古老的魅符，用来抵消编织真相而引起的不幸后果。

“罗伊登夫人不发问？”沃尔特咕哝着说，“祝你好运，马特！”

莫特莱克是泰晤士河沿岸的一个小村子，位于伦敦和里士满宫殿之间。我们乘坐诺森伯兰勋爵的大型游艇过去，这艘船非常豪华，船上有八名船夫、一些软垫座椅，还有挡风用的布帘。远比我们坐惯的加洛格拉斯划的小船舒服——更别提要安静得多了。

我们已经提前给迪伊写信，告诉他我们有意拜访。亨利极其含蓄地解释说，迪伊太太不欢迎突如其来的客人。我虽然能理解这一点，但在一个盛行随时开门迎接客人的时代，这很不寻常。

“由于迪伊博士的研究，他家有点……呃，不太正常。”亨利解释道，脸色有点发红，“而且他们的孩子特别多，经常是相当……混乱。”

“混乱到据说有几个仆人自己跳进了井里。”马修直截了当地说道。

“是啊，那真不幸。不过，我想我们造访期间不会发生这种事情。”亨利低声说。

我倒不关心他们家的状况，我们很快就能找到这诸多问题的答案了：为什么有那么多人在找这本书，它是否能告诉我们更多关于生物来历的事情。马修当然也相信，它能为我们这些在 21 世纪濒临灭绝的生物指出一条生路。

不知是出于礼节，还是不想让家中乱象外露，迪伊博士在围着砖墙的花园里散步，仿佛现在正值仲夏，而不是一月底。他穿着黑色的学者长袍，垂肩的兜帽罩着头部，再用一顶无边帽把兜帽紧紧扣住。他下巴上蓄了一大把长长的白胡子，双手放到背后，在光秃秃的花园里慢慢地走着。

“迪伊博士？”亨利在墙外喊道。

“诺森伯兰勋爵！您身体无恙吧？”迪伊的声音平静而沙哑，虽然他也为了让亨利听得清楚（如大多数人那样）而小心地对声音做了一点调整。他摘下帽子，鞠躬行礼。

“以这个季节而言，还算不错，迪伊博士。不过，我们不是为了我的健康问题才过来这里的。我带了朋友，这一点我在信里已经解释过了。我来介绍一下吧。”

“我跟迪伊博士已经见过面了。”马修朝迪伊博士露出豺狼般的微笑，然后深深地鞠了一躬。这个时代的每一个奇怪生物他都认识，迪伊能例外吗？

“罗伊登老爷。”迪伊警戒地说道。

“这是我的妻子黛安娜。”马修朝我这个方向偏了一下头，“她是彭布罗克伯爵夫人的朋友，跟她一起研究炼金术。”迪伊把我丢到一边，只顾着宣扬自己和一位此领域的同行有密切的联系。“诺森伯兰勋爵，您来信说想看一看我的一本书。您是代表彭布罗克夫人来这里的吗？”

亨利还没来得及回答，一个五官分明、臀部宽大的女人从屋里走了出来。她身穿一件破旧的深棕色毛皮镶边长袍，看上去很恼火。她一见到诺森伯兰勋爵，马上换成一副欢迎的表情。

“这是我亲爱的妻子。”迪伊忐忑不安地说道，“简，诺森伯兰勋爵和罗伊登老爷刚到。”

“为什么不让他们进屋呀？”简责备道，苦恼地扭着双手，“他们会以为我们没有做好待客的准备，当然我们一直都有准备。老爷，很多人都来找我丈夫办事。”

“是啊，我们也是来找他帮忙的。看得出你的气色很不错，迪伊太太。我听罗伊登老爷说，女王最近来过你们家。”

简得意起来。“没错。自打 11 月到现在，约翰已经和女王陛下见过三次面了。最后两次都是她在去里士满的路上经过我们家门口时。”

“女王陛下今年圣诞节对我们很慷慨。”迪伊说道，双手搓着帽子。简没好气地看了看他，“我们本来以为……不过这没关系的。”

“可喜可贺。”亨利赶快说道，把迪伊从尴尬中解救出来，“言归正传。我们想看一本特别的书——”

“我丈夫的藏书室比他本人还受重视！”简绷着脸说道，“我们拜见国王的花费大得不得了，家里还有很多张嘴要吃饭。女王说她会帮助我们，也的确给了我们一笔小小的报酬，但她答应会再给一些的。”

“无疑女王被更加迫切的事情给分心了。”马修手里拿着一个沉甸甸的小钱袋，“女王承诺的剩余部分在我这里。我很敬重你的丈夫，迪伊太太，不仅是因为他的藏书。为了多谢他对我们的鼎力帮助，我在女王陛下的钱包中添加了一点心意。”

“我……我非常感谢您，罗伊登老爷。”迪伊结结巴巴地说着，跟他老婆交换了一下眼神，“你能为女王办事可真好啊。当然是以国家大事为先，我们家的困难算不了什么。”

“女王陛下不会忘记那些为她效力的人。”马修说。这真是一个明目张胆的谎言，站在这个雪地花园里的每个人都知道，但没有人反驳。

“你们一定得进屋烤烤火。”简突然好客起来，“我会把酒端过来，确保没人打扰你们。”她向亨利行了个屈膝礼，对马修把腰弯得更低，然后急忙向门口走去。“来吧，约翰，如果你再让他们待在外面，他们会被冻成冰的。”

我们在迪伊家里待了二十分钟后，就看得出来这家的男女主人是已婚人士中的异类，他们对轻忽失礼的定义不一样，因此口角不断，但是对彼此却很忠诚。当我们观赏那幅新挂毯（沃尔辛厄姆夫人送的礼物）、新酒壶（克里斯托弗·哈顿爵士送的礼物）和新银质盐壶（北安普敦侯爵夫人送的礼物）的时候，他们两人在相互挖苦着对方。奢华的礼物看完了，挖苦的用词也听完了，我们——终于——被领进了藏书室。

“看来我要花很长时间才能让你离开这个房间了。”马修看着我脸上惊喜的表情，咧开嘴悄声说道。

约翰·迪伊的图书馆跟我想象的一点都不一样。我曾经以为它充其量就跟 19 世纪一般富人家中较宽敞的私人图书室差不多大——现在这种想法的出发点看起来是毫无根据。这里完全没有抽烟斗或在炉边读书的空间。屋里用来照明的东西只有蜡烛，因此在这个冬日里房间显得异常昏暗。朝南突出的一排窗户前，几把椅子和一张长桌在等待读者。房间四面的墙壁上挂着一些地图、星象图、解剖图以及在伦敦任何一家药店和商店里花几分钱都能买到的大页日历。一连串挂了几十年份的日历，应该是迪伊绘制星象图或做其他天体计算时拿来做参考用的。

迪伊拥有的藏书比牛津或剑桥任何一家学院的藏书都要多，而且他藏书是为了实际应用——不是向外人展示。无怪乎这里最珍贵的资产不是光线，也不是可以坐的地方，而是书架上的空间。为了让空间发挥最大作用，迪伊的书架都不靠墙，或与墙壁垂直摆放。简单的橡木书架，双面都可以放书，层架的高度有多种变化，可以存放伊丽莎白时代尺寸不一的书。书架顶部是两个用来阅读的斜面，你可以看完书后，再准确地放回原处。

“上帝啊。”我低声惊叹。迪伊听到我冒犯神明的用词，惊愕地转过身来。

“我妻子深受震撼，迪伊先生。”马修解释道，“她从没有看到过这么宏伟的图书馆。”

“罗伊登夫人，有很多图书馆都要比我的宽敞得多，藏书量也比我的要多得多。”

简·迪伊适时出现，正好把握机会把话题转向这家人的贫困上。

“鲁道夫皇帝的图书馆非常漂亮。”简端着一托盘蜜饯和葡萄酒从我们面前走过，“即便如此，他还是忍不住偷走了约翰一本最好的书。皇帝利用了我丈夫的慷慨，我们也没指望获得补偿了。”

“好啦，简。”约翰斥责道，“皇帝陛下也给了我们另一本书作为交换。”

“是哪本书？”马修小心翼翼地问道。

“一本罕见的书。”迪伊闷闷不乐道，看着他妻子走向书桌渐行渐远的背影。

“就是乱七八糟的东西！”简驳斥道。

是《阿什莫尔 782 号》手抄本，肯定是它。

“普拉特师傅跟我们提到那本书，我们就是为它而来的。或许可以先让我们享用一下你太太的热情款待，然后再去看皇帝的那本书？”马修的建议像猫的胡子一般圆滑。他向我伸出一只手臂，我趁机捏了他一下。

简一边忙着倒酒一边抱怨节日期间坚果很贵，杂货商差点就要搞得她破产，迪伊开始找《阿什莫尔 782 号》手抄本。他扫视了一遍某个书架，然后抽出一本。

“不是那本。”我小声对马修说道。太小了。

迪伊把那本书啪一声放到马修前面的桌子上，掀开柔软的牛皮纸封面。

“看吧，里面除了没有任何意义的字词和女人洗澡的淫秽图片外，什么都没有。”简走出房间，一边摇头，一边嘟哝着。

这不是《阿什莫尔 782 号》手抄本，但我认识这本书：《伏尼契手稿》，又叫《耶鲁大学拜内克 408 号》手抄本。这个手抄本的内容是个谜，至今没有一个密码专家和语言学家能破译它的内容，植物学家们也没能认出书中画的那些植物是什么。企图解释这本书的理论有很多，其中就有人说它是外星人写的。我失望地叹了口气。

“不是吗？”马修问道。我摇了摇头，沮丧地咬着嘴唇。迪伊把我的表情误以为是对简不满，就急忙走过来解释。

“请您原谅我妻子。简很讨厌这本书，因为我们从国王那里回来的时候，是她第一个在我们的箱子里发现了这本书。我原本带在路上看的是另外一本书——一本非常珍贵的炼金术图书，曾属于英国伟大的魔法师罗杰·培根[①]。那本书比这本大，里面包含了很多奥秘。”

我猛地从座位上凑过去。

“我的助手爱德华借助神灵的帮助，能看懂那本书的内容，但我不行。”迪伊继续说道，“我们离开布拉格之前，鲁道夫皇帝对那部

---

① 罗杰·培根（约 1214—1293），英国具有唯物主义倾向的哲学家和自然科学家，著名的唯名论者，实验科学的前驱，素有“奇异的博士”之称。

作品表示出兴趣。爱德华曾给他讲过那本书里面的一些秘密——关于金属的衍生和获得永生的秘密。”

这么说，归根结底，迪伊曾经拥有过《阿什莫尔 782 号》手抄本，并且他的精灵助手爱德华·凯利能看懂内容。我激动得双手颤抖，赶快把手藏到裙褶里。

“我们接到命令回国的时候，爱德华帮助简收拾行李。简认为是爱德华偷了那本书，然后再用国王陛下的这本藏书来代替。”迪伊迟疑了一下说道，显得很感伤。“我不想把爱德华想得很坏，因为他是我信任的朋友，我们相处了很长时间。简和他一直都合不来，所以一开始我就没有理会她的说法。”

“但现在你认为她说对了吧。”马修说道。

“我回想我们最后共处的那几天里发生的事，罗伊登老爷，试图回忆起可以证明我朋友清白的细节，但我记得的每一件事都进一步指向他的嫌疑最大。”迪伊叹了口气说，“不过，这本书里或许也能找到有价值的秘密。”

马修翻动着书页。“这些是奇美拉。”他观察那些植物的图画，说道，“这些叶、茎、花很不搭配，而是从不同的植物上采集过来的。”

“你又是怎么看这些的？”我翻到后面的占星圆形图，问道。我仔细地看着图中心的文字。真是奇怪，这个手抄本我之前看过很多次，却从没有留意到那些注释。

“这些注释是用古欧西坦语写的。”马修镇定地说，“我曾认识一个笔迹跟这类似的人。你在皇宫的时候，遇见过一位来自欧里亚克[1]的先生吗？”

他说的是热尔贝吗？我的兴奋顿时变为焦虑。难道热尔贝把《伏

① 法国南部城市。

尼契手稿》误以为是那本神秘的起源之书？我一产生疑问，占星圆形图中心的文字就开始晃动。我啪的一声把书合上，不让那些字从书页里跳出来。

“没见过，罗伊登老爷。”迪伊皱着眉头说道，“我要是碰见过，我一定会向他打听那位出生在那一带，后来当上教皇的著名魔法师的详情。炉边流传的老故事往往藏着很多真相。”

“是啊。”马修附和道，“只要我们有足够的辨别真相的智慧。”

“所以我丢了书才会这么难过。它曾经属于罗杰·培根，把它卖给我的老太太曾告诉我，他很珍惜那本书，因为里面藏有很多神圣的真理。培根把它称作**真正秘密中的秘密**[①]。”迪伊怅然地看着《伏尼契手稿》说道，“我衷心希望找回那本书。”

“或许我能帮上一点忙。”马修说。

“你，罗伊登老爷？”

“如果你愿意让我拿走这本书，我能想办法把它放回原来的地方——然后让你的书回到它真正的主人手里。”马修把书拉到自己面前。

“那我会永远感激您的，先生。”迪伊说，马上同意了这个交易，没有再做进一步的协商。

我们一离开莫特莱克村的那个公共码头，我就开始用问题轰炸马修。

“马修，你在想什么？你不可能把《伏尼契手稿》包装好，寄给鲁道夫，写张纸条指责他耍诈。你必须找一个足够疯狂的人，愿意冒着生命危险闯进鲁道夫的藏书室，把《阿什莫尔782号》手抄本偷出来。”

“如果鲁道夫手上有《阿什莫尔782号》手抄本，也不可能把它放在藏书室里，而会放在他的珍品室里。”马修盯着河水，心不在焉

---

① 原文为拉丁语 Verum Secretum Secretorum。

地说道。

“所以这个……《伏尼契手稿》不是你要找的书了？”亨利一直带着客气的好奇心听着我们俩的谈话，“乔治没有解开你的谜团，一定会非常失望的。”

“乔治也许没有解开谜团，哈尔，但他指出了一个明确的方向。”马修说，“我父亲的情报员加上我的情报员一定可以拿到迪伊失去的那本书。”

我们的归程赶上了退潮，速度特别快。水巷码头上已经点起迎接我们归来的火把，但两个身穿彭布罗克家制服的男人在向我们挥手，要我们改变航向。

“贝纳德城堡，如果您愿意的话，罗伊登老爷！”一个人隔着河水向我们喊道。

“肯定出事了。”马修站在船头说道。亨利指示船夫继续沿河划，那里是伯爵夫人家的码头，灯塔和灯笼把那里照得同样明亮。

“你的儿子怎么了？”当玛丽冲下大厅来迎接我们时，我问她。

“不是，他们都很好。到实验室来。快。”她一边朝灯塔冲去，一边回头说。

那里的景象让我和马修都忍不住惊呼。

“这是一棵完全出乎意料的*黛安娜之树*。”玛丽说。她蹲下来，让眼睛平视圆形蒸馏瓶中那棵黑色小树的树根。前一棵*黛安娜之树*全部都是银色的，结构纤细，这一棵却截然不同。它的树干壮实乌黑，枝条光秃秃的，让我想起了麦迪逊的那棵橡树，它在我们遭受朱丽叶的攻击之后庇护了我们。我为了救马修，吸光了那棵树的生命力。

“它为什么不是银色的呢？”马修捧住伯爵夫人易碎的玻璃蒸馏器，问道。

“我用了黛安娜的血。”玛丽回答。马修站直上身，无法置信地看了我一眼。

“看那面墙。”我指着那条流血的火龙说道。

“那是绿龙——王水或硝酸的象征。”他匆匆瞥了一眼之后说道。

“不是，马修。仔细看看，要忘掉你认为它描绘的图像，尽力当作你第一次看到它，看它画的是什么。”

“上帝。”马修听上去非常震惊，“那是我的徽章吗？”

“是的。而且你有没有注意到那条龙嘴里衔着自己的尾巴？它根本就不是一条普通的龙，龙有四条腿。这是一条火龙。”

“一条火龙，就像……”马修又骂了一句。

“制造哲人石不可或缺的第一元素究竟是什么日常可见的物质，关于这一点有几十种不同的理论。罗杰·培根——曾拥有过迪伊博士丢失的那本书——认为是血液。”我相信这条信息会引起马修的注意。我蹲下来看着那棵树。

“你看到了那幅壁画，然后追随了自己的直觉。”马修顿了一下，用大拇指划开玻璃瓶的封蜡。玛丽见他把自己的实验给毁掉了，就惊声大叫。

“你在做什么呢？”我也非常震惊。

“跟随我自己的直觉，往蒸馏器里加些东西。”马修把手腕举到嘴边，咬了一下，然后放到狭窄的容器口上方。他那黏稠的暗黑色血液滴进了溶液，然后落到瓶底。我们都盯着瓶子。

就在我以为什么事情都不会发生的时候，那些纤细的红色条纹开始慢慢地爬上那棵树骷髅架般的树干。这时，金色的树叶从树枝上长出来。

“看啊。”我惊奇地说。

马修向我微笑。那笑容里仍带有一丝遗憾，却也蕴含着一些希望。

红色的果实出现在树叶中，像小小的红宝石闪闪发光。玛丽开始低声祈祷起来，眼睛睁得很大。

“我的血制造树的结构，你的血让它结出了果实。”我慢慢说道，用手按着自己空虚的小腹。

“是啊，但为什么呢？”马修回应道。

如果有任何东西能告诉我们，为什么女巫和血族的血液融合在一起会产生这种神秘的变化，那就是《阿什莫尔 782 号》手抄本上那些奇怪的图画及其神秘的文字了。

“你说你要花多长时间找回迪伊的那本书？”我问马修。

“哦，我想不会花很长时间的。”他低声说道，“我一旦用心去找，就会很快的。”

“越快越好。”我柔声说道，和他一起注视着我们的血液制造的奇迹不断生长，同时将我的手指和他的手指交缠在一起。

25

第二天和第三天，那棵奇异的树仍然继续生长。它的果实成熟了，落到围绕着树根的水银和初始材料中。新的花蕾长出、开花，然后成熟。每天一次，叶子从金色变成绿色，然后又变回金色。那棵树有时候会长出新的枝条，或者长出新的根须去寻求养料。“我得找个好的解释。”玛丽指着琼从书架上取下来的几堆书说，“我们好像创造出了某种全新的东西。”

尽管被炼金术分散了注意力，但我并没有忘记自己女巫方面的事情。我把那件隐形的灰色披风织了一遍又一遍，速度一次比一次快，效果也更加精密强大。玛乔丽向我保证说，我很快就能把编织变成字句，成为其他女巫也能使用的魔咒。

几天之后，我从大蒜区步行回家，爬上鹿冠公寓的楼梯，回到我们的房间，一路边走边把伪装咒除掉。安妮正穿过院子去洗衣女工那里取干净衣服，杰克跟皮埃尔和马修待在一起。不知道弗朗索瓦丝晚饭做了什么。我饿坏了。

“如果五分钟之内没有人给我吃的，我就开始尖叫了。”我跨过门槛的时候大声宣称。我抽掉裙子前面硬挺挺的绣花装饰片，饰针掉落在木地板上发出的声音也混杂在我的喊声中。我把胸饰片扔到桌子上，伸手去解紧身胸衣的系带。

一声轻轻的咳嗽从壁炉那边传来。

我迅速转过身，伸手抓住衣物遮在胸前。

“恐怕尖叫也没有什么用处吧。”一个听上去像沙子在杯子里旋转发出的沙哑声音从壁炉边的椅子里传过来，“我把你的仆人派去拿酒了，我这把老骨头也走不快了，已经无法满足你的需要了。”

我慢慢地走近那把椅子。我房间里的这个陌生人挑起一条灰色眉毛，目光肆意在我凌乱的衣衫上游走。他放肆的目光让我皱起了眉头。

“你是谁？”这个男人既不是精灵、巫师，也不是吸血鬼，只不过是一个满脸皱纹的人类。

“我相信你丈夫和他的朋友们都叫我老狐狸。我也是自作自受，还是财务大臣。”这个全英国最精明、可能也最残忍的人，给我时间理解他的话。亲切的表情一点都没有缓和他锐利的目光。

威廉·塞西尔就坐在我的客厅。我震惊得竟然忘了弯腰行一个恰当的屈膝礼，而是直愣愣地盯着他。

“所以你对我多少有点认识。我的名声竟传了这么远，真是意外，因为对我和其他很多人来说，你在这里是一个陌生人。”他说。我刚要开口回答，塞西尔就举起一只手说：“聪明的话，夫人，就不要告诉我太多事。”

“威廉爵士，有什么可以效劳的？”我感觉自己就像一个被叫到校长办公室的小学生。

“我的名声传得很远，头衔却没有跟上。‘**虚空的虚空，凡事都是虚空**。’[①]”塞西尔面无表情地说道，“人们现在叫我伯利勋爵，罗伊登夫人。女王是个慷慨大方的雇主。”

我暗骂一声。我一直都对贵族成员升到更高级别的头衔、享有更

---

① 原文为拉丁语 Vanitatis vanitatum, omnis vanitas，出自《圣经·传道书》的第一章第二节。

多特权的日期不感兴趣。我需要了解的时候，就去查阅《**英国人物传记字典**》。这下我冒犯了马修的顶头上司，只好用拉丁文恭维他来弥补自己的过错。

“‘**尊重是对有德者的回报。**’[①]”我低声道，努力保持警觉。我在牛津的一个邻居是阿诺德中学的毕业生。他打英式橄榄球，每当新学院获胜，就在球场上扯开喉咙，大喊这句话，让他的队友们很开心。

“哦，是谢利家的座右铭。你是那个家族的吗？”伯利勋爵把双手的指尖顶在一起，搭了帐篷，饶有兴趣地看着我，“他们以喜爱游荡著称。”

“不是。”我说，“我是毕晓普家族的……不是那个主教[②]。”伯利勋爵把头一歪，默认我这多此一举的声明。我有一种要向这个男人敞开心扉的荒唐想法——要不然就以最快速度逃走，逃得越远越好。

“圣职人员结婚，女王陛下是可以接受的，但女主教，感谢上帝，那超出了她的想象边际。”

“是啊。哦不。有什么可以为您效劳的吗，大人？”我又问了一次，可悲的绝望潜进我的语调中。我咬紧了牙关。

“我觉得没有，罗伊登夫人。不过，也许我可以为你效劳。我建议你回伍德斯托克镇，马上就走。”

“为什么，大人？”我心头一悸。

“因为现在是冬天，女王眼下不是太忙。”伯利看了看我的左手，“你嫁给了罗伊登先生。女王陛下虽然很慷慨，但不喜欢自己的亲信未经她的允许就擅自结婚。”

“马修不是女王的亲信——只是她的间谍。”我赶快用手捂住嘴

---

① 原文为拉丁语 Honor virtutis praemium。

② Bishop 大写是个姓氏毕晓普，小写是主教的意思。

巴，但已经太迟，话已收不回来了。

“亲信和间谍可以并存——只有沃尔辛厄姆除外。女王发现他那严格的道德标准令人恼火，说话尖酸刻薄得无法忍受，但女王很喜欢马修。有人会说这种喜欢有点危险。而且，你的丈夫还有很多秘密。”塞西尔拄着一根拐杖，吃力地站起身来。他呻吟道：“回伍德斯托克镇吧，夫人，为所有有关的人着想。”

“我不会离开我丈夫的。”伊丽莎白可能会把臣子当作早点吃掉，这一点马修曾警告过我，但不会把我驱逐出城的。尤其不可能在我终于安顿下来、交了朋友、学习魔法的这会儿。更不要说现在马修每天都拖着疲惫的身躯回家，看上去就好像被人通过门洞给拽进来的，然后彻夜不眠地回复女王的线人、他父亲以及圣会送来的信函。

“告诉马修我来过了。”伯利勋爵慢慢走向门口，正好碰到弗朗索瓦丝端着一大壶酒进来。她看上去很不高兴。看到我之后，她惊得睁大眼睛。她很不高兴我在家里没系好上衣就招待客人。“谢谢你陪我聊天，罗伊登夫人。你让我深受启发。”

这位英格兰的财务大臣走下楼梯。他年纪太大了，实在不适合在1月的傍晚独自外出。我跟着他走到楼梯口，担心地看着他。

“弗朗索瓦丝，陪他下去。”我催促她道，“要确保伯利勋爵找到他的仆人。”他们有可能在主教帽酒馆跟基特和威尔一起喝酒，或者在水巷口拥挤的马车堆中等候。我可不想成为最后一个见到伊丽莎白女王首席顾问活着的人。

“不需要，不需要。”伯利扭回头说，“我只是个拄拐杖的老人，小偷会忽略掉我，对那些戴耳环、穿紧身马甲的人下手。必要的话，我能把乞丐打走。我的随从离这里也不远。要记住我的建议，夫人。”

说完，他就消失在黑暗之中。

“**上帝**。”弗朗索瓦丝在胸前画了个十字，然后又交叉手指遮挡邪恶眼睛的进一步窥视。“这个老头，我不喜欢他看你的那个样子。还好老爷还没有回家。他也不会喜欢的。”

“威廉·塞西尔老得可以当我祖父了，弗朗索瓦丝。”我反驳，走回温暖的客厅，最后解开紧身胸衣。身上的束缚松开时，我痛快地呻吟了一声。

“伯利勋爵看你的眼神也不是像要和你上床。”弗朗索瓦丝刻意地看了一眼我的紧身胸衣。

“没有？那他是怎么看着我的？”我给自己倒了些酒，一屁股坐在椅子上。今天肯定要变得更加糟糕了。

“就像你是一只待宰的羔羊，他在评估可以从你身上捞多少钱。”

“谁在威胁要把黛安娜当晚餐？”马修像只猫一样悄无声息地走进来，边说边把手套脱掉。

“你的客人，你刚刚错过了他。”我抿了一口酒。刚刚把酒喝下去，马修就过来把酒杯从我的手里夺走。我怒哼一声说：“你能不能挥一下手或用其他方式给个预警，让我知道你要行动呢？你这样突然出现在别人面前真的很吓人。”

“你说过看向窗外会让我露出破绽，我觉得也有义务告诉你，变换话题是你的破绽。”马修抿了一口酒，把杯子放到桌子上。他疲惫地抹了一把脸，问道：“什么客人？”

“我到家的时候，威廉·塞西尔正坐在火炉边等你。”

马修安静得让人害怕。

“他是我见过的最可怕的老头。”我再次伸手拿过酒杯，然后接着说，“伯利虽然白发白须，看起来像一个圣诞老人，但是我绝不会对他掉以轻心。”

“这样做很明智。”马修低声道。他看着弗朗索瓦丝，“他想要什么？”

她耸耸肩道："不知道。我拿着夫人的猪肉馅饼回来的时候，他就在这里了。伯利勋爵还要酒喝。但是那个精灵今天早上把家里的每一滴酒都喝掉了，所以我就出去买酒了。"

马修忽然消失。他回来时脚步更稳了一些，看起来一副如释重负的样子。我突然站了起来。*那些阁楼——以及所有藏在那里的秘密。*

"难道他——"

"没有。"马修打断我的话，"一切都跟像我离开时一样。威廉说明白他的来意了吗？"

"伯利勋爵让我告诉你，他来过了。"我犹豫了一下，"他还让我离开这座城市。"

安妮走了进来，后面跟着喋喋不休的杰克和咧嘴微笑的皮埃尔，但一看到马修的脸色，皮埃尔的笑容就消失了。我从安妮手里接过衣服。

"你为什么不带孩子们去主教帽酒馆呢，弗朗索瓦丝？"我说道，"皮埃尔也一起去。"

"好哇！"杰克一想到晚上可以出去玩，就开心地大喊，"莎士比亚先生要教我变戏法呢。"

"只要他不教你书法，我都不反对。"杰克把帽子扔向空中的时候，我一把抓住。这孩子学了一身伎俩，我们不希望他再学会伪造文书这一招。"去吃晚饭吧，要记得手帕是做什么用的。"

"我会的。"杰克说着，用袖子抹了一下鼻子。

"伯利勋爵为什么大老远地跑到黑衣修士区来找你呢？"只剩下我们俩的时候，我问马修。

"因为我今天接到了苏格兰传来的情报。"

"现在怎么样了？"我喉咙一阵发紧。这不是我们第一次谈论贝里克郡女巫的事情，但因为伯利出现过，所以就感觉邪恶已经钻进了我们的家里。

“詹姆士国王还在审讯那些女巫，威廉想要讨论女王要不要回应，以及用什么方式回应。”恐惧改变了我的气味，我皱了皱眉头。“你不应该担心苏格兰发生的事情。”

“不去了解就不能阻止事情的发生。”

“的确。”马修说，用手指轻抚我的脖子，想把我的紧张感拂去，“但了解了也阻止不了。”

第二天，我从艾尔索普奶奶那里回家时，带了一个小的木制魔咒盒——用来孵育我写下来的魔咒，直到能让其他女巫使用为止。寻找把魔法变成字句的方法是我成为编织者的下一个步骤。现在盒子里只有我用来编织的细线。玛乔丽认为我的伪装咒还没有达到能供其他巫师使用的程度。

这个盒子是泰晤士街的一个巫师用我施展入门咒那晚火龙给我的那棵花楸树的树干做的。他在盒子上雕了一棵树，树根与树枝离奇地纠缠在一起，无法分辨。这个盒子没用一个钉子，榫头也几乎是看不见的。那个男巫对自己的作品非常自豪，我也迫不及待地拿给马修看。

鹿冠公寓出奇地安静，客厅里既没有生火也没有点燃蜡烛。马修独自待在他的书房里，有三只酒壶放在他前面的桌子上，其中两个想来应该是空的。马修通常不会喝这么多酒。

“出什么事了？”

他拿起一张纸。折痕里还沾着厚厚的红色封蜡，中间的封印已经捏碎了。“我们要应召进宫。”

我坐到对面的椅子上，“什么时候？”

“女王陛下宽宏大量，恩准我们可以等到明天。”马修哼了一声，“她父亲没有她一半的宽容。亨利想召见谁的时候，即便那个人已经入睡，外面狂风大作，也要立刻前往。”

我曾经渴望见到英格兰女王——以前在麦迪逊的时候。但在见到全英国最精明的男人之后，我已经失去跟这个无比狡黠的女人见面的兴趣。“我们必须得去吗？”我问，有点希望马修会拒绝这道王室命令。

“女王在信中不厌其烦地提醒我，她曾严禁魔咒、魔法和巫术。”马修把信纸扔到了桌子上。“看来丹福思先生给他的主教写了一封信，伯利把控告信给压了下来，但后来又浮出水面了。”马修骂了一句。

“那我们为什么要进宫呢？”我紧紧地抓着我的魔咒盒子。里面的细线在上下跳动，迫不及待地想回答这个问题。

“因为如果明天下午两点以前，我们没有出现在里士满王宫的觐见室里，伊丽莎白就会逮捕我们两个人。”马修的眼睛像两块海玻璃，“用不了多久，圣会也会知道我们两个的真相。”

我们一宣布这个消息，全家上下就忙翻了。第二天早上，临近地区也开始骚动，天刚刚亮，彭布罗克伯爵夫人就带着足够装扮整个教区的服饰前来。她走水路，乘船到黑衣修士区——其实直线距离也不过几百英尺。她在水巷码头现身被当作一桩了不得的大事，我们那条一向喧闹的街道为此安静了好几分钟。

玛丽身后跟着琼和一排低阶仆人，她一路保持镇定，进入客厅前一直保持镇定。

“亨利告诉我，你们今天下午要进宫。你没有合适的衣服。”玛丽指挥若定，命令她的随从鱼贯进入我们的卧室。

“我打算穿我结婚时的那套礼服。”我反对道。

“但那是法国衣服呀！”玛丽一脸惊恐地说道，“你不能穿那件！”

绣花的绸缎，柔软的天鹅绒，织入真金白银的线条、闪闪发亮的绸缎，还有一堆半透明的、不知作何用途的布料，在我的鼻子前经过。

“这太多了，玛丽。你在想什么呢？”我在一大群仆人中闪来闪去，避免撞上他们。

“没有充分武装，就不要上战场。”玛丽用她一贯轻描淡写却一针见血的措辞说，“而女王陛下，愿上帝保佑她，是个可怕的对手。你需要我的衣橱里所能提供的一切保护。”

我们一起挑选衣服。我完全不知道怎么把玛丽的衣服修改合身，但我至少知道不要多问。我现在是个灰姑娘，如果彭布罗克伯爵夫人觉得有必要的话，就会召唤森林里的小鸟和仙女过来帮忙。

我们最终选定一件黑色长袍，上面密密麻麻绣满银色鸢尾花和玫瑰花。玛丽说这是去年的设计款型，没有搭配今年流行的那种车轮状的大圆裙。伊丽莎白会欣赏我不追逐时髦的简朴作风。

“银色和黑色都是女王喜欢的颜色，所以沃尔特一直穿这两种颜色的衣服。”玛丽用手抚平鼓起的袖子，解释道。

但到目前为止，我更喜欢另一件在裙子前方开叉，露出白色缎面衬裙的衣服。它上面绣了许多动植物，还伴有几片古典建筑、科学仪器以及象征艺术和科学的女神图案。我认得出，所有刺绣都出自为玛丽制鞋的同一双巧手。但是我不敢借触摸绣花来进行确认，唯恐我还没有机会穿上它，炼金术女神就会从衬裙上跑下来了。

四个女人花了两个小时替我着装。首先用丝带把我自己的衣服绑紧，所有衣服都加了衬垫，打了碎褶，支撑出一个荒诞的比例，再套上厚厚的衬垫和正如我想象中那么笨重的宽大鲸鱼箍。我的衣领飞边果然非常巨大而夸张，不过玛丽向我保证，绝对没有女王的领子大。玛丽把一把鸵鸟羽毛扇别在我腰间，像一根钟摆似地垂在那里，我一走动就跟着摇晃。这件装饰物缀有华丽的羽毛，加上手柄上镶嵌着的珍珠和红宝石，价格很可能是我那个老鼠笼子的十倍，所以我很庆幸它是戴在我的身上。

首饰引发了争议。玛丽拿来她的首饰盒，掏出一件又一件无价之宝。我却坚持戴伊莎波送给我的耳环，谢绝了玛丽建议的那个华美的钻石吊坠。这副耳环和琼搭在我肩上的珠链意外地相配。让我恐惧的是，玛丽竟然解开了菲利普在我婚礼上赠送的那条金雀花项链，把其中的一个花朵造型别在我紧身上衣中间。她用一个红色蝴蝶结把那些珍珠连在一起，然后固定在别针上。玛丽和弗朗索瓦丝讨论了很长时间，决定我敞开的领口只戴一串简单的珍珠项链。安妮用另一个缀满宝石的别针把我的金箭头别在衣领飞边上，弗朗索瓦丝给我做头发，让它围绕我的脸，形成一个蓬松的心形。作为最后的修饰，玛丽把一个镶嵌着珍珠的小帽戴在我的脑后，遮住弗朗索瓦丝盘在那里的发辫绳结。

随着判决的时刻不断临近，脾气变得越来越暴躁的马修，勉强露出一丝微笑，作出一个恰如其分的赞美表情。

“我觉得好像穿了一身舞台服装。”我沮丧地说。

“你看上去非常漂亮——美得惊人。”马修安慰我说。他身穿纯黑色天鹅绒套装，在袖口和衣领处点缀一些白色，看上去也很好看。他脖子上还戴着我的袖珍肖像，长长的链子挂在一颗纽扣上，使得月亮图案朝外，而我的画像紧挨着他的心。

我对里士满皇宫的第一印象，就是一座乳白色高塔的尖顶。王室的旗帜在微风中飘拂。很快眼前就出现了更多的石塔，它们在冬天的寒风中闪闪发光，和童话故事中城堡里的那些石塔一模一样。紧接着进入视线的就是大片的宫殿建筑群：东南方向有形状奇特的长方形拱廊，西南侧是三层楼高的主楼，周围环绕着宽阔的护城河，后方围墙后还有座果园。主楼后面还有更多的高塔和塔尖，其中有两栋大楼让我想起了伊顿公学的建筑。果园再过去，有座巨大的吊车矗立在空中，一群群的男人正忙着卸下箱子和包裹，送进皇宫的厨房和仓库里。我曾经一直觉得贝纳德城堡很壮丽，现在看来，它不过是一栋有点老旧的前王室住所而已。

船夫们把船划向码头，马修没有理会那些外人的目光和问话，而是让皮埃尔或加洛格拉斯代为回应。在漫不经心的旁观者眼中，马修显得有点百无聊赖。但是我离他很近，能清楚地看到他正在仔细观察河岸，提高警觉而充满戒备。

我越过护城河望向那座两层拱廊。一楼的拱门是露天的，二楼的拱门却镶满水晶玻璃窗。一张张热切的脸在窗里探望，希望能看到新来者的长相，获取一些拿来八卦的材料。马修立刻将自己的身躯挡在驳船和那些好奇的廷臣中间，让他们很难看清楚我。

侍从们都身穿制服，每个人或佩长剑，或拿长矛，带领我们穿过一个普通的警卫室，来到王宫的主体大楼里。一楼是一个由很多房间组成的大杂院，就像任何一个现代办公大楼那样纷乱忙碌：王宫的侍从和大臣到处奔走，执行任务或服从命令。马修要向右拐，但警卫彬彬有礼地挡住他的去路。

“不先把你们公开折腾一番，她是不会私下里会见你的。”加洛格拉斯小声说道。马修咒骂了一句。

我们顺从地跟着护卫来到一个宏伟的楼梯。那里站满了人，人的体味、花香和药草味杂陈，令人头晕目眩。每个人身上都洒了香水，以此遮蔽令人不快的体味，但我怀疑结果会更加糟糕。众人看到马修后，他们像海水般分开，同时还窃窃私语。马修比他们大多数人的个子都要高，而且也跟我见过的其他大多数贵族男人一样满脸戾气，但不同之处就在于马修可以真的置人于死地——而且这些温血生物在某种程度上也能看出来。

我们一连走过三间接待室，每一间都挤满了身穿厚垫肩、洒着香水、戴满珠宝、不分男女老少的朝臣。我们最后走到了一扇紧闭的房门前，在那里等候。我们周围的窃窃私语变成了小声嘀咕。一个男人讲了个笑话，他的同伴们就嗤嗤地笑起来。马修咬牙切齿。

“我们为什么要等？”我的声音低得只有马修和加洛格拉斯才能听到。

“为了取悦女王——还为了向王宫显示，我不过是个仆人而已。”

当我们终于获准进入女王房间的时候，我惊讶地发现这个房间里也挤满了人。在伊丽莎白的王宫里，所谓的“私下”只是相对而言。我在人群里寻找女王，但看不见她的踪影。我的心一沉，恐怕又要接着等了。

“为什么我每老一岁，马修·罗伊登看起来就好像年轻了两岁呢？”一个愉悦得出乎意料的声音从火炉方向传来。房间里穿得最华丽、香水喷得最多、妆化得最浓的生物都稍微转过身来，打量我们。他们一动，伊丽莎白就出现了，如蜂王一般坐在蜂巢中心。我的心颤了一下，面前这位是一个活生生的传奇。

“女王陛下，我没有看出您有什么大的变化啊，正如俗语所说的那样，Semper eadem。”马修稍微躬了一下腰说道。这句话就漆在壁炉上的那枚王家纹章的旗帜之下：“始终如一。”

“就连我的财务大臣也能鞠一个比你的更深的躬，而且他还感冒了。”黑色的双眼在由白色粉末和胭脂组成的面具下闪闪发亮。在线条强硬的鹰钩鼻下面，女王的薄嘴唇紧紧地抿成一条线。“我最近喜欢另一句格言：Video et taceo。”

明察无言。我们有麻烦了。

马修似乎没有在意，还挺直了身体，仿佛他是这个王国里的一个王子，而不是女王的间谍。他抬头挺胸，顿时成为这个房间里个头最高的人。只有两个人的身高勉强跟他有点接近：一个是亨利·珀西，他正靠墙站着，看上去愁眉苦脸；另一个是个长腿男人，年龄跟这个伯爵的差不多，顶着一头乱糟糟的卷发，一脸傲慢地站在女王身边。

“小心点。”伯利经过马修身边，用手杖点地的声音来掩饰他的警告。“您叫我吗，陛下？”

“幽灵和影子在同一个地方出现了。雷利，请告诉我这是否有违哲学里某种黑暗原理呢？”女王的那个侍从拖着长腔问道。他的朋友们都指着伯利勋爵和马修，大笑起来。

“埃塞克斯，如果你念的是牛津大学而不是剑桥大学的话，就会知道答案，而不会蒙受还得向别人请教的耻辱了。”雷利不经意地调整了一下重心，顺便把手放到佩剑的剑柄边。

“好了，罗宾。”女王溺爱地拍了一下他的手肘说，“你知道我不喜欢别人用我专用的昵称。这一次伯利勋爵和罗伊登先生会原谅你的。”

“我想这位女士是你的妻子，罗伊登。”埃塞克斯伯爵棕色的眼睛转向我，“我们都不知道你已经结婚了。”

“什么叫‘我们’？”女王驳斥道，这次打了他一下，“我的埃塞克斯伯爵，这可不关你的事。”

“马特至少不怕让全城的人看到跟她在一起。”沃尔特轻抚着下巴说，“大人，你最近也娶了妻子。在这么一个美好的冬日，你的妻子在哪里呢？”**又来了**，当沃尔特和埃塞克斯抢占先机的时候，我在心里说道。

“埃塞克斯夫人在哈特大街她母亲的家里，身边还带着伯爵大人刚出生的继承人。”马修替埃塞克斯回答。“恭喜您，大人。我去拜访夫人的时候，她告诉我，儿子要以您的名字命名。”

“是的，罗伯特昨天受洗。”埃塞克斯有点僵硬地说道。想到马修已经接近过他的妻子和儿子，他看上去有点惊恐。

“是的，大人。”马修向他露出一个非常恐怖的笑容，“奇怪的是，我在洗礼仪式上没有看到你。”

“吵够了？”伊丽莎白大喊道，非常不满这场对话不再受她控制。她用长长的手指敲打着装有衬垫的椅子扶手，“我没有批准你们两个任何一个人结婚。你们都是忘恩负义、贪婪成性的无赖。把那个姑娘带上来。”

我紧张地抚平裙子，扶住马修的手臂。女王和我之间虽然只隔了十几步的距离，看起来却好像永无尽头。我终于走到她身边，沃尔特朝地面使了一个眼色。我屈膝深深施礼，行完后也没有起身离开。

“她至少还懂礼节。”伊丽莎白认可道，“起身吧。”

看到女王的眼睛，我才发现她的近视很严重。虽然我离她不超过三英尺，但她还是眯起了眼睛，好像看不清我的长相。

“嗯。”伊丽莎白审视了我一遍说道，“她脸上的皮肤好粗糙。”

“如果您这样觉得，那么您没有跟她结婚真是幸运。”马修简短地说道。

伊丽莎白又仔细地看了看我。“她的手指上有墨水。”

我把那些让她不快的手指藏到了借来的扇子之下，用橡树汁做成的墨水沾到后就几乎洗不掉了。

“你妻子都能买得起这样一把扇子了。我究竟付给你多大一笔报酬呢，影子？”伊丽莎白的声音变得任性起来。

“如果我们要讨论王室财政问题，或许其他人员就可以离开了。”伯利勋爵建议道。

“哼，好吧。”伊丽莎白生气地说道，“威廉，你要留下来，还有沃尔特。”

“我也要留下。”埃塞克斯说。

“你不用，罗宾。你得去打点酒席。我今晚想举行宴会。我厌倦了那些说教和历史课，他们还把问我当成一个女学生。我再也不要听约翰王的故事了，也不想听渴望恋人的牧羊女外出冒险的故事了。我想让西蒙斯翻跟头。如果非要演一出戏剧的话，就演那部里面有能够预测未来的巫师与黄铜头[①]的戏剧。”伊丽莎白用指关节敲着桌子，“时间到了，时间过了，时间已逝。我太喜欢这句台词了。”

我和马修交换了一下眼神。

“女王陛下，我想那部戏剧就是《培根修士和邦吉修士》了。”一个年轻宫廷侍女在女王耳边小声说道。

“就是它，贝丝。罗宾，你去安排，然后你陪在我身边。”女王自己就很像一个优秀的女演员，能够从勃然大怒变得不耐烦，再变成甜言蜜语，中间连一拍都不用停顿。

多少算是被安抚了，埃塞克斯就退了出去，但临走之时还是恶狠狠地瞪了一眼沃尔特。所有人都跟着他匆忙离去。如今，埃塞克斯是他们周边最有分量的一个人，其他朝臣就像飞蛾扑火似地急切分享他的亮光。只有亨利似乎不愿离去，但他别无选择。门在这群人身后紧紧地闭上。

“你去拜访迪伊博士还愉快吗，罗伊登夫人？”女王的声音很尖锐。现在她的语气里没有一丝甜美，全然一副公事公办的口吻。

“我们都很愉快，陛下。”马修回答。

“我非常清楚你妻子自己会说话，罗伊登先生。让她自己说。”

马修低吼一声，但没有说话。

“非常愉快，陛下。”我刚刚竟然在跟伊丽莎白一世说话。我排除心中匪夷所思的感受，接着说道：“我研究炼金术，爱好读书和学习。”

“我知道你是什么。”

危险在我周围闪烁，铺天盖地的一大片黑色细线炸裂开来，噼啪

① 在中世纪传说中，法力高强的巫师拥有黄铜制的人头，向它提出任何问题，都能得到解答。

作响，发出惨叫声。

“我跟我丈夫一样都是您的仆人，陛下。”我眼睛牢牢盯着英格兰女王的拖鞋。幸运的是，她的拖鞋上面没有有趣的东西，没有出现任何动静。

“我的朝臣和弄臣已经够多的了，罗伊登夫人。你这样说也不会跻身他们的一员。”她的双眼闪着凶险的光芒，“我的情报人员也不是每一个都会向你丈夫报告。影子，告诉我，你去找迪伊博士有什么事？”

“私事。”马修艰难地克制着自己的火气。

“没有什么事情是私事——在我的王国里可没有。”伊丽莎白端详着马修的表情，“你告诉过我，不要把自己的秘密交给那些没有通过你忠诚考验的人。”她继续平静地说道，“我自己的忠诚当然没有问题了。”

“那是我和迪伊博士之间的私事，陛下。”马修仍然坚持自己的说法。

“那好吧，罗伊登老爷。既然你铁了心地要保守自己的秘密，我就告诉你我跟迪伊博士的事情，看你是否会松口。我想让爱德华·凯利回英格兰。”

“我想现在应该称呼他爱德华爵士了，陛下。”伯利纠正她说。

“你是从哪里听来的？”伊丽莎白问道。

“从我这里。”马修温和地说道，“毕竟我的工作就是去了解这类事情。您为什么要凯利回来呢？”

“他会制造哲人石。我不会让这东西落在哈布斯堡家族手里。”

“您担心的就是这个吗？”马修听来松了一口气。

“我怕自己死后，我的国家会沦为被西班牙、法国和苏格兰这些恶狗争夺的一块肉。”伊丽莎白站起身朝他走去。她走得越近，他们之间体型和力量上的差距就越明显。她是如此娇小的一个女子，却在漫长的岁月中克服过无数艰巨的难关。“我担心自己走后，我的人民会变成什么样子。我每天都在向上帝祈祷，希望上帝能挽救英格兰免于某些灾难。”

“阿门。”伯利庄重地慢慢说道。

“爱德华·凯利不是上帝给你的答案，这一点我可以保证。”

“任何一位统治者，只要拥有了哲人石，就会有用之不竭的财富。”伊丽莎白的眼睛发亮，“如果有更多的黄金随我支配，我就能摧毁西班牙。”

“如果愿望是画眉鸟，连乞丐都有小鸟可以吃了。”马修回答。

“请注意你的言辞，克莱蒙。”伯利警告道。

“女王陛下是在提议我们涉足危险水域，大人。我有责任提醒她。”马修正色道，“爱德华是个精灵，他的炼金术和魔法很像，非常危险，这一点沃尔特就能证明。圣会现在不惜一切地要阻止鲁道夫二世对神秘事物的迷恋而发生危险的变化，就像詹姆士国王那样。”

“詹姆士完全有权力逮捕那些巫师！”伊丽莎白气冲冲地说，“就像如果我的臣民做出那块石头，我也有充分的权力去享受它带来的好处。”

“沃尔特去新大陆的时候，您也跟他达成了同样严格的交易了吗？”马修问道，“如果他在弗吉尼亚发现了金子，您会要求他把所有金子都交给您吗？”

“我想我们的协议就是这样写的。”沃尔特面无表情地说，又仓促地加了一句，“不过我当然会很高兴把黄金都交给陛下。”

“我就知道不能信任你，影子。你在英格兰是为我效力的，但是你却替圣会说话，好像他们的意愿更重要似的。”

“我跟您有着同样的愿望，陛下：让英格兰免受灾难。如果您也像詹姆士国王那样开始迫害您臣民中的精灵、巫师和血族，您会尝到苦果的，整个王国也会如此。”

“那你建议我应该怎么做呢？”伊丽莎白问。

“我建议我们达成一个协议——跟您与雷利的协议差不多。我把爱德华·凯利带回英格兰，让您把他关到伦敦塔里，强迫他交出哲人石——如果他能做出来的话。”

“条件呢？”真是有其父必有其女，伊丽莎白明白生活中没有什么是免费的。

“条件是您要庇护我从爱丁堡救出来的贝里克郡巫师，直到詹姆士国王的疯狂行为结束。”

“绝对不行！”伯利说道，“您想一想，陛下，如果您允许大量的苏格兰巫师越过边境，我们和北方邻国的关系将会发生怎样的变化！”

“苏格兰剩下来的巫师本来就不多了，因为您之前拒绝了我的请求。”马修凝重地说道。

“影子，我原以为你在英格兰的工作之一就是确保你们血族不插手我们的政治。如果这项私下的安排被发现了该怎么办？你将如何解释自己的行为呢？”女王仔细审视着他。

“陛下，我会说：一个人倒运起来，就要跟妖怪一起睡觉。[①]”

伊丽莎白轻轻地笑了一声。“女人更是如此。”她接着面无表情地说：“很好，我们达成协议了。你要去布拉格找凯利，罗伊登夫人可以待在宫里陪我，确保你尽快回来。”

“我的妻子不在我们的协议之中，也没有必要在 1 月就派我去波希米亚。您决心要让凯利回来，我保证会把他送回来。”

---

① 出自莎士比亚名剧《暴风雨》第二幕。

“在这里你不是国王！”伊丽莎白用手指戳着他的胸口，“罗伊登老爷，我派你去哪里，你就得去哪里。如果你不去的话，我就把你和你的女巫妻子以叛国罪关进伦敦塔，而且还有更加可怕的。”她目露凶光。

有人在轻轻敲门。

“进来！”伊丽莎白吼道。

“彭布罗克伯爵夫人求见，陛下。”一个警卫带着歉意说道。

“活见鬼。”女王骂道，“难道我都不能安静一会儿啦？让她进来。”

玛丽·西德尼翩然走进房间，因为从寒冷的接待室走进女王这间过热的房间，她的面纱和衣领飞边都随着她而飘动。她在半途中优雅地行了个屈膝礼，接着轻盈地走了几步，然后又行了一个完美的屈膝礼。“陛下。”她低下头说道。

“什么风把你吹到宫里来了，彭布罗克夫人？”

“您曾恩准我一个愿望，陛下——以备未来不时之需。”

“是的，是的。”伊丽莎白暴躁地说道，“你丈夫这次又做了什么？”

“什么也没做。”玛丽站了起来，“我是来请您准许我委托罗伊登夫人去办一件重要的差事。”

“我想象不出来那是什么事。”伊丽莎白驳斥道，“她看起来毫无用处，也没什么智谋。”

“我做实验需要一种特殊的玻璃，那些玻璃只有从鲁道夫皇帝的工厂里才买得到。我哥哥的妻子——请原谅我，其实菲利普去世后，她现在已经嫁人，成了埃塞克斯伯爵夫人——告诉我，罗伊登先生要被派往布拉格。罗伊登夫人也蒙您恩准跟他一同前往，她可以把我需要的东西买回来。”

“那个虚荣而愚蠢的小子！埃塞克斯伯爵巴不得把他的情报全都讲给全世界听。”伊丽莎白突然转身，带起一片金银闪烁，“光凭这一点，我就能砍了这个学舌鹦鹉的脑袋！”

“陛下，我哥哥为保卫您的王国而阵亡后，您的确答应过我，有朝一日您会赐我一个恩惠。”玛丽朝我和马修露出一个祥和的笑容。

“你竟然想把如此珍贵的礼物浪费在这两个人身上？”伊丽莎白满脸狐疑。

“马修曾经救过菲利普的命，他就像我的哥哥。”玛丽猫头鹰般地瞪大眼睛，对女王天真地眨眼。

“你跟象牙一样圆滑，彭布罗克夫人。我希望在宫廷里能经常看到你。”伊丽莎白摊开双手说道，“好吧，我遵守诺言，但我想在仲夏之前见到爱德华·凯利——而且不能搞砸这件事，也不能让整个欧洲都知道我要做什么。你明白我的意思吗，罗伊登老爷？”

“明白，陛下。”马修咬紧牙齿。

“那么你就去布拉格吧。为了让彭布罗克夫人高兴，也带上你的妻子。”

“谢谢您，陛下。”马修看起来很吓人，好像打算要把伊丽莎白·都铎那戴着假发的脑袋从身上撕下来。

“趁我还没有改变主意，你们所有人赶快从我眼前消失。”伊丽莎白坐回椅子，重重地靠在雕花椅背上。

伯利勋爵偏了一下头，示意我们要听从女王的命令，但马修做不到见好就收。

“我想提醒您一句，陛下，不要信任埃塞克斯伯爵。”

“你不喜欢他，罗伊登老爷，威廉和沃尔特也不喜欢他，但他让我再次感觉年轻。”伊丽莎白黑色的眼睛看着他，“以前你也为我做过同样的事，让我想起比较快乐的时光。如今你找到了另一个人，就把我抛弃了。”

“‘我的关怀就如阳光下的影子／随我飞翔，让我追逐／站在我身边，躺在我面前，我做什么它也做什么’。”马修柔声说道，“我是您的影子，陛下，我别无选择，只能追随着您。”

“我累了。”伊丽莎白说着，扭过头去，“对诗没兴趣，你走吧。”

“我们不去布拉格，”一回到亨利的游艇上，朝伦敦前进，马修就说，“我们必须回家。”

“女王不会因为你逃回伍德斯托克就放过你的，马修。”玛丽蜷缩在一条毛皮毯子里，她说得很有道理。

“他指的不是伍德斯托克，玛丽。”我解释道，“马修指的是某个……更远的地方。”

“啊。”玛丽皱起眉头，“哦。”她一脸茫然地小心说道。

“但我们只差一点就得到想要的东西了。”我说，“我们现在知道了手抄本的下落，它可能会解开我们所有的疑问。”

“但也可能就像迪伊家的那部手抄本一样毫无意义。”马修不耐烦地说道，“我们会用其他办法取得它。”

但是后来沃尔特说服马修相信女王是很认真的，如果我们拒绝她的话，她就会把我们两个都关进伦敦塔。我把这件事告诉了艾尔索普奶奶，她跟马修一样反对我们去布拉格。

“你应该回到你的那个时代，而不是前往遥远的布拉格。即便是在这里，你也要花费好几个星期才能准备好能带你回去的魔咒。魔法的许多规则和原理你都还不熟悉，黛安娜。你现在只有一条很难控制的火龙，一种亮得刺眼的辉光，还会提出一些只会换来灾难式答案的问题。你的魔法知识还不足以让你的计划成功。”

“到了布拉格我会继续学习，我保证。”我握住她的手说道，“马修跟女王达成了协议，可能会为几十个巫师提供保护。我们不能分开，太危险了。我不会让他一个人去那个皇帝的宫廷。”

“是的。”她带着伤感的微笑说道，“只要你还有一口气，就不会那样的。好吧，跟你的**血族**一起去吧。但要记住一点，黛安娜·罗伊登：你正在踏上新的征途，而我无法预见它会通往哪里。”

“布里奇特·毕晓普的幽灵曾对我说过：‘**无论你要走哪条路，都必须选他**。’当我感到我们的生活陷入未知时，我都会从这句话里寻求安慰。”我试着安慰她，“只要马修和我在一起，艾尔索普奶奶，我们往哪里去并不重要。”

三天后的圣布里吉德节[①]那一天，我们扬帆远航，去见神圣罗马帝国皇帝，寻找一个奸诈的英国精灵，也希望最终能看到《阿什莫尔782号》手抄本。

---

① 凯尔特节日，以庆祝春天的到来。北半球的圣布里吉德节通常在2月1日或2日，南半球则在8月1日。

26

韦兰·德·克莱蒙坐在柏林的家里，无法置信地低头瞪着报纸。

《独立报》

2010 年 2 月 1 日

萨里郡的一位女士发现了玛丽·西德尼的一本手抄本。玛丽·西德尼是伊丽莎白时代的著名诗人，菲利普·西德尼爵士的妹妹。

“它就在楼梯顶上我母亲的晾衣橱里。”六十二岁的汉丽埃塔·巴伯告诉本报。巴伯太太在母亲去养老院之前，为她清理财物。“对我来说，它就是一叠破烂的旧纸。”

专家认为，这本手抄本是彭布罗克伯爵夫人在 1590—1591 年冬天里的炼金术工作笔记。一般认为伯爵夫人的科学文件在 17 世纪已经毁于威尔顿宅邸的一场火灾。这件东西如何落到巴伯家族手中尚不清楚。

“我们现在认为玛丽·西德尼主要是一位诗人。”苏富比拍卖行的代表说道，他要在 5 月把这件东西摆上拍卖架。“但在她的时代，她是著名大炼金术士。”

这本手抄本的特别有趣之处在于它显示伯爵夫人在实验室里有一位助手。在一次名为“制造黛安娜之树”的实验当中，她用姓名的首字母 DR 指称自己的助手。“我们可能永远无法确认这位助手的姓名了，”剑桥大学的历史学家奈杰尔·沃明斯特解释道，“但尽管如此，这本手抄本仍然告诉我们，实验在科学革命时代经历了多大的进步。”

“这是什么，亲爱的？[①]”恩斯特·诺伊曼在他妻子面前放了一杯酒。以周一晚上而言，她显得过于严肃了，她在周五才会有这样的表情。

“没什么。”她小声说，眼睛仍然盯着面前的报纸。“一桩未了的家族事务。”

“跟鲍德温有关吗？他今天损失了一百万欧元？”关心这位大舅子是恩斯特后天才养成的兴趣，而且恩斯特并不完全信任他。恩斯特年轻时曾接受鲍德温的训练，学习国际贸易错综复杂的内涵。恩斯特现在快六十岁了，朋友们都羡慕他有一位年轻的妻子。他们的结婚照上是二十五岁的他和看起来跟今天一样年轻的韦兰。如今，这张照片已经被妥当地藏了起来。

“鲍德温一辈子都没有损失过价值一百万的东西。”恩斯特注意到韦兰没有真正回答他的问题。

他把那份英文报纸拿过来，看了看上面的文字。“你为什么对一本旧书感兴趣？”

“我先打个电话。”她谨慎地回答道。她握着电话的手很稳，但恩斯特认识她那双异乎寻常的银色眼睛里的表情。她感觉愤怒与恐惧，而且在想着过去。当年韦兰救了他一命，把他从她继母手中抢出来前，他也看过同样的表情。

① 原文为德语 Schatz。

“是要打给梅莉桑德吗？”

“伊莎波。”韦兰机械地说着，按下号码。

“伊莎波，也是。”恩斯特说。可以理解，除了战后克莱蒙家族的这位女族长杀死恩斯特的父亲时用的这个名字之外，恩斯特发现自己很难想起韦兰继母的其他名字。

韦兰拨通电话用的时间异乎寻常地久。恩斯特听到了奇怪的敲击声，好像电话在不停地转接。终于通了，对方的电话响起来。

“哪位？”一个年轻的声音问道。他听起来像美国人——也可能是一个几乎没有口音的英国人。

韦兰立刻挂断电话，把手机丢到桌子上，用双手捂着自己的脸。“哦，天哪。它真的发生了，跟我父亲说的一样。”

“你吓着我了，*亲爱的*。”恩斯特说。他这一生经历过的可怕事情也不少，但都没有当韦兰罕见地真正睡着时折磨她的事情那么鲜明。只有和菲利普有关的噩梦能让他通常都很镇定的妻子心神涣散。“电话里是谁？”

“不是应该接电话的人。”韦兰回答，声音有些含糊，抬起灰色的眼睛看着他，“应该是马修接电话的，但不是他。因为他不在这里，他在那边。”她瞪着报纸说道。

“韦兰，你说的话让人听不懂。”恩斯特严肃地说。他从没见过这个深陷困境的小舅子，只听说他是家族里的知识分子，与众不同。

但是，她又开始拨电话，这次电话很快就接通了。

“你看了今天的报纸吧，韦兰姑姑。我等你的电话已经好几个小时了。”

“你在哪里，加洛格拉斯？”她这个侄子四处漂泊。以前他从自己踏足的路上寄回来一张上面只写着一个电话号码的明信片：德国的高速公路、美国66号公路、挪威的巨人之路[①]、中国的郭亮洞挂壁公路。手机在全球普及之后，她收到的这类简洁通知就越来越少。在GPS和网络的帮助下，无论加洛格拉斯在哪里，她都可以找到他。不过，韦兰还是很想念那些明信片。

“在瓦南布尔市附近的某个地方。”加洛格拉斯含糊其词。

“瓦南布尔在什么地方？”韦兰问道。

“澳大利亚。”恩斯特和加洛格拉斯同时说。

“我刚刚听到是德国口音吗？你又找了一个新男朋友吗？”加洛格拉斯揶揄道。

“说话小心点，小子。”韦兰厉声说，“你虽然是我的家人，但我还是可以拧断你的喉咙。他是我丈夫恩斯特。”

恩斯特在椅子上往前坐了坐，摇头以示警告。他不喜欢妻子和一个男吸血鬼作对——即使她比大多数吸血鬼都要强大。韦兰挥挥手，让他别担心。

加洛格拉斯咯咯地笑了起来，恩斯特猜测这只陌生的吸血鬼可能真的不危险。“你还是我那个令人恐惧的韦兰姑姑。过了这么多年，能听到你的声音可真好。别装了，你看到那则新闻的时候，惊讶程度不亚于我接到你这通电话的惊讶程度。”

“我有点希望他是在胡说八道。”韦兰坦白道，想起她和加洛格拉斯坐在菲利普的床边听着菲利普呓语的那个夜晚。

“你以为胡说八道会传染，所以我也在呓语了？”加洛格拉斯哼了一声。韦兰注意到，他最近的说话方式越来越像菲利普了。

“事实上，我但愿如此。”相信这种事远比接受另一种可能容易：她父亲讲的那个时光旅行女巫的故事是真的。

---

① 著名的挪威盘山公路，蜿蜒曲折，周围地貌多为高山和峡湾。

“无论如何你都会遵守自己的承诺吗？”加洛格拉斯轻声说。

韦兰迟疑了一下。虽然只持续了片刻，恩斯特还是注意到了。韦兰一向信守承诺。当他还是一个吓坏了的、瑟瑟发抖的小男孩时，韦兰就对他保证说，他会成长为一个大男人的。恩斯特六岁时就对这个承诺深信不疑，就像他后来一直相信韦兰给的每一个承诺。

“你没见过马修跟她在一起时的样子。一旦你见过……”

“我就会认为我继弟有本事惹出更大的麻烦吗？不可能的。”

“给她一个机会，韦兰。她也是菲利普的女儿，而他对女人的品位可是一流的。”

“那个女巫不是他真正的女儿。”韦兰立刻说道。

在一条靠近瓦南布尔的路上，加洛格拉斯紧闭双唇，没有回答。韦兰可能比家族里的任何人都更了解黛安娜和马修，但她知道的也没有他的多。马修夫妇回来后，讨论吸血鬼和子女的机会将会多得数不清。现在没有必要为这件事争论。

“再说了，马修不在这边。”韦兰看着报纸说，“我拨了那个电话号码，接电话的不是他，也不是鲍德温。”这就是她那么快就挂断电话的原因。如果现在马修不再领导骑士团，那个电话号码就应该已经传给了菲利普唯一一个还在世的拥有完全血缘的儿子。这个号码在电话问世之初就启用了，是菲利普亲自挑选的——917，伊莎波的生日。伴随着科技的发展，国内及国际电话系统的不断变化，这数字也天衣无缝地换上了更加现代化的面貌。

“接电话的是马库斯。”加洛格拉斯也打过这个电话。

“马库斯？”韦兰惊呆了，“克莱蒙家族的未来让**马库斯**决定？”

“也给他一个机会吧，韦兰姑姑。他是个好小伙。”加洛格拉斯停了一下，“至于家族的未来，要让我们所有人决定。菲利普也知道这一点，否则他不会要我们承诺返回塞图尔城堡。”

菲利普·克莱蒙对他的女儿和孙子说得很清楚。他们要密切留意征兆：关于拥有强大魔法的年轻美国女巫的报道、毕晓普这个姓氏、炼金术，以及不时出现的异常历史新发现。

那时，也只有在那个时候，加洛格拉斯和韦兰必须返回克莱蒙家族的发源地。菲利普不愿意吐露为什么所有家族成员要在这个时候团聚，但加洛格拉斯知道原因。

加洛格拉斯已经等了好几十年。后来他听说了马萨诸塞州有一个叫丽贝卡的女巫，她是塞勒姆市布里奇特·毕晓普最后的子嗣之一。关于她法力的传言到处都是，随后就传出她惨死的消息。加洛格拉斯去纽约州北部追查她仅存的女儿。他定期去察看那个女孩，看着黛安娜·毕晓普在操场上的攀爬架上玩耍，参加生日派对，然后大学毕业。加洛格拉斯像任何一个父母那样骄傲地看着她通过牛津大学的口试。当这位年轻教授走过校园的时候，他经常站在耶鲁大学的哈克尼斯塔的排钟下面注视着她，让钟声震动的力量穿过他的身体。她的穿着变了，但无论她穿的是鲸骨圆环裙和飞边领，还是长裤和一件丝毫不衬托身材的男式夹克，那果决的步伐和挺拔的肩膀都不会让人错认的。

加洛格拉斯努力跟她保持距离，但有时也必须出面干涉——比如那天她的能量引起了一个精灵的注意，那个精灵开始跟踪她。但加洛格拉斯仍然以自己为荣，因为在其他数百次的场合中他都克制住冲动，没有冲下耶鲁钟塔的阶梯去拥抱毕晓普教授，告诉她在这么多年之后再次见到她，他是多么高兴。

当加洛格拉斯听说在伊莎波的命令下，鲍德温为了某个未说明的、和马修有关的紧急事故而被召唤回塞图尔城堡时，这个盖尔人就知道用不了多长时间，那些历史异象就会出现了。加洛格拉斯已经看到了一则消息：一对之前无人知晓的伊丽莎白时代袖珍肖像画被人发现。当他到达苏富比拍卖行时，那对画像已经被人买走了。加洛格拉斯恐慌了一阵，以为它们落入了错误的人手中。但他低估了伊莎波。当他今天早上跟马库斯谈起这件事时，马修的儿子确认它们现在已安全地摆放在塞图尔城堡里伊莎波的桌子上。距离加洛格拉斯把这两幅画像藏到什罗普郡的一栋房子里，已经过去了四百多年。真希望能再次看到这些画——还有画中那两个生物。

与此同时，他也为即将来临的暴风雨做准备，他一向如此，旅行到尽可能远的地方，速度也尽可能地快。加洛格拉斯曾经走过水路，也坐过火车，现在则走公路，骑着摩托车穿过九曲十八弯的山路。风吹着加洛格拉斯蓬松的头发，皮夹克紧紧扣到脖子，藏好他怎么也晒不黑的皮肤。他做好了听从使命召唤的准备，履行他很久以前就许下的诺言，不惜任何代价去保卫克莱蒙家族。

“加洛格拉斯？你还在听吗？”韦兰的声音透过电话，把他从回忆当中拉了回来。

“我在听，姑姑。”

“你什么时候出发？”韦兰叹了口气，用一只手捧着头。她还不能面对恩斯特。可怜的恩斯特，在知道真相的情况下娶了一个吸血鬼妻子，不知不觉地把自己卷入持续了几个世纪的有关鲜血和欲望的复杂故事中。但她答应过父亲——虽然菲利普已去世多年，韦兰并不打算此时第一次做出让他失望的事。

“我告诉马库斯，我后天就到。”加洛格拉斯承认他为姑姑的决定舒了一口气，正如韦兰也承认自己必须考虑一下是否要履行自己的承诺。

“我们就在那里见。”这样韦兰就有时间告诉恩斯特，他得和她的继母共处一个屋檐下。他不会喜欢这个消息的。

“旅途平安，韦兰姑姑。”加洛格拉斯在她挂断电话前说道。

加洛格拉斯把手机放进口袋，然后朝大海望去。他曾在澳大利亚的这段海岸线上遭遇过海难。被海浪冲上岸时，他发现自己很喜欢那片海景，仿佛自己是一只人鱼，在暴风雨中登陆后发现自己竟然可以脚踏实地地在陆地生活。他伸手去拿香烟。和骑摩托车不戴头盔一样，抽烟是他蔑视这个世界的一种方式。这个世界赋予他不死之躯，同时也夺走了他爱的每一个人。

“这些你也要夺走吗？”他问风。风叹了口气，算是对他的回答。马修和马库斯对二手烟的态度非常鲜明。他们说，不能因为二手烟杀不死他们，就用它去消灭周围的每一个人。

“如果我们把他们都杀死了，那我们还吃什么？”马库斯的逻辑绝对正确。这种想法对吸血鬼来说是很奇怪，但马库斯擅长提出怪想法是出了名的，马修也精于此道。加洛格拉斯把这种偏好归结为接受了过多教育的缘故。

他抽完烟，从口袋里掏出一个小皮袋子，里面装有二十四张圆盘，直径一英寸，厚四分之一英寸。它们是用树枝做的，树枝是他从一棵白蜡树上拽下来的，而那棵白蜡树就长在他的祖宅旁边。每一张圆盘的表面都被烙上了印记，组成一套已经无人使用的语言的字母。

他一直对魔法持有一种健康的敬畏态度，甚至在他遇到黛安娜•毕晓普之前就是如此。在陆地和海洋中存在着任何生物都无法理解的力量，而且加洛格拉斯很清楚，当这些力量接近时，最好躲远一点。他无法抗拒如尼文字[①]的吸引力，正是它们在命运的惊涛骇浪中给他指明了方向。

他用手指拨弄这些小圆盘，让它们像水一样从指缝间滑落。他想知道潮汐正在朝哪个方向运动——跟克莱蒙家族的方向一致还是相反？

① 古代北欧民族使用过的文字。

他的手指停下来，抽出一片圆盘，看它对目前的情势有何指引。Nyd，这个符文代表匮乏和欲望。加洛格拉斯再次把手伸进包里，为了把自己对未来的期许看得更清楚。Odal，代表家、家人和传承。他抽出最后一个符文，它能告诉他如何找到归属感。

Rad。这是一个让人迷惑的符文，它既代表到达也代表出发；既代表旅途的开始，也代表结束；既代表初次见面，也代表等待已久的团聚。加洛格拉斯的手紧握这块小木头，它的意义很清楚。

“你也旅途平安，黛安娜婶婶，把我的叔叔一齐带回来。”加洛格拉斯对着大海和天空说道，然后骑上摩托车，驶向一个他既无法想象也无法推迟的未来。

第四部分

PART IV

帝国：布拉格

The Empire: Prague

27

“我的红色紧身裤在哪儿？”马修踏着重步走下楼，愤怒地望着扔得满地的箱子。这趟为期四周的旅程，自中途跟皮埃尔、孩子们和行李在汉堡分开后，他的心情就急转直下。从英格兰进入天主教国家后，由于历法不同，我们额外损失了十天时间。布拉格现在已经是 3 月 11 日。皮埃尔和孩子们还没有过来。

“这么一团糟，永远都找不到！”马修把满腔沮丧发泄在一条衬裙上。

我们先是靠几个马鞍袋和一个共用的行李箱撑了好几个星期，所有行李又比我们晚了三天才抵达这栋又高又窄的房子。它位于通往布拉格城堡的一条被称作史波伦街的陡峭街道上。我们的德国邻居把它称作马刺街，可能因为只有用马刺才能让马爬上这条街。

“我还不知道你有红色紧身裤。”我直起身来说。

“我真的有。”马修开始翻一个装有我内衣的箱子。

“喂，不会在那里的。”我指出一个明显的事实。

吸血鬼咬牙切齿地说：“其他地方我都找过了。”

“我来找。”我看着他那条好端端的黑色紧身裤，“为什么要穿红色的？”

“因为我想引起神圣罗马帝国皇帝的注意！”马修说着，将手伸入我的另一堆衣服里。

考虑到要穿上那条裤子的是一个身高一米九的吸血鬼，而且身高主要都体现在长腿上，血红色的紧身裤确实不仅仅会抓住那些到处乱瞟的眼睛。然而，马修坚决要这样做。我集中注意力，命令那条紧身裤自动出现，然后跟着红色的细线前进。追踪人和物体的能力是成为编织者后的意外收获，在旅途中我已经运用了好几次。

“我父亲的信使来了吗？”马修说着，把我的另一条衬裙扔到我俩之间越来越高的“雪山”上，接着继续翻找。

“到了，东西放在门口——不知道是什么。”我在一个被忽略的箱子里面搜索：一双锁子甲的手套、一副饰有双头鹰标志的盾牌，还有一只雕工精致的小杯子。我得意扬扬地挥舞着那条长长的红色裤管。“找到了！”

马修已经忘了红色紧身裤的事，正全神贯注地盯着他父亲寄来的包裹。我探头去看什么东西会让他感到惊奇。

“那是……博斯的作品吗？”我之所以认识希罗尼穆斯·博斯①的作品，是因为他喜欢在作品中加入奇怪的炼金术器具和象征。他绘制的屏风上充满了飞鱼、昆虫、超大型家用品和情欲化身的水果。早在迷幻艺术流行前，博斯眼中的世界就已经具有鲜艳的色彩，也充满了惊心动魄的组合。

和马修放在旧馆中的霍尔拜因作品一样，我对这幅画作也不熟悉。这是一幅由三块木板组合而成的三联画。三联画的设计是要放在祭坛上，平常都是合起来的，只在特殊宗教庆典上才会打开。在现代博物馆里，三联画的外部很少展出。我想不知道还错过了什么其他的惊人画面。

博斯在三块画板的外面涂了一层黑色颜料，如天鹅绒般光滑。一

① 希罗尼穆斯·博斯（1450—1516），真名为Jeroen van Aken，文艺复兴时期的荷兰画家。

棵在月光下微微发光的枯树占了两块画板的空间，树根上蹲坐着一只极小的狼，高处的枝丫上栖息着一只猫头鹰。这两只动物都刻意凝视着观赏者。树周围的黑色地面上，几十只眼睛闪闪发光，不具实体却凝视着不动。那棵枯死的橡树后，有一片乍看起来正常的树林，它们苍白的树干和闪着绿光的枝丫给画面带来更多的光亮。但当我更加仔细地看过去时，才发现那些树上长出了很多耳朵，好像在聆听夜的声音。

“这表达了什么意义吗？”我注视着博斯的作品，好奇地问道。

马修用手指拨弄着紧身上衣的衣扣。“它表达了一句古老的佛兰芒谚语：‘森林有眼树有耳，多看多听别多言。’”这句话完全就是马修秘密生活的写照，也让我联想起伊丽莎白一世目前的座右铭。

三联画内侧画了三幅连续的场景：第一幅在同样平滑的黑色背景上画了一群堕落天使，一大片闪闪发亮的双层翅膀，乍看像是一群蜻蜓，但他们却有着人类的躯体、脑袋和在坠落过程中因痛苦而收缩的双腿。对面的画板上，死者升起接受最后的审判，场面比塞图尔城堡里那些壁画更加恐怖。地狱入口尽是张大嘴巴的怪鱼或饿狼，把罪人吸走，让他们身陷注定永恒的痛苦和苦闷。

然而，中间那幅画却表现了一个完全不同的死亡场景：复活的拉撒路从容地从棺材中爬出来。他的长腿、黑发和严肃的表情都和马修很像。这块画板的边缘画满静止的藤蔓，长出奇异的果实与花朵，有些还在滴血，有的则生出人类和动物。整个画屏都看不到耶稣的形象。

“这个拉撒路长的很像你，难怪你不想让鲁道夫得到它。”我把紧身裤递给马修，“博斯一定也知道你是个吸血鬼。”

“杰罗恩——或者是你说的希罗尼穆斯——看到了他不应该看的东西。”马修阴郁地说道，“直到我看见他画的一张我和一个温血生物的素描，我才知道他曾经见过我进食。从那一天开始，他就相信所有的生物都有双重本性，一部分属于人，一部分属于动物。”

“有时候一部分还属于植物。”我看着一个头是草莓、手是樱桃的裸体女人，奔跑着逃离一个挥舞长叉子、头顶一只鹳鸟的魔鬼。马修轻轻笑了一声。“伊丽莎白和博斯知道你是吸血鬼，鲁道夫也知道吗？”知道这个秘密的人太多，让我越来越担心。

“知道，皇帝也知道我是圣会的成员。”他把鲜艳的红色紧身裤系成一个结，“谢谢你帮我找到这条裤子。”

“现在告诉我，你是否也有弄丢汽车钥匙的习惯，如果每天早上你去工作前，都要来一场这样的骚动，我可受不了。”我搂着他的腰，把脸颊靠在他的心上。他缓慢而稳定的心跳总是能让我冷静下来。

“你打算怎么做，跟我离婚？”马修也搂着我的腰，低头靠着我的头。我们紧紧地拥抱在一起。

“你答应过我，吸血鬼永不离婚。”我捏了他一下说，“如果你穿上红色的紧身裤，就会看起来像个卡通人物。如果我是你的话，我会继续穿黑色。反正你无论如何都很引人注目。”

“女巫。”马修吻了我一下，放开了我。

他穿着一条纯黑色的紧身裤去了山上的城堡，身上带着一封冗长、晦涩的信（部分还是韵文），信上还提议送一本绝妙好书给鲁道夫。四个小时后，他空手而归，那封信交给了一个皇家侍从。他并没有直接觐见皇帝，而是和其他大使一起等待召见。

“我就好像被关在一辆牛车里，跟一堆热乎乎的身体待在一起。我试着去其他地方呼吸新鲜空气，但旁边的房间里都是巫师。”

“巫师？”我从桌子上爬下来说道。刚才为了防备杰克，我站在桌子上把马修的剑稳妥地放到衣柜顶上。

“好几十个。”马修说，“他们都在抱怨正发生在日耳曼的事情。加洛格拉斯在哪里？”

“你侄子买鸡蛋去了，还要去雇管家和厨师。”弗朗索瓦丝坚决不跟我们一起来中欧，她认为中欧是路德教徒的无神之地。她现在回旧馆去纵容查尔斯了。在其他人到来之前，加洛格拉斯暂时充当我的侍从和勤杂工。他精通德语和西班牙语，在采购日常用品方面，他可是不可或缺的。“告诉我更多关于巫师的事。”

“这座城市是一个安全的避难所，中欧每一个担心自身安危的生物——精灵、吸血鬼，或者巫师，都可以来这里避难。但是，巫师在鲁道夫的宫廷上尤其受欢迎，因为他贪求他们的知识和法力。”

“有意思。”我说。我一开始对他们的身份产生好奇，一张张面孔就浮现在我的第三只眼前。“那个红胡子男巫是谁？一只眼睛是蓝色、另一只眼睛是绿色的女巫是谁？”

“我们不会在这儿待太久，他们的身份并不重要。”马修走向门外，语气中带有警戒的意味。伊丽莎白交代的任务他已经完成，现在要代表圣会前往河对岸的布拉格老城。“我会在天黑前回来，你在这里等加洛格拉斯回来。我不希望你迷路。”更确切地说，他不想让我遇到那些巫师。

加洛格拉斯带着两个吸血鬼和一块椒盐饼干回到马刺街。他把饼干递给我，然后介绍那两个新仆人。

卡罗利娜（厨师）和特雷莎（管家）是波西米亚一个扩张中的吸血鬼集团成员，这个集团的宗旨在于给贵族和重要的外国访客提供服务。像克莱蒙家族的侍从一样，他们凭借自己异乎寻常的长寿和狼一般的忠诚在这一行获得很高的声誉——也拿着不寻常的高薪。在付出适当的代价后，我们不但把这两位妇人从教廷大使家中转过来，也买到了集团长老的保密承诺。大使本人也慷慨同意了，借以表示对克莱蒙家族的敬意，毕竟克莱蒙家族在最近一次的教皇选举中起过重要的操纵作用，大使也明白给他面包抹上黄油的人是谁。但是我关心的只是卡罗利娜是否会煎蛋饼。

我们的家安定好以后，马修每天早上都跑到山上的城堡，我负责打开我们的行李，去城墙下面叫做小城区的地方认识一下左邻右舍，同时期待着家里其他成员的到来。我想念安妮的欢快和瞪大眼睛观察世界的样子，也想念杰克总能遇上麻烦的“本事”。在我们蜿蜒的街道上住满了各种年龄和国籍的孩子，因为绝大多数的国家大使都住在这里。后来我们发现，马修并不是在布拉格唯一一个被皇帝拒之门外的外国人。我遇到的每一个人都说过鲁道夫是如何冷落一个要人，却花了几个小时跟一个来自意大利的书呆子古文物专家，或者一个来自萨克森地区的卑微矿工畅谈，加洛格拉斯听得津津有味。

春季第一天，快到黄昏的时候，房子里弥漫着猪肉和布丁的家常气味。就在这时，一个顽皮的八岁男孩抱住了我。

“罗伊登夫人！”杰克喊道，把脸埋在我的上衣里，紧紧地抱住了我。“你知道布拉格其实是四个城市合在一起的吗？伦敦一共才有一座城，而且布拉格还有一座城堡和一条河。皮埃尔明天会带我去看风车。”

“你好啊，杰克。”我抚摸着他的头发说道。即使来布拉格如此艰苦和寒冷，他还是在快速地长高，皮埃尔肯定一个劲儿地往他嘴里塞吃的。我抬起头朝安妮和皮埃尔微笑。“马修一定很高兴看到你们都到了。他很想念你们。”

“我们也想念他。”杰克抬起头看着我说。他眼睛下面有黑眼圈，虽然长得快，但脸色还是很苍白。

“你生病了吗？”我摸着他的额头问。在这样恶劣的天气里，感冒都可能致命，而且人们都说老城区正流行一种危险的疾病，马修猜测那是一种流感。

“他一直都睡不好。”皮埃尔悄悄说道。从他严肃的口吻里，我听得出事情没这么简单，但这事可以稍后处理。

“今晚你会睡好的。你房间里有一张巨大的羽绒床。杰克，跟特雷莎去吧，她会带你去放着你的东西的地方。晚饭前你要洗一下脸。”按照吸血鬼的礼节，温血动物都跟我和马修一起睡在三楼。因为这栋房子的布局很狭小，一楼只容得下一个起居室和一个厨房，那意味着二楼要用作接待客人的正式房间。家里其他的吸血鬼要住在最高的四楼，因为那里视野开阔，有很多窗户，打开可以流通空气。

“罗伊登老爷！”杰克大喊着冲向房门，一把推开门，特雷莎没来得及拦住他。天色越来越暗，马修从头到脚穿的衣服都是铁灰色，真不明白杰克怎么知道马修会在那里。

“慢点。”马修抓住杰克，让他不至于撞上吸血鬼两条坚硬的长腿而弄伤自己。杰克走过的时候，加洛格拉斯伸手拽掉他的帽子，揉乱他的头发。

“我们差点冻僵了。在河里。雪橇翻过一次，但狗没有受伤。我吃过一只烤熊。安妮的裙子被卡在马车轮子里，差点摔倒。”杰克迫不及待地要把旅行的细节一口气说完，“我看到了一颗燃烧的星星，不是特别大，但皮埃尔告诉我说，等我们回到家后，我一定要跟哈里奥特先生讲讲这事。我把那颗星星画下来送给他。”杰克把手伸进他满是污垢的上衣，掏出来一张同样满是污垢的纸。他充满敬意地捧着那张纸，把它呈给马修，仿佛那张纸是一件圣物。

“画得相当不错。”马修郑重其事地看着这张画，“我喜欢你表达星星尾巴的方式。你还在它的周围画了其他星星。这招很聪明，杰克。哈里奥特先生会对你的观察力感到高兴的。”

杰克脸红了。“那是我最后一张纸了。布拉格有卖纸的地方吗？”在伦敦的时候，马修习惯每天早上给杰克一包废纸。杰克怎么用完这些纸的，就让人费解了。

“这个城市到处都是纸。”马修说，“皮埃尔明天会带你去小城区的商店。”

听到如此令人兴奋的承诺之后，要孩子们上楼就很难了。但是特雷莎证明了自己是一个恩威并施的人，完成了这个任务。这样我们四个成年人就有机会自由交谈了。

“杰克病了吗？”马修皱着眉问皮埃尔。

“没有，**老爷**。自从和你们分开，他的睡眠就出问题了。”皮埃尔迟疑了一下，“我猜这是他过去接触到的邪恶在骚扰他。”

马修皱着的额头舒展开来，但看起来仍然心有疑虑。“旅途其他方面都如你所愿吗？”这是马修拐弯抹角询问他们是否遇到强盗或者被其他超自然生物困扰的方式。

“旅途漫长而寒冷。”皮埃尔如实说道，“孩子们还总是挨饿。”

加洛格拉斯放声大笑：“嗯，听起来很正常啊。”

“您呢，**老爷**？”皮埃尔偷偷地看了马修一眼，“布拉格如您所愿吗？”

“鲁道夫还没有召见我。据谣传，凯利在火药塔顶楼炸掉了一堆蒸馏器和其他天晓得的什么东西。”马修回答。

“老城区呢？”皮埃尔小心翼翼地问。

“基本还是老样子。”马修的语调轻松——这就代表他在担心某件事。

“那是因为你忽略了犹太区传出的八卦。他们的一个巫师用黏土造了一只生物，晚上在街上出没。”加洛格拉斯看着他的叔叔，故作无辜状，“除此之外，大致上都跟我们1547年来这里帮助费迪南德皇帝[①]镇压这座城市时一样，没什么改变。”

---

① 费迪南德一世（Ferdinand I，1503—1564），出身哈布斯堡家族的神圣罗马帝国皇帝及奥地利大公，也身兼匈牙利和波西米亚国王，是鲁道夫二世的祖父。

“谢谢你，加洛格拉斯。”马修的语气就像吹过河流的风一样冰冷。

用泥土创造出一种生物，而且还能行动，当然不是普通魔咒能办得到的。这种流言只能意味着一件事：在布拉格的某个地方有一个像我一样的编织者，他可以穿梭于生死两界。但是我没必要拷问马修的秘密。他的侄子已抢先一步。

“你不至于想把这只黏土生物的消息隐瞒婶婶吧？”加洛格拉斯诧异地摇着头说道，“你在集市待得还不够久。小城区的女人们可什么都知道，包括皇帝早餐吃什么，还有他不想见你的事情。”

马修抚摸着三联画的木质表面，叹口气说：“皮埃尔，你得把这个送进皇宫。”

“但这是塞图尔城堡的祭坛画啊。”皮埃尔抗议道，“皇帝的谨慎是出了名的，他肯定会召见你，这只是个时间问题。”

“我们缺的就是时间——而克莱蒙家族有的是祭坛画。”马修带着遗憾说道，“我给皇帝写一封信，然后你就可以去了。”

不久，马修就派皮埃尔去送画了。他的这位仆人跟他一样空手而归，没有得到召见的承诺。

我周围那些把世界联系在一起的细线开始收紧，交织的模式也发生了变化，它整体的规模太大，超出了我的理解范围。但某些事正在布拉格酝酿，我能感觉得到。

那天夜里，我被卧室隔壁房间里轻微的说话声吵醒了。当我入睡时，马修在我旁边看书，现在已不见踪影。我蹑手蹑脚地走到门旁，看他和谁在一起。

“告诉我，我遮住怪物一侧的脸时会发生什么事。”马修的手迅速在他面前一张大纸上移动。

“它好像变得比较远！”杰克低声说，对这样的变化感到敬畏。

“你来试试。”马修把笔递给杰克。杰克聚精会神地拿着笔，舌头稍微吐出。马修用手揉着这个男孩的后背，帮助他瘦长骨架上绷紧的肌肉放松。杰克没有坐到他的膝盖上，而是舒服地靠在这个吸血鬼的身上。“那么多怪物。”马修迎着我的目光，喃喃说道。

“你也想画你的怪物吗？”杰克慢慢把那张纸推向马修，“然后你也可以睡得着了。”

“你的怪物把我的怪物都吓跑了。”马修的注意力回到杰克身上，面色凝重。我心疼这个孩子，在他短暂而艰难的生命里经历了如此多的事情。

马修再一次看着我的眼睛，轻轻地点了一下头，表示一切都在掌控之中。我给他一个飞吻，回到我们温暖的羽绒大床上。

第二天，我们收到了皇帝的回信，信上有厚厚的封蜡和丝带。

“那幅画起作用了，*老爷*。”皮埃尔带着歉意说道。

“这在意料之中。我很喜欢那幅祭坛画。以后不知要花多少时间才能把它拿回来。”马修往椅背上一靠，说道。木椅发出噼啪的声响，以示抗议。马修伸手去拿那封信，上面的字体很华美，满纸都是绕来绕去的旋涡，字母几乎都无法辨认。

“为什么要用如此华丽的字体呢？”我问道。

“赫夫纳格尔一家[①]已经从维也纳到了这里，现在闲着也没事可做。在陛下眼中，字就应该写得越华丽越好。”皮埃尔回答得很隐晦。

“今天下午我要去见鲁道夫。”马修把信纸折起来，满意地笑着说，“我父亲一定很高兴。他还寄了一些钱和珠宝过来，但看起来克莱蒙

① 即 Joris Hoefnagel（1542—1601）和 Jacob Hoefnagel（约 1573—约 1632）父子，两人均是佛兰芒知名画家。

家族这次不需要付出那么大的代价了。”

皮埃尔拿出另一封小一点的信，字体比较朴素。“皇帝还有一封附言，是他亲笔写的。”

我站在马修身后，和他一起看信。

“Bringen das Buch. Und die Hexe.”最下方有皇帝旋涡似的签名，始于一个华丽的R，绕圈的d和l，末尾以两个f结束。

我的德语有点生疏了，但还是能看懂这两句话：**把书带过来，还有那个女巫**。

“我话说得太早了。”马修喃喃道。

“我曾告诉你，应该用提香[①]的大尺寸维纳斯油画引他上钩，那幅画是爷爷不顾妻子的反对从菲利普国王[②]手中弄过来的。”加洛格拉斯说，“鲁道夫跟他叔叔一样，总是过分钟情于红发女人。还有火辣辣的图片。”

“还有女巫。”我丈夫低声说道。他把信扔到桌子上，“让他上钩的并不是那幅画，而是黛安娜，或许我应该拒绝他的邀请。”

“叔叔，那是一道命令。”加洛格拉斯压低双眉。

“而且鲁道夫手上有《阿什莫尔782号》手抄本。”我说，“它不会直接出现在马刺街上的三只渡鸦之家门口。我们必须要去找它。”

“你说我们是渡鸦吗，婶婶？”加洛格拉斯假装自己被冒犯了。

“我在说我们房子门口的招牌，你个白痴。”像这条街道上的其他居民一样，我们的门上有一个符号，而不是门牌号。自本世纪中叶这个街区发生火灾以来，当今皇帝的祖父坚持每栋房子除了盛行的壁

---

① 意大利文艺复兴后期威尼斯画派的代表画家。在提香所处的时代，他被称为“群星中的太阳”，是意大利最有才能的画家之一。

② 此处指哈布斯堡王室的西班牙国王菲利普一世（1527—1598）。

面彩绘装饰外，必须要有某种足以表明身份的标记。

加洛格拉斯笑了。“我当然知道你在说什么，但我喜欢看着你辉光增强时，整个人变得光彩照人的样子。”

我哼了一声，在自己周围布上伪装咒，把身上的光芒调低到人类可以接受的程度。

“另外，”加洛格拉斯继续道，“我的族人认为，被比作渡鸦是一大赞美。我是雾尼，马修是福金。婶婶是格恩达尔[①]。你会是一位很棒的女武神。”

“他到底在说什么？”我茫然地问马修。

“奥丁的渡鸦，还有他的女儿们。”

“哦。谢谢你，加洛格拉斯。”我尴尬地说。被比作神的女儿大概不是什么坏事。

“就算鲁道夫手中的这本书就是《阿什莫尔 782 号》手抄本，我们也不确定它里面是否有我们想要的答案。”马修说。《伏尼契手稿》的教训依然困扰着马修。

“历史学家从来不知道一个文本是否能提供答案，即使不能，我们仍会因此提出更好的问题。”我回答。

“有道理。”马修撇撇嘴，“既然没有你的话，我也不能见到皇帝或他的藏书室，没有那本书，你又不肯离开布拉格。所以没得选择了，我们一起进宫。”

“你这叫自作自受啊，叔叔。”加洛格拉斯欢快地说。他用力向我挤了一下眼睛。

跟我们去里士满王宫的旅途相比，这次去见皇帝就像到邻居家借

---

① 雾尼和福金，是北欧神话中奥丁双肩上的两只渡鸦。格恩达尔是北欧神话中的女武神。

一碗糖那么轻松——只要走到街道的另一头就可以了——不过这次衣着更加正式。教廷大使的夫人跟我体型差不多，她的衣柜为我提供了符合英国显贵之妻——或克莱蒙家族成员，她连忙补充一句——身份的着装。我喜欢布拉格富裕妇人的穿衣风格：简单的高领长袍、蓬松的长裙、垂坠式衣袖上镶皮草边的绣花外套。她们穿的小飞边提供了另外一道遮挡风雨的屏障，也很实用。

马修心甘情愿地放弃了红色紧身裤的梦想，穿上了以往穿的灰、黑二色，搭配深绿色点缀，这是我看他穿过的最悦目的颜色。一整个下午，这种颜色透过他圆胖马裤上的斜口以及上衣敞开着的领口里衬中闪现出来。

“你看起来很帅。”我端详着他说。

“你看起来像一位真正的波西米亚贵族。”他亲吻我的脸颊，回答道。

“我们现在可以出发了吗？”杰克急不可耐地跳来跳去。有人给他找了一件银黑色的套装，并在袖子上挂了一个十字架和月牙。

“所以我们的身份是克莱蒙家族成员，而不是罗伊登家族成员。”我慢慢说道。

“不，我们是马修和黛安娜·罗伊登。”马修回答说，“我们只是带着克莱蒙家的仆人一起旅行而已。”

“这会把所有人都搞糊涂的。”走出家门时，我说道。

“是啊。”马修微笑着说。

如果以普通市民的身份前往，我们应该要爬宫殿城墙边新建的阶梯，走起来很安全。但为了符合英格兰女王代表的身份，我们却骑在马背上沿着马刺街往上走，这也让我有机会充分地欣赏那些沿着斜坡搭建、画着多彩壁画、挂着彩色招牌的房屋。我们经过了红狮屋、金星屋、天鹅屋、双日屋。走到山顶后，我们来了一个大转弯，进入了一个满是贵族豪宅和宫廷大臣官邸的街区，名字叫城堡区。

这不是我第一次看到这座城堡。当我们进入布拉格的时候，我就看到它高踞周围所有建筑物的上空，从我们家里的窗户抬头就能看到它的城墙。但这是我离它最近的一次。近距离观看比远望更能体会到它的巨大与占地广袤。它就像一座完全独立的城市，有着发达的贸易和工业。它的正前方是圣维特大教堂的哥特式塔尖，圆形的塔楼穿插在城墙之间。这些塔楼当初是作为防御工事而建，现在却变成了数百个在鲁道夫宫廷安家的匠人的作坊。

宫殿侍卫让我们从西门进入一个四周有围墙的院子。皮埃尔和杰克把我们的马牵走后，我们的武装护卫就向靠着城墙的一排建筑走去。这些建筑兴建的年代相对比较晚，石头保有棱角，还在闪闪发光。它们看起来很像办公建筑，但在它们后面我还能看到高耸的屋顶和中世纪的石雕。

“怎么回事？”我向马修低声问道，“我们为什么不去宫殿里？”

“因为重要的人物都不在那里。”加洛格拉斯说。他腋下夹着《伏尼契手稿》，手抄本外面有一层皮革，然后用绳子系好，免得纸张因天气潮湿而变形。

“鲁道夫嫌旧皇宫既透风又阴暗。”马修解释道，扶我走过光滑的鹅卵石。“他的新宫殿面朝南方，可以俯瞰一座私人花园，而且这里距离教堂——以及教士——更远了。”

宫殿的大厅里，人们熙熙攘攘，横冲直撞，口中用德语、捷克语、西班牙语和拉丁语大喊大叫，用哪种语言取决于他们来自鲁道夫帝国的哪一个部分。我们离皇帝越近，活动就越热闹。我们路过一个房间，里面挤满了人，他们都在为几张建筑图形争执不下。另一个房间里的人正进行着一场激烈的辩论，辩论的主题是一个镶满宝石的长方形黄金贝壳碗有哪些优点。护卫们最后把我们带到一间舒适的客厅里，里面有笨重的椅子，铺了瓷砖的壁炉喷出大量的热气，还有两个人正聊得起劲。他们转身面对我们。

“你好，老朋友。”一个年约六十岁的和善老人用英语说道。他对着马修微笑。

“塔代亚斯。”马修亲热地抓住他的手臂，“你看起来气色不错。”

“你看起来很年轻。”这个男人的眼睛闪闪发亮。他的目光并没有在我皮肤上引起任何反应。“这就是那位所有人都在谈论的女士吧？我是塔代亚斯·哈耶克。”这个人鞠了一躬，我屈膝回礼。

一个面如橄榄色、头发几乎和马修的一样黑的瘦削绅士向我们走来。“斯特拉达先生。”马修鞠了一躬。看到这个人时，他并没有像看到第一个人那样高兴。

“她真是个女巫？”斯特拉达饶有兴趣地打量着我，“如果真的是，我姐姐卡塔琳娜想见见她。她怀孕了，觉得很苦恼。”

“塔代亚斯是位御医，他肯定更适合去照顾皇子的诞生事宜。”马修说道，“还是说你姐姐的境况发生了变化？”

“皇帝依然宠幸着我的姐姐。”斯特拉达冷冷地说，“仅仅因为这个原因，她所有的奇想都应该得到满足。”

“你见过约里斯了吗？自从陛下打开那幅三联画之后，他就一直在谈论那幅画。”塔代亚斯转移了话题。

“没有，还没有。”马修的目光转向门口，“皇帝在吗？”

“在。他在欣赏施普兰格尔大师[①]的一幅新作。那幅画非常大，并且……哦，很细腻。”

“另一幅关于维纳斯的画。”斯特拉达嗤之以鼻。

① 巴托洛梅乌斯·施普兰格尔（Bartholomeus Spranger，1546—1611），佛兰芒画家，深受鲁道夫二世宠信。

“那个维纳斯看起来很像你姐姐啊，先生。”哈耶克笑着说。

“我听到的是马修的声音吗？”[①]从房间的另一端传来一个鼻音很重的声音。所有人都转过身来，深深地鞠躬，我也机械般地屈膝行礼。听懂他们的对话将是一大挑战，我原本希望鲁道夫说拉丁语，而不是德语。**“书和女巫都带来了，我看到了。还有那头挪威狼。”**[②]

鲁道夫是个矮个子，长着不相称的长下巴和突出的下唇。哈布斯堡家族丰满的厚嘴唇让他面孔的下半截特别醒目，不过配上那双突出来的苍白眼睛和宽厚扁平的鼻子，倒也不失平衡。虽然多年来的优裕生活和美酒造就他肥胖的体型，但他的双腿仍然细瘦。他穿着一双用黄金装饰的红色高跟鞋，蹒跚着朝我们走来。

“陛下，我奉命把我的妻子带来了。”马修说，并在“妻子”这个字眼上稍微加重了语气。加洛格拉斯把马修的英语翻译成无可挑剔的德语，好像我丈夫不懂这种语言似的——我知道他会，我曾经跟他一起坐雪橇从汉堡经过维腾堡再到布拉格。

“也带来了她的魔法。”[③]鲁道夫毫不费力地换成西班牙语，好像这样就能说服马修直接跟他对话一样。他慢慢地打量着我，在我身体的曲线处流连良久，一丝都不放过，让我很想立刻跑去淋浴。**“真可惜她已经结婚了，更可惜的是，她竟然嫁给了你。”**[④]

“太遗憾了，陛下。”马修仍坚持用英语，语气很尖锐，“但我向您保证，我们确实正式结婚了。我父亲和她都坚持这样做。”这番话让鲁道夫越发兴趣浓厚，更加仔细地看着我。

---

① 原文为德语 Ist das Matthäus höre ich ?

② 原文为德语 Und Sie das Buch und die Hexe gebracht, ich verstehe. Und die norwegische Wolf。

③ 原文为西班牙语 Y su talento para los juegos también。

④ 原文为西班牙语 Es una lástima que se casó en absoluto, pero aún más lamentable que ella está casada con usted。

加洛格拉斯可怜我的处境，把书重重地放在桌子上说道："这本书。"[1]

这总算转移了他们的注意力。斯特拉达拆开包装，哈耶克和鲁道夫讨论着皇家图书馆增加这本书是一件多么了不起的事。然而，当这本书展现在大家的面前时，房间里却散发出失望的气息。

"开什么玩笑？"鲁道夫用德语厉声说。

"我不确定自己理解了陛下您的意思。"马修回答，然后等着加洛格拉斯翻译。

"我的意思是我认得这本书。"鲁道夫气急败坏地说。

"这不意外，陛下，因为您把它送给了约翰·迪伊——据说是个错误。"马修鞠躬说道。

"皇帝绝不会犯错！"斯特拉达厌恶地把书推到一边。

"我们都会犯错，斯特拉达先生。"哈耶克温和地说，"虽然如此，但我敢肯定将这本书交还给皇帝，肯定有个理由。说不定是迪伊博士发现了它的奥秘。"

"它里面除了幼稚的图片什么都没有。"斯特拉达驳斥道。

"因为如此，这本图画书才被塞进迪伊博士的行李吗？你希望他能解读出你无法理解的东西？"马修的话对斯特拉达有不良影响，后者的脸色变得铁青。"或许是你借了迪伊的书，斯特拉达先生，就是那本来自于罗杰·培根的收藏、有炼金术插图的书，你希望它能帮你破解这本书。这么想可比假设你骗取可怜的迪伊博士的财物，要好得多了吧。当然了，陛下是不可能介入这种邪恶勾当的。"马修的笑容让人不寒而栗。

---

① 原文为德语 Das Buch。

“那么，在我的宝物中，这本书就是你说的那个你想带回英格兰的唯一吗？”鲁道夫尖锐地问，“还是说你的贪婪已经蔓延到了我的实验室？”

“如果您说的是爱德华·凯利，女王希望得到保证，他留在这里是出于自己的个人意志。不过也仅此而已了。”马修撒了谎，接着把话题转移到一个不那么令人恼火的事情上，“陛下，您喜欢那件新祭坛画吗？”

马修给了皇帝足够的空间重整旗鼓——来挽回颜面。“博斯真是出类拔萃。如果我叔叔知道我得到了这幅画，他会很难过的。”鲁道夫环视了一下四周。“唉，这间房子不适合摆放它。我本来想让西班牙大使看一看，但在这里不能跟画保持欣赏它的充分距离。对这幅作品来说，你必须慢慢地靠近，让所有细节自然而然地展现出来。来，看我把它放在哪里了。”

马修和加洛格拉斯挡在我和鲁道夫之间，让鲁道夫不能离我太近，我们列队走进另一个房间，乍看起来像物品过多但人手不足的博物馆中的一间储藏室。架子上和橱柜里放了那么多的贝壳、书籍和化石，好像随时会散架。几幅巨大的油画——包括新到手的那幅维纳斯，它岂止是细腻，根本就是公然宣淫——靠在青铜雕像上面。这一定是鲁道夫著名的珍宝室，里面放满了奇珍异品。

“陛下需要更大的空间——或减少收藏品。”马修说，一把接住一件差点摔到地上的瓷器。

“我永远有办法找到存放新宝贝的地方。”皇帝再一次把目光停留在我身上，“我正在兴建四间新房子，把它们全都装进去。你们可以看见那些人在工作。”他指着窗外的两座塔楼，以及一栋即将把塔楼与皇帝的住处、以及对面另一栋新房子连接在一起的长方形建筑。“完工前，奥塔维奥和塔代亚斯会替我编辑收藏品的目录，并把我的需求告诉建筑师。我可不希望东西通通搬进新的藏宝室以后，很快就又不够用了。”

鲁道夫带我们又穿过几间拥挤的储物室，最后来到一个两边都有窗户的长画廊。画廊里的光线充足，走过前面几个幽暗而布满灰尘的房间，来到这里的感觉就像整个肺都吸入了新鲜的空气。

看到房间正中央，我惊讶地停下脚步。马修送的祭坛画展开着放在一张铺着绿色厚毛毡的长桌上。皇帝的话是对的：当你离这幅作品太近的时候，就不能充分欣赏它的色彩。

“真美，黛安娜夫人。”鲁道夫出其不意地抓住我的手，“注意，你每走近一步，都会有变化发生。只有庸俗的东西才能一次看尽，因为它们没有什么值得透露的秘密。”

斯特拉达带着公开的恨意看着我，哈耶克的眼神则充满怜悯。马修根本就没有看我，而是瞪着皇帝。

“说到这一点，陛下，我能看一看迪伊的书吗？”马修的表情很诚恳，但骗不过房间里任何一个人。恶狼正在潜行捕猎。

“谁知道它在哪里呢？”鲁道夫不得不放开我的手，含糊地向我们刚离开的房间挥挥手。

“如果这么珍贵的手抄本在皇帝需要的时候却找不到，那一定就是斯特拉达先生失职了。”马修轻声说。

“奥塔维奥现在很忙，他在做重要的事情！”鲁道夫怒视马修，“而且，我不信任迪伊博士。你的女王应该提防他的虚假承诺。”

“但是您信任凯利，或许他知道手抄本的下落？”

听到这句话，皇帝表现出明显的不安。“我不想让爱德华受干扰，他的炼金术工作正进行到一个十分微妙的阶段。”

“布拉格有许多迷人之处，黛安娜受彭布罗克伯爵夫人的委托，要买一些用来做炼金术实验的玻璃器皿。在爱德华先生可以会见客人为止，我们可以先做这件事。或许到那个时候斯特拉达先生也找到您丢失的书了。”

“这个伯爵夫人就是女王的英雄菲利普·西德尼爵士的妹妹吗？”鲁道夫的兴趣又被挑起来了。当马修张口正要回答，鲁道夫抬起手打断了他。“这是黛安娜夫人的事情，让她来回答。”

“好的，陛下。”我用西班牙语回答道。我的发音很糟糕，希望这能降低他对我的兴趣。

“迷人。”鲁道夫喃喃道。*见鬼*。“很好，黛安娜夫人一定要来参观一下我的工厂。我很喜欢满足淑女的愿望。”

不知道他说的淑女是哪一位。

“至于凯利和那本书，我们再等等，再等等。”鲁道夫又转向那幅三联画，“‘*多看多听勿多言*。’有句谚语不就是这样说的吗？”

28

“您看到那个狼人了吗，罗伊登夫人？他是皇帝的猎场看守员。我的邻居哈伯梅尔太太听到他在夜里发出狼嚎声。听说他是靠吃皇家鹿壕中的御鹿为生。”胡贝尔太太戴着手套捡起一棵卷心菜，怀疑地闻了闻。胡贝尔先生曾在伦敦的提秤场做过商人，她虽然不喜欢那座城市，但英语说得很流利。

“呸。世界上就没有狼人。”罗西小姐说，转过她的长脖子，对洋葱的价格啧啧不满。“但我的斯特凡诺对我说，宫廷里有很多精灵。大教堂里的主教们想驱逐那些精灵，但皇帝不同意。”跟胡贝尔太太一样，罗西曾在伦敦待过一段时间。当时她是一个意大利艺术家的情妇，那个艺术家想把风格主义带到英国。现在她是另一个意大利艺术家的情妇，这个艺术家想把玻璃切割艺术引入布拉格。

“我没看到狼人，也没看到精灵。”我坦白道。这两个女人的脸色暗淡下来。“但是，我看到了皇帝刚刚收藏的一幅画。”我压低了声音，“画的是维纳斯，正在出浴。”我意味深长地看了看她们俩。

不聊一些异世界生物的八卦，皇室的变态生活也是可以聊的。胡贝尔夫人来了精神。

“鲁道夫皇帝需要一个妻子，一个愿意给他做饭吃的奥地利好女人。”她屈尊向感激不尽的菜贩子买了一棵卷心菜，他已经忍受她对蔬菜的批评将近半个小时了。“再给我们讲一下那只独角兽的角。它应该有神奇的治疗功效。”

这是两天以来我第四次被要求描述皇帝的奇珍异宝了。我们还没有回到三只渡鸦，我们获准进入鲁道夫私人府邸的消息就已经传开了。小城区的太太们在床上一直等到天亮，渴望听我报道参观印象。

从那时起，来到我们家的宫廷信使，还有数十位波西米亚贵族与外国高官身穿制服的仆人，都引起他们更进一步的好奇。马修受到皇帝的接见后，他就跻身宫廷苍穹，成为一颗明星，老朋友们也纷纷出现，承认他已经来到布拉格——并向他寻求帮助。皮埃尔取出账册，克莱蒙银行的布拉格分行很快就开业了，虽然我很少看到有钱存入，但一笔笔资金却不停流出，用来偿还积欠老城区商家们的过期欠款。

“你收到皇帝的一个包裹。”我从集市上回来的时候，马修告诉我。他用鹅毛笔指向一个形状不规则的麻袋。“如果你打开了它，鲁道夫就会期望你亲自向他致谢。”

“那会是什么呢？”我抚摸袋子里物品的轮廓。不是书。

“是某种我们收下就会后悔的东西，我保证。”马修把鹅毛笔往墨水瓶里一掷，几滴浓浓的墨汁喷溅到桌面上。“鲁道夫是个收藏家，黛安娜。他感兴趣的不仅仅是独角鲸的角和牛黄石。他搜集人就像搜集物品一样起劲，而一旦落入手中，他就不会再放开。”

“比如凯利。”我解开包裹上的带子，“但我是非卖品。”

“我们都是商品。”马修瞪大眼睛，“我的天哪。”

一座两英尺高、用金银打造的黛安娜女神塑像出现在我们眼前。她全身赤裸，身背箭筒，侧坐在一头雄鹿背上的马鞍上面，脚踝端庄地交叠在一起。两只猎犬卧在她脚边。

加洛格拉斯吹了声口哨：“好啊，这一次我得承认，皇帝把他的欲望表达得很清楚。”

但我忙于研究这座雕像，没有在意他的话。有一把小小的钥匙嵌在雕像底部。我转动了一下钥匙，雄鹿就在地板上跳起来。“看，马修。

你看到了吗？”

“你不用担心叔叔有没有看到。”加洛格拉斯向我保证。

果然，马修正愤怒地盯着那座雕塑。

“哇，小杰克。”杰克跑进屋里，加洛格拉斯一把抓住了他的衣领。但杰克曾是一个职业小偷，当他嗅到贵重物品时，这种招数哪里能拦得住他。他仿佛没有骨头似的，身体一软，滑落到地板上，然后跳起来去追鹿，加洛格拉斯只抓住了他的上衣。

“它是玩具吗？是送给我的吗？为什么那个女人不穿衣服呢？她不冷吗？”一系列问题像不可阻断的河流一样从杰克的嘴中奔涌而出。特雷莎过来看发生了什么事，她像小城区的任何一个女人一样对这种场面充满好奇。当她看到主人房间里有个裸体女人时，不由得惊呼一声，赶紧用手捂住杰克的眼睛。

加洛格拉斯盯着雕塑的胸部。“是的，杰克。我也认为她很冷。”这让他挨了特雷莎一巴掌。她紧紧地抓住不停扭动的杰克。

“那是一个机器人，杰克。”马修说着，把雕像捡起来。一被拿起来，雄鹿的头就突然弹开，露出里面空空的体腔。“这头鹿会绕着皇帝的餐桌跑来跑去。它一停下来，离它最近的那个人就必须要喝下它脖子里面的酒。你为什么不把它拿给安妮看看呢？”他把鹿头扭回原位，把这个无价之宝递给加洛格拉斯，然后严肃地看了我一眼，“我们需要谈谈。”

加洛格拉斯推着杰克和特雷莎走出房间，答应给他们买椒盐卷饼，带他们去溜冰。

“你现在的处境很危险，亲爱的。”马修用手指向后梳理着头发。这个动作总能让他显得更加英俊。“我曾告诉过圣会，你只是假扮我妻子。这是保护你不至于因使用巫术被起诉，还把贝里克郡的猎捕女巫活动局限在苏格兰境内。”

“但我们的朋友和你的吸血鬼族人都知道，事实不止如此。”我说。吸血鬼的嗅觉是不会撒谎的，我身上都是马修独有的气味。“而且巫师们不需要动用第三只眼就知道我们的关系没有那么单纯。”

“或许吧，但鲁道夫既不是吸血鬼也不是巫师。皇帝会通过他在圣会中的线人得知我俩之间没有关系，所以他才会毫无顾虑地追求你。”马修摸着我的脸颊，“我不和人分享，黛安娜。如果鲁道夫太过分的话……”

“你要克制住自己的脾气。”我把手放在他的手上，“你知道我不会接受神圣罗马皇帝——或其他任何人的诱惑。我们需要《阿什莫尔 782 号》手抄本，谁会在意鲁道夫是否盯着我的胸呢？”

“只是盯着看的话，我能忍受。”马修吻了我一下，“在你出发去向皇帝致谢前，还有一件事你应该知道。圣会满足鲁道夫对女人和奇珍异宝的欲望，已经有一段时间了，这是争取他合作的一种手段。如果皇帝想占有你，并找其他八位圣会成员裁决，结果会对我们不利。圣会会把你交给他，因为他们不能容许布拉格落入特里尔大主教和他的耶稣会盟友手中，他们也不希望鲁道夫变成第二个詹姆士国王，对生物界大开杀戒。布拉格可能是异世界生物的绿洲，但像所有的绿洲一样，它提供的庇护也只是海市蜃楼。”

“我明白。”我说。为什么和马修有关的每件事情都这么纠缠不清呢？我们的生活让我想起魔咒盒中打结的细线。无论我把它们分开多少次，它们都很快地又纠缠在一起。

马修放开我。“你去皇宫的时候，要带上加洛格拉斯。”

“你不去吗？”马修既然这么担心，我很惊讶他竟然让我离开他的视线。

“不去。鲁道夫看到我们在一起的次数越多，他的想象力和占有欲就变得越活跃。而且加洛格拉斯也许能混进凯利的实验室。我的侄子比我有魅力多了。”马修咧嘴一笑，但他的笑容丝毫没有减轻他眼神中的阴郁。

加洛格拉斯坚称他有一个计划，这个计划让我不需要跟鲁道夫私下谈话，就能公开表达我的感激之情。直到钟敲三点，我才第一次对他的计划造成什么结果稍有概念。试图从侧门的尖角拱门进入圣维特大教堂的拥挤人群，证实了我的想法没错。

“西格斯蒙德大钟响了。”加洛格拉斯弯下腰，凑到我的耳边说。那钟声震耳欲聋，我几乎听不见他在说什么。我疑惑地看着他，他指着上方不远处一座尖塔上的金色栅栏。“西格斯蒙德大钟。这样你才知道自己到了布拉格。”

带有飞扶壁和针形尖塔的圣维特大教堂是一座典型的哥特式建筑。在昏暗的冬日午后，这种风格显得更加明显了。教堂里面点燃的蜡烛熊熊燃烧，但在恢宏的教堂里，它们不过像是黑暗中的几个小黄点。教堂外面，天色晦暗，彩色玻璃和生动的壁画都无法提升充满压迫感的沉重气氛。加洛格拉斯带着我小心翼翼地站在火炬光圈中。

“用一下你的伪装咒吧。”他建议道，“这里太暗了，鲁道夫有可能看不到你。”

“你是说让我发光？”我向他露出了最严厉的女教师表情。他只是咧嘴一笑，算是对我的回答。

我们和各种人一起等待弥撒开始，这些人构成有趣的组合，包括卑微的宫廷侍从、皇室官员和贵族成员等。一些工匠身上还有工作时留下的污渍和焦痕，他们大多数看起来都疲惫不堪。我观察完人群之后，便抬头观赏大教堂的规模和建筑风格。

“好多的穹顶啊。”我低语道。上面的肋梁比英国大多数的哥特式教堂都更复杂。

“那是马修的创意。”加洛格拉斯说。

“马修？”我目瞪口呆。

“很久以前，他正好路过布拉格，新建筑师彼得·巴勒太过青涩，承担不了这么重要的工程。大瘟疫第一次爆发就夺去了大多数师傅级石匠的生命，所以巴勒就当上了负责人。马修对他呵护有加，他们两个后来都有点疯狂。也不能说我就理解他和年轻的彼得要表达的东西，但的确很引人注目。等你看到他们怎么盖主堂再说吧。”

我张口想再提出问题，但拥挤的人群突然安静下来。鲁道夫来了。我伸长脖子张望。

“他在那里。”加洛格拉斯低声说着，头向右边扭了扭。鲁道夫走一条从宫殿连接到教堂、有屋顶的廊道，从二楼进入圣维特大教堂，这条通道我曾经见过。他站在一个包厢里，包厢周围围绕着刻有他各种头衔的色彩鲜艳的纹章盾牌。和天花板一样，这包厢也用装饰得异常繁复的穹顶支撑，但整体造型活像长有节瘤的一棵树的树干。大教堂中其他建筑的支撑结构都惊人的干净利落，所以我觉得这包厢并不是马修的作品。

鲁道夫坐在俯瞰殿堂中央的座位上，众人纷纷朝皇家包厢鞠躬或屈膝行礼。鲁道夫因受到大家的注视而显得不舒服。在私人会议室里，他跟朝臣们相处时轻松自若，但到了这里，却显得既腼腆又矜持。他扭头听一个侍从讲悄悄话，随即看到了我。他优雅地点点头，露出微笑。人们都转过头来，看是谁受到了皇帝的青睐。

“行屈膝礼。”加洛格拉斯低声说道。我连忙再次屈膝。

我们很顺利地完成了这场弥撒。我发现没有人（包括皇帝在内）想领圣餐，整场仪式很快就结束了，我如释重负。不知什么时候，鲁道夫悄悄地溜回了他的私人宅邸，毫无疑问是去欣赏他的宝贝了。

皇帝和神父走后，教堂中殿就变成了一个欢乐的聚会场所，朋友们在这里相互交换着新闻和八卦。我发现奥塔维奥·斯特拉达在远处跟一个身穿昂贵羊毛礼服、面色红润的绅士亲密交谈。哈耶克医生也在这里，正微笑着跟一对明显陷入爱河的年轻情侣交谈。我对他露出微笑，他朝我的方向微微鞠了一躬。我对斯特拉达避之不及，但我喜欢这位御医。

“加洛格拉斯？难道你现在不应该跟其他熊一样，正在冬眠吗？”一个眼眶深陷的矮个子男人走了过来，嘴巴扭曲出一个讽刺的微笑。他的衣着款式简单，但一看就知道很昂贵，手指上戴满了金戒指，显示出他的财富。

“在这样的天气里，我们都应该冬眠。看到你气色这么好，真高兴，约里斯。”加洛格拉斯握抓住他的手，在他背上拍了一下。那个男人挨了这一击，眼珠子差点蹦出来。

“我也想对你说同样的话，但你一直都很健康，就省了这些无谓的客套话吧。”那个男人转向我，“这位女神[①]也来了。”

“我叫黛安娜。”我点头为礼。

“你在这里不叫黛安娜，鲁道夫称您为‘La Diosa de la Caza’，就是西班牙语的狩猎女神。皇帝已经下令，让可怜的施普兰格尔大师搁置他绘制的维纳斯出浴图，改画一个新的主题：黛安娜梳妆时被打扰。我们都迫不及待地想知道，施普兰格尔在接到命令之后能否在短时间内完成如此巨大的修改。”这个男人鞠个躬，“我是约里斯·赫夫纳格尔。”

“书法家。”我想起马修接到鲁道夫召见的信件时，皮埃尔曾谈到信上华丽的书法。但是这个名字很耳熟……

“艺术家。”加洛格拉斯轻声纠正道。

---

① 原文为西班牙语 La Diosa。

“女神。”一个枯瘦的男人用疤痕累累的双手脱下帽子说道，“我是伊拉斯谟·哈伯梅尔。您可否尽快抽时间光临我的工作坊呢？陛下想送给您一个天文仪宝盒，以便更好地观察捉摸不定的月亮盈亏，但一定要您乐意才行。”

哈伯梅尔也是一个耳熟的名字……

“明天她要来我这里。”一个三十多岁的胖男人推开越来越密集的人群走过来。他有明显的意大利口音。“女神要坐着让我给她画一幅肖像。陛下希望把她的肖像雕刻在石头上，象征陛下对她的好感永不改变。”他的上嘴唇上冒出汗珠。

“米塞罗尼先生！”另一个意大利人夸张地把双手合在胸前，“我还以为我们都讲好了。如果女神如皇帝所愿，参加下周的宴会演出，她一定要先练习一下舞蹈。”他朝我鞠个躬，“女神，我是阿方索·帕塞蒂，陛下的舞蹈教师。”

“但我的妻子不喜欢跳舞。”一个冰冷的声音在我身后响起。一条长臂绕过来，牵起我正在拨弄紧身上衣下摆的手。“你喜欢吗，我的心肝儿？”最后这句亲密的称呼还搭配了指关节上的一个吻和带有警示意味的轻咬。

“马修总是适时赶到，一向如此。”约里斯爽朗地大笑，“你好吗？”

“在家里没找到黛安娜，有点失望。”马修用略带遗憾的口吻说道，“但即使是一个忠诚的丈夫，在妻子魅力的这个问题上也要向上帝屈服。”

赫夫纳格尔密切注视着马修，评估他表情的每一个变化。我突然想起他是什么人了：一位伟大的艺术家，对大自然的观察非常敏锐，笔下的动物和植物就像玛丽鞋子上的小动物一般可以化为活物。

“好吧，今天上帝和她的约会已经结束了。我觉得你可以带妻子回家了。”赫夫纳格尔温和地说，“女神，你答应过要让原本了无生气的春天变得生机勃勃，对此我们都满怀感激之情。”

加洛格拉斯向他们保证会把我互相冲突的多种行程安排妥当，之后人们陆续离开了。赫夫纳格尔留到最后才走。

“我会注意你的妻子，Schaduw。或许你也应该这么做。”他说。

“我一直很注意我的妻子，那是应该的，否则我怎么会知道该来这里呢？”

“当然。请原谅我多管闲事。**森林有耳朵，田野有眼睛**。”赫夫纳格尔鞠了个躬，说道，“女神，我们宫廷里见。”

“她的名字是黛安娜。”马修严厉地说，“叫克莱蒙夫人也可以。”

“我还以为是罗伊登夫人。我搞错了。”赫夫纳格尔后退了几步，“晚安，马修。”他的脚步声在石砌地板上回响，渐渐消失。

“Schaduw？”我问道，“什么意思？”

“是荷兰语，意思是‘影子’。伊丽莎白并不是唯一用那个名字称呼我的人。”马修看向加洛格拉斯，“帕塞蒂先生提到的宴会演出是什么？”

“哦，没什么不寻常的。无疑是一些神话题材加上蹩脚的配乐和更加蹩脚的编舞。朝臣们都会喝得烂醉，夜宴结束后都回错卧室。九个月后，会有一群身世不明的贵族婴儿降生。一直如此嘛。”

“**‘世间荣耀如此传递’**[①]。”马修喃喃道。他朝我鞠了个躬：“女神，我们可以回家了吗？”陌生人用这个昵称会让我不适，但从马修口中听到，我简直就无法忍受，“杰克告诉我，今晚的炖菜特别美味。”

马修整个晚上都很疏离。我听着孩子们描述这一天发生的事，听皮埃尔报道布拉格的新闻，他一直都垂着眼帘窥视我。他们提到的每

---

① 原文为拉丁语 Sic transit gloria mundi。

个名字都很陌生，叙述又颠三倒四，最后我决定不再追问，直接去上床睡觉。

杰克的哭声把我吵醒了，我赶快跑到他那里，发现马修抢先一步赶到。那个孩子疯狂地扭来扭去，大喊着救命。

“我的骨头要裂开了！”他不停地说，“好痛！好痛！”

马修把杰克紧紧抱在自己胸前，让他无法动弹。“嘘，我把你抱住了。”他一直抱着杰克，直到这个孩子瘦小的四肢只是微微颤动着。

“罗伊登先生，今晚所有的怪物看起来都跟普通人一样。”杰克紧紧地依偎在我丈夫的怀抱里。他的声音筋疲力尽，眼睛底下的黑圈使他显得比实际年龄苍老。

“他们经常这样，杰克。”马修说，“他们经常这样。”

接下来的几周对我来说就是旋风般的会见——皇帝的珠宝商、皇帝的乐器制造商，还有皇帝的舞蹈老师。每次会面都让我更加深入组成皇宫的那批建筑物的核心，进入专门保留给鲁道夫最重视的艺术家和学者的工作坊和私人住所。

在会面之间的空档，加洛格拉斯带我去参观宫殿里我还没到过的地方。我们去了动物园，鲁道夫在那里养了很多豹子和狮子，就跟他在大教堂东边的狭窄街道上供养画家和音乐家一样。我们去了雄鹿城壕，那里做了整修，以便鲁道夫能更好地进行运动。我们去了墙上布满壁画的室内运动场，朝臣们在这里做运动。我们还去了新建的温室，它用来保护皇帝珍贵的无花果树免于波西米亚冬天的严寒。

但有一个地方就连加洛格拉斯也无法获准进入：火药塔。爱德华·凯利就在那里工作，试图用蒸馏器和坩埚制造哲人石。我们站在塔外，试图说服守在门口的侍卫放我们进去。加洛格拉斯甚至高声大喊，跟他热情地寒暄，结果邻居们都跑过来看是不是失火了，而迪伊博士昔日的这位助手却一点反应都没有。

“好像他是个囚犯似的。”我对马修说。这时晚餐餐具都已收走，杰克和安妮也被安然塞进被窝。他们痛快地玩溜冰、滑雪橇，累得筋疲力尽，还吃了一些椒盐饼干。我们不再把他们伪装成我们的仆人。我希望在这里有机会让杰克过上正常八岁男孩的生活，能帮助他不再做噩梦。但皇宫不适合他们。我很担心他们四处乱跑，迷路后永远也找不回来，因为他们不会说这里的语言，也不能告诉人们他们是谁家的孩子。

“凯利就是一个囚徒。”马修摆弄着高脚杯的长柄说道。杯子是沉甸甸的银制品，映着炉火闪闪发光。

“听说他偶尔回家，通常是在深夜没人能看到的时候。在皇帝不断的需求下，他至少还有一点喘息的空间。”

“你还没见过凯利太太。”马修淡然说道。

我的确没见过，细想起来，有点奇怪。也许我走错了方向，所以无法见到这位炼金术士。我原本希望叩开凯利实验室的大门，直接走进去向他索要《阿什莫尔 782 号》手抄本。但熟悉宫廷生活后，我明白使用这么直接的手段，成功的希望是非常渺茫的。

第二天早上，我特意和特雷莎一起去买东西。外面极其冰冷，寒风凛冽，但我们还是步履艰难地来到了集市上。

“您认识我的老乡凯利太太吗？”当我们等着面包师把我们购买的东西打包时，我问胡贝尔太太。小城区的家庭主妇们跟鲁道夫一样酷爱收集，不过她们收集的是各种怪诞和不寻常的消息。“她丈夫是皇帝的一个仆人。”

“你是说被皇帝关起来的一个炼金术士吧。”胡贝尔太太哼了一声说道，“那个人的家里总是发生一些奇怪的事情。迪伊一家在这里的时候，情况就更糟糕了。凯利先生总是色眯眯地盯着迪伊夫人。”

“那凯利夫人呢？”我提醒道。

“她不怎么出门。她的厨师负责买东西。”胡贝尔太太不赞同把家庭主妇应该做的事情交给别人。这么做会产生各种各样的麻烦事，包括（她说的）再洗礼教派，还会让厨房用品的黑市生意兴隆。我们第一次见面时，她就清楚地表明了自己对这种事的看法，这也是我不论什么天气都会亲自出来买卷心菜的主要原因。

“你们是在说炼金术士的妻子吗？”罗西小姐说道，她走在结冰的石板路上失足打滑，差点撞上一辆装满煤炭的独轮手推车。“她是英格兰人，本来就很奇怪。她买葡萄酒的花费太高，远超出合宜的程度。”

“你们两个怎么知道这么多事情呢？”我笑完之后问道。

“我们请的是同一个洗衣女工。”胡贝尔夫人吃惊地说。

“在洗衣女工面前，我们都没有什么秘密可言。”罗西小姐表示同意，“她也洗迪伊家的衣服，直到迪伊夫人因为她清理餐巾要价太高，把她解雇为止。”

“一个难相处的女人啊，简·迪伊，但你不能因为她的节俭而指责她。”胡贝尔太太叹口气承认道。

“你为什么要见凯利太太？”罗西小姐问，把一条辫子面包装进自己的篮子里。

“我想见她的丈夫。我对炼金术感兴趣，有几个问题想请教他。”

“你打算付钱吗？”胡贝尔太太问，摩擦着手指。这个手势普世通行，而且任何时代都适用。

“用来买什么？”我困惑地说。

“当然是买他的答案了。”

“好啊。”我同意，但很纳闷她在搞什么鬼。

“交给我了。”胡贝尔太太说，“我想吃炸肉排，罗伊登夫人，在你家附近开酒店的那个奥地利人，炸肉排做得很不错。”

结果发现，那个奥地利炸肉排专家的女儿跟凯利十岁的继女伊丽莎白是同一个家教的学生。他家的厨师娶了那个洗衣女工的姑姑，而那个洗衣女工的姑姑的嫂子在凯利家做杂工。

多亏了女人们打造出来的这条神奇关系链，而不是加洛格拉斯在宫廷中的人脉，我和马修才能在半夜时分来到凯利家二楼的客厅，等待那个大人物的到来。

“他随时会到。”乔安娜•凯利向我们保证。她眼睛泛红，眼神朦胧，但这究竟是饮酒过量还是因为她们家都患上的感冒所致，就不清楚了。

“请不要为我们费心了，凯利太太。我们晚上睡得很晚。”马修平静地说着，向她灿然一笑，“您喜欢这栋新房子吗？”

我们在奥地利社区和意大利社区多方侦察和探索后，发现凯利一家最近在三只渡鸦附近买了一套房子，那个区域以富有创意的门牌著称。有人利用耶稣诞生图剩余的几件木刻，锯掉半截后装在木板上。最后呈现的效果是玛利亚的驴子的头装在小耶稣的摇篮里。

“目前驴子和摇篮符合我们的需要，罗伊登老爷。”凯利太太打了一个惊天动地的喷嚏，然后喝了一大口葡萄酒。“因为爱德华的工作，我们曾以为皇帝会在宫殿里给我们安排一套房子，但这个房子也还可以。”一阵有规律的咚咚声从蜿蜒的楼梯上传来。“爱德华回来了。”

先出现一根手杖，然后是一只沾有污渍的手，之后是一条同样布满污渍的袖子。爱德华•凯利其余的部分看起来同样邋遢。他的长胡子一团糟，从盖着耳朵的黑色无沿帽里伸出来。如果他曾有一顶正式的帽子，现在也已经没有了。从他那圆鼓鼓的肚子来看，他很喜欢自己的伙食。凯利吹着口哨，一瘸一拐地走进房间，一看到马修，就愣在原地。

“爱德华。”马修奖励似地也对这个男人露出灿烂的微笑，但和他的妻子相比，凯利似乎并不喜欢这种奖励。“真想不到我们竟能在离家乡这么远的地方重逢。”

“你是怎么……？”爱德华声音嘶哑。他环顾房间，目光落到了我的身上，推挤的力道和我遇见的任何一个精灵同样诡异。但还不止如此：围绕在他周围的细线开始骚动，不正常的编织纹路显示他不仅精灵特质深重——还反复无常。他撇了撇嘴唇：“女巫。”

“皇帝已经提升了她的地位，就像他也提升你的地位。她现在的称号是女神。”马修说，“坐下来歇歇脚。我记得，天冷的时候它总是让你很难受。”

“你来找我有什么事，罗伊登？”爱德华•凯利把拐杖握得更紧了。

“他是代表女王来的，爱德华。我本来都已经睡了。”乔安娜哀怨地说，“我都没怎么睡觉。这可恶的寒热病害得我还没和邻居见面。你没告诉我，离我们这么近的地方住着英格兰人。对了，我从塔上的窗口处都能看到罗伊登夫人家的房子。你老是待在城堡里，我很孤单，真想说说家乡话啊，但——”

“去睡吧，亲爱的。”凯利把乔安娜打发走，“带着你的酒。”

凯利太太带着痛苦的表情，温顺地抽着鼻子离开了。身为一个英国女人，无亲无故地住在布拉格，日子很不好过，如果再加上丈夫可以去的地方你都不准进去，就会加倍痛苦。她离开后，凯利蹒跚着走到桌子旁边，坐在他妻子的椅子上。他表情痛苦地把那条腿放好，然后用阴暗且充满敌意的眼神盯着马修。

“告诉我，我怎么样才能摆脱你。”他直截了当地说。凯利或许和基特一样狡猾，但没有一丝基特的魅力。

“女王需要你。”马修也同样直截了当，“我们要迪伊的那本书。”

“哪本书？”爱德华飞快地回答——太快了。

“以一个骗子而言，你撒谎的技术糟糕极了，凯利。你是怎么把他们都骗倒的？”马修翘起穿着靴子的长腿，架到桌子上。马修的鞋跟碰到桌子的时候，凯利瑟缩了一下。

“如果迪伊要告我偷窃，”凯利气势汹汹地说，“我就要坚持当着皇帝的面讨论这件事。他不会让我受这种待遇，竟然到我家里来诋毁我的名誉。”

“书在哪里，凯利？在你的实验室里？还是在鲁道夫的寝宫里？不管你帮不帮忙，我都会找到它。但如果你告诉我你的秘密，其他的事情我可以暂时不追究。”马修从裤子上挑出一点小灰尘，“圣会对你最近的行为很不满意。”凯利的手杖当啷一声落到地板上，马修殷勤地把它捡起来，把触地的一头抵着凯利的脖子。“你在酒馆里威胁那个招待的生命时，碰的就是这个部位吧？这种做法太粗心了，爱德华。这些虚荣和特权冲昏了你的头脑。”手杖落在了凯利那壮观的肚子上，停在那里。

“我帮不了你。”马修增加手杖上的压力，凯利疼得龇牙咧嘴。“是真的！皇帝从我这里拿走了那本书，当……”凯利的声音越来越小，用手擦了一下脸，仿佛那样就可以擦掉坐在他面前的吸血鬼。

“当什么？”我凑上前问道。当我在博德利图书馆触摸到《阿什莫尔 782 号》手抄本的时候，立即就知道它跟以前不一样了。

“你一定比我更了解那本书。”凯利双眼喷着怒火，对着我口沫飞溅，“你们巫族听说了这本书的存在，一点都不会觉得意外，虽然认出它的却是一个精灵。”

“我快没有耐心了，爱德华。”木手杖在马修的手中噼啪作响，“我妻子问了你一个问题，快快回答。”

凯利缓慢而得意扬扬地看了马修一眼，然后推了一下手杖末端，把它从肚子上移开。“你讨厌巫师——至少大家都这样认为。但我现在明白了，你跟热尔贝一样，钟情于这些女巫。你爱上了这一个，我就是这么告诉鲁道夫的。”

“热尔贝。”马修的语气平淡。

凯利点了点头。“迪伊还在布拉格的时候，他来打听那本书，还探听我的事情。鲁道夫送给他一个老城区的女巫供他享用——一个十七岁的女孩，非常漂亮，长着蔷薇色的头发和蓝色的眼睛，就跟你妻子一样。从那以后，没人再见过她。但那年的沃普尔吉斯之夜[①]的篝火很漂亮，热尔贝获得点火的殊荣。”凯利把眼睛转向我，“不知道今年会不会再点一次那样的篝火？”

提及烧死女巫庆祝春天来临的古老传统，是压垮马修的最后一根稻草。当我意识到发生了什么的时候，他已经把凯利的半个身体举到了窗外。

“往下看，爱德华。这里并不高，恐怕你不会摔死，但可能会断一两根骨头。我会把你捡起来，带到你的卧室。毫无疑问，你的卧室也有一扇窗户。早晚我会找到一个足够高的地方，让你这身可怜的骨架摔成两截。到那个时候，你身上的每一根骨头都会摔成碎片，而且你也会把所有我想知道的事情都告诉我。”当我站起来的时候，马修黑色的眼睛转向我。“坐下。”他深吸了一口气，“拜托。”我坐下了。

“迪伊的书闪耀着力量。在莫特莱克，当他从书架上拿下那本书的时候，我就闻到了。他不知道这本书的重要性，但我知道。”凯利现在说得飞快。他停下来换气时，马修就摇晃他。“罗杰·培根巫师拿到了那本书，把它当做珍宝一样。扉页上有他的名字，还有题记‘**真正秘密中的秘密**’。”

---

① 主要在欧洲北部和中部举行的庆典，又称为“女巫狂欢节”，于每年的4月30日晚举行。当晚人们会在田野生起篝火。

"但它跟秘密毫不相关。"我想起那本很受欢迎的中世纪著作，"它是一本百科全书，里面有炼金术的插图。"

"插图不过是遮掩真相的屏风而已。"凯利喘着气说，"这就是为什么培根把它叫做'真正秘密中的秘密'。"

"书里说了什么？"我兴奋地站起来问道。这次马修没有警告我坐下，他把凯利拉回屋里。"你认识那上面的文字吗？"

"或许吧。"凯利说着，整理了一下自己的长袍。

"他也看不懂这本书。"马修厌恶地放开了凯利，"我能从他的恐惧中嗅出不诚实的味道。"

"那本书是用外语写的，就连罗乌拉比[1]都无法破解。"

"马哈拉尔[2]看过这本书？"马修露出他扑杀猎物前那种静止而警觉的表情。

"显然你到犹太区去寻找那个造出他们称之为哥伦姆[3]的黏土生物的巫师时，没有向罗乌拉比打听这件事。你也无法找到那个罪犯和他造出来的生物。"凯利露出了轻蔑的表情，"你的能力和影响力也不过如此，连犹太人都吓不住。"

"我不认为那些字是希伯来语。"我想起了在羊皮纸上看到的那些快速移动的符号。

"它们不是，皇帝曾让罗乌拉比进宫确认过。"凯利透露出的消息比他预期的要多。他的目光转向了手杖，周围的细线不断拉扯、扭曲。有一幅图像出现在我的面前，凯利举起手杖攻击某一个人。

---

① "拉比"是犹太教中负责执行教规、律法并主持宗教仪式的人。原意为教师。

② 马哈拉尔又叫罗乌拉比（Rabbi Loew），又译为勒夫拉比，全名是犹大•勒夫（Judah Loew，约1512/1526—1609），是世界著名的犹太经典《塔木德》研究专家，犹太教哲学家。

③ 希伯来传说中有生命的假人。

他想做什么？

我突然明白了：他要攻击我。一个听不懂的声音从我嘴中冒了出来，我伸出一只手，凯利的手杖径直飞到我手中。我的手臂顿时变成一根树枝，但立刻恢复了原形。但愿这整件事发生得太快，凯利没有察觉到任何变化。不过他脸上的表情告诉我，我的愿望落空了。

“别让皇帝看到你做这种事。”凯利冷笑着说，“否则他会把你锁起来，变成供他尽情享受的另一件珍品。我已经把你想要知道的事情都告诉了你，罗伊登。让圣会的狗别来监视我。”

“这恐怕我做不到。”马修从我手中拿走那根手杖，“你并非无害，不管热尔贝怎么认为。但是我可以不管你——暂时。别再做任何惹我注意的事情，这样你可能还可以活到夏天。”他把手杖扔到墙角。

“晚安，凯利老爷。”我整理好自己的披风，一心想尽快离这个精灵越远越好。

“好好享受你在太阳下的时光吧，女巫，它们在布拉格稍纵即逝。”我和马修开始下楼梯的时候，凯利还待在原地。

到了街上，我依然能感觉到他目光的压力。我回头望向驴与摇篮，只见一把扭曲断裂的线，将凯利和这个世界连接在一起，闪烁着怨毒的光芒。

29

仔细协商了几天，马修终于安排妥当去拜访罗乌拉比。为了腾出时间，加洛格拉斯不得不用我生病为托词，取消了我宫廷里的几个约会。

不幸的是，这个消息引起了皇帝的注意，家里涌入大量药品：红陶土，一种具有非凡治愈功效的黏土；采自山羊胆囊的胃石，可以用来驱除毒素；按照皇帝家传秘方炼制的糖浆，其秘方如下：把一枚鸡蛋和藏红花放在一起烤干，再把它们和芥菜籽、白芷、杜松子、樟脑以及其他几种神秘物质混在一起碾碎成粉，然后加入糖蜜、柠檬糖浆搅拌，做成药膏。鲁道夫派哈耶克医生来亲自调药，但我告诉这位御医，我一点都不想吞下这种看起来就很倒胃口的混合物。

"我向皇帝保证你一定会康复。"他面无表情地说，"幸好陛下太在意自己的健康，不会冒险到马刺街来证实我的诊断。"

我们非常感谢他这么谨慎，还请他把一只御厨送来让我开胃的烤鸡带回家。听了马修的解释之后，我就把烤鸡身上的那条留言——"**我保证你不会挨饿。我会满足你。鲁道夫。**[①]"——扔进了火中。马修认为信中措辞暧昧，鲁道夫承诺要满足我的饥饿时，意味的似乎不单纯是烤鸡而已。

① 原文是德语 Ich verspreche Sie werden nicht hungern. Ich halte euch zufrieden. Rudolff。

我们渡过伏尔塔瓦河，进入布拉格的老城区，途中我第一次有机会体验市中心的拥挤和喧闹。弯曲的街道两边都是三楼或四楼的建筑，一楼是富裕商家做生意的商场。当我们向北走的时候，城市的风格变了：房屋变小，居民更加衣衫褴褛，商业也没那么繁荣了。我们穿过一条宽阔的大街，又经过一扇门，进入犹太区。五千多个犹太人居住在河岸工业区、老城区主广场和一座女修道院中间的一小块飞地上。犹太区非常拥挤——即使按照伦敦的标准来看，也拥挤得不可思议——房屋不像是建造出来的，而是长出来的，每栋建筑都像是从其他建筑外墙上生长出来的有机体，如蜗牛壳一般叠了一层又一层。

我们走过一条蜿蜒如蛇的道路后才找到罗乌拉比，我真想拿一袋面包屑沿路撒，免得回来时迷路。居民们朝我们的方向谨慎地偷看一两眼，却没有几个人敢跟我们打招呼。打招呼的人都称呼马修为“加布里埃尔”，那是马修诸多名字中的一个，听到它，代表我掉进了马修的某个狡兔窟，即将遇见他的某一段前世。

当我站在这个被称作马哈拉尔的和蔼绅士面前时，终于明白为什么马修提起他时会压低声音。罗乌拉比身上散发出一种宁静的力量，和我在菲利普身上见到的相同。鲁道夫浮夸的手势和伊丽莎白的暴躁，在他的威严之前，都显得非常可笑。在这个往往用暴力强迫别人服从自己意愿的时代，这份特质更加令人惊奇。马哈拉尔的声誉是建立在他的学术涵养和学问之上，而不是体力之上的。

“马哈拉尔是在这个世界上生活过的最优秀的人类之一。”当我让马修再给我讲一些关于罗乌拉比的事情时，他如此简要说道。考虑到马修已经在地球上生活了那么长的时间，这是一个极高的赞誉。

“加布里埃尔，我认为我们之间的事情已经结束了。”罗乌拉比用拉丁语严厉地说道。他的表情和语气都很像一位校长。

“之前我不会告诉你那个创造出哥伦姆的巫师的名字，现在也不会的。”罗乌拉比转向我，“抱歉，罗伊登夫人。我对你丈夫失去耐心，让我忽略了礼节。很高兴见到你。”

“我不是为哥伦姆的事情来的。”马修回答，“我今天来是为了私事，跟一本书有关。”

“什么书？”虽然马哈拉尔连眼睛都没有眨一下，但四周空气的扰动让我知道他内心发生了微妙的反应。自从见过凯利，我就感到自己的魔法像接通了看不见的电流，一直在骚动。我的火龙也在蠢蠢欲动，周围的细线不断迸发各种色彩，把各种物体、人、街道的路线标识出来，好像在试图告诉我什么。

“是一本我妻子在离这里很远的一所大学里找到的书。”马修说。我很意外他如此诚实。罗乌拉比也很惊奇。

“啊。我明白了，今天下午我们要开诚布公了。我们应该找一个足够安静的地方谈，那样才能体验那种敞开心扉的感觉。去我的书房吧。”

他带我们到隔成许多房间的一楼，进入其中一个小房间。小房间里有种令人安心的熟悉感，有布满坑疤的书桌和成堆的书。我闻到了墨水的气味，还有一种气味让我想起了童年舞蹈教室里的松香盒。门旁边的一只铁锅里盛着看起来像是棕色小苹果的东西，在同样棕色的液体里上下起伏。它看上去像是被施了魔法，让人担心那一锅令人反胃的东西深处，潜伏着其他什么东西。

“这批墨汁有比较满意的吗？”马修轻轻拨了一下漂浮着的一个褐球问道。

“是的。你教我把那些钉子放进锅里，帮了我一个忙。这样就不需要加那么多煤烟让它变黑了，浓度也更好。”罗乌拉比指着一把椅子说，“请坐。”他等我坐下，自己才在室内另外唯一的座位——一张三脚凳上就座。“加布里埃尔站着就行了。他虽然年纪也不小，可是腿很强壮。”

“马哈拉尔，我够年轻，像你的学生一样坐在你脚边也无妨。”马修露齿一笑，便优雅地交叉双腿坐下。

“我的学生更知道好歹，不会在这样的天气里坐到地上。”罗乌拉比打量我道，“现在开始谈正事。为什么加布里埃尔·本·阿列尔的妻子不远千里来找一本书呢？”我有一种不安的感觉，觉得他指的并不是渡河，甚至也不是穿越欧洲。他怎么可能知道我不属于这个时代的呢？

这个问题刚在我的心头形成，一个男人的面孔就浮现在罗乌拉比的肩膀上方。那张脸虽然年轻，但深陷的灰色眼睛周围已经出现了忧虑的皱纹，下巴中央的深棕色胡须也染上了斑白。

“有一个巫师告诉你关于我的事。”我轻声说。

罗乌拉比点了点头。“布拉格是一个消息灵通的城市。可惜啊，传言中有一半都是假的。”他等了一会儿，“那本书？”拉比提醒我道。

“我们认为那本书可以告诉我们，像我和马修这样的生物是怎么产生的。”我解释道。

“这不是什么秘密。上帝创造了你们，正如祂创造了我和鲁道夫皇帝一样。”马哈拉尔回答，在椅子上坐得更稳了。那是老师的典型姿势，是多年来不断为学生提供和新观念角力的空间而自然形成的。我准备回答的时候，心中泛起一股熟悉的期待和恐惧感。我不想让罗乌拉比失望。

“也许吧。但上帝赋予我们某些人额外的才能。您不能让人死而复生吧，罗乌拉比。”我回答道，把他当作牛津大学的一位导师。“当您提出一个简单的问题时，一些陌生的脸庞也没有在您面前出现过吧。”

“对。但你没有统治波西米亚，你丈夫的德语也比我的好，虽然我从孩提时代就开始使用这种语言。我们每一个人都有各自独特的天赋，罗伊登夫人。在这个表面混乱的世界中，仍然可以看到上帝规划的证据。”

“您如此有信心地谈及上帝的计划，是因为您从《摩西五经》得知自己的来历。”我回答道，“Bereishit——‘太初’——就是您对基督徒所谓《创世记》的那本书的称呼。不是吗，罗乌拉比？”

“和阿列尔家族的人谈论神学不是难事，但你并不是那个合适的人选。”罗乌拉比板着脸说道，但他的眼睛恶作剧地眨了几下。

“谁是阿列尔？”我问。

“我父亲在罗乌拉比的族人中被叫做阿列尔。”马修解释道。

“愤怒天使？”我皱眉道。那听起来并不像我认识的那个菲利普。

“大地的统治者。有些人称他耶路撒冷之狮。最近，我的族人有理由要感激这头狮子，虽然犹太人没有——也永远不会——忘记他过去犯的许多错误。但是，阿列尔正在努力弥补。审判权属于上帝。”罗乌拉比考虑了一下，然后做出了决定。“皇帝的确给我看过一本书，可是陛下没有给我足够的时间去研究那本书。”

“您能告诉我们的任何线索都是有帮助的。”马修说，他的激动之情溢于言表。他身体前倾，把膝盖抱在怀里，就像杰克专心听皮埃尔讲故事时那样。那一刻，我依稀看到我的丈夫童年时跟木匠做学徒时的样子。

“鲁道夫皇帝把我召进宫中，希望我能读懂书上的文字。那个炼金术士，就是人称疯子爱德华的那个，从他的老师英格兰人约翰·迪伊的藏书室里得到了那本书。”罗乌拉比叹了口气，摇了摇头。“上帝为什么要让迪伊博学却愚蠢，而又让爱德华无知却狡猾呢，真是让人难以理解。

“疯子爱德华告诉皇帝，那本古书里有长生不老的秘密。”罗乌继续道，“凡是有权势的人都渴望长生不老。但是，那本书里的语言除了这个炼金术士，没有人能看得懂。”

“所以鲁道夫召见了你，他以为那是一种古希伯来语吧。”我点头说道。

“古老也许是真的，但不是希伯来语。书里面还有插图。我看不懂那些插图，但爱德华说那些实际上是关于炼金术的。或许那些文字可以解释那些插图的意义。”

“罗乌拉比，当你看那本书的时候，文字会移动吗？”我问道，想起了自己曾经看到的那些在炼金术插图下若隐若现的文字。

“它们怎么会移动呢？”拉比皱起眉头，“它们只是用墨水写在纸上的符号而已。”

“那么它还没有受损——还没有。”我如释重负地说，“我在牛津见到它之前，有人从上面撕掉了几页。文本变得完全无法理解，因为那些文字都在跑来跑去，寻找它们失散的兄弟姐妹。”

“你说得好像这本书是活的。”罗乌拉比说。

“我认为它是活的。”我承认道。马修看起来很吃惊。“这听起来难以置信，我知道。但回想起那天晚上，我碰触那本书时发生的那些事情，这是唯一说得通的描述方式。那本书认出了我。它好像会……痛，好像它失去了至关重要的东西似的。”

“我的族人相传，有一种用活生生的火焰写的书，字句扭曲，只有上帝的选民才能读懂。”罗乌拉比又在试探我。我分辨得出导师给学生出题的迹象。

“我曾听过那些故事。”我慢条斯理地回答，“还有关于其他失落之书的故事——摩西摧毁的石板，还有亚当记载万物之名的书。”

“如果你要找的书和这些书一样重要，或许让它继续隐藏符合上帝的旨意。”罗乌拉比再次往后倚靠，等着听我回答。

“但它并没有隐藏。”我说，“鲁道夫知道它在哪里，虽然他读不懂。具备如此强大力量的一件宝物，你愿意它落在谁的手里：马修还是皇帝？”

“我认识许多智者，他们会说，在加布里埃尔·本·阿列尔和陛下之间做选择，只不过是两害相权取其轻。”罗乌拉比的注意力转移到了马修身上。“令人高兴的是，我并不认为自己是他们当中的一员。尽管如此，我也无法提供给你们更多的协助。我见过那本书，但我不知道它现在在哪里。”

“那本书在鲁道夫手上——或至少曾经在他手上。你确定这件事之前，我们只能相信迪伊博士的猜测和那个名副其实的疯子爱德华的证言。”马修阴郁地说。

“疯子会很危险。”罗乌拉比说道，“加布里埃尔，对那个被你挂在窗外的人，你要多加小心。”

“你听说那件事了？”马修看起来有点尴尬。

“城里到处都在传，疯子爱德华和魔鬼一起在小城区飞来飞去。我当然认为你牵涉在内。”这一次，罗乌拉比的语气带有温和的谴责，“加布里埃尔啊，加布里埃尔，你父亲会怎么说？”

“毫无疑问他会说我应该把那个家伙扔下去。我父亲对像爱德华·凯利这样的生物没什么耐心。”

“你是说疯子。”

“我说什么就是什么，马哈拉尔。”马修平静地说。

“你说得好像轻易就能杀掉的那个人，可是唯一能帮你妻子找回那本书的人。”罗乌拉比顿了一下，斟酌用词，“但你真的想知道这本书里的秘密吗？生与死都是很重大的责任。”

“鉴于我的身份，如果说我对这两种重担都很熟悉，您应该不会意外吧。”马修的笑容里毫无幽默之意。

“或许吧。但你的妻子也能一起承担这些责任吗？加布里埃尔，你不见得能一直陪伴在她的身边。愿意和女巫分享秘密的人，未必愿意也跟你分享。”

“所以犹太区里的确有一个魔咒创造者了。”我说，“我听说有哥伦姆现身，就猜测可能是这么回事。”

“他一直在等着你去找他。唉，他只愿意见巫师一族。我的朋友害怕加布里埃尔的圣会，而且理由很充分。”罗乌拉比解释道。

“罗乌拉比，我想见见他。”世界上的编织者数量很少。我不能错过认识这个人的机会。

马修坐立不安，抗议来到嘴边。

“马修，这很重要。”我按住他的手臂说道，“我答应过艾尔索普奶奶，在这里的时候不会忽视这部分的自我。”

“加布里埃尔，人应该在婚姻中找到完整的自我，婚姻不该是任何一方的牢狱。”罗乌拉比说。

“这和我们的婚姻或你女巫的身份无关。”马修站起来，庞大的身躯塞满了房间。“基督教妇女跟犹太男人接近，被人看见会很危险。”我张口想反驳，马修摇了摇头。“你没有危险，他有。你一定要按罗乌拉比说的去做。我不希望他或犹太区的任何人受到伤害——至少不能因为我们的缘故。”

“我不会做任何让人注意我自己——或罗乌拉比的事情。”我保证道。

“那就去见那个编织者吧。我会在优格特[①]等你。”马修在我脸颊上轻轻亲了一下，趁自己还没来得及改变心意就失去了踪影。罗乌

① 布拉格老城区的一个区域，自12世纪起就划分出来供外国人使用。

拉比眨了眨眼睛。

“对于如此庞大的身躯来说，加布里埃尔的速度真是太快了。”拉比站了起来，“他让我联想起皇帝的那只老虎。”

“猫就把马修视作同类。”我想起了萨拉的塔比莎。

“和一只动物结婚的念头，并没有让你感到苦恼。加布里埃尔很幸运选中你这样的妻子。”罗乌拉比拿起一件黑色长袍，告诉他的仆人说，我们要出去了。

我觉得我们离开时走的是不同的方向，但我不能确定，因为我所有的注意力都集中在了新铺的街道上，这是我来到这个时代后看到的第一条新铺的街道。我问罗乌拉比，这罕见的便利是谁提供的。

“是梅塞尔先生出的钱，还修了一座妇女专用的澡堂。他帮助皇帝处理比较琐碎的财政问题——比如对土耳其人的圣战。”罗乌拉比绕过了一个水坑。直到这时，我才看到他衣服前襟在心脏部位缝了一个金环。

“那是什么？”我朝那个徽章示意道。

“用来警告那些不知情的基督徒，我是个犹太人。”罗乌拉比的表情显得哭笑不得，“我一直认为，再怎么愚蠢的人，不需要这个徽章，早晚也会发现的。但有关机关坚持这件事不准有丝毫混淆。”罗乌拉比的声音降低了，“这和以前强迫犹太人必须戴帽子相比，好得多了。那种帽子是亮黄色的，形状像一枚西洋棋的棋子。试试看，走在市场中能假装看不见吗？”

“人类也会对我和马修这么做的，如果他们知道我们就生活在他们中间的话。”我打了个寒战，“有些时候还是躲起来比较好。”

“加布里埃尔的圣会不就在做这种事情吗？把你们都藏起来？”

“如果是这样的话，他们的工作做得很差。”我笑着说，“胡贝尔太太认为有一只狼人潜伏在雄鹿城壕，您在布拉格的邻居认为爱德华·凯利会飞，人类在德国和苏格兰猎捕女巫，而且英格兰的伊丽莎白和奥地利的鲁道夫知晓我们的一切。我觉得我们应该感谢某几位国王和女王对我们的容忍。”

“容忍往往是不够的。布拉格容忍着犹太人——暂时——但是形势可以在瞬息之间发生变化。到那时，我们就会流落荒野，在雪中挨饿。”罗乌拉比转进了一条狭窄的小巷，走进一栋房子，它看起来跟我们经过的其他大多数巷子里的房屋一样。两名男子坐在桌子前，桌子上放满了数学用具、书、蜡烛和纸张。

“天文学会给基督徒们提供一个共同的阵地！”其中一个人用德语大喊道，同时把一张纸推向他的同伴。他大概五十岁，胡子花白而浓密，眉骨生得很低，沉重地压在眼睛上。他的肩膀跟大多数学者一样，因为长时间的阅读而有点驼。

“够了，大卫！”另一个人爆发了，“或许那共同的阵地也不是我们所期望的应许之地。”

“亚伯拉罕，这位女士想跟你谈谈。”罗乌拉比打断了他们的争论。

“全布拉格的女人都想认识亚伯拉罕。”那个叫大卫的学者站了起来，“这次是谁的女儿需要爱情咒啊？”

“你该感兴趣的不是她的父亲，而是她的丈夫。这位是罗伊登夫人，那个英国人的妻子。”

“就是皇帝封的那位女神吗？”大卫笑了出来，拍了拍亚伯拉罕的肩膀。“你转运了，我的朋友。你夹在一个皇帝、一个女神和一个nachzehrer之间了。”我会的德语词汇有限，猜测这个不熟悉的单词含义是“食尸鬼”。

从罗乌拉比不悦的表情判断，亚伯拉罕接下来说的那几句希伯来语大概是粗口，然后他终于转向了我。我和他相互对视，女巫对男巫，不过我们都没有坚持太久。我喘了一口气，把头转向另外一边，他眨了眨眼睛，用手指按住眼皮。我全身的皮肤都感到刺痛，不只是他眼光触及的地方。我们之间的空气发出一片明亮而奇异的光华。

“亚伯拉罕•本•以利亚，她就是你要等的人吗？”罗乌拉比问道。

“是她。”亚伯拉罕说。他转身背对我，将两个拳头放在了桌面上。“可我的梦没有告诉我，她竟然是一只 alukah 的妻子啊。”

“Alukah？”我转向罗乌拉比寻求解释。这个词可能是德语，但已经超出我的理解范围。

“蚂蟥，这是我们犹太人对你丈夫这样生物的称呼。”他回答道，“听不听在你，亚伯拉罕，但加布里埃尔同意你们会面。”

“你觉得我会信任一个高踞圣会审判席审判我的族人、却又对杀人凶手视而不见的怪物吗？”亚伯拉罕大喊道。

我想抗议说，这不是同一个加布里埃尔——也不是同一个马修——但还是打住了。我说的话可能让房间里所有的人都在六个月后送命，到时候 16 世纪的马修应该会回到他原来的位置。

“我来这里不是为了我的丈夫，也不是为了圣会。”我走上前道，“我是为自己而来。”

“为什么？”亚伯拉罕问道。

“因为我也是魔咒创制者，而且像我们这样的人也所剩不多了。”

“本来很多，在审判庭——圣会——制定规则之前。”亚伯拉罕带着挑衅的口吻说道，“上帝保佑，希望我们会活着看到拥有这种天赋的孩子出生。”

“说到孩子，你的哥伦姆在哪里？”我问。

大卫狂笑道：“亚伯拉罕妈妈，你在海乌姆的家人会怎么说？”

“大卫・甘斯，他们会说我把一个头脑中只有星星和无聊幻想的蠢货当成朋友！”亚伯拉罕气红了脸。

几天来一直处于休眠状态的我的那只火龙，在一片喧哗嬉笑中忽然醒转，大吼一声。我还没来得及制止，她已经挣脱束缚。罗乌拉比和他的朋友们见了都不由惊呼。

“她偶尔会这样，没有什么好担心的。”我的语气从抱歉变为明快，呵斥这只任性的魔宠。“快从那里下来！”

我的火龙紧紧地抓住墙壁，对我嘶鸣。墙上陈旧的灰泥承受不了一只翼展有十英尺的怪兽的重量。一大块灰泥掉了下来，火龙惊恐地吱吱乱叫。她的尾巴一扫，顶住旁边的墙面，取得额外的支撑，然后又得意扬扬地鸣叫着。

“如果你还不停下来的话，我就让加洛格拉斯给你取一个真正邪恶的名字。”我小声说道，“有人看到拴她的皮带了吗？那是一条看起来像烟雾的锁链。”我沿着踢脚板[①]寻找，终于在装有引火物的篮子后面找到了，它一直都连在我身上。“你们哪位帮忙拿着这些锁链，我好把她绑起来？”我转过身，手中满是透明的锁链。

男人们都跑掉了。

“真典型啊。”我喃喃自语道，“三个大男人和一个女人，猜猜谁会收服这条龙？”

沉重的脚步咔咔地走过木地板。我倾斜着身体，这样就可以看到门口。一只灰色泛红的小生物穿着深色衣服，光秃秃的脑袋上戴着一顶黑色无边帽，正盯着我的火龙。

“别，约瑟夫。”亚伯拉罕挡在我和那个生物之间，举起双臂，好像在试着对他讲道理。但这个哥伦姆——这肯定就是传说中用伏尔塔瓦河的泥做成，用魔法赋予生命的那个生物——一直在朝着火龙的方向移动脚步。

“约瑟夫被女巫的火龙迷住了。”大卫说。

① 又称为脚踢板或地脚线，是楼地面和墙面相交处的一个重要构造节点。

“我觉得哥伦姆跟他的创造者一样喜欢漂亮姑娘。”罗乌拉比说，“我读书得知，一个巫师的魔宠身上往往有着其创造者的特征。”

“哥伦姆是亚伯拉罕的魔宠？”我吃了一惊。

“是的。我第一次施咒的时候，他没有出现，我就开始以为自己不会有魔宠了。”亚伯拉罕朝约瑟夫挥挥手，哥伦姆却目不转睛地盯着展开翅膀、趴在墙上的火龙。火龙也好像知道自己有一个崇拜者，努力把翅膀张大，让翅间薄膜反射到光线。

我举起锁链。“他出现的时候没有配备这样的东西吗？”

“那条链子好像对你也没有什么帮助啊。”亚伯拉罕说道。

“我还有很多要学习的地方！”我愤愤不平地说，“火龙是在我创造第一个魔咒的时候出现的。你又是怎么造出约瑟夫的呢？”

亚伯拉罕从口袋里掏出一堆粗糙的绳索。“用这样的绳子造的。”

“我也有绳子。”我伸手去拿藏在裙子口袋里的钱包，那里面有丝线。

“颜色能帮你把世界上的线索分门别类，做更有效的利用吗？”亚伯拉罕走上前来，对我们编织上的差异很感兴趣。

“是的。每一种颜色都有意义，创造新魔咒时，我就用这些细线集中精神，思考特定的问题。”我困惑地看了看哥伦姆，他还在盯着火龙看。“但你是怎么用绳子变出生物的呢？”

“一个女人来找我，索要一个能帮她受孕的新魔咒。刚开始时，我只是一边打结一边想着她的请求，后来打出了一个形状像人类骨架的东西。”亚伯拉罕走到桌边，拿起一张大卫的纸，无视他朋友的抗议，开始把他说的画出来。

“它像一个傀儡。”我看着他的画说。九个结打成一条直线：一个结是头，一个是心脏，两个是手，另一个是骨盆，另外两个是膝盖，最后两个是脚。

“我拿了一些自己的血和黏土混合在一起，敷在绳子上充当肌肉。第二天早上，约瑟夫就坐在壁炉旁了。”

“你赋予泥土生命。”我看着那个神魂颠倒的哥伦姆。

亚伯拉罕点点头。“一个含有上帝秘密名字的魔咒就在他的嘴巴里。只要魔咒还在那里，约瑟夫就会走路，还会听从我的命令。大多数时候是这样的。”

“约瑟夫不能自己做决定。”罗乌拉比解释说，“把生命注入泥土和血液，毕竟不会赋予生物灵魂。所以亚伯拉罕不能让哥伦姆离开他的视线，免得他招惹是非。”

“有一次周五，在祈祷的时候，我忘了把魔咒从他嘴里取出来。”亚伯拉罕不好意思地承认道，“没有人告诉他该做什么，约瑟夫就溜出了犹太区，把我们的基督徒邻居吓个半死。现在犹太人都认为，约瑟夫存在的目的是保护我们。”

“母亲的工作永远都没有做完的时候。”我微笑着低声道，“说起这……”我的火龙已经睡着了，发出低柔的鼾声。她的脸颊像靠着枕头般地靠在灰泥上面。为了避免激怒她，我轻轻地收紧锁链，直到她松开抓紧墙壁的爪子。她在睡梦中拍了拍翅膀，变得像烟雾一样透明，慢慢化为乌有，完全被我的身体吸收了。

“真希望约瑟夫也能这样。”亚伯拉罕羡慕地说。

“我也希望只要把她舌头底下一张纸片拿走，就能就让她安静下来！”我回敬道。

几秒之后，我后背传来一种冰凉的感觉。

“这是哪位？”一个低沉的声音说。

新来的那个人并不高大，体型也不吓人——可他是个吸血鬼，深蓝色的眼睛嵌在一张苍白的长脸上，发色深灰。他看我的目光中有一种高高在上的意味，我本能地后退一步，离他远一点。

“不关你的事，富克斯先生[1]。”亚伯拉罕简短地说道。

“没必要这么无礼，亚伯拉罕。”罗乌拉比转向这个吸血鬼，“富克斯先生，这是罗伊登夫人。她从小城区过来参观犹太区。”

这只吸血鬼凝视着我，他的鼻孔翕动，和马修闻到一种新气味时一模一样。他合上眼皮，我又后退一步。

“富克斯先生，你怎么来了？我告诉过你，我会在犹太会堂外面跟你碰面。”可以明显看得出亚伯拉罕很慌乱。

“你迟到了。”富克斯的蓝眼睛猛地张开，朝我笑了笑。“但是现在我知道你为什么耽搁。我已经不介意了。”

“富克斯先生从波兰过来，他和亚伯拉罕是在那里认识的。”罗乌拉比结束了他的介绍。

街上有个人在大声打招呼。“梅塞尔先生来了。”亚伯拉罕说，听起来跟我一样松了一口气。

梅塞尔先生就是那个铺设街道的赞助人，还为皇室筹措国防经费。他那剪裁精美的羊毛套装和毛皮衬里的斗篷显示出他很富有，那个亮黄色的圆环则表明了他的犹太人身份。那个圆环是用金线缝上去的，看起来更像是贵族世家的纹章，而不是用来区别身份的标记。

“原来你在这里，富克斯先生。”梅塞尔先生把一个小袋子递给了这只吸血鬼，“我把你要的珠宝拿来了。”梅塞尔向罗乌拉比和我鞠了一躬，“罗伊登夫人。”

这个吸血鬼接过袋子，取出一条重重的链子和吊坠。我看不清图案，只清楚地看到镶有红色和绿色的珐琅。吸血鬼露出他的牙齿。

---

① 原文为德语 Herr Fuchs，而“富克斯”（fuchs）在德语里有“狐狸”的意思。

“多谢，梅塞尔先生。”富克斯举起珠宝，闪烁起一片彩光。“这条链子代表我屠龙的誓言，不管它们在哪儿出现。我怀念戴着它的时光。这年头，城里面到处都是危险的生物。”

梅塞尔哼了一声。“也不比平时多。富克斯先生，别沾染城市里的政治。那样对我们大家都好。罗伊登夫人，准备去跟你丈夫会合了吗？他可不是一个最有耐心的男人。”

“梅塞尔先生会把你安全送到达优格特。”罗乌拉比承诺道。他久久地看了富克斯先生一眼。“亚伯拉罕，把黛安娜送到街上。富克斯先生，你跟我一起留下，给我讲讲波兰。”

“谢谢您，罗乌拉比。”我屈膝行礼告别。

“不客气，罗伊登夫人。”罗乌拉比停顿了一下，“你要是有时间，可以想想我之前说过的话。我们谁都不能永远隐藏下去。”

“确实不能。”考虑到未来几个世纪里布拉格犹太人将遭遇的恐怖经历，我真希望他是错的。我最后向富克斯先生点了一下头，然后跟着梅塞尔先生、亚伯拉罕一起离开了房子。

“等一下，梅塞尔先生。”当我们走到房子里的人听不见我们说话的地方时，亚伯拉罕说道。

“快点说，亚伯拉罕。”梅塞尔先生后退了几步说道。

“罗伊登夫人，我知道你在布拉格寻找一件东西。是一本书吧。”

“你怎么知道？”我萌生了一阵警戒。

“城里大多数巫师都知道，我却能看到你和它之间的联系。那本书受到严密的防护，只靠蛮力是拿不到的。”亚伯拉罕看起来很严肃，“必须让这本书来找你，否则你会永远失去它。”

“那是一本书，亚伯拉罕。除非它长出腿来，否则我们就一定要到鲁道夫的宫殿里去把它拿出来。”

“我知道我看到的是什么。”亚伯拉罕固执地说，“这本书会来找你的，但前提是你得提出要求。别忘了。”

“我不会忘的。”我答应道。梅塞尔先生刻意朝我们的方向看，“我得走了，多谢你跟我见面，还让我认识约瑟夫。”

“愿上帝保佑你平安，黛安娜·罗伊登。”亚伯拉罕庄重地说道，表情非常严肃。

梅塞尔先生护送我走完一段不长的距离，从犹太区走到老城区。老城区中宽阔的广场上挤满了人。泰恩圣母大教堂的两座尖塔耸立在我们左边，而市政厅冷漠的轮廓蜷伏在我们右边。

“要不是赶着去见罗伊登老爷，我们还可以停下来观赏钟敲整点。”梅塞尔惋惜地说，“过桥时，你可以要求他从大钟面前经过。每个到布拉格的游客都应该看看它。”

在优格特，很多外国商人在海关人员的监督下进行交易。那些商人都带着公开的敌意看着梅塞尔。

“您妻子回来了，罗伊登老爷。我确保在来见您的路上，已经让她看到了所有最好的商店。她会毫不费力地找到手艺最好的工匠，来满足她个人以及家人的需要。”梅塞尔对马修满脸堆笑。

“谢谢，梅塞尔先生。非常感谢你的帮助，我肯定会把你的一片好心告诉陛下。”

“罗伊登老爷，让陛下的人都感到成功幸福是我的职责，当然也是我的荣幸。”他说道，“我自作主张给你们买了回家用的马，就在大钟那边等着你们。”梅塞尔摸了一下鼻翼，诡秘地眨了眨眼睛。

“你想得真周到，梅塞尔先生。”马修小声说。

“总有人要做这些事的，罗伊登先生。”梅塞尔回答。

回到三只渡鸦，我正在脱外套的时候，一个八岁的男孩和一只飞来的拖把就把我撞倒了。拖把上有一根粉红色的舌头和一只冰冷的鼻子。

“这是什么？”马修吼道，他扶着我，让我抓住拖把的把手。

“他叫罗贝罗。加洛格拉斯说他会长成一只巨大的野兽，说不定还可以装上马鞍，取代链子。安妮也喜欢他，她说他要跟她睡在一起，但我认为我俩应该分享。你说呢？”杰克兴奋地跳来跳去。

“有个纸条和小拖把一块儿送来。”加洛格拉斯说。他从门框那里走向马修，把纸条交给他。

“我有必要问这小东西是谁送来的吗？”马修一把夺过纸条说。

“哦，我觉得不需要。”加洛格拉斯说。他的眼睛眯了起来，“婶婶，你外出时发生了什么事？你看起来累坏了。”

“只是累了。”我说着轻轻地挥了一下手。这只拖把不仅有舌头，还有牙齿，我的手指从他截至目前还没被发现的嘴巴前面经过时，他一口咬下。“哎哟！”

“不能再这样了。”马修把纸条捏成一团，扔到地板上。这只拖把突然扑上去，欢快地扑上前去。

“纸条上写的什么？”我非常肯定是谁送来了这个小东西。

“‘Ich bin Lobero. Ich will euch aus den Schatten der Nacht zu schutzen.’”马修冷冷地说道。

我不耐烦地哼了一声说：“他为什么一直用德语给我写信？鲁道夫明明知道我的德语不行。”

“陛下知道我得翻译他对你的爱情表白，这一点让他很开心。”

“噢。”我停了一下，“这句话什么意思？”

“‘我是罗贝罗。我会保护你免受夜影的伤害。’”

“‘罗贝罗’是什么意思？”几个月以前，伊莎波曾告诉过我，名字非常重要。

“是西班牙语‘猎狼者’的意思，婶婶。”加洛格拉斯拎起拖把说道。“这个小毛球是匈牙利的守卫犬。罗贝罗会长得很大，都能撂倒一头熊。

它们非常凶猛，保护欲很强——而且喜欢夜间出来。”

“一头熊！我们把他带回伦敦后，我会在他脖子上绑一根丝带，带他去斗熊场，让他学习如何战斗。”杰克带着孩子特有的令人恐怖的喜悦说道，“罗贝罗是个勇敢的名字，你们不这么认为吗？莎士比亚师傅会想在他的下一部剧里用这个名字。”杰克朝小狗扭动了一下手指，加洛格拉斯就主动把这个蠕动的白色毛团放进男孩怀里。“安妮！下一次让我喂罗贝罗！”杰克死死地抱住这只小狗，飞奔着上了楼梯。

“要我把他们带开几个小时吗？”加洛格拉斯看了一眼马修暴雨将至的脸色，问道。

“鲍德温的房子是空着的吗？”

“目前没有房客，如果你是问这个的话。”

“把所有人都带出去。”马修从我肩膀上拿下披风。

“包括罗贝罗？”

“尤其是罗贝罗。”

晚餐时，杰克像只喜鹊一样喋喋不休，跟安妮打闹，又用各种神乎其神的手法偷到了一大堆食物给罗贝罗。有了孩子和狗，几乎可以把马修正在斟酌今晚怎么过这件事给忽略掉。一方面，他是一头驮兽，天生喜欢有很多条生命让他照顾；另一方面，他是个猎食者。我有一种不安的感觉，今晚我将成为他的猎物。现在猎食者赢了。就连特雷莎和卡罗利娜也不准留下来。

“你为什么把他们都赶走？”我们仍待在一楼大厅里的火炉旁，令人安心的晚餐香味仍然弥漫在空中。

“今天下午发生了什么事？”他问。

“先回答我的问题。”

“别逼我。不能在今晚。”马修警告道。

“你以为我今天过得轻松吗？”我们之间的空气里充满蓝色和黑色的丝线，它们发出噼噼啪啪的声音。这看起来很不吉利，感觉更糟糕。

“不。”马修把椅子往后一推，“但是，你有事瞒着我，黛安娜。那个男巫是怎么回事？”

我瞪着他。

“我在等你回答。”

“你可以等到地狱结冰，马修，因为我不是你的仆人。我问你一个问题。”我们之间的丝线变成了紫色，开始扭曲变形。

“我让他们离开就是不想让他们听见这次对话。现在告诉我，发生了什么事？”丁香的味道令人窒息。

“我看到了哥伦姆，还有他的创造者，一个叫亚伯拉罕的犹太编织者。他还有复活亡灵的能力。”

“我告诉过你，我不喜欢你操纵生死。”马修替自己倒了更多酒。

“你一直都在操纵生死，而且我把它当作你的一部分接受了。你也必须接受它也是我的一部分。”

“这个亚伯拉罕。他是谁？”马修质问道。

“天哪，马修。你不能因为我跟另一个编织者见面就吃醋啊。”

“吃醋？我早就超越那种温血动物的感情了。”他喝下一大口酒。

“你平时天天外出，为圣会或你父亲的事情奔走，我们各过各的，今天下午和所有那些日子有什么不一样呢？”

“很不一样，因为我能闻到今天跟你接触过的每一个人的气味。你身上总是有安妮和杰克的气味，这已经够糟了。加洛格拉斯和皮埃尔尽量避免碰触你，但他们忍不住——他们总是在你周围。之后加上马哈拉尔和梅塞尔先生的气味，另外还至少有两个男人的气味。我唯一能容忍的，就是只有我自己的味道跟你混在一起，但我又不能把你关在笼子里，所以唯有努力忍耐。”马修放下酒杯，猛然站起来，企图拉大我们之间的距离。

“在我听来，这就是吃醋。”

“不是，我可以应付醋意。”他怒道，“我现在的感觉——这是一种无止境的可怕折磨，充满失落与愤怒，因为在纷乱的生活中，我对你的印象无法保持清晰——已经超出我的控制。”他的瞳孔变得越来越大。

“这是因为你是只吸血鬼，占有欲太强。这是你的天性。”我断言道，无视他的愤怒，朝他走过去。“而我是个女巫。你答应过要接纳我的本来面目——光明与黑暗，既是女人，又是女巫，既是我自己，也是你妻子。”要是他改变主意了怎么办？要是他不愿意接受生活中的这种不确定该怎么办？

“我当然接受你。”马修伸出一根温柔的手指，摸着我的脸颊。

“不，马修。你容忍我是因为你认为有一天我会驯服自己的魔法。罗乌拉比警告过我，容忍是可以收回的，然后你就会在寒冷中孤身一人。我的魔法不是什么可以驯服的东西。它就是我，而且我不会在你面前隐藏自己的。爱情不是这样子的。”

“好，那就别再隐藏了。”

“好。”我松了一口气，但这口气很短。

马修以一个干净利落的手势，把我从椅子上拉起来，抵在墙上，将大腿插入我两腿之间。他扯开我的一缕卷发，让它沿着我的脖子垂到我的胸前。他没有放开我，低头把嘴唇凑到我紧身胸衣的边缘。我颤抖了一下。他已经好一段时间没有亲吻那里了，而且自从我流产以来，我们实际上就没有过性生活。马修的嘴唇扫过我的下巴，落到我脖子的血管上。

我一把抓住他的头发，把他的头推开。“不要。除非你从头做到尾。什么同床不做爱、带着遗憾的吻，我受够了，这辈子再也不要了。”

几个快得令人眩晕的吸血鬼式动作，马修解开了长裤的系带，把我的裙子掀到腰上，便进入我的体内。这不是我第一次被一个想忘记烦恼、得到片刻欢愉的人顶到墙上了。有好几次甚至还是我采取主动。

“这只是你和我的事——无关其他。无关孩子们，无关那本该死的书，无关皇帝和他的礼物。今晚这栋房子里味道就只有我们俩的。”

马修双手抓住我，全靠他的手指缓冲，我才不至于被他抵着我的身体冲撞墙壁的力道，撞得满身淤青。我用力揪住他衬衫的领子，把他的脸拉过来，贪婪地亲吻着。但是马修更愿意在做爱中占据主动，不想让我主导接吻。他的嘴唇坚硬且充满渴望，当我坚持要占据主动地位的时候，他警告地咬了一口我的下唇。

“啊，上帝啊。”他稳定的节奏让我绷紧的神经开始放松，我喘着气叹道。“啊——”“今晚就连上帝都不准分享你。”马修用亲吻堵住了我的叫声。

“你的心属于谁，黛安娜？”马修问，他大拇指的揉搓构成让我失去理性的威胁。他等着我的回答。“回答我。”他咆哮着说。

“你知道答案。”我说，“属于你。”

“只能属于我。”他说着，让我们两人间紧绷的张力终于释放。

“永远……只属于……你。”我喘着气，两条腿都在颤抖。我让双脚滑落到地板上。

马修呼吸粗重。他的额头抵在我额上。他放下我的裙子时，眼睛里闪过一丝悔意。他温柔地亲吻我，几乎不带情欲的色彩。

我们再怎么激烈地做爱，都无法让马修无视于我已经毫无疑问属于他的事实，打消他执意继续追逐我的冲动。我开始担心他永远不会满足了。

我沮丧的情绪慢慢涌起，形成一股强劲的气流，把他从我身边推开，顶着对面的墙壁。马修见形势突变，双眼变得乌黑。

“感觉如何，我的爱？”我柔声问道。他满脸惊讶。我打了个响指，解除空气对他的压制。他舒张几下肌肉，恢复行动力，张口想说话。“你敢道歉试试。”我凶狠地说，“如果你用我不喜欢的方式碰我，我一开始就会说不的。”

马修的嘴巴绷紧了。

“我忍不住想起了你的朋友焦尔达诺·布鲁诺说的话：‘**欲望驱使我前进，恐惧约束我。**’我不惧怕你的权力，你的力量，以及你的其他任何东西。”我说，“马修，你在害怕什么？”

懊悔的嘴唇掠过我的嘴唇。就这样，然后一阵微风扫过我的裙子，让我知道他没有回答就逃走了。

30

“哈伯梅尔大师来过，你的天文仪宝盒就在桌子上。”马修看着布拉格城堡的平面图，头也不抬地说道。那些平面图是他设法从皇帝的建筑师那里拿到的。在过去的几天里，他给了我很大的自由，只顾投入全副精力，探索皇宫的防御机密，企图突破鲁道夫的防卫措施。尽管我把亚伯拉罕的建议充分转达给了马修，但他还是喜欢主动出击的策略。他希望我们都离开布拉格。最好是现在。

我走到他身边，他抬起头，用焦躁不安的饥渴眼神看着我。

“那只是一件礼物。”我脱下手套，深深地亲吻他，“我的心属于你，记得吗？”

“那不仅仅是一件礼物，一同送来了还有明天去狩猎的邀请。”马修双手搂着我的臀部。“加洛格拉斯说，我们应该接受邀请。他引诱一个可怜的女仆，让她答应拿鲁道夫收集的色情图画给他看，带他进入鲁道夫的住所。宫廷侍卫如果不跟我们一起狩猎，就是在打瞌睡。加洛格拉斯认为我们很有机会看到那本书。”

我瞥一眼马修的桌子，上面还有一个小包裹。“你也知道那是什么吗？”

他点了点头，伸手把它拿了过来。“你总能收到其他男人的礼物，但这一件礼物是我送的，把手伸出来。”我非常好奇，就照他说的话做了。

他把一个浑圆光滑的东西塞进我的手掌里，和一枚鸡蛋差不多大。

这颗神秘的蛋状物四周流淌下一大串清凉厚实的金属，我手上随即爬满小小的火蜥蜴。每一只都用金银打造，背上还镶了钻石。我拎起其中一只火蜥蜴，发现它是一条完全由成双成对的火蜥蜴组成的链子，它们的头连接在一起，尾巴也缠绕在一起。我的手掌里还有一颗红宝石。一颗非常大、非常红的红宝石。

“真美啊！”我抬头看着马修，“你怎么有时间买这个？”这可不是随便走进一家金饰店就能买到现成的。

“我已经保留了一段时间。”马修承认道，“我父亲把它和祭坛画一起送来，但我不确定你会不会喜欢。”

“我当然喜欢了。火蜥蜴跟炼金术有关，你是知道的。”我给他另一个吻，“再说了，什么样的女人会拒绝两英尺长、用金银和钻石做的火蜥蜴，何况还有一颗大得足够装下一只蛋杯的红宝石呢？”

“这些独特的火蜥蜴是我 1541 年年底返回法国时法国国王送给我的礼物。弗朗西斯国王选择火焰中的火蜥蜴做自己的纹章，他的格言是‘**我助长也扑灭**’。”马修大笑起来，“基特非常喜欢其中的比喻，所以稍微修改后给自己用了：‘**凡助长我的，也毁灭我。**’”

“基特绝对是个只会看到玻璃杯里仅剩下半杯水[①]的精灵。”我也跟着笑了起来。我拨弄着一只火蜥蜴，它在烛光下闪闪发光。我开口想说话，却又停住。

“什么？”马修问。

“你曾经把这个送给别人了吗……以前？”经过几天前晚上的那次，这种突如其来的不安全感让我很尴尬。

---

① 悲观的人只是看到杯子里只剩下半杯水，乐观的人则认为还有半杯水。

“没有。”马修说，握起我的手以及手上的宝贝。

“对不起。我知道自己太可笑了，尤其想到鲁道夫那些行径。只是我不愿意胡思乱想。如果你把从前送其他情人的礼物送给我，告诉我就行了。”

“我不会把给过别人的东西再送给你的，**我的心肝儿**。”马修等我迎上他的眼睛，“你的火龙让我想起弗朗西斯的礼物，所以我请父亲把它从藏匿的地方挖出来。我曾戴过一次，之后就一直放在盒子里。”

“它不适合平常日子佩戴。”我说，努力想笑一笑，却笑不出来。“我不知道我这是怎么了。”

马修把我拉过去亲吻。“我的心属于你，就如同你的心属于我。永远不要怀疑。”

“我不会的。”

“很好。因为鲁道夫在用尽一切方法要拆散我们。我们必须保持清醒，然后离开这该死的布拉格。”

第二天下午，我们和鲁道夫的心腹一起运动的时候，马修的话涌上我的心头，萦绕不去。原来的计划是骑马去皇帝位于白山的狩猎场猎鹿，但深灰色的天空让我们无法离行宫太远。这是4月的第二个星期，但布拉格的春天来得很晚，仍然有可能下雪。

鲁道夫把马修叫到身边，留下我任由宫廷女人们摆布。她们公开表示好奇，而且完全不知道该怎么对待我。

皇帝和他的陪从毫无节制地饮用仆人们送上来的葡萄酒。考虑到接下来追捕猎物的速度，我真希望这里有法律管制酒后骑马。马修这方面我倒不担心，别的不说，他今天特别节制，而且即使他的马撞上树，他因此送命的概率也很小。

两个男人扛着一根长杆走过来，为各种各样的猎鹰提供了立足点，这些猎鹰下午会捕猎鸟类。他们身后还跟着两个人，托着一只戴头罩的鸟，那只鸟长着致命的弯喙，腿上褐色的羽毛看起来像靴子似的。这只鸟很大。

“啊！”鲁道夫开心地搓着手，“这是我的鹰奥古丝塔。我要女神看看她，但是不能在这里放她飞行。她需要的捕猎空间比雄鹿城壕大得多。”

这么一只令人肃然起敬的动物很适合奥古丝塔这样的名字。这只鹰几乎有三英尺高，头虽然被罩着，但仍然抬成一个倨傲的角度。

“她能感觉到我们在看她。”我小声说。

有人把这句话翻译给了皇帝，他赞许地朝我微笑。“女猎人懂女猎人。拿掉头罩，让奥古丝塔和女神认识认识。”

一个有着罗圈腿、表情谨慎的瘦削老人走向那只鹰。他拉了一下系在奥古丝塔头罩上的皮绳，轻轻地把它摘了下来。她脖子和头上的金黄色羽毛在微风中飘拂，纹理显得更加清晰。奥古丝塔感受到了自由和危险，展开了翅膀，这种姿势既可以被解读成即将起飞的预兆，也可以被看做一种警告。

但我并不是奥古丝塔想见的人。她凭借精准的直觉，把头转向人群中唯一一个比她还要危险的猎食者。马修凝重地朝她看过去，眼神哀伤。奥古丝塔鸣叫了一声，接纳他的同情。

“我带奥古丝塔过来不是为了取悦罗伊登先生，而是来跟女神见面。”鲁道夫抱怨。

“多谢您的引见，陛下。”我企图转移这位任性善变的君王的注意力。

“奥古丝塔曾经干掉了两头狼，你知道，”鲁道夫故意看了看马修。这个皇帝自己身上的羽毛比他宝贝鸟儿身上的羽毛要竖得更直。“两次都是血淋淋的战斗。”

“我要是狼的话，就会躺下来，让这位女士为所欲为。”马修慵懒地说道。他今天下午穿着绿灰两色搭配的套装，从头到脚都是朝臣的样子，黑色的头发压在一顶俏皮的无边小帽下。那顶帽子虽然不能遮风挡雨，但帽顶上的银色徽章——克莱蒙家族的衔尾蛇——却提醒鲁道夫，不要忘了自己是在跟什么人打交道。

其他的朝臣因他大胆的言辞而窃笑。鲁道夫确定别人不是在笑他之后，也跟着笑了起来。“这是我们的另一个共同点，罗伊登先生。”他拍拍马修的肩膀，打量着我说，“我们都不怕强大的女人。”

紧张的氛围消失了，养鹰人松了一口气，把奥古丝塔放回栖架，问皇帝下午想用哪只鹰来捕猎皇家松鸡。鲁道夫左挑右拣，最后选中一只大型矛隼。奥地利大公们和日耳曼王子们争相挑选剩下的鹰，最后只剩下一只。它体型瘦小，在寒风中瑟瑟发抖。马修伸手去拿。

“那是女人的鸟。”鲁道夫嗤之以鼻，跨上了马鞍。“我是为了女神带她来的。”

“虽然她的名字是黛安娜，但其实并不喜欢打猎。不过没关系，我来放飞这只灰背隼。”马修说。他用手指扣住系脚带，伸出一只手臂，那只鸟就站上他戴着手套的手腕。“你好，美人儿。”他在鸟儿调整立足点的时候小声说道。她每走一小步，身上的铃铛都会发出声音。

“她的名字叫沙尔卡。”猎场看守人微笑着说。

“她跟梅林[①]一样聪明吗？”马修问他。

“更加聪明。”老人咧嘴笑着回答。

马修靠近那只鸟，用牙齿咬住固定她头罩的一条系绳。他的嘴离沙尔卡如此之近，姿势如此之亲密，几乎会被误认为是一个吻。马修

① merlin（灰背隼）首字母大写时做人名Merlin（梅林），和亚瑟王传说中的魔法师同名。

把系绳往后拉，解开后，他就能轻易用另一只手取下头罩，将雕花的皮革头罩塞进口袋。

沙尔卡看到外面的世界，眨了眨眼睛。她再眨一次眼，观察我和托着她的这个男人。

“我能摸摸她吗？”她身上柔软的褐白二色羽毛有一种令人无法抗拒的吸引力。

“最好不要。她饿了。我想她没有分到足够的猎物。”马修说。他再次露出悲伤的表情，甚至带有渴望。沙尔卡发出低沉的咕咕声，一直看着马修。

“她喜欢你。”这一点都不奇怪，他们都是天生的狩猎者，也都受到约束，不能尽情追逐杀戮。

我们骑马沿着一条弯曲的小道进入一条曾是皇宫护城河的河谷。河已经不见了，河谷被围上了栅栏，以防止皇帝的猎物跑进城里。红鹿、狍和野猪都在这块地上出没。此外，在鲁道夫决定不用猎鹰，而是出动狮子及其他大型猫科动物的日子里，这些野兽也会现身。

我预期现场会是一片混乱，不料捕猎像芭蕾舞剧一样是经过精确设计的。鲁道夫刚把他的矛隼放飞到空中，栖息在树上的鸟类就像云一样飞起，争相躲避，免得自己成为腹中餐。矛隼俯冲下来，飞过灌木丛，风吹过她脚上的铃铛，发出啸声。受惊的松鸡从藏身处冲出来，一边四处奔跑一边拍打着翅膀起飞。矛隼斜飞而下，选中一个目标，然后把它赶到特定位置，然后用尖爪利喙发动攻击。松鸡从空中坠落，矛隼毫不留情地追到地面，受惊且受伤的松鸡最终难逃一死。猎场看守放出几条狗，追在后面，穿过白雪覆盖的地面。马群在后面奔驰，蹄声如雷。男人们的胜利欢呼声被猎狗的吠声淹没。

骑士赶到时，只见猎鹰就站在它的猎物旁边，翅膀弯成弧形，挡住松鸡，以免被抢走。马修曾在博德利图书馆摆出类似的姿势，我察觉到他的目光正落在我身上，确认我就在附近。

皇帝杀死第一只猎物后，其他人就可以自由狩猎了。他们一起捕捉了一百多只鸟，足够多位朝臣食用了。中间只有一次争执，不用猜就知道，是鲁道夫巨型银色矛隼和马修那只褐白色灰背隼起了冲突。

马修一直跟在所有男性捕猎者的后方。他在所有人之后放出猎鹰，不慌不忙地取回捉到的松鸡。其他的男人都没有下马，但马修下马把沙尔卡从猎物身旁哄开，口中念念有词，还给了她一块从之前猎物身上取下的肉。

然而，沙尔卡一度找不到她追捕的松鸡。那只松鸡躲开了她，径直飞进鲁道夫矛隼的飞行轨迹。但沙尔卡拒绝让步。虽然矛隼更大，但沙尔卡更加好斗，也更为敏捷。为了追赶她的松鸡，那只灰背隼飞过我的头顶，距离近得能让我感受到风的压力。她的体型如此之小——甚至比那只松鸡还要小，和皇帝的猎鹰相比自然更是大小悬殊。松鸡飞得更高了，却仍然无法逃脱。沙尔卡快速调转方向，把弯曲的爪子插进猎物体内，猎物的重量带着她们一起下坠。那只愤怒的矛隼懊恼地尖叫起来，鲁道夫自己也大声抗议。

“你的鸟妨碍了我的鸟。”当马修策马上前去接应那只灰背隼时，鲁道夫怒道。

“她不是我的鸟，陛下。”马修说。沙尔卡鼓起全身羽毛，张开翅膀，尽可能摆出巨大而威吓的架势，在马修靠近她的时候，发出尖利的叫声。马修喃喃说了几句话，听上去很熟悉，而且不止一点柔情蜜意，那只鸟的羽毛才松弛下来。“沙尔卡属于您。她今天证明自己配得上一个伟大的波西米亚战士的名字。”

马修拿起灰背隼和松鸡，把她们高举给所有宫廷里的人看。当马修举着沙尔卡转圈的时候，她的系足带随风飘荡，她的铃铛发出清脆的响声。朝臣们不知道该如何反应，等着鲁道夫行动。我却出面打岔。

“沙尔卡是位女战士吗，老公？”

马修停止旋转，咧嘴一笑。“是啊，老婆。真正的沙尔卡娇小而活跃，就像皇帝的这只鸟儿一样，她还知道战士最锋利的武器是两只耳朵之间的大脑。”他拍拍自己的头，确定让每个人都听到了他的话。鲁道夫不仅听到了，而且显得有点狼狈。

“她听起来很像小城区的女人们。”我严肃地说，“沙尔卡用她的智慧做了什么呢？”马修还没来得及回答，一个陌生的年轻女人说话了。

“沙尔卡曾打败过一队士兵。”她用带着浓厚捷克口音的流行拉丁语解释道。一个我觉得是他父亲的白胡子男人赞许地看着她，她的脸红了。

“真的吗？”我饶有兴趣地说，“她是怎么做到的？”

“她假装需要救助，然后邀请士兵们喝了很多酒，来庆祝她重获自由。”另一个年长女人厌恶地哼了一句，她的鹰钩鼻子可以与奥古丝塔的鹰喙相媲美。“男人每次都会上这种当。”

我放声大笑。这位鹰钩鼻的贵族老妇也大笑起来，她自己都明显感到意外。

“皇上，恐怕女士们不愿意让她们的女英雄因他人的过错而受指责吧。”马修从口袋里拿出头罩，温柔地套在了沙尔卡骄傲的头上。他凑过去，用牙齿系紧了上面的绳子。猎场看守在稀落的掌声中接过那只灰背隼。

我们暂停休息，走向一座位于皇宫庭院边缘、有着红白相间屋顶的意大利式房子，去喝酒和吃点心，虽然我更想留在皇帝的花园里，欣赏里面盛开的水仙和郁金香。其他宫廷里的人也加入了我们，包括脸色阴沉的斯特拉达，以及赫夫纳格尔大师和乐器制造师伊拉莫斯•哈伯梅尔。我为哈伯梅尔为我做的天文仪宝盒向他致谢。

“大斋期快结束了，我们需要举办一次春日盛会来驱散无聊。”一位年轻的朝臣大声说，“陛下，您不这样认为吗”

“办一场化装舞会怎么样？”鲁道夫喝了一口酒，凝视着我，“那样的话，主题应该是黛安娜和阿克特翁①。”

“这个主题太通俗了，陛下，而且英国味儿太浓。”马修一脸遗憾地说。鲁道夫涨红了脸。“或许我们可以换成德墨忒尔和波耳塞福涅②，这个主题更适合这个季节。”

“或者是奥德修斯的故事。”斯特拉达建议道，用下流的目光瞪了我一眼。“罗伊登夫人可以扮演喀耳刻，把我们都变成小猪。”

“很有意思，奥塔维奥。”鲁道夫说，用食指敲着丰满的下嘴唇。“我可以扮演奥德修斯。”

你这辈子休想，我心想。这里面会有闺房调情的情节，还有一幕是奥德修斯让喀耳刻保证不强行夺走他的性器官。

“我可以提个建议吗？”我急切地想要避免一场灾难。

“当然，当然。”鲁道夫真诚地说着，拿起我的手，关切地拍了一下。

“我想起的故事需要有个人扮演众神之王宙斯。”我对皇帝说，并轻轻地抽出手。

“我当然要演宙斯了。”他急切地说，脸上露出灿烂的笑容，“那么，你要扮演卡利斯忒③喽？”**绝对不行**。我绝不会让鲁道夫扮演蹂躏我、让我怀孕的角色。

“不，陛下。如果您坚持让我参与这场娱乐活动，那我要扮演月

---

① 一位猎人，因偷窥女神黛安娜洗澡而被变成一头公鹿，还被自己饲养的50头猎狗咬死。

② 德墨忒尔是收获女神，波耳塞福涅是她和宙斯的女儿。

③ 卡利斯忒是一位美丽的公主，誓言侍奉黛安娜女神。宙斯变成黛安娜的形象，与她发生关系，生下一子。

亮女神。”我悄悄地把手放在马修的臂弯里，“马修会扮演恩底弥昂[①]，弥补他之前的失言。”

“恩底弥昂？”鲁道夫的笑容凝固了。

“可怜的鲁道夫啊，斗智又输了。”马修的声音很小，只有我听得见。“是的，恩底弥昂，陛下。”他提高声音说，“就是那个中了魔法长眠不醒的美少年，这样他可以获得永生，也保住了黛安娜的贞洁。”

“我知道这个传说，罗伊登先生！”鲁道夫警告道。

“抱歉，陛下。”马修鞠了一个优雅的躬，腰却弯得不够低，“黛安娜会显得雍容华贵，乘着她的战车前来，忧伤地凝视着那个她深爱的男人。”

这时鲁道夫气得变成了象征帝国的紫色。我们被他赶了出来，离开宫殿，沿着短短的下坡路返回三只渡鸦。

“我只有一个请求。”当我们进入大门时，马修说，“即使我是个吸血鬼，布拉格的 4 月还是很冷。考虑到气温的关系，你为黛安娜和恩底弥昂设计的服装除了头发上的月牙和盖着我臀部的小抹布，还要有其他的东西。”

“我刚给你分配了这个角色，你就已经对美术设计提要求了！”我假装愠怒地甩了一下手，“你们这些演员哪！”

“这就是你跟业余演员合作的后果。”马修笑着说，“我知道这出假面舞会应该怎么开场了：‘看哪！云开了/我看到美丽的月亮/皎洁如银/出现在天空/将当作海神杯子的贝壳镀上银边。’”

“你不能用济慈的诗！”我大笑道，“他是浪漫主义诗人——三百年后才出生。”

---

① 一位擅于观察星象的美少年，月亮女神喜欢他的睡姿，就让他长睡不醒。

“‘她在翱翔/是那样的热情，那样的明亮/她离开时/我眩晕的灵魂/与她那皎洁的身体融为一体/一起翻滚/穿过晴空/穿过流云/进入黑暗朦胧的帐幕。’”他夸张地大喊着，把我拥入怀里。

“我猜你要让我给你找一顶帐篷。”加洛格拉斯说着，飞快走下楼梯。

“再找几头羊，或者一台天体观测仪。恩底弥昂可以是位牧羊人，也可以是一位天文学家。”马修考虑着他有哪些选择。

“鲁道夫的猎场看守人绝不会把他那些奇怪的羊交出来的。”加洛格拉斯愁眉苦脸地说。

“马修可以尽量使用我的那个天文仪器盒。”我四下张望。它应该挂在壁炉架上，杰克是够不到那里的。“到哪儿去了？”

“安妮和杰克拿去给‘拖把’看了。他们认为它被施了魔法。”

直到这时，我才留意到从壁炉连到楼梯的几根丝线——银色、金色和灰色。我急着想找到两个孩子，想问清楚我的天文仪盒到底怎么了，不小心踩到了自己裙子的下摆。终于找到安妮和杰克的时候，裙子边缘已经变成贝壳的形状。

安妮和杰克已经把那个用铜和银做成的小宝盒像书一样打开了，一个个小隔间完全露出来。鲁道夫本来想给我一件可以追踪天体运动的东西，哈伯梅尔却做出一件超越了自己水平的作品。那宝盒里有一个日晷、一个罗盘、一个计算一年当中各个季节时辰长短的装置、一台精细的潮汐仪——它的齿轮可以被设置用来显示日期、时间、黄道星座和月相——还有一个（在我的要求下）包括罗阿诺克[①]、伦敦、里昂、布拉格和耶路撒冷等城市的纬度表。其中一格还特别做了一个撑架，以便我安装一种热门的新式科技产品：可擦式写字板，用一种经过特

① 位于美国弗吉尼亚州。

殊处理的纸制作，在上面写完字，小心擦干净，还可以再写。

“看啊，杰克，它又来了。”安妮说着，低头看着这个仪器。当潮汐仪自动转起来的时候，“拖把”（屋里除了杰克，没有人叫他罗贝罗）开始吠叫起来，还兴奋地摇着尾巴。

“我跟你赌一便士，当旋转停止的时候，从窗户望出去会看见满月。”杰克朝手心吐了一口唾沫，伸给安妮。

“不许打赌。”我不自觉地说道，蹲到杰克旁边。

“这是什么时候开始的，杰克？”马修问，一把挡开拖把。

杰克耸了耸肩。

“自从哈伯梅尔先生把它送过来，它就开始了。”安妮承认道。

“它一天转个不停，还是只在某些时刻转动呢？”我问。

“一天只有一两次，罗盘只转一次。”安妮看起来愁眉苦脸的，“我应该早点告诉您的。我凭感觉就知道这是魔法。”

“没事。”我朝她微笑，“没造成什么危害。”我随即把手指放到潮汐仪中央，命令它停止转动。它服从了。旋转一停，天文仪宝盒周围的银线和金线就慢慢消失了，只剩下了灰线。它也很快就消失在布满我们家中各处的五颜六色的丝线之中。

“那是什么意思？”马修之后问道，那时家里已经安静下来，我刚有机会把宝盒放到孩子们碰不到的地方。我决定把它放在我们床上平坦的顶盖上。“顺便说一下，每个人都把东西放在顶盖上，而杰克第一个找的地方将会是那里。”

“有人在找我们。”我把宝盒拿回来，重新找地方藏好。

“在布拉格吗？”马修说着，伸手去接那件小仪器。我交给他，他把它塞进自己的上衣。

“不是。在另一个时间里。”

马修咚一声坐到床上，骂了一句。

“是我的错。”我怯懦地看着他，“我尝试编织一个魔咒，以便万一有人要偷宝盒的话，它会警告我。这魔咒的本意是防范杰克惹麻烦。我想我需要重新设计了。”

“你为什么认为那是另一个时间的人呢？”马修问。

“因为潮汐仪是一个万年历。齿轮转动的方式就像它企图输入超出它技术规格的信息。它让我想起了《阿什莫尔 782 号》手抄本中乱跑的字符。”

“也许罗盘转个不停，只代表找我们的人处于不同的地点。就像潮汐仪一样，罗盘并不能指向正北方，因为它被要求计算两组方向：一组是我们在布拉格的方向，一组是其他人的方向。”

“你觉得那会是伊莎波或萨拉，她们需要我们的帮助吗？”是伊莎波送给马修的那本《浮士德博士》帮助我们回到 1590 年的。她知道我们去了哪里。

“不是。”马修语气肯定，“她们不会出卖我们的。是其他人。”他灰绿色的眼睛看着我。那种不安而后悔的眼神又出现了。

“你看着我的那种眼神，就好像是我出卖了你一样。”我也坐到床上，在他的旁边，“如果你不想让我参加化装舞会，我不去就行了。”

“不是这事。”马修起身走开，“你还有事情瞒着我。”

“我们不会把每件事都讲出来的，马修。”我说，“都是些不重要的小事。有时候是大事，比如说身为圣会的一员。”他的指责让我很是生气，因为我到现在都还不太了解他。

马修突然双手抓住我的肩膀，把我提起来。“那件事你永远都不会原谅我了。”他双眼变黑了，手指嵌入我的手臂。

“你答应过我，你会容忍我的秘密。”我说，“罗乌拉比说得很对，宽容还不够。”

马修骂了一声，松开我。我听见楼梯上传来加洛格拉斯的脚步声，大厅里传来杰克昏昏欲睡的呢喃。

“我带杰克和安妮去鲍德温那里。”加洛格拉斯在门口说，“特雷莎和卡罗利娜已经过去了。皮埃尔会和我一起，还有那只狗。”他压低了声音，“你们吵架会吓到那个男孩，他短短一生经历的恐惧已经够多了。你们把事情弄清楚，否则我就带着他们回伦敦，留你们两个在这里自力更生。”加洛格拉斯的蓝色双眼看起来很凶恶。

马修默默坐在火旁，手里端一杯酒，阴沉着脸，盯着火焰。那些人一走，马修就站起来，朝门口走去。

没来得及想，也没来得及计划，我就放出了火龙。**拦住他**，我命令道。火龙飞到他的上方，围着他盘旋，用一团灰雾把马修笼罩住。她接着飞到门口，变成实体，把带有利刺的双翼尖端插进门框。马修靠得太近时，她从嘴里吐出一条火舌发出警告。

“你哪儿也去不了。”我说。我费了很大的力气克制，才不至于提高音量。马修也许力量比我的大，但我不认为他可以击败我的魔宠。“我的火龙有点像沙尔卡：小而凶悍。我不会惹她生气的。”

马修转过来，眼神冰冷。

“如果你生我的气，就说出来。如果我做了你不喜欢的事，就告诉我。如果你想结束这段婚姻，就鼓起勇气彻底地了断，这样我就可以——也许——可以重新再来。因为你如果继续这样看待我，仿佛你后悔和我结婚，你会毁掉我的。”

“我不想结束我们的婚姻。”他干涩地说。

“那就做我的丈夫。”我走近他，“你知道我今天看到那些美丽的鸟飞翔，心里在想什么吗？‘马修就应该是这个样子，只要他可以自由做自己。’而且，当我看到你把头罩戴在沙尔卡的头上，让她看不见，无法听从她的本能去猎杀，我看到她眼睛里那种遗憾，和自从我失去孩子以来，每天在你眼中看到的遗憾是一模一样的。”

“这跟那个孩子无关。”他的眼睛发出一种警告。

“没错。这跟我有关，也跟你有关，还跟某种可怕到你不愿承认的东西有关：尽管你号称可以掌控生与死，但你掌控不了一切，而且你也不能使我，或其他任何你爱的人免于伤害。”

“你以为我是在失去孩子之后才明白这件事吗？”

“还有什么可能呢？你对布兰卡和卢卡的罪恶感差点毁了你。”

“你错了。”马修双手纠缠在我的头发里，松开编好的发辫，用肥皂洗头后留下的甘菊和薄荷香散发出来。他的双瞳看起来又黑又大。他沉醉于我的体香之中，眼睛也随之恢复了一点绿色。

“那就告诉我是什么。”

“这个。”他伸手抓住我紧身胸衣的边缘，把它撕成两半。然后，他解开系住我上衣宽松的领口，使它不至于从肩膀滑落的带子，让我乳房的上半截暴露在外。他的手指沿着我青色的血管游走，一直伸到衬衣的褶皱里。

“我生命里的每一天都是一场控制自我的战争。我要克服自己的痛苦和随之而来的恶心感。我跟饥饿与口渴搏斗，因为我认为吸食其他生物的血液是不对的——即便是野兽的血也不对，虽然这比吸食一个我在街上可能再次遇到的人让我更容易忍受。”他抬起目光，看着我的眼睛，“而且，我还要跟自己不可言说的占有你身体和灵魂的冲动作斗争，这种占有方式是任何温血动物都无法理解的。”

“你要喝我的血。”我忽然理解了，轻声说道，“你骗了我。”

“我骗了我自己。”

“我告诉过你——很多遍了——你可以喝我的血。”我抓住自己的宽松衬衣，把它撕得更开，头歪向一边，露出颈静脉。“吸吧，我不在乎，我只想要曾经的你。”我忍住一声啜泣。

“你是我的配偶，我绝对不会主动从你的脖子上吸血。”马修替我拉好衣服，他挨着我身体的手指冰凉，“我在麦迪逊喝你的血，是因为当时我太虚弱，无法控制自己。”

“我的脖子怎么了？”我困惑地说。

“吸血鬼只咬陌生人和下属的脖子，不咬情人的，当然也不咬配偶的。”

“支配。”我回想起我们之前关于吸血鬼、血和性的谈话，“还有进食。所以脖子被咬的几乎都是人类。看来那则吸血鬼传说的真相原来是这样。”

“吸血鬼咬配偶这里。”马修说，“靠近心脏的地方。”他的嘴唇贴在我衬衣边缘上方裸露的肉体上。在我们新婚之夜，他吻的就是那里，当时他的情绪亢奋到不可抑制。

“我还以为你亲我那里只是出于平常的情欲。”我说。

“吸血鬼想从这条血管里吸血的欲望一点都不平常。”他的嘴沿着蓝色纹路向下移动了一厘米，再次吻下去。

“但如果不是为了进食和支配，那是为了什么呢？”

“坦诚。”马修迎上我的目光，他的眼睛依然是黑色多于绿色，“吸血鬼保守了太多的秘密，不可能做到完全坦诚。我们永远都不可能用言辞表达所有的秘密，即使尝试这么做，其中大部分还是复杂得无法理解。而且在我的世界里，分享秘密是一种禁忌。”

“‘这不是能告诉你的事情。’”我说，“我已经听过好几遍了。”

“喝情人的血，就会什么都无法隐藏。”马修低头注视着我的乳房，再次用指尖触摸那条血管。“我们把这叫做心脉，这里的血更甜。那里有一种完全占有和归属的意味——但它也需要完全的自制力，不能让随之产生的强烈情绪带着走。”他的声音有点悲伤。

“你不相信自己能控制住，因为你患有血怒。”

“你见过我血怒发作的样子，它是由保护欲引发的。除了我，还有谁对你更危险呢？”

我耸耸肩膀，让宽袍滑落，把胳膊从袖子里抽出来，这样我从腰部以上都完全赤裸了。我摸到裙子上的系带，把它们全部拉开。

“别。”马修的眼睛变得更黑了，“这里没有别人，万一——”

“万一你把我的血喝光了？”我从裙子里走出来，“如果菲利普在听力所及的范围内，你都无法信任自己，那么即使加洛格拉斯和皮埃尔从旁协助，你也做不到的。”

“不能拿这个开玩笑。”

“是不能。”我握住他的手，“这是夫妻之道，也关于坦诚和信任。我没有什么要对你隐瞒的。你不断需要追踪想象中的我的秘密，如果从我的血管里吸血能让你这种需求终止的话，你就应该这样做。”

“这种事吸血鬼是不会只做一次的。”马修警告道，试图挣脱我。

“我也是这样想的。”我的手指穿过他脖子后面的头发，“喝我的血，拿走我的秘密，听从自己的本能声嘶力竭的哀求吧。这里没有头罩或脚带，虽然在别的地方你得不到自由，但在我的怀抱里你应该是自由的。”

我把他的嘴唇拉向我的嘴边。他刚开始的反应是一种尝试，用手揽着我的腰，似乎一有机会就会挣脱逃走。但是他的本能是那么强烈，渴望也可以感觉得到。我与周围世界连接的细线在移动和调整，好像要为这些强烈的情感腾出空间。我慢慢往后退，乳房随着每一次呼吸而起伏。

他显得很恐惧，我看着好心痛，但是恐惧中还有欲望。**恐惧和欲望**。难怪这两者会成为他赢得奖学金的论文《万众之灵》的主题。还有谁能比一个吸血鬼更了解恐惧和欲望之间的斗争呢？

“我爱你。”我小声说着，双手垂到身体两侧。他必须自己动手。我不能主动把他的嘴引向我的血管。

等待让人备受煎熬，但他最终还是低下了头。我的心跳得很快，我听到他深深地吸了一口长气。

“蜂蜜。你总是有蜂蜜的气味。”他诧异地喃喃道，然后尖利的牙齿就刺破了我的皮肤。

上次马修喝我血的时候，曾细心地抹上一点他自己的血，让那块区域麻醉，不让我感觉疼痛。这次他没有那么做，但那片皮肤很快就因为马修嘴巴施加的压力而变得麻木。他双手把我抱起来，让我的背部朝着床的方向。我悬在半空中，等着他满意地发现，我们之间只有爱，别无他物。

大概三十秒钟后，他停了下来，抬起头惊讶地看着我，好像发现了一些出乎意料的事情。他的眼睛里全是黑色，一瞬间，我以为他的血怒就要爆发了。

“没事的，亲爱的。”我轻声说。

马修低下头，喝了更多的血，直到他找到自己所需要的东西。大概过了一分钟，他用和我们塞图尔城堡新婚之夜同样温柔恭敬的表情，亲吻我心脏上方的位置，然后抬起头羞涩地看着我。

“你找到了什么？”我问。

“你，只有你。”马修小声说道。

他吻着我，羞涩很快就变成了饥渴，不久我们就交缠在一起。除了那次贴墙而立的短暂交欢，我们已经好几个星期没有做爱了，我们刚开始很笨拙，必须复习一起动作的节奏。我的身体缠绕得越来越紧。只需要再一次快速俯冲、再一个深吻，我就可以飞上高空。

马修却慢了下来。我们的目光相遇，互相锁定对方。我从没见过他这一刻的模样——脆弱，充满希望，美丽和自由。如今，我们之间再也没有秘密，再没有情绪上的戒备，不会惧怕灾难来临，我们会坠入没有希望存活的黑暗之中。

“你能感觉到我吗？”马修正处于我核心中的一个静止点上。我再次点头。他露出微笑，接着温柔地移动。“我在你的体内，黛安娜，赋予你生命。”

他喝我的血，把自己从死亡的边缘拉回来的时候，我也对他说了同样的话。我一直不知道那时候他能听到我的话。

他重新在我体内移动，重复着这句话，像是在念魔咒。这是世界上最简单最纯粹的魔法形式。马修已经被编织到我的灵魂里，现在又编织进了我的身体，就如同我被编织进他的身体里。在过去的几个月里，我那颗被悲伤的触摸和懊悔的眼神打碎了无数次的心，开始重新被织回原形。

当太阳爬上地平线的时候，我伸手去抚摸他的眉心。

“不知道我是不是也能读懂你的心。”

“你已经读过了。”马修拉下我的手指，亲吻我的指尖，“就是在牛津，你收到你父母照片的那一次。你没有意识到自己在做什么。但你一直都在回答我没办法大声问出来的那些问题。”

“我能再试一次吗？”我问，几乎期望着他说不。

“当然可以。如果你是个吸血鬼，我早就会献上我的血了。”他躺到枕头上。

我犹豫了片刻，静下心，集中思考一个简单的问题。*我怎样才能了解马修的内心？*

一条银色丝线在我的心脏和马修的额头之间闪烁，假如他是个巫师的话，他的第三只眼就在那个地方。这条丝线开始缩短，把我拉近，直到我的嘴唇贴在他的皮肤上。

一大堆影像与声音像烟火般在我的脑海中炸开。我看到了杰克与安妮，菲利普和伊莎波。我看到加洛格拉斯和一些我不认识但在马修的记忆中占有重要地位的人。我看到了埃莉诺和卢卡，他解决了某个科学难题时的胜利心情，骑马到森林中听从本能捕猎和杀戮时发出的欢呼声。我看到了自己，抬头向他微笑。

然后我看到了富克斯先生的脸，那个我在犹太区遇到的吸血鬼，还相当清楚地听见这句话：*我的儿子，本杰明*。

我突然起身，跪坐着，伸手触摸我颤抖的嘴唇。

“什么？”马修坐起来，皱着眉头问。

“富克斯先生！”我惊恐地看着他，担心他已经想到了最糟糕的情况。“我没有意识到他就是你的儿子。他就是本杰明。”那个生物没有一丝血怒的症状。

“这不是你的错。你不是吸血鬼，本杰明只透露他想透露的东西。”马修的声音让人感到宽慰，“我一定察觉到他接近过你——一丝气味，暗示他就在附近。所以我才认为你有什么事瞒着我。我错了。真对不起，我竟然怀疑你，*我的心肝儿*。”

“但本杰明一定知道我是谁。我身上全是你的气味。”

“他当然知道。”马修冷静地说道，“我明天会去找他，但如果本杰明不想被找到，除了提醒加洛格拉斯和菲利普，也没有别的办法。他们会通知家族里的其他人，本杰明又出现了。”

“提醒他们？”

“比血怒发作的本杰明更可怕的是神志清醒的本杰明，就像你在罗乌拉比那里看到的那样。”马修回答，“正如杰克所说，最恐怖的怪物总是看起来跟普通人一样。”

31

那天晚上是我们婚姻的真正开始。马修表现出我前所未见的专注。我们相处至今常常发生的针锋相对、捉摸不定、冲动莽撞等都消失不见了。马修变得有条不紊，深思熟虑——但依然致命。他在城市和附近的乡村里猎食，饮食更加规律。他的肌肉长了分量和力量以后，我才理解菲利普曾经的话：虽然以马修的体型来说不太可能，但他的确因为营养不良而日渐憔悴。

我胸前留下一个银色的月亮，标识出他喝血的位置。它跟我身上的其他伤疤都不一样，不像大多数伤口上会有保护组织增生变硬。马修告诉我,这是他唾液的一种特性造成的,能把伤口封住,却不让它完全愈合。

马修饮用配偶心脏附近的静脉血的习惯，以及我借助女巫之吻进入他思想的新仪式，使我们更加亲密了。我们同床的时候，不一定每次都会做爱，但一旦做爱，事前事后一定会经历这两种绝对坦诚的炙热时刻，同时打消了我和马修最大的担忧：我们有朝一日会被我们的秘密毁掉。即便是在我们不做爱的时候，我们也会用所有恋人都梦寐以求的开放态度轻松交谈。

第二天早上，马修把本杰明的事情告诉加洛格拉斯和皮埃尔。加洛格拉斯的怒火来得快去得也快，但皮埃尔的恐惧却持久不散，每当有人敲门或在市场上靠近我，他的恐惧就会浮现。吸血鬼们不分昼夜地搜寻本杰明，马修则为长途旅行做计划。

但就是找不到本杰明。他就那么消失了。

复活节来了又去，接下来的那个周六，就是我们为鲁道夫安排的春日庆典，活动已进入最后阶段。我和赫夫纳格尔大师用盆栽的郁金香把宫殿的大厅装饰成了姹紫嫣红的花园。宫殿优美的弧形穹顶支撑着柳树枝一样的弓形房顶，让我赞叹不已。

“我们也会把皇帝的橘子树移到这里。”赫夫纳格尔说，各种创意在他的眼睛里闪烁。“还有孔雀。”

表演当天，仆人们把宫殿里和教堂里所有的备用烛架搬进这座回音隆隆的石砌大厅，制造出一种布满星辰的夜空幻象，还在地板上铺满新鲜的灯芯草。我们把通往御用小教堂的楼梯基底作为舞台。这是赫夫纳格尔的主意，因为这样我就可以像月亮出现在天空一样在楼梯顶部现身，马修则用赫夫纳格尔大师的天体观测仪记录我不断变化的位置。

“你不觉得这样做哲学味太浓了吗？”我大声问道，咬着手指。

“这可是鲁道夫二世的宫廷。”赫夫纳格尔冷冷地说，“这里根本没有什么过于哲学化的东西。”

宫廷中的人们列队进来享用晚宴，看到我们设计的场景都连声惊叹。

“他们喜欢。”我和马修藏在人群看不到的帷幕后，我悄声对他说道。我们的盛大出场安排在上甜点的时刻，在那之前，我们就窝在远离大厅的骑士楼梯里。马修讲他当年骑马纵上宽阔的石砌楼梯参加比武的老故事，让我听得津津有味。我怀疑在房间里比武是否可行，他挑起一道眉毛。

“你觉得我们为什么要把这间房子建得这么宽敞，天花板挑得这么高呢？布拉格的冬天非常漫长，而且持有武器且感觉无聊的年轻人是很危险的，让他们高速冲向对方比跟邻国爆发战争要好得多了。”

有免费供应的葡萄酒和美食助兴，房间里的喧闹声很快就变得震耳欲聋。当甜点经过的时候，我和马修悄悄就位。赫夫纳格尔大师为马修画了一些美丽的田园风景图，并小气地只分配给他一棵橘子树，让他坐在树下一张铺了羊毛毯、伪装成岩石的板凳上。我要等到信号才能出场，从小教堂里走出来，站在一扇横立在地上、绘制成战车模样的旧木门之后。

“谅你也不敢把我逗笑。”当马修亲吻我脸颊祈求好运的时候，我警告道。

“我就喜欢挑战。”他小声回答。

当房间里充满音乐的旋律时，朝臣们逐渐安静下来。等全场寂静无声后，马修对着天空举起他的天体观测仪，宣告化装舞会开始。

我已经决定制作这出剧的最好方法是让对话减至最少，舞蹈场面增加到最多。不说别的，谁想在饱餐一顿之后，坐在那里听人演讲呢？我已经参加过足够多的学术活动，知道那不是一个好主意。帕塞蒂老师也很乐意教一些宫女跳“流浪星星之舞”，这样马修在等待他心爱的月亮升起时，就有很多天体可以观察了。宫中名媛也在其中扮演了角色，穿着珠光宝气的华丽服装，顿时为这场化装舞会添上小学生游艺会的色彩，观众就像那些欣赏自己孩子的家长。马修做出极度痛苦的表情，好像他不确定自己能否在台上再忍受一分钟。

舞蹈结束后，乐师们用一阵鼓声和喇叭长鸣提示我入场。赫夫纳格尔大师已经在小教堂的门上装上了一块帘布，我应该带着女神的风采（而且不用像彩排时那样把月亮型头饰插在衣服上）推开帘布，迷恋地低头看着马修。而他呢，若女神保佑，也该欣喜若狂地注视着我，目光一点都不能转动，也不能挑逗地看着我的胸。

我很快就进入了角色，深深吸了一口气，自信满满地推开帘幕，试着像月亮一样凌空滑翔。

整个宫廷都惊呆了。

我对自己的出场很满意，低头望向马修。他的眼睛瞪得像茶碟一样圆。

哦，不要。我用脚趾去触碰地板，但就像我怀疑的那样，我已经离地好几英寸了——而且还在上升。我伸出一只手抓住战车的边缘，稳住身形，看到一道明亮的珍珠般的光芒从我的皮肤上散发出来。马修朝我那顶饰有银色新月的头冠偏了一下头。因为没有镜子，所以我看不到它是什么样子的，但是感觉糟透了。

“女神！”鲁道夫站起来鼓掌道，“太棒了！完美的效果！”

廷臣也犹豫地跟着鼓掌，其中有几个人先在胸前画了十字。

屋子里的所有人都注视着我，我双手在胸前合握，对马修眨眼睛，他却用凝重的微笑回应我爱慕的眼神。我集中注意力，让自己落到地面上，以便走向鲁道夫的王座。他扮演宙斯，高踞在皇宫阁楼中能找到的雕饰最华丽的家具之上。那家具丑陋得出奇，却很适合这种场合。

幸运的是，当我走向皇帝的时候，身上不再那么闪闪发光了，观众也不再像盯着罗马烟花筒似的盯着我的脑袋了。我屈膝行礼。

“你好，女神。”鲁道夫发出雄浑的声音，自以为这样才有神的气派，但这只是一个表演过火的经典例子罢了。

“我爱上了俊美的恩底弥昂。”我站起身，回头指着楼梯，那是马修躺在柔软的羽毛床上假装睡着的地方。这段台词是我自己写的。（马修曾建议我说：“如果你不让我安宁，恩底弥昂会撕烂你的喉咙。”我否决了这个建议，也没引用济慈的诗句。）“他看起来如此安详。虽然我是一个女神，青春常驻，但俊美的恩底弥昂很快就会衰老死亡。我请求您，让他永生不死吧，这样他就能永远陪在我身边了。”

“有一个条件！”鲁道夫喊道，抛弃了假装天神的低沉腹音，只简单地提高了音量，“他必须长睡，再也不醒来。只有那样，他才能永葆青春。”

“感谢您，全能的宙斯。”我说，尽力不让自己的声音听起来像个英国剧团里的喜剧演员，“现在，我可以永远注视着我心爱的人了。”

鲁道夫一脸怒气。没让他审批剧本真是件好事。

当宫廷侍女们表演她们最后一支舞蹈时，我退回战车上，慢慢倒退回到幕布之后。表演结束时，鲁道夫带领所有宫廷的人员用力跺脚、鼓掌，声音几乎要掀翻屋顶，却唤不醒恩底弥昂。

“起来！”我去向皇帝致谢，谢谢他提供给我们一个取悦他的好机会，经过马修身边时压低声音说。我所得到的回应竟是一声夸张的鼾声。

所以我只得一个人在鲁道夫面前屈膝行礼，发表演讲，夸赞哈伯梅尔大师的天体观测仪、赫夫纳格尔大师的布置和特效，还有高水准的音乐演奏。

“我非常开心，女神——比我期待的要开心得多。你可以向宙斯索要奖赏了。”鲁道夫说，他的眼睛溜到我的肩膀，然后往下来到隆起的胸部。“无论你想要什么，说出来就是你的了。”

房间里的闲聊声停止了。在一片寂静中，我听到了亚伯拉罕的话：*那本书会过来找你，你只要提出要求即可*。真的就是这么简单吗？

恩底弥昂在他柔软的床上动了动。我不想让他干预，两只手就在身后挥舞，示意他继续沉浸在美梦中。所有人都屏住了呼吸，等我提出一种显赫的头衔、一块土地，或一大批金子。

“陛下，我想看一下罗杰·培根的那本关于炼金术的书。”

“您的胆子真大啊，婶婶。”加洛格拉斯在回家的路上敬佩地小声说，“更别提口才了。”

“哦，多谢夸奖。”我开心地说，“对了，化装舞会的时候，我的头怎么了？人们都盯着我的头。”

“小星星从月亮中升出来，然后消失。我可不担心。那看起来如此真实，每个人都会认为那是幻觉。毕竟鲁道夫的贵族大部分都是人类。”

马修的回答则更加谨慎：“先别太得意，亲爱的。在那种情况下，鲁道夫除了答应你没有别的选择，但他还没有拿出那本手抄本。你在跳一支非常复杂的舞。而且我们可以肯定皇帝一定会要求你付出某种代价，才让你看他的书。”

“他还来不及坚持，我们就跑掉了。”我说。

结果证明马修的谨慎是对的。我曾以为我们两个第二天就会接到邀请,私底下去观看那件宝贝,然而这样的邀请并没有发过来。几天后，我们收到一份正式的召见诏书，让我们进宫和一些前程似锦的天主教神学家一起用餐。皇帝在诏书中承诺，餐后会有几个经过挑选的客人，被邀请到鲁道夫的寓所，参观皇上收藏品中几件特别神秘而有宗教意义的宝物。在拜访者当中，有一个人叫约翰内斯·皮斯托瑞斯，他生长在路德教派家庭，后来皈依了加尔文教派，现在即将要成为天主教神父。

“我们中计了。”马修不断用手指爬梳着自己的头发说，“皮斯托瑞斯是个危险人物，一个无情的对手，还是一个巫师。再过十年，他会回到这里做鲁道夫的告解神父。”

“他真的是圣会挑中的继任者吗？”加洛格拉斯轻声问。

“是的。他就是巫师们巴不得选作代言人的那种知识分子流氓。黛安娜，我不是要冒犯你。现在巫师们正处在一个艰难时代。”他承认道。

“我没觉得受冒犯。”我温柔地说，“但他现在还不是圣会的成员，你却是。如果他想制造麻烦，那么在你的监视下，又能有多大成功的可能呢？”

“非常大——否则鲁道夫就不会让他来跟我们一起吃饭了。皇帝在划清战线，集结人马。”

“确切来说，他打算为了什么而战呢？”

“手抄本——还有你。他两者都不会放弃的。”

“我告诉过你，我是非卖品，也不是战利品。”

“你不是。但在鲁道夫看来，你是一块无主的领土。鲁道夫身兼奥地利大公，匈牙利、克罗地亚和波希米亚的国王，是摩拉维亚的总督以及神圣罗马帝国皇帝。他还是西班牙菲利普国王的侄子。哈布斯堡家族是一个好战而贪得无厌的家族，凡是他们看中的东西，无论如何都不会放弃的。”

“马修不是在娇惯你，婶婶。”我正要抗议，加洛格拉斯就阴沉地说，“假如你是我的妻子，第一件礼物送到的当天，你就已经不在布拉格了。”

由于形势非常微妙，皮埃尔和加洛格拉斯护送我们去皇宫。我们朝马修曾协助设计的那座大厅走去，三只吸血鬼和一个女巫同行，不出意外地引起很多人的注意。

鲁道夫让我坐到他旁边，加洛格拉斯像一个彬彬有礼的仆人，在我椅子后面选了一个位置。马修被安排在宴会桌的另一头，由殷勤的皮埃尔伺候。对于一个漫不经心的观察者来说，马修此刻非常享受，他身边是一群喧闹的女士和年轻男人，这些年轻人渴望寻找一个比皇帝还要有魄力的榜样。阵阵笑声不时从马修那个小朝廷那里传过来，陛下阴郁的心情越发开朗不起来了。

“约翰内斯神父，为什么一定要有这么多的杀戮呢？”鲁道夫对他左侧那位肥胖的中年医生抱怨道。皮斯托瑞斯还要等好几个月才能上任，但怀着改宗者典型的狂热，他一点也不反对提前使用神职头衔。

“因为异端邪说和非正统观念一定要彻底铲除，陛下。否则它们就会找到新的土壤再次生根发芽的。”皮斯托瑞斯垂下眼帘看着我，目光中充满刺探。我的巫师之眼睁开了，对他企图吸引我注意的粗鲁行为非常恼怒，这和尚皮耶搜寻我秘密的方式惊人地相似。我开始讨厌受过大学教育的巫师了。我放下餐刀，回瞪他。他首先停止了对视。

“我父亲认为宽容是更明智的策略。”鲁道夫回答，“而且你研究过犹太卡巴拉教的智慧。有些神父会认为那是异端邪说。”

马修敏锐的听力使他能像沙尔卡追逐松鸡一般，把我的交谈内容听得一清二楚。他皱起了眉头。

“皮斯托瑞斯先生，我丈夫告诉我你是一个医生。”用这个话题让谈话继续，不算很流畅，但还算奏效。

“是的，罗伊登夫人。或者说我本来行医，后来把重心从肉体保存转到了灵魂救赎。”

“约翰内斯神父以治疗瘟疫闻名。”鲁道夫说。

“我只是上帝意志的执行工具，祂才是唯一真正的治愈者。”皮斯托瑞斯谦逊地说，“出于对我们的爱，上帝创造了许多自然疗法，在我们不完美的身体里产生了神奇的效果。”

“哦，是的。我记得你提倡把牛黄当做治疗疾病的万能药。女神最近生病的时候，我送了她一颗牛黄石。”鲁道夫赞许地对他微笑。

皮斯托瑞斯仔细打量我：“您的疗法显然有效，陛下。”

“是的，女神已经痊愈了，她看上去很好。”鲁道夫说。他仔细观察我的时候，下嘴唇更加突出了。我穿着一件款式简单的有白色刺绣的黑色长衫，外面是一件黑色丝绒的长袍。薄纱般的飞边映衬着我的脸庞，马修送的火蜥蜴项链上的红宝石垂挂在领口，成为一身素净颜色中唯一的彩色。鲁道夫的注意力集中在那件美丽的首饰上。他皱着眉头，向一个仆人示意了。

“很难说是胃石,还是马克西米利安皇帝的试剂更有效果。”我说,趁鲁道夫在小声跟人交谈的时候，望向哈耶克医生求助。他正在对第三道用猎物做成的菜大快朵颐，狂咳一阵把一口鹿肉咽下去，然后为我解围。

“我认为舐剂更管用，皮斯托瑞斯医生。”哈耶克承认道，“我在一个用独角兽的角做成的杯子里调配这种药剂。鲁道夫皇帝认为这么做可以提高疗效。”

“女神也是用这种角做的勺子喝下了舐剂。”鲁道夫说，现在他的目光游移在我的嘴唇上，“为了确保万无一失。”

“这套杯子和勺子也在我们今晚要参观的您的宝藏之中吗，陛下？”皮斯托瑞斯问。我和这个巫师之间的空气忽然噼啪作响，仿佛有了生命。这位医生神父周围的丝线迸发出汹涌的红色和橙色，提醒我将会有危险。然后他露出微笑。**我不信任你，女巫，**他在我脑中小声说。**你的准情人鲁道夫皇帝，也不信任你。**

我正咀嚼的野猪肉——一道有着迷迭香和黑胡椒味道的美味菜肴，据皇帝说，这道菜有温筋活血的功效——在我口中化为尘泥。它没有发挥预期的效果，反而让我的血液冷却了。

“有什么不对劲吗？”加洛格拉斯俯下身，低声问道。他递给我一条围巾，虽然我没有要求，也不知道他带了围巾。

“皮斯托瑞斯受邀到楼上看那本书。”我转头面向他，用英语说得很快，减少被别人听懂的风险。加洛格拉斯散发出海盐和薄荷的气味，有支持和重建信心的双重效果。我的情绪稳定了下来。

“交给我吧。”他回答，捏了一下我的肩膀。“顺便说一下，你有点发亮，婶婶。今晚最好不要让人看到那些星星。”

发出警告后，皮斯托瑞斯转而谈论其他话题，让哈耶克医生也加入一场有关糖浆的医用功效的激烈讨论中。鲁道夫则轮流用忧郁的眼神瞟着我，怒视着马修。我们越是可能看到《阿什莫尔782号》手抄本，我的胃口就越差，只好找隔壁的贵妇攀谈。又上了五道菜——包括一大排金黄色的孔雀肉，和一组把烤猪肉和小乳猪组成戏剧化画面的拼盘——然后这场宴席终于结束了。

“你看起来很苍白。”马修说，匆匆把我从桌旁带走。

“皮斯托瑞斯怀疑我。”这个人让我想起了彼得•诺克斯和尚皮耶，而且原因很相似。“知识分子流氓”是描述他们两个人的最佳词语了，“加洛格拉斯说他会处理。”

“难怪皮埃尔跟着他去了。”

“皮埃尔要做什么？”

“确保皮斯托瑞斯活着离开这里。”马修开心地说，“如果让加洛格拉斯为所欲为，他会掐死这个人，把他扔进雄鹿城壕，给狮子们当夜宵。我侄子几乎像我一样地保护你。”

鲁道夫和受邀的客人一起来到他的内室：就是我和马修看过的博斯祭坛画的那个私人画廊。奥塔维奥・斯特拉达在那里迎接我们，带我们参观藏品，回答我们提出的问题。

我们进入房间的时候，马修的祭坛画仍然放在那张铺着绿毯的桌子中央。鲁道夫在它的周围摆上了其他物件，供我们观赏。客人们对博斯的作品大加赞赏，我打量了一下这个房间。这里有一些用不算太贵重的宝石做成的漂亮杯子、一串象征职务的彩色链子、一只号称取自独角兽的长角、一些雕像，还有一件塞舌尔坚果雕刻品——集昂贵、药用和异域特色于一身。但是没有炼金术手抄本。

“它在哪儿呢？”我对马修小声说。他还没来得及回答，我就感到有一只温暖的手搭在我手臂上。马修一下僵住了。

“我为你准备了一件礼物，*亲爱的女神*。[1]”鲁道夫的呼吸中有股洋葱和红酒的味道，我的胃翻来覆去，表示抗议。我转过身，以为能看到《阿什莫尔 782 号》手抄本，但皇帝拿着的却是那条彩色链子。我刚要反对，他就把链子套过我的头顶，挂在我肩上。我低头看去，只见一条绿色的衔尾蛇挂在一圈红色的十字架上，上面镶满了绿宝石、红宝石、钻石和珍珠。这种颜色组合让我想起了梅塞尔先生送给本杰明的珠宝。

“陛下，您送这件礼物给我妻子很奇怪。”马修轻声说。他正站在皇帝背后，厌恶地看着这条项链。这是我第三条同类型的项链，而且我知道这符号背后一定有某种意义。我拿起衔尾蛇，细看上面的珐琅。事实上不该称它为衔尾蛇，因为它有脚，看起来更像是一只蜥蜴或火蜥蜴，不像蛇。一个血红色的十字架出现在蜥蜴那被剥了皮的背上。最重要的是，它并没有把尾巴含在自己嘴里，而是被尾巴缠住喉咙，像是快要被勒死。

“这是敬意的标志，罗伊登先生。”鲁道夫在马修的姓氏上做了微妙的强调，“这条项链曾属于瓦迪斯瓦夫国王，后来传给了我祖母。这个标志属于一个勇敢的匈牙利军团，名叫屠龙骑士团。”

“龙？”我看着马修，轻声说。那只蜥蜴的腿又粗又短，所以应该是一头龙。但是这图案和克莱蒙家族的衔尾蛇族徽惊人地相似——只不过这条衔尾蛇以非常缓慢而痛苦的方式死去。我想起了富克斯先生的誓约——本杰明的誓约——无论在哪里发现龙，都要杀死。

“这头龙象征我们的敌人，尤其是那些企图妨碍皇族特权的人。”鲁道夫的语气彬彬有礼，其实却是对整个克莱蒙家族宣战，“如果下

---

① 原文为西班牙语 querida diosa。

次你进宫时戴着这条项链，我会很开心的。”鲁道夫的手指轻轻地摸着我胸前的龙，然后停在那里不动。“这样你就可以把你的法国小蜥蜴留在家里了。”

马修紧紧盯着那条龙和皇帝的手指，鲁道夫言语侮辱到了火蜥蜴，他的眼睛变黑了。我试图像玛丽·西德尼一样思考，想到了一个暂时还算得体，且可以安抚吸血鬼的应对方法。至于我那遭受摧残的女权意识，只能以后再处理了。

“我要不要戴您的礼物，得由我丈夫决定，陛下。”我冷漠地说，强忍着没有躲开鲁道夫的手指。我听到有些人倒吸了一口气，还听到一些小声的议论。但是我唯一在乎的是马修的反应。

“我觉得，在今晚剩下的时间里你没有任何理由不戴着它，**我的心肝儿**。”马修欣然说道。他已经顾不得英格兰女王的使者说话有法国贵族口音了。“火蜥蜴和龙毕竟是亲戚。它们为了保护自己所爱的人，都必须承受火的试炼。皇帝又那么仁慈，愿意让你看他的书。”马修四处看了看，“但是，斯特拉达先生的办事效率似乎又出了问题，因为那本书不在这里。”我们又少了一条退路。

“还不到时候，还不到时候。”鲁道夫烦躁地说道，“我还有一样东西要先给女神看看。去看看我从马尔代夫弄来的坚果雕刻吧，它是独一无二的。”除了马修，所有人都顺从地朝着斯特拉达手指的方向走去，“你也要去，罗伊登先生。”

“当然。”马修喃喃道，模仿他母亲的口吻简直是天衣无缝。他慢慢地跟在人群后面。

“这里有件我特别交代要拿出来的东西，是约翰内斯神父帮我取得的宝物。”鲁道夫在房间中看了一圈，但没有找到皮斯托瑞斯。他皱起了眉头，“他去哪儿了，斯特拉达先生？”

“我们离开大厅之后，我就没看到他，陛下。”斯特拉达回答。

“你！”鲁道夫指着一个仆人，“去找他！”那人立刻跑步离开。皇帝恢复了镇定，把注意力放回我们面前那件奇怪的物品。它看起来就像是一个雕工粗糙的裸体男人。“女神，这个就是传说中埃彭多夫的树根。一个世纪以前，有个女人从教堂偷了一块圣饼，在月圆之夜把它埋在了自己的花园里，以增加土壤的肥力。第二天早上，他们发现了一棵巨大的卷心菜。”

“从圣饼里长出来的？”一定是翻译过程中遗漏了什么东西，否则就是我对基督教圣餐本质的理解有误。*黛安娜之树*是一回事，*卷心菜*则是截然不同的另一回事了。

“是的。那是一个奇迹。而且当这棵卷心菜被挖出来的时候，它的根呈现出基督身体的形状。”鲁道夫把这个东西递给我。它戴了一顶镶满珍珠的金王冠，应该是后来加上去的。

“太迷人了。”我努力装出感兴趣的表情和语调。

“我想让你看这个东西，一方面是因为它和你想看的那本书中的一幅画很像。奥塔维奥，叫爱德华过来。”

爱德华·凯利走了进来，把一本用皮革装订的书抱在胸前。

我一看到这本书，就知道没错。即使和那本书隔了一整个房间的距离，我还是全身刺痛。它的力量是很明显的——比博德利图书馆那个改变我一生的 9 月夜晚更加强大。

这就是失落的那个阿什莫尔手抄本——此时它还没有落入伊莱亚斯·阿什莫尔手中，也没有失落。

“你坐这里，坐我身边，我们一起来看这本书。”鲁道夫指了指一张桌子和两把椅子，摆放的方式便于人们亲密交谈。“爱德华，把书给我。”鲁道夫伸出手，凯利不情愿地把书放在他手上。

我用询问的目光看了马修一眼。假如这手抄本像它在博德利图书馆时那样发起光来，或有其他怪异表现怎么办？如果我不能让自己的思维停止探询这本书和书中的秘密，怎么办？如果魔法突然在这个节骨眼上爆发，结果将是灾难性的。

这就是我们来这儿的原因，他自信地点了点头。

我坐在皇帝旁边，斯特拉达带领房间里的朝臣去观赏独角兽的角。马修慢慢地走近。我盯着面前的书，几乎不敢相信完整的《阿什莫尔 782 号》手抄本终于出现了。

“怎么样？”鲁道夫询问道，“你要打开它吗？”

“当然。”我说着，把书拉得更近了。书页里没有发出彩色光芒。为了作比较，我把手掌放在封面上等了一会儿，就像我当初把它从书库里抽出来时一样。当时它像认识我似地发出一声叹息，好像它一直在等我出现。这一次，这本书却安静地躺着。

我迅速翻开正面包着兽皮的木板，露出一页空白的羊皮纸。我迅速回想几个月前所见。有朝一日，阿什莫尔和我父亲都会在这一页上写上书名。

我翻动这一页，感到同样一种神秘的重量。终于翻过去时，我倒抽了一口气。

《阿什莫尔 782 号》手抄本的第一页，也就是丢失的那一页，上面画了一棵光彩夺目的树。树干多节，长满了木瘤，粗大而弯曲。树枝从树干顶上长出来，弯弯曲曲地在书页上伸展着，树枝末梢违反常理地同时长出了树叶、鲜红的果实和花朵。它很像玛丽用我和马修的血做出的那棵*黛安娜之树*。

我弯腰细看，一口气噎在喉咙里。树干不是由木头、树汁和树皮组成的，而是数百具身体——有的在疼痛中扭动、翻滚，有的平静地缠绕在一起，还有的孤单而恐惧。

在这一页的底部，用 13 世纪末的字迹写着罗杰·培根给它起的名字：*真正秘密中的秘密*。

马修的鼻孔翕张，好像在努力辨别一种气味。这本书确实有一种奇怪的气味——我在牛津已注意到的那种霉味。

我又翻了一页。这是寄给我父母、后来由毕晓普家族珍藏多年的那一页：一只凤凰展开了翅膀上的化学婚礼图，神话与炼金传说中的异兽为太阳和月亮的结合做见证。

马修看起来很震惊，瞪着这本书。我皱起眉头。他离这本书太远，看不清楚。那么是什么让他震惊呢？

我很快又把化学婚礼图翻了过去。失落的第三页画的是两条炼金术的龙，它们的尾巴缠绕在一起，身体也缠绕在一起，不知是在交战还是拥抱——完全无法判断。它们的伤口血流如雨，滴入一个盆子，盆里又跳出几十个赤裸的苍白人形。我从没见过这样的炼金图画。

马修站在皇帝肩后，我本来以为他是因为看到新奇的图画，从惊讶变成兴奋，会凑上来破解书中的秘密。但是，他的表情就像是看到鬼一样。他用苍白的手捂住了嘴巴和鼻子。我担心地皱眉，马修却点头示意我继续。

我深吸了一口气，翻到了应该是我在牛津见到的第一幅诡异的炼金术图画。正如我所料，画里有一个女婴和两朵玫瑰花。出乎意料的是，她周围的每一寸空间都写满了文字，其中夹杂了许多奇怪的符号，还有些零散的字母。在牛津大学博德利图书馆，这些文字都被一道魔咒给隐藏起来了，使这本书看起来像一个用魔法削去字迹后的新写本。现在，书是完整的，所以这些秘密的文字全部呈现出来了。虽然我看得见，却仍然无法解读。

我的手指沿着一行行文字滑动。我的触摸使这些文字恢复了原状，把它们变成了一张脸、一个轮廓、一个名字，好像这些文字在试图讲述一个涉及成千上万个生物的故事。

"你要什么，我就给你什么。"鲁道夫说，他热乎乎的气息喷到了我的脸上，我又闻到了洋葱和葡萄酒的气味，这跟马修清洁而带有香料的气息截然不同。而且鲁道夫的体温让我很反感，因为我已经习惯了吸血鬼的冰冷。“你为什么选中这本书呢？虽然爱德华认为这当中有惊天的秘密，可是没人能看得懂。”

一只长臂伸到我们中间，轻轻地摸了一下书页。“啊，这和你偷换给可怜的迪伊博士的那份手抄本一样毫无意义。”马修的表情和他的话全然不相符。鲁道夫可能没看见马修下巴上的肌肉抽搐，也不知道马修全神贯注的时候，眼睛周围的细纹会加深。

“不见得。”我急忙说，“炼金术文字需要研究和思考，才能充分理解。如果我多花些时间……”

“即使那样，也需要上帝特别的恩赐。”鲁道夫怒视着马修，“爱德华享有上帝没给你的祝福，罗伊登先生。”

“哦，他是受到祝福没错。”马修说着，看了看凯利。这个英格兰炼金术士手里一没有那本书，行为就变得奇怪。有很多细线把他和这本书连在一起。但凯利为什么跟《阿什莫尔782号》手抄本有关系呢？

当这个问题出现在我脑海里的时候，把凯利和阿什莫尔手抄本连接在一起的黄白两色细线出现了新的变化。这两种颜色的细线既没有像平常那样紧紧地缠绕在一起，也没有以垂直和水平交织的方式合成一条线，而是两股线沿着一个看不见的核心，松散地缠绕在一起，就像生日礼物包装上扭转的丝带。中间有许多条短短的水平线，将卷曲的线隔开，不让它们彼此碰触。看起来就像——

双螺旋。我捂住嘴巴，低头凝视着手抄本。因为我摸过这本书，所以它的霉味留在我的手指上。这气味很重，带着腥味，就像——

血与肉。我看向马修，知道我现在脸上的表情简直就是刚才他脸上表情的翻版。

“你看起来不舒服，*我的心肝儿*。”他关切地说着，扶我站起来。

“我送你回家吧。”爱德华·凯利偏偏选择在这个时候发作。

“我听到了他们的声音，他们说一些我听不懂的话。你们能听到吗？”

他发出痛苦的呻吟，双手捂住耳朵。

“你在说什么？”鲁道夫说，“哈耶克医生，爱德华有点不对劲。”

“你也会在其中找到自己的名字。”爱德华对我说。他的声音越来越大，好像要试图盖过另外那个声音。“我一看到你就知道了。”

我低头望去。卷曲的线把我和那本书连了起来——只不过我的丝线是紫、白二色。把马修与那本书连起来的则是红、白二色。

加洛格拉斯不请自来，也没有人宣告他的到来。一个魁梧的侍卫跟在他后面，一只手抱着自己无力下垂的手臂。

“马准备好了。”加洛格拉斯向我们通报，手指着出口。

“你没有获准就进来了！”鲁道夫喊道，所有精心的安排都被打乱了，让他勃然大怒。“还有你，*女神*，不准离开。”

马修对鲁道夫完全置之不理，抓起我的手臂，大步朝门口走去。我能感到这本手抄本在拉扯着我，那些细线也在把我往回拉。

“我们不能丢下那本书。它是——”

“我知道它是什么。”马修板着脸说。

“拦住他们！”鲁道夫尖叫。

但断了胳膊的那个侍卫已经吃过愤怒吸血鬼的亏，是不会再找马修试运气了。他双眼向上一翻，晕倒在地上。

我们飞快走下楼梯。加洛格拉斯替我把斗篷披上肩头。另外两个侍卫——都不省人事了——躺在楼梯最下面。

“回去取书！”我命令加洛格拉斯，限制活动的紧身胸衣和跑过庭院的速度，让我喘不过气，“我们既然知道了它是怎么回事，就不能让它落到鲁道夫手上。”

马修停下脚步，手指抓进我的胳膊。“不拿到手抄本，我们就不离开布拉格。我会回来取走它，我保证。但我们得先回家。我拿到书往家里赶的时候，你必须让孩子们做好出发的准备。”

“我们已经没有退路了，婶婶。”加洛格拉斯严肃地说，“皮斯托瑞斯被关在白塔里。我杀了一个侍卫，伤了三个。鲁道夫对你动手动脚，我恨不得杀了他。”

“你不明白，加洛格拉斯，那本书有可能会解开所有谜题。”马修再度拉着我跑之前，我奋力说出这几句话。

“哦，我懂得的事情比你以为的要多。”加洛格拉斯的声音在我耳畔的风中飘扬。“我在楼下击倒那几个侍卫的时候，就闻到了它的气味。那本书中有死去的血族。我打赌一定还有巫师和精灵。谁曾想到这本丢失的生命之书会发出天堂都能闻到的尸臭味呢？”

32

“谁会做这样的一个东西呢？”二十分钟后，我颤抖着坐在一楼正厅里的壁炉旁边，手里捧着一大杯药草茶。“太可怕了。”

像大多数手抄本一样，《阿什莫尔 782 号》抄录在牛皮纸之上——这种皮革有着特别的工序，要先泡在石灰水中，去掉毛发，刮净皮下几层脂肪和肉，然后再度浸泡，用木架撑开，再刮洗一遍。

不同的是，这批皮纸的原料不是来自绵羊、小牛或山羊，而是精灵、吸血鬼和巫师。

“它肯定是被当做了一个记录本。”马修仍试图提出一个合理的解释。

“但它有好几百页。”我无法置信地说。光是想到有人剥下这么多精灵、吸血鬼和巫师的皮，做成皮纸，就觉得无法理解。我不知道今晚是否还能睡得着。

“这意味着那本书里包含着几百种不同的 DNA。”马修抓了不知多少次头发，看起来像一只刺猬。

“我们和《阿什莫尔 782 号》手抄本之间的丝线，看起来像一个双螺旋。”我说。我们不得不向加洛格拉斯解释现代遗传学知识，他因为欠缺后来四个半世纪的生物学和化学训练，听得十分辛苦。

“这么说，D-N-A 就像一本家谱，但它的分支涵盖了不止一个家族？”加洛格拉斯慢慢地拼出“DNA”三个字母，在每个字母之间都停顿一下。

“是的。”马修说，“就是这么回事。”

“你看见第一页的那棵树了吗？”我问马修，“树干由人体组成，树上同时开花、结果、长叶，就像我们在玛丽的实验室里创造的黛安娜之树一样。”

“没有，但我看到了嘴里衔着自己尾巴的那个动物。”马修说。

我努力回忆看过的东西，但我过目不忘的本事在我最需要它的时候令我失望。需要吸收的新信息实在太多了。

“那幅图描绘的是两只生物在搏斗——或拥抱，我分不清是哪种情况。我来不及数它们有几条腿。它们流出的血产生了数百只新生物。如果其中一只不是四条腿的龙，而是蛇……”

“如果其中还有一只两条腿的火龙，那么这对炼金术的龙就可能象征我和你。”马修轻声咒骂，情绪亢奋。

加洛格拉斯一直耐心地听我们说完，然后重新回到他原来的问题。“这个 D-N-A 活在我们的皮肤里吗？”

“不只是你的皮肤，还有你的血液、骨头、头发、指甲——它遍布你的全身，”马修解释道。

“哦。”加洛格拉斯摸着他的下巴，“你究竟想知道什么样的问题的答案呢？为什么说这本书可能有所有的答案？”

“我们为什么和人类不同。”马修简单地说，“为什么像黛安娜这样的女巫可以怀上吸血鬼的孩子。”

加洛格拉斯笑得很开心。“你是说你的孩子啊，马修。在伦敦的时候，我就知道婶婶可以做得到。她一直有种与众不同的独特气味——还有你的气味。菲利普知道吗？”

“几乎没人知道。”我连忙说道。

“汉考克知道，弗朗索瓦丝和皮埃尔也知道。我猜有人会把详情告诉菲利普。”加洛格拉斯站了起来，“那么就让我来拿回婶婶的那本书。如果它和克莱蒙家族的小孩有关，我们就必须拿到它。”

“鲁道夫会把它锁起来，或者抱着入睡。”马修预测道，“把它从宫里弄出来可不是件简单的事。万一他们找到了皮斯托瑞斯，他又施法作梗的话，那就更难了。”

“说起鲁道夫，我们能把那条项链从婶婶的肩膀上拿下来吗？我讨厌那个该死的徽章。”

“乐于从命。”我说着，扯掉了那条项链，把那个华而不实的东西扔到了桌子上。“屠龙骑士团和克莱蒙家族究竟有什么关系呢？我认为他们肯定不是拉撒路骑士团的朋友，因为那条可怜的衔尾蛇被剥掉了一部分皮，还想勒死自己。”

“他们恨我们，巴不得我们死。”马修平淡地说，“我父亲对伊斯兰教和奥斯曼土耳其持开放态度，德古拉斯蒂家族反对，发誓要把我们通通打倒。那样的话，他们才能毫无阻碍地实现政治野心。”

“而且他们想要克莱蒙家族的钱。”加洛格拉斯说。

“德古拉斯蒂？”我的声音非常低，“但德古拉是个人类神话啊——用来散播对吸血鬼的恐惧。”它是关于吸血鬼的*初始*神话。

“那个家族的族长真龙弗拉德，听了会很惊讶的。”加洛格拉斯说，“不过他如果知道自己能一直让人害怕，应该也很高兴。”

“人类所谓的德古拉——人称刺穿者的真龙之子——只是弗拉德众多子孙中的一个。”马修说。

“刺穿者就是个卑鄙的杂种。幸好他现在已经死了，我们只需要担心他的父亲、他的兄弟们，还有他们的朋友巴托里家族[①]。”加洛格拉斯看上去有一点愉快。

“根据人类的记载，德古拉活了好几个世纪——说不定现在还活

① 匈牙利贵族世家。

着。你确定他真的死了吗？”我问道。

“我亲眼看着鲍德温扭下他的脑袋，埋在距离他尸体三十英里远的地方。他当时真的死了，现在也真的死了。”加洛格拉斯用责备的眼光看着我，“你不会愚蠢到去相信这些人类传说吧，婶婶。这些传说从来没有一丝一毫是真实的。”

“我记得本杰明也有一个那样的龙徽章，是梅塞尔先生给他的。当皇帝拿出来的时候，我注意到它们的颜色很相似。”

“你告诉我本杰明离开了匈牙利。”马修对他的侄子责怪道。

“他的确离开了，我发誓。鲍德温命令他离开，否则就会落得和刺穿者一样的下场。你应该见过鲍德温的脸，即便是魔鬼也不敢违背你哥哥的意愿。”

“太阳升起的时候，我希望我们所有人都离开布拉格，越远越好。”马修阴沉地说，“有些事很不对劲，我能闻得出来。”

“那也许不是个好主意。难道你不知道今晚是什么日子吗？”加洛格拉斯问道。马修摇了摇头。“是五朔节之夜。人们在城里到处点燃篝火，焚烧女巫的雕像——如果能烧真人，当然更好。”

“天哪。”马修又把手指插入自己的头发，使劲地左右摆动。“至少这些篝火会分散一些注意力。我们必须设法绕开鲁道夫的侍卫，潜入他的私人房间，找到那本书。然后，无论有没有篝火，我们都要离开这座城市。”

“我们是血族，马修。如果有人能偷到那本书，我们也能。”加洛格拉斯自信地说。

“不会像你想得那么简单。我们也许能进去，但出得来吗？”

“我可以帮忙，罗伊登先生。”与加洛格拉斯的男低音和马修的男中音相比，杰克的声音听起来像长笛声。马修转过身来，怒视着他。

“不行，杰克。”他坚决地说，“你不准偷东西，记得吗？再说你只去过皇宫里的马厩，根本不知道该去哪里找。”

“呃……严格来说并非如此。”加洛格拉斯看起来有点不安，“我带他去过大教堂，还去大厅看你以前在骑士阶梯的墙壁上画的漫画。哦，对了，他还去过厨房。”加洛格拉斯好像刚刚想起来，“他当然也去过那个动物园，不让他看看那些动物是很残忍的。”

“他也和我一起去过那座城堡。”皮埃尔在门口说，“我不想让他有一天去冒险的时候迷路。”

“皮埃尔，你带他去过哪里？”马修冷冰冰地问道，“宝座厅吗？这样他就能在王座上跳来跳去了吗？”

“没有，**老爷**。我带他去过那个铁匠铺，还带他去见过赫夫纳格尔大师。”皮埃尔挺起他相对而言算是矮小的身材，直视他的主人。“我认为他该拿他的画给一个在这方面真正有技巧的人看。赫夫纳格尔大师对他很欣赏，当场就用水墨给他画了一幅肖像，算是奖励。”

“皮埃尔还带我去了侍卫室。”杰克小声说，“我在那儿拿到了这些东西。”他举起一串钥匙，“我只想看看独角兽，因为我想象不出独角兽是怎么爬楼梯的，我猜它们一定长有翅膀。后来加洛格拉斯老爷带我去看骑士楼梯——我非常喜欢您画的那只奔跑的鹿，罗伊登老爷。那些侍卫们在聊天，我不是全部都能听懂，但我听见ein horn[①]这个词，我想说不定他们知道它在哪里，所以——”

马修抓住杰克的肩膀，蹲下来跟他四目相对。“如果他们抓到你，你知道会怎么处罚你吗？”我丈夫看起来和这个小男孩一样害怕。

杰克点了点头。

“那么为了看独角兽，值得挨这一顿打吗？”

① 德语，意为“一只角”。

“我之前也挨过打。但除了皇帝动物园中的狮子，还有罗伊登夫人的龙之外，我从没见过一头魔法怪兽。”杰克看上去吓坏了，用手捂住嘴巴。

“看来你也见到那个东西了？布拉格还真是一个让人大开眼界的地方啊。”马修站起来，伸出手说道：“把钥匙给我。”杰克不情愿地交给他。马修朝杰克鞠了一躬，“我欠你一个人情，杰克。”

“但我做了坏事。”杰克小声说。他揉了揉自己的屁股，好像已经感受到马修迟早加到他身上的惩罚。

“我一直在做坏事。”马修坦白道，“有时候，坏事也会变成好事。”

“是啊，但没有人会打你。”杰克说，仍在努力理解在这个奇怪的世界里，大人会欠小孩子的人情，自己心目中的英雄也不是完美的。

“有一次，马修的父亲用一把剑教训他，我亲眼见过的。”火龙在我的胸腔里轻轻地鼓动翅膀，无声地表示赞同，“后来还把他击倒在地，踩在他身上。”

“他一定像皇帝的熊西克斯图斯那样大。”想到竟然有人能打败马修，他感到又敬又畏。

“是的。”马修说，发出一声熊的咆哮，“回床上去，马上。”

“可是我很灵活——动作也快。”杰克抗议道，“我能拿到罗伊登夫人的书，不会让任何人看到我。”

“我也能，杰克。”马修保证道。

马修和加洛格拉斯从皇宫回来时带着满身的鲜血、尘土和煤烟——还带着《阿什莫尔 782 号》手抄本。

“你们拿到了！”我大喊道。我和安妮正在一楼守候。我们已经把旅行必须带的东西打成了几个小包裹。

马修打开封面：“前三页不见了。”

几个小时之前还完整的书，现在已经受损了，文字在书页上奔驰而过。我本来打算在取得这本书后，用手指触摸所有的字母符号，研究它们的意义。现在已经没有可能了。我的指尖一碰到书页，上面的文字就向四面八方逃窜。

“我们发现这本书在凯利那里。他当时正俯身看着书，像个疯子似地吟唱。”马修停了一下，“书也在回应他。”

“他说的是真的，婶婶。我听到了那些话，可是听不懂。”

“那么这本书确实是活的。”我喃喃道。

“也确实是死的。”加洛格拉斯摸着书的封面说，“这个东西很邪恶，也很强大。”

“凯利一发现我们，就放声尖叫，开始一页页地撕书。我还没走到他面前，侍卫就进来了。我必须在书和凯利之间做出选择。”马修迟疑道，“我做的对吗？”

“我想是吧。”我说，“当我在英国发现这本书的时候，它就已经残缺不全了。到未来去找失落的书页，或许比现在要容易些。”既然我已经知道要找的是什么，那么现代的搜索引擎和图书馆目录会发挥很大的作用。

“只要那几页没有被销毁。”马修说，“否则的话……”

“我们就永远不会知道这本书的全部秘密了。即使如此，你的现代实验室也许能从残余的部分中挖掘出我们在踏上这趟征途时意想不到的材料。”

“所以你准备回去了？”马修问道。他的眼睛里有种东西在闪烁，不过他很快就将其熄灭了。那是兴奋吗？还是恐惧？

我点点头：“是时候了。”

我们在篝火光中逃出布拉格。其他超自然生物在五朔节之夜都藏了起来，不想被狂欢者发现后扔进火堆。

北海寒冷的海水刚好可以通航，春天冰融，打开了结冰的海港。准备从港口驶向英格兰的船很多，我们未多耽搁就上了一艘船。尽管如此，当我们离开欧洲海岸的时候，仍然是风雨交加。

在我们位于甲板下的客舱里，我发现马修在研究那本书。他发现它是用几绺长头发缝在一起的。

“天啊。”他低声道，“这东西还藏了多少遗传信息呢？”我还没来得及阻止，他就用小指指尖碰了一下自己的舌头，然后又去触碰现在变成第一页的那幅画中，洒落在婴儿头发中的血滴。

“马修！”我惊恐地叫道。

“不出所料，墨水里面有血。如果是这样的话，我猜这些金银画里的金、银叶片，都是用骨头提炼的胶水黏上去的。都是生物的骨头。”

船身往下风方向倾斜，我的胃也跟着一侧。我晕船结束后，马修把我抱在怀里。那本书就在我们之间，书页略微翻开，一行行文字正在找寻它们在万物秩序中的位置。

“我们都做了什么呢？”我小声说。

“我们找到了生命之树，也找到了生命之书，都整合在一起了。”马修的脸颊贴在我的头发上。

“彼得·诺克斯对我说，这本书收集了巫师们全部的原创魔咒，我当时说他疯了。我无法想象竟有人能愚蠢到把这么多的知识都放进一本书里。”我摸了摸那本书，“但这本书包含的还更多——而且我们仍然不知道里面的文字是什么意思。如果在我们的时代，它落到了坏人手中——”

“它就能被用来摧毁所有的生物。”马修替我把话说完。

我抬起头看着他：“那么我们应该怎么处理它呢？把它带到未来还是留在这里？”

“我不知道，我的心肝儿。”他把我抱得更紧，使风雨吹打船身的声音不那么清晰了。

“但这本书里可能有你所有问题的答案。”马修在知道书的内容后，竟然还愿意放下它，我感到很惊讶。

“不是所有的。”他说，“有一个问题只有你才能回答。”

“什么问题？”我皱着眉头问他。

“你是晕船，还是怀孕了？”马修的眼神低垂，好像暴风雨里的天空，不时还有亮晃晃的闪电掠过。

“你应该比我更清楚才对。”我们几天前才做过爱，不久我就发现自己的月经迟了。

“我在你的血液里没有发现孩子的迹象，也没有听到心跳——暂时还没有。但是我注意到你的气味变了。我记得上一次的气味。你最多才怀孕几个月吧。”

“我曾认为，如果我怀孕，你会更加渴望把书留在身边。”

“或许我的问题并不像我过去以为的那样迫切需要解答。”为了证明这一点，马修把书放到了地板上一个他看不见的地方，“我原以为可以靠它告诉我，我是谁，为什么在这里。但或许我已经知道答案了。”

我等着他的解释。

“经过所有的追寻，我发现我一直就是那个人：马修·克莱蒙，丈夫，父亲，吸血鬼。我来这里只有一个原因：做出一些改变。”

33

彼得·诺克斯走在布拉格史托拉霍夫修道院的庭院里，避开地上的水坑。他正在执行每年春季例行的中欧与东南欧图书馆的巡视。趁着游客和学者人数都最少的时候，诺克斯走访一个又一个的仓库，确保在过去十二个月中没有出现什么不恰当的东西，给圣会——或他自己——带来麻烦。每一个图书馆里他都有一个可靠的线人，这个人必须是一个图书馆工作人员，在馆里有一定的地位，能够随意接触到图书和手抄本，但地位又不至于高到需对馆藏宝物的丢失负主要责任。

诺克斯取得博士学位，开始为圣会工作之初，就一直定期进行这样的巡视。第二次世界大战以来，世界发生了很大的变化，圣会的管理机构随着时代的变化也进行了调整。19 世纪的运输革命带来了火车与公路，促成管理方式的改变，各物种开始自行统辖同类的秩序，不再按照地域进行监管。这么一来，就需要大量旅行和通信，在蒸汽时代都不难实现。菲利普·克莱蒙在圣会运作的现代化进程中发挥了重要作用，但诺克斯一直怀疑，他这么做是为了保护吸血鬼的秘密而不是为了追求进步。

后来世界大战破坏了通信和交通网络，圣会又变回原来的样子。在追踪一个被控为非作歹的特定对象时，把全球分成小的区域要比跨洋越洲更为合理。菲利普在世的时候，没人敢提出这样一种激进的变革。好在克莱蒙家族的这位前领袖已经去世，不能再提出抗议了。互联网和电子邮件眼看就让这些出行变得多余，但诺克斯喜欢传统。

诺克斯在史托拉霍夫图书馆的线人是一个名叫帕维尔·斯科瓦伊萨的中年男人。他全身都泛褐色，像一张褪色的纸，戴一副共产主义时代的眼镜。他拒不更换眼镜，不知道是出于历史还是情感的原因。他们两个通常在修道院的酿酒坊见面，啤酒坊里有亮晶晶的铜制酒槽，供应以圣诺伯特——他就埋在附近——命名的上等琥珀色啤酒。

今年斯科瓦伊萨的确发现了什么东西。

“那是一封信，用希伯来语写的。”斯科瓦伊萨在电话的一头小声说。他不信任新科技，没有手机，也很讨厌电子邮件，这就是他被派到图书馆典藏部的原因。在这个部门里，他对待知识的这种特殊方式就不会拖慢图书馆向现代化迈进的稳健步伐。

“你为什么这么小声呢，帕维尔？”诺克斯不悦地问。斯科瓦伊萨唯一的毛病是他喜欢把自己想象成用冷战时代的坚冰打造的间谍，以至于有轻微的妄想症。

“因为我为了取得它拆了一本书。有人把它藏在约翰内斯·罗伊希林写的一本《卡巴拉的艺术》的衬页里面。”斯科瓦伊萨解释道，声音越来越激动。诺克斯看了一眼手表，时间太早了，他还没有喝咖啡。“你一定要马上过来。它提到了炼金术，还有为鲁道夫二世效力的那个英国人。可能非常重要。”

诺克斯坐下一班飞机离开了柏林。现在，斯科瓦伊萨已经把他带到了图书馆地下室中一个昏暗的房间里，里面只靠一只电灯泡照明。

“难道就没有一个更舒服点的地方来谈事情吗？”诺克斯说，怀疑地打量着那张金属桌子（也是共产主义时期的遗物）。“那是匈牙利红烩牛肉吗？”他指着桌面上一块黏黏的东西说。

“隔墙有耳，地板有眼。”斯科瓦伊萨用他棕色的毛衣边擦了擦那片污渍，“这里比较安全。请坐，我去给你拿信。”

“还有那本书。”诺克斯厉声道。斯科瓦伊萨转过身，被他的语气吓了一跳。

“当然，还有那本书。”

“这不是《卡巴拉的艺术》。”斯科瓦伊萨回来时，诺克斯说。随着时间一秒一秒地过去，他越来越怒不可遏。约翰内斯·罗伊希林的书薄而典雅，但这本丑陋的庞然大物至少有八百多页。它一放上桌面，四条金属桌腿都开始抖动。

“也不能说不是。”斯科瓦伊萨辩解道，“这是加拉蒂诺的《普世真理之奥秘》，但里面收集了罗伊希林的作品。”诺克斯最受不了的就是用漫不经心的态度对待讲究一丝不苟的书目学细节。

“标题页上有希伯来语、拉丁语和法语的题词。”斯科瓦伊萨翻开封面。因为没有东西支撑这本大书的书脊，诺克斯听到一声不妙的咔嚓声，丝毫没有感到意外。他紧张地看了看斯科瓦伊萨。“别担心。”这个图书馆管理员安慰他道，“这本书没有登记。我之所以能发现它，是因为它放在其他书本的旁边，而那些书是要拿出去重新装订的。可能是我们的书在1989年送回来时，混在其他书里，误送到这里来了。”

诺克斯照例检查标题页和上面的题词。

בנימין זאב יטרף בבקר יאכל עד ולערב יחלק שלל Genesis 49:27

Benianmin lupus rapax mane comedet praedam et vespere dividet spolia.

Benjiamin est un loup qui déchire; au matin il dévore la proie, et sur le soir il partage le butin.

“字迹很老，不是吗？而且书的主人很明显受过良好的教育。”斯科瓦伊萨说。

“本杰明会像狼一样掠夺：早上吞食猎物，晚上分配猎物。”诺克斯沉思道。他想象不出这些诗和《普世真理之奥秘》有什么关系。加拉蒂诺的作品在天主教反对犹太神秘主义的战争中发挥了不可或缺的作用——这场战争也导致了 16 世纪的焚书运动、宗教审判和猎巫运动。加拉蒂诺在这些事件上的立场在他的书名上显露出来：《普世真理之奥秘》。加拉蒂诺巧妙地卖弄知识，辩称犹太人已经践行过基督教的信条，还认为研究卡巴拉会有助于天主教把犹太人转变到正确的信仰上。

“或许这本书的主人名叫本杰明？”斯科瓦伊萨回过头，递给诺克斯一份文件。诺克斯很庆幸这份文件上没印有红色的最高机密字样。“这就是那封信。我不懂希伯来语，但爱德华·凯利的名字和炼金术都是用拉丁语写的。”

诺克斯翻开档案。他在做梦，一定是的。这封信可以追溯到犹太历 5369 年 12 月的第二天——基督教日历 1609 年 9 月 1 日。信上的署名是耶胡达·本·比撒列，一个被大多数人称作犹大·罗乌拉比的男人。

“你懂希伯来语，是吗？”斯科瓦伊萨说。

“是的。”这次轮到诺克斯压低声音了。“是的。”他语气更加坚定，凝视着这封信。

“怎么样？”斯科瓦伊萨沉默了将近一分钟才问道，“上面写了些什么？”

“好像是布拉格的一个犹太人见到了爱德华·凯利，然后写信告诉了他的一个朋友。”的确是这样——在某种程度上。

“祝你长寿安康，加布里埃尔之子本杰明，亲爱的朋友。”罗乌拉比写道。

收到你从我出生的城市寄来的信，我非常开心。波兹南比匈牙利更适合你，在匈牙利等待你的只有不幸。虽然我年事已高，但你的信仍让我清晰地想起犹太历 5351 年春季发生的奇怪事情。当时，那位炼金术研究者、皇帝的宠儿爱德华·凯利过来找我。他大讲疯话，说他杀了一个人，还说皇帝的侍卫很快会以谋杀罪和叛国罪而逮捕他。他预见了自己的死亡，大叫道“我会像天使一样坠入地狱”。他也谈到了你要找的那本书，有人把它从皇帝鲁道夫身边偷走了，这你是知道的。凯利有时称它为《创造之书》，有时又叫它《生命之书》。凯利哭着说，世界末日就要降临到我们头上了。他一直在重复这些凶兆，比如“始于匮乏和欲望”，“始于鲜血和恐惧”，“始于女巫的觉醒”，等等。

甚至在那本《生命之书》被人从皇帝身边拿走之前，凯利就已经在狂乱之中撕掉了三页。他给了我一页。凯利不愿意告诉我他把其他两页给了谁，只是像打哑谜似地谈论着死亡天使和生命天使。唉，我不知道那本书现在在哪里，我的那一页现在也不在我这里，我把它交给亚伯拉罕·本·以利亚保管了。他死于瘟疫，那一页可能永远消失了。唯一可能解开那个秘密的人就是你的创造者了。希望你把修补那本书的兴趣用到你那破碎血脉的修补上，这样你就可以跟赐予你生命和呼吸的父亲和解了。愿主守卫着你的灵魂。你亲爱的朋友、圣城布拉格的比撒列之子耶胡达，犹太历 5369 年 12 月 2 日。

“就这些？”斯科瓦伊萨又沉默了很久说道，“只提到一次会面？”

“基本上是这样的。”诺克斯在文件夹的背面快速地计算着。罗乌死于1609年，凯利在他去世十八年前见过他，也就是1591年春天。他从口袋里摸出手机，恼火地看着显示屏。“难道这儿没有信号吗？”

“我们是在地下。”斯科瓦伊萨指着厚厚的墙耸了耸肩，“那么我通知你这件事是正确的？”他期待地舔了一下嘴唇。

“你做得很好，帕维尔。我要带走这封信，还有这本书。”这是诺克斯迄今为止唯一一次从史托拉霍夫图书馆里带走东西。

“好的。我就想这值得你抽空过来，因为它提到了炼金术。”帕维尔咧嘴一笑。

接下来发生的事情让人非常遗憾。斯科瓦伊萨运气不好，经过多年徒劳的寻寻觅觅，竟然突然发现了诺克斯珍爱的东西。用几句话和一个小小的手势，诺克斯确保帕维尔再也不能跟其他生物分享他的见闻。出于感情和伦理，诺克斯没有杀死他。吸血鬼才会用那种手段，这一点是他去年秋天在伦道夫酒店发现吉莉恩·张伯伦的尸体靠在他房门上的时候知道的。身为巫师，他只是松开了潜伏在斯科瓦伊萨大腿上的那个血栓，让它流进他的大脑。一旦到了那里，它就会引发一次非常严重的中风。要过好几个小时，才会有人发现他，那时再做任何救治都已经太迟了。

诺克斯拿着那本厚得像圣经的书，回到租来的车上，那封信安全地夹在腋下。当他开到离史托拉霍夫建筑群够远的时候，就把车停到路边，拿出那封信，双手颤抖着。

圣会对这本神秘的起源之书——《阿什莫尔782号》手抄本——的所有了解都是诸如此类的零星断片。任何新的发现都能使他们的知识大幅增加。这封信不只是对那本书做了简单的描述，还含蓄地暗示这本书非常重要。信中还有名字和日期，还透露了黛安娜·毕晓普在牛津见到的那本书少了3页这个惊人的消息。

诺克斯又看了一遍信。他想了解更多——把每一滴可能有用的信息都挤出来。这次有若干字词引起他的注意：**你破碎的血脉；赐予你生命和呼吸的父亲；你的创造者**。读第一遍时，诺克斯认为罗乌说的是上帝。读第二遍时，他得出了一个迥然不同的结论。诺克斯拿起他的电话，拨了一个号码。

“喂。[①]”

“本杰明·本·加布里埃尔是谁？”诺克斯问道。

对方是一阵完全的沉默。

“你好，彼得。”欧里亚克的热尔贝说。如此淡漠的回答让诺克斯的另一只手握成了拳头。这是圣会里吸血鬼的典型回答。他们口口声声说诚信合作，但他们活得太久，知道得太多。而且，像所有的猎食者一样，他们不怎么愿意分享自己的猎物。

“‘**本杰明像狼一样掠夺**。’我知道本杰明·本·加布里埃尔是个吸血鬼。他到底是谁？”

“一个无关紧要的小人物。”

“你知道 1591 年布拉格发生了什么事吗？”诺克斯紧追着问。

“发生了很多事。你别指望我像一个小学历史老师那样把每件事都复述给你听。”

诺克斯在热尔贝的声音里察觉到了一丝微弱的颤抖，只有非常了解他的人才能听出来。热尔贝，这个德高望重的吸血鬼，从来都不会找不到合适的措辞，此刻却紧张起来了。

“迪伊博士的助手，爱德华·凯利，1591 年的时候就在布拉格。”

“我们以前已经谈过这件事。圣会以前确实认为《阿什莫尔 782 号》手抄本可能就在迪伊的图书馆里，但 1586 年春天，刚刚有人这样怀疑时，我在布拉格就见到了爱德华·凯利。迪伊博士有一本满是

---

① 原文为法语 Qui。

图画的书，但那不是我们要找的书。从那时起，我们追查迪伊图书馆里的每一件藏品，就是为了求证——伊莱亚斯·阿什莫尔并没有通过迪伊或凯利取得那本书。”

“你错了，1591 年那本书在凯利手中。”诺克斯停顿了一下，“而且他把那本书撕开了。黛安娜·毕晓普在牛津看到那本书的时候，它少了三页。”

“你都知道些什么，彼得？”热尔贝尖刻地问。

“你都知道什么，热尔贝？”诺克斯不喜欢这个吸血鬼，但他们已经做了很多年的盟友。他们两个都知道他们的世界将发生天翻地覆的变化。巨变之后，有人会赢，有人会输，没人想沦为输的一方。

“本杰明·本·加布里埃尔是马修·克莱尔蒙特的儿子。”热尔贝很不情愿地说道。

“他的儿子？”诺克斯木然地重复道。圣会保存的那些繁复的吸血鬼宗谱中并没有本杰明·克莱蒙的名字。

“是的，但本杰明跟家族断绝了关系。吸血鬼不轻易做这种事情，因为家族里的其他成员可能会杀掉他以保守家族秘密。马修不允许任何克莱蒙家族的人杀害他的儿子，而且自从 19 世纪他消失在耶路撒冷以来，就没人再见过他。”

诺克斯世界的底板掉了。绝不能让马修·克莱蒙得到《阿什莫尔782 号》手抄本，如果这本书里包含着巫师最宝贵的知识的话，就更不能让他拥有。

“好吧，我们必须找到他。”诺克斯严肃地说，“因为据这封信所说，爱德华·凯利把其中的三页散播了出去。他给了罗乌拉比一页，后者又把那一页传给了海乌姆的亚伯拉罕·本·以利亚。”

“亚伯拉罕·本·以利亚曾是个巫师，以法力非常强大而闻名。你们巫师难道对自己的历史一无所知吗？”

“我们只知道不能信任吸血鬼。我总是认为这种偏见是夸大其词，没有历史根据，但现在我不那么确定了。”诺克斯停了一下，“罗乌让本杰明去向他父亲求助。我知道克莱蒙家族一直在隐藏着什么事情。我们必须找到本杰明·德·克莱蒙，让他告诉我们，他——还有他的父亲——对《阿什莫尔 782 号》手抄本都有哪些了解。”

“本杰明·德·克莱蒙是个喜怒无常的年轻人，跟马修的姐姐路易莎受同一种疾病折磨。”吸血鬼们称之为血怒，圣会怀疑它可能和吸血鬼中流行的新疾病——因制造新吸血鬼失败而导致许多温血人类死亡——有关。“如果《阿什莫尔 782 号》手抄本真丢了三页，不需要他的帮助，我们也要找回来。那样还比较好。”

“不行，现在轮到吸血鬼们说出他们的秘密了。”诺克斯很明白，他们计划的成败可能就取决于克莱蒙家谱中这个不稳定的分支。他又看了一遍那封信。罗乌说得很清楚，他不仅想让本杰明补全那本书，也要让他治愈他跟家族的关系。马修·克莱尔蒙特对这本书的了解可能要比他们任何人想象的都多。

“我猜你现在就想穿越时光回到鲁道夫时代的布拉格去寻找爱德华·凯利。”热尔贝嘟囔道，强忍住一声不耐烦的叹息。巫师就爱这么冲动。

“正相反，我要去塞图尔城堡。”

热尔贝哼了一声。与穿越到过去相比，闯进克莱蒙家族的城堡是一个更加荒谬的想法。

“虽然这个想法很有吸引力，可是不明智。鲍德温之所以对此事睁一只眼闭一只眼，只是因为他和马修之间有嫌隙。”就热尔贝的记忆所及，把拉撒路骑士团交给马修，而没有交给那个一直自认为有资格继位的大儿子，是菲利普唯一一次战略上的失败。“另外，本杰明认为自己不再是克莱蒙家族的一员——克莱蒙家族也当然认为他不属于家族。所以塞图尔城堡是他最不可能出现的地方了。”

“据我们所知，丢失的其中一页在马修·克莱蒙手中已经几个世纪了。那本书如果不完整，对我们毫无用处。再说了，也该让那个吸血鬼为他犯下的罪恶——还有他父母亲犯下的罪恶付出代价了。”他们加起来害死了成千上万位巫师。安抚鲍德温的事，就让吸血鬼们去操心吧，正义站在诺克斯这一边。

“别忘了他情人的罪过。”热尔贝用恶毒的声音说，“我思念我的朱丽叶，黛安娜·毕晓普欠我一条命，是她杀了朱丽叶。”

“那么你支持我了？”诺克斯其实并不在乎。无论有没有热尔贝的帮助，这个周末之前，他都会带领一队巫师突袭克莱蒙家族的大本营。

“我支持。”热尔贝勉强同意道，“你知道的，他们都盘踞在那里，女巫、吸血鬼，里面甚至还有几个精灵。他们自称什么异灵会，马库斯还给圣会的吸血鬼们送了一封信，要求废除圣约。”

“但那么一来——”

“我们这个世界就完了。”热尔贝说出了下半句。

第五部分

PART V

伦敦：黑衣修士区

London: The Blackfriars

34

“你太让我失望了！”

一只红色锦缎鞋从空中飞了过来，马修一歪头正好躲了过去。这只鞋从他耳边飞过，撞翻了桌子上一个镶满宝石的浑天仪，然后落在地板上。浑天仪里层层相扣的圆环徒然而沮丧地在固定轨道上转动不停。

“我想见的是凯利，你这个笨蛋。结果来的却是那个皇帝的大使，他告诉我，你做了许多不检点的事情。他来求见我的时候，还不到早上八点，太阳才刚刚升起。”伊丽莎白·都铎正在遭受牙疼的折磨，这丝毫没有让她的脾气变好。她把一边脸颊吸进去，贴着那颗受到感染的臼齿，表情很是痛苦。“当时你在哪里？现在才悄悄溜回我的面前，一点也不关心我受到的痛苦。”

一位蓝眼睛美女走上前，递给女王一块沾满丁香油的布。有个情绪激动的马修在我身旁，房间里的香料气味浓得化不开。伊丽莎白小心翼翼地把这块布塞在脸颊和牙龈之间，那女子退后几步，她绿色的长裙在脚踝周围摆荡。在这个阴云密布的 5 月天里，这种绿色是充满希望的色调，好像她希望加快夏天到来的步伐似的。从格林威治宫四楼的这个房间望出去，外面灰色的河流、泥泞的地面和英格兰风雨交加的天空都一览无余。虽然这个房间洋溢着男性的气息，家具风格都是早期的都铎款式，还开了许多扇窗，但银色的晨光却驱散不掉室内凝重的气氛。雕刻在天花板上的人名首字母——相互纠缠的 H 和 A，分别代表亨利八世和安妮·博林——意味着这个房间大概是在伊丽莎白出生时做了装潢，后来就很少使用。

“您把墨水瓶扔出去之前，或许我们该听听罗伊登老爷怎么说。”威廉·塞西尔温和地建议道。伊丽莎白的手臂停了下来，却没有放下那个沉重的金属瓶。

“我们的确有凯利的消息。”我开口道，希望能有所帮助。

“我们没有问你的意见，罗伊登夫人。”英格兰女王厉声说道，“我朝中有太多像你一样的女人，没有一点规矩，不懂一点礼仪。如果你想和你丈夫一起待在格林威治，不被送回你该待的伍德斯托克镇，就放聪明点，以思罗克莫顿小姐为榜样。除非我下令，她从不乱说话。”

思罗克莫顿小姐看了一眼站在马修旁边的沃尔特。我们在通往女王私人房间的后梯上遇到他，虽然马修认为没有必要，沃尔特还是坚持陪我们走进了这个狮巢。

贝丝抿紧嘴唇，忍住笑，但是她的眼睛在跳舞。女王这位迷人的被监护人和她手下那位风度翩翩、表情严肃的海盗非常亲密，这一点好像只有伊丽莎白不知情。正像马修说的那样，沃尔特·雷利爵士掉入了爱神丘比特的陷阱。这个男人完全坠入了情网。

在爱人大胆的目光下，沃尔特的口型变得柔和。他直率地向她投以评鉴的目光，承诺要在更加私密的场合考核她的礼仪规范。

“既然您不需要黛安娜在场，或许您可以接受我刚才的要求，让我妻子回家休息。”马修的语气平淡，但他的眼睛已经变黑，而且像女王一样充满怒火。“她已经赶了好几个星期的路。”我们还没进入黑衣修士区码头，就被皇家驳船拦了下来。

“休息！自从听说你在布拉格的冒险，我就整夜整夜地失眠。我跟你的事了结以后，她才可以休息！”伊丽莎白尖叫着。墨水瓶沿着刚才那只鞋子的轨迹飞过来。它像一颗高深莫测的变化球，方向一转，直冲我而来，马修伸手把它抓住。他什么也没说，把它递给雷利，雷利又把它扔给了那个已经把女王的鞋子捡在手中的男仆。

“比起那个天文玩具，要找到罗伊登老爷的候补人选可难多了，陛下。”塞西尔递上一个绣花软垫，“您补给弹药的时候，可以考虑一下这个。”

“别对我指手画脚的，伯利勋爵！”女王怒气冲冲。她满腔怒火地转向马修。“当年就连塞巴斯蒂安•圣卡莱尔都没有这样对待我父亲。他根本不敢去激怒那头都铎之狮。”

贝丝•思罗克莫顿听到这个不熟悉的名字时，眨了眨眼睛。她长满金发的头从沃尔特转向女王，像一朵春天的水仙花寻觅太阳。塞西尔对这位年轻女子显而易见的困惑轻咳一声。

“我们改日再追忆您神圣的父亲吧，到时候我们就可以好好谈谈他的往事了。您不是有问题要问罗伊登老爷吗？”女王的这位大臣抱歉地看着马修。他的表情似乎在说，*你更喜欢哪个魔鬼呢？*

“你说得对，威廉，狮子本来就不喜欢跟老鼠或其他卑微的生物厮混。”不知何故，女王的蔑视竟然使马修委顿，变得像是一个小男孩。见他表现出恰如其分的忏悔后——虽然他下巴上抖动的肌肉让我怀疑他的后悔究竟有几分是真的——女王花了一点时间才稳住自己，她紧握椅子扶手的指关节因用力而发白。

“我想知道我的影子把事情搞砸到什么程度。”她的声音变得哀怨，“那个皇帝有那么多炼金术士，不需要来抢我的了。”

沃尔特的肩膀松弛了一些。塞西尔想放松地叹口气，却忍住了。如果女王称呼马修的昵称，可见她的怒火已经减弱了。

“不管那个皇帝的宫廷里长着多少玫瑰花，我们都不能像拔掉一根孤零零的野草那样把爱德华•凯利从那里揪出来。”马修说，“鲁道夫非常重视他。”

“这么说凯利成功了。哲人石现在就在他手里。”伊丽莎白猛地吸了一口气。空气碰到她那颗坏牙，她连忙捧住脸。

“不，他没有成功——这也是问题的关键所在。只要凯利做的承诺比实际完成的多，鲁道夫就绝不会让他离开。皇帝沉迷于自己所无法拥有的东西，就像一个涉世未深的少年，而不是一个老到的君主。皇帝陛下就喜欢这种追逐的感觉，白天沉迷其中，连晚上做梦都是如此。”马修面无表情地说道。

欧洲各地湿漉漉的原野和高涨的河流，拉开了我们和鲁道夫二世的距离，但有时候我仍然能感受到他那不受欢迎的触摸和贪婪的目光。尽管 5 月已经回暖，壁炉里的火也在燃烧，但我仍然打了个寒战。

“新上任的法国大使写信告诉我，凯利已经把铜变成了金子。”

“菲利普·德·莫尔奈跟您的前一个大使——我记得他曾试图刺杀您——一样不值得信赖。”马修的口吻在谄媚和令人恼怒之间取得了一个完美的平衡。伊丽莎白愣了一下，然后才明白过来。

“你在戏弄我吗，罗伊登先生？”

“我从不戏弄狮子——哪怕是狮子的幼崽。”马修慢吞吞地说道。沃尔特闭上了眼睛，好像不忍目睹马修这番话注定引起的可怕后果。“我有一次做这种事，留下了满身疤痕。我不想再损毁自己俊美的外貌了，否则您再也不愿意见我了。”

一阵惊讶的沉默，最后被一阵毫无淑女风范的狂笑打破。沃尔特瞪大眼睛。

“你那是罪有应得，竟敢偷偷靠近一个正在做女红的少女。”伊丽莎白的语气听起来非常像是被宠溺过的小女孩。我轻轻地摇了摇头，确定自己没有听错。

“我会记住的，陛下，假如我下次再遇到一头拿着锋利剪刀的年轻母狮的话。”

现在的我和沃尔特跟年轻的贝丝一样困惑。似乎只有马修、伊丽莎白和塞西尔才听得懂他们刚才的对话——以及那些潜台词。

“即使在那个时候，你就已经是我的影子了。”伊丽莎白看着马修的眼神，使她看起来像一个少女，而不是行将六十的妇人。我眨了眨眼睛，她又恢复成一个年迈、疲倦的君主。“你们退下。”

“陛……陛下？”贝丝嗫嚅道。

“我想和罗伊登先生单独聊聊。我看他不会让他那个大嘴巴老婆离开他的视线，所以她也可以留下来。沃尔特，你带着贝丝，去议事室等我。我们很快就去找你们。”

“但是——”贝丝抗议道。她紧张地四下看了看。她的职责就是守在女王身旁，如果没有工作可干，她就会不知所措。

“你来帮帮我，思罗克莫顿小姐。”塞西尔拄着沉重的拐杖，痛苦地挪动脚步，离开女王身旁。当他从马修旁边走过的时候，仔细地看了马修一眼。“我们就把陛下的安危交给罗伊登老爷了。”

女王摆手让侍从们出去，房间里只剩下我们三个人。

“天啊。”伊丽莎白抱怨道，“我感觉自己的头就像一个快要裂开的烂苹果。你难道不能挑个合适点的时机给我惹外交纠纷吗？”

“我帮您看看。”马修请求道。

“罗伊登老爷，你认为你能提供御医都做不到的治疗吗？”女王满怀期望谨慎地说道。

“我想我能帮您减少一些痛苦，如果上帝恩准的话。”

“我父亲临死之前都还在想念你。”伊丽莎白的双手在她的裙褶里抽搐，“他把你比作补药，只可惜对他无效。”

“怎么会呢？”马修并没有掩饰自己的好奇心，他以前没听说过这件事。

“他说你比他认识的任何人都能以更快的速度消除他的坏心

情——不过，你也像大多数药一样，很难下咽。”伊丽莎白见马修放声大笑，她也微笑起来，但随即把笑容一敛。“他是个伟大的人，也是个可怕的人——还是一个傻瓜。”

“所有男人都是傻瓜，陛下。”马修赶快说道。

“不。让我们再次没有心机地聊天吧，就当我不是英格兰女王，你也不是血族。”

“除非您先让我瞧瞧您的牙齿。”马修双臂抱在胸前。

“从前只要邀请你和我分享亲密时刻，就足以成功引诱你了，你也不会对我的建议提出附带条件。”伊丽莎白叹道，“我失去的东西不止有牙齿。好吧，罗伊登老爷。”她听话地张开嘴巴。即使我远在几英尺之外，也能闻到蛀牙的气味。马修双手捧着她的头，以便把问题看得更清楚。

“您竟然还有几颗牙，真是个奇迹啊。”他严厉地说道。伊丽莎气得脸色绯红，挣扎着要回答。“您可以等我结束以后再对我大喊大叫。不过到时您完全有理由这么做，因为我会没收您的紫罗兰蜜饯和甜酒，对牙齿有害的一切东西都不给您留下，您只能喝薄荷水，只能用丁香片来擦牙龈。您牙龈的溃疡已经非常严重了。”

马修沿着她的牙齿一颗颗摸下去。好几颗都摇晃得厉害，伊丽莎白瞪大眼睛。他不满意地啧啧作声。

“您虽然贵为英格兰女王，莉兹[①]，但那并不意味着您就懂得医术和外科医学。还是听医生的话比较聪明。现在别动。”

听到我丈夫叫英格兰女王“莉兹”，我努力保持镇定。这时，马修抽回食指，在自己锋利的犬齿上擦了一下，让它流出一滴血，然后把手指重新放进伊丽莎白的嘴里。虽然他很小心，但女王还是疼得龇

① 伊丽莎白的昵称。

牙咧嘴。随后，她的肩膀松弛下来。

“细细类（谢谢你）。”她含着他的手指含糊地说。

“先别谢我。我弄完之后，五英里内都不会再有蜜饯和糖果了，并且恐怕您还会牙疼。”马修抽回自己的手指，女王用舌头舔舔嘴巴。

“好吧，但现在暂时不疼了。”她感激地说。伊丽莎白指了指旁边的椅子，“恐怕我们现在该算总账了。坐下，跟我说一说布拉格的事。”

在皇帝的宫廷里待了几周之后，我明白在统治者面前受邀坐下是一种非比寻常的特权，但现在我对这样的机会倍加感激。旅行加重了怀孕初期都会有的疲倦感。马修为我拉出一把椅子，我坐了上去。我把自己的后腰贴在椅背的雕刻上，用上面突起的部位按摩疼痛的关节。马修不自觉地把手伸到那个部位揉搓着，来减少我的酸痛。女王的脸上闪过一丝嫉妒的表情。

“罗伊登夫人，你也疼吗？”女王关切地问道。她太和善了。当鲁道夫这样对待一个朝臣的时候，通常代表可怕的事情即将上演。

“是的，陛下。唉，这不是薄荷水能治好的。”我凄惨地说道。

“它也无法抚平皇帝竖起的鬃毛。他的大使告诉我，你们从皇帝那里偷了一本书。”

“哪本书？”马修问，“鲁道夫有那么多书。”因为大多数吸血鬼距天真无邪的年代都很遥远，所以他的演技有点虚假。

“我们不是在玩游戏，塞巴斯蒂安。”女王轻声说，证实了我的猜测，即马修在亨利八世的宫廷里任职时的名字是塞巴斯蒂安·圣卡莱尔。

“是您一直在玩游戏。”他反击道，“在这方面，您跟皇帝或法兰西的亨利并没什么不同。”

“思罗克莫顿小姐告诉我，你和沃尔特写了一些权力变化无常的诗，还互相交换。但我不是那种虚荣的君主，只配受人蔑视与嘲弄。

我是被严格的老师教大的。”女王反驳道，“我身边的那些人——母亲、阿姨、继母、叔叔和表亲——都死了。我活了下来。所以，别跟我撒谎，也别以为可以脱身。我再问你一次，那本书怎么了？”

“那本书不在我们手里。”我插了一句。

马修吃惊地看着我。

“那本书现在不在我们手上。”毫无疑问，它现在就在鹿冠公寓，安全地藏在马修顶楼的档案室里。我们沿着泰晤士河溯流而上，被皇家驳船拦下时，我已经把那本书用防水油布和皮革包好，交给加洛格拉斯了。

“好，好。”伊丽莎白的嘴巴慢慢绽放，露出里面黑色的牙齿，“你真让我惊讶，你丈夫似乎也很惊讶。”

“陛下，我这个人就是一连串的惊讶。有人这么告诉过我。”不管马修叫她多少次莉兹，也不管她叫马修多少遍塞巴斯蒂安，我都必须小心，只能使用她正式的称呼。

“这么说来，似乎是皇帝异想天开了。你怎么解释？”

“一点儿也不稀奇。”马修嗤之以鼻地说道，“我看鲁道夫已经感染到家族遗传的疯狂了。即便是现在，他弟弟马赛厄斯已为他的垮台做好准备，一旦皇帝无法统治下去，他就会取而代之。”

“难怪皇帝这么渴望留住凯利。哲人石可以治好他，继续搁置继承人选的问题。”女王脸色一沉，“他可以永生不死，不需要害怕了。”

“得了，莉兹。这事您更清楚。凯利是做不出那种石头的。他救不了您，救不了任何人。即使贵为女王和皇帝，也总有一天会死的。”

“我们是朋友，塞巴斯蒂安，但你别忘了自己的身份。”伊丽莎白的眼睛闪烁着光芒。

“您七岁的时候，问我您父亲是不是打算杀死自己的新婚妻子，我告诉了您实情。那时候我对您说实话，现在也是，尽管真话会让人非常生气。莉兹，没有什么东西能让您返老还童，也没有什么东西能让您失去的亲人复活。”马修毫不让步。

“什么都不能吗？”伊丽莎白慢慢地审视着他，“我在你脸上没有看到皱纹，你也没有白头发。你看起来就跟五十年前在汉普顿宫，我举起剪刀刺你时完全一样。”

“如果您是在要求用我的血把你变成血族的话，陛下，我肯定不能答应您。圣约禁止吸血鬼干涉人类的政治事务——当然也包括把女王变成吸血鬼从而改变英格兰的王位继承制度。”马修的表情让人生畏。

“假如鲁道夫这样要求的话，你也会这么回答吗？”伊丽莎白问，她的黑色眼睛在闪闪发光。

“是的。因为这样会造成混乱——甚至更糟。”想到这种可能性就让人不寒而栗。“您的王国很安全。”马修向她保证道，“皇帝的表现就像一个被惯坏的孩子没吃到糖果。仅此而已。”

“但他的叔叔，西班牙的菲利普国王在建造军舰，计划再次入侵！”

“他会一败涂地。”马修保证道。

“你说得很有把握啊。”

“我是很有把握。”

狮子和狼隔着桌子注视着对方。终于，伊丽莎白满意了，她叹了口气，望向别处。

“很好。你没有拿到皇帝的书，我没有得到凯利和哲人石。我们必须学会在失望中生活。即使如此，我也要给皇帝的大使一些什么东西，哄他开心。”

“这个怎么样？”我从裙子里取出皮包。除了《阿什莫尔782号》手抄本和我手指上的戒指之外，我最珍贵的东西都在里面——艾尔索普奶奶送给我用来编织魔咒的丝线；杰克在易北河边的沙滩上找到并误当作宝石的一块圆滑玻璃；一块准备送给苏珊娜配药的贵重胃石；马修的火蜥蜴。还有神圣罗马帝国皇帝送给我的那条面目可憎的项链，上面挂着一条垂死的龙。我把最后那样东西放在女王和我之间的桌子上。

“这么华丽的首饰配得上女王，而不适合普通绅士的妻子。”伊丽莎白伸手碰了一下那条闪着光芒的龙。“你给了鲁道夫什么东西，他竟然把这东西送给你？”

“正如马修所说，陛下，皇帝觊觎他永远也得不到的东西。他认为这可以赢得我的感情，事实上并没有。”我摇着头说。

“或许鲁道夫无法容忍让别人知道，他竟然让这么珍贵的东西溜走了。”马修说道。

“你是指你的妻子，还是这件宝物？”

“我妻子。”马修简短地说道。

“这件宝物总归有用的。说不定他本来想把项链送给我。”伊丽莎白沉思着说，“而你为了确保它安全送达，所以亲自担起护送的责任。”

“黛安娜的德语不好。”马修苦笑着表示同意，“当鲁道夫把这项链戴到她脖子上时，他可能只是为了方便想象它戴在您身上的样子。”

“哦，我不信。”伊丽莎白冷冷地说。

“如果皇帝想把这条项链送给英格兰女王，他应该会希望透过适当的仪式交给她。如果我们把这份重担交给大使的话……”我建议道。

“这个方案不错。当然，它不会让所有人都满意，但至少在新花样出现之前，我的朝臣有一个可以拿来咀嚼的话题了。”伊丽莎白沉思着用手指敲了敲桌子，“但书的问题我们还没有解决。”

“如果我说那本书不重要，您会相信吗？”马修问。

伊丽莎白摇了摇头，“不相信。”

“我想也是。反过来说——它能决定未来，您相信吗？”马修问。

“那就更离谱了。但我绝不想让鲁道夫或他的亲人掌控未来，所以还不还书就由你决定吧——当然是说，如果它又落到了你的手上的话。”

“谢谢您，陛下。”我说。不需要撒太多的谎，就能解决这件事，我真是松了一口气。

“我这样做可不是为了你。”伊丽莎白直截了当地提醒我，“来，塞巴斯蒂安，把这条项链戴到我脖子上，然后你就可以恢复罗伊登老爷的身份，我们一起到觐见室去演一出致谢的戏。”

马修遵照旨意为女王戴上了那条项链，他的手指在女王的脖子上流连，超过了必要的时间。她拍了拍他的手。

“我的假发端正吗？”伊丽莎白站起来的时候问我。

“端正，陛下。”事实上，马修帮她戴上项链后，她的假发就有点歪了。

伊丽莎白伸手拉了拉自己的假发。“罗伊登老爷，要教教你妻子，撒谎要撒得令人信服。她得好好学习撒谎的艺术，否则在宫廷里活不长。”

“这个世界需要的是诚实，而不是再多一个朝臣。”马修扶着她的手肘道，“黛安娜会一直做她自己的。”

“真是一个把自己妻子的诚实当成宝的丈夫。”伊丽莎白摇了摇头，“迪伊博士预言世界末日快到了，这是我目前所见最好的证据。”

马修和女王一起出现在议事室门口，人们马上安静下来。房间里非常拥挤，人们警觉的目光从女王身上转到一个大学生年纪的青年身上，我觉得他就是帝国大使，再转到威廉·塞西尔身上，最后又回到女王身上。马修松开女王搭在他弯曲手臂上的手。我的火龙惊醒了，在胸腔里拍打着翅膀。

我把一只手放在横膈膜上抚慰着这只野兽。**这儿有真正的龙**，我无声地警告。

“非常感谢皇帝的礼物，大使阁下。”伊丽莎白说着，径直走向那个不到二十岁的年轻人，伸出手来让他亲吻。年轻人茫然地看着她说道：“**谢谢**。[①]”

“他们总是越来越年轻。”马修把我拉到他旁边，跟我小声说道。

“我也这么说我的学生。”我也轻声回答，“他是谁？”

“威廉·斯拉瓦塔，你在布拉格肯定见过他父亲。”

我端详着小威廉，努力想象着他二十年后的样子。“他父亲就是那个下巴有凹痕的肥胖男人？”

“其中一个。鲁道夫的大部分官员都是你刚刚描述的样子。”听马修这么说，我白了他一眼。

“别再窃窃私语了，罗伊登老爷！”伊丽莎白狠狠地瞪了我丈夫一眼，马修赶紧鞠躬，表示歉意。女王陛下继续用拉丁语滔滔不绝地说道：“Decet eum qui dat, non meminisse beneficii: eum vero, qui accipit, intueri non tam munus quam dantis animum.”英格兰女王给这位大使出了一道语言考试题，看他有没有资格站在她面前。

斯拉瓦塔的脸色变得煞白。这个可怜的孩子要挂科了。

不去记挂给过别人什么好处，乃是高明的施惠者；知道该珍惜送礼者的心意，而不是礼物本身，乃是高明的受惠者。我翻译出来后，轻咳一声，以免笑出声。

“陛下？”威廉用口音浓重的英语说。

---

① 原文为拉丁语 Gratias tibi ago。

“礼物。皇帝送给我的礼物。”伊丽莎白盛气凌人地指着挂在她瘦窄肩膀上的那串珐琅项链。那条龙挂在女王身上，比我戴着的时候还要低。她以夸张的怒气叹道：“罗伊登老爷，用他自己的语言告诉他，我刚才说了什么。我可没有什么耐心给他上拉丁语课。皇帝难道就不教育自己的仆人吗？”

“大使阁下懂拉丁文，陛下。如果我没记错的话，斯拉瓦塔大使是在维腾堡读的大学，之后在巴塞尔学习法律。让他困惑的不是您的语言，而是您传达的信息。”

“那就解释清楚，让他——和他的主人——听得懂。这可不是为了我。”伊丽莎白阴沉地说道。“遵命。”马修耸了耸肩，用斯拉瓦塔的母语把女王的那句话重复了一遍。

“我听得懂她说的话。”年轻的斯拉瓦塔茫然地回应道，“但那是什么意思呢？”

“你现在有点懵。”马修用捷克语同情地说，“新大使们通常都会遇到这种问题。别担心，你就告诉女王说，鲁道夫很乐意送给她这件珠宝，然后我们就可以去吃晚餐了。”

“你能帮我转告她吗？”斯拉瓦塔完全摸不着头脑。

“罗伊登老爷，我真心希望你没有在我和鲁道夫皇帝之间又制造出新的误会。”伊丽莎白说，她会七种语言，却不懂捷克语，为此很明显地不悦。

“大使阁下说，皇帝祝陛下您幸福安康。斯拉瓦塔大使也很高兴项链能顺利送达，因为皇帝原本很担心它在途中遗失。”马修和蔼地看着他的女主人。她开口想说什么，但又突然闭上嘴巴，怒视着马修。好学心切的斯拉瓦塔很想知道，马修是如何让英格兰女王沉默的。他伸手示意马修翻译，这时，塞西尔握住了这个年轻人的手。

“真是好消息，阁下。我觉得您今天学的已经够多了。来，和我一起共进晚餐吧。”塞西尔说着，把他领到附近的一张桌子旁。被自己的间谍和首席顾问抢了风头的女王，在贝丝·思罗克莫顿和雷利的搀扶下，爬上三级矮台阶，走上台时干咳了一声。

“现在是什么情况？”我小声说。表演结束，但房间里的人们仍显得纷扰不安。

“罗伊登老爷，一会儿我还有话要和你说。”趁侍从把垫子摆放到令她满意的位置之时，伊丽莎白高声说道，“别走远。”

“皮埃尔在隔壁的会议厅。他会带你去我的房间，里面有一张床，比较安静。在陛下了结我们的事情之前，你都可以待在里面休息。时间应该不会太长，她只要有关凯利的完整报告。”马修把我的手拉到他的唇边，给了它一个正式的吻。

我知道伊丽莎白喜欢被男性侍从围在身边，所以这可能要花费好几个小时。

虽然我对会议厅的喧闹有所准备，但还是被吓得往后退了几步。因级别不够而不准到议事室进餐的朝臣们推搡着从我身边经过，他们急着趁食物被拿光前吃到他们的晚餐。烤鹿肉的气味让我反胃。这种气味我永远都适应不了，肚子里的孩子也不喜欢。

皮埃尔和安妮正跟其他仆人一起站在墙边。他们一看到我，都露出松了一口气的表情。

“老爷在哪里？”皮埃尔问道，把我从拥挤的人群中拉出来。

“他在等着女王问话。”我说，“我累到快站不住——也吃不下了。你能带我去马修的房间吗？”

皮埃尔担心地看了看议事室的入口，“当然。”

“罗伊登夫人，我知道路。”安妮说。刚从布拉格回来的安妮，才第二次进入伊丽莎白的宫廷，却已经学会装腔作势，刻意表现得不在乎。

“你们被带去见女王陛下的时候，我带她去看过老爷的房间。”皮埃尔解释道，“房间就在楼下，在前王后私人房间的正下方。”

“我猜，现在轮到女王最宠爱的人了。”我压低嗓音说。毫无疑问，沃尔特就睡在里面——也可能没有睡着，那要看情况了。“皮埃尔，你在这里等马修，我和安妮能找到房间。”

“谢谢您，夫人。”皮埃尔感激地看着我，“我不喜欢让他跟女王待得太久。”

女王的手下正在警卫室周边不怎么华丽的地方狼吞虎咽地吃饭。我们经过的时候，他们用不经意的好奇看着我们。

“一定还有条更直接的路线。”我说，咬着嘴唇向下看着长长的楼梯。大厅里会更加拥挤。

“对不起，夫人，并没有那样一条路线。”安妮抱歉地说。

“那我们只好面对人群了。”我叹口气说。

大厅里挤满了企图引起女王注意的请愿者。我从王宫内院走出来的时候，引起一阵骚动，当他们发现我不是个重要人物时，就发出了阵阵失望的低语声。有了鲁道夫的宫廷经历之后，我已经更加习惯成为众人注目的焦点。但大量人类凝视的重量，来自精灵的几下盯着看，还有一个巫师令人刺痛的目光，还是让我不舒服。一个吸血鬼冰冷的眼神落在我背上时，我不由警觉地四处张望。

“怎么了，夫人？”安妮问道。

我扫视了一下人群，没有发现眼神的来源。

“没什么，安妮。”我小声说道，感觉不安，“只是我的想象力在作怪。”

“您需要休息。”她责备的语气听起来很像苏珊娜。

但在马修那位于一楼的、可以看到女王私人花园的宽敞房间里，我也没有休息，反而见到了英格兰最有名的剧作家。我派安妮去把杰克从他惹的烂摊子里弄出来，同时也做好了面对克里斯托弗·马洛的准备。

“你好，基特。”我说。这个精灵从马修的桌子上抬起头，桌子上散落着诗稿。“一个人吗？”我问。

“沃尔特和亨利在陪女王用餐。你怎么没跟他们在一起？”基特看起来苍白、消瘦且心神不宁。他站起来，开始收拾稿纸，焦虑地瞅了瞅门口，好像在期待有人能走进来，打断我们的谈话。

“我太累了。”我打了个哈欠，“但你没有必要离开，留下来等马修吧。他看到你会很高兴的。你在写什么？”

“一首诗。”在这个生硬的回答之后，基特坐了下来。有什么东西不对劲，这个精灵看上去很明显在抽搐。

他身后墙上的挂毯上画了一位站在高塔上俯瞰大海的金发少女，她拿着一盏灯凝视远方。*原来如此*。

“你在写关于海洛与利安得的诗吧。”这不是一个问题。自从我们1月从格雷夫森德乘船回来以后，基特也许就一直在对马修朝思暮想，大概也一直在写这首爱情史诗。他没有回答我。

过了一会儿，我背诵了相关的几行诗。

有人发誓说，他是女扮男装的少女，
那模样无处不惹人怜，
笑靥如花，明眸能言，
眉宇间有爱情的盛宴，
知道他是男人的也说：
利安得，你生来多情
你为何不尽情恋爱，做大众的情人？

基特猛地从座位上站起来。“你在耍什么巫术？我刚写出来，你就知道内容了。”

“不是什么巫术，基特。谁会比我更了解你的心情呢？”我谨慎地说。

基特好像恢复了自制，不过站起来的时候，双手还在发抖。“我必须要离开了。我约了人在骑士比武场里见面。听说下个月女王夏季出巡前，会有一场特别游行。他们请我帮忙。”伊丽莎白每年都带着由侍从和朝臣组成的车队环游全国，让各地贵族接待，留给他们巨额债务和空空如也的食物储藏室。

“我一定告诉马修你来过。他若听说错失跟你见面的机会，一定会很难过。”

一道欢喜的光芒闪进马洛的眼睛。“或许你愿意跟我一起去，罗伊登夫人。今天天气不错，你还没有见过格林威治。”

“谢谢你，基特。”他的情绪变化如此之快，让我困惑，但他毕竟是个精灵，而且还在痴痴地思念着马修。虽然我想休息，基特的提议也不自然，但我应该努力维护我们之间的和睦关系。“远吗？我刚旅行回来，有点累。”

“一点也不远。”基特鞠躬道，“您先请。”

格林威治的骑士比武场像一个大型田径场，里面有用绳子围起来的运动员区域、观众看台，还有散置各处的器材。一片夯实的地面中间，架起两排路障。

“比赛就是在那里举行的吗？”在我的想象中，已经依稀听到骑士们冲向对方的时候，那马蹄踩踏地面的声音，看到他们把长矛斜放在坐骑的脖子上，以便击打对手的盾牌，把他打下马。

“是的。你想看清楚一点吗？”基特问。

这个地方空无一人，地上到处插的都是长矛。我看到一个跟绞刑架十分相似的东西，看着有点吓人。它有着垂直的柱子和长长的横臂。

然而，上面悬挂的不是尸体，而是一个沙袋。沙袋已经被人刺穿，沙子慢慢流出来，形成一股细流。

“那是个枪靶。”马洛指着那个装置解释道，“骑士用长矛瞄准沙袋。”他走向前，伸手推动横臂，示范给我看。枪靶旋转，提供了一个移动的目标，磨炼骑士的技巧。马洛扫视了一圈比武场。

“你要见的就是那个人吗？”我也环顾四周。但是，我只看到一个身穿华丽红衣、身材高挑的黑发女子。她站在远处，想必在晚饭前会有一次浪漫的幽会。

“你看到另一个靶子了吗？”基特指着相反的方向。那边有一个用稻草和粗麻布做成的假人，被绑在一根柱子上。那看起来更像一种行刑方式，而不是一种运动器材。

我感到一记冰冷而专注的目光。我还没来得及转身，一个吸血鬼就抱住了我，那手臂更像是钢铁而不是由血肉组成。这感觉非常熟悉，但它不是马修的手臂。

“啊呀，她比我想象的还要美味。”一个女人说道，她冰冷的呼吸蜿蜒在我咽喉周围。

*玫瑰花香、麝猫香。*我记得这气味，努力回想在哪里我曾闻到这两种气味的结合。

塞图尔城堡。路易莎·克莱蒙的房间。

“她的血液里有种东西是吸血鬼无法抗拒的。”基特声音沙哑，“我不知道那是什么，但就连哈伯德神父好像也受她的控制。”

尖利的牙齿在我脖子旁边嘶嘶作响，但它没有刺破我的皮肤。“跟她玩玩会很有意思的。”

“我们的计划是杀掉她。”基特抱怨道。路易莎出现后，他抽搐得更严重，也更加坐立不安。我一直沉默不语，拼命地想弄明白他们在搞什么游戏。“然后一切会恢复原状，跟从前一样。”

“耐心点。”路易莎尽情地闻着我的味道，“你能闻到她的恐惧吗？恐惧总是能让我胃口大开。”

基特慢慢走过来，一脸迷乱。

“你的脸色很苍白，克里斯托弗。你要不要再吃点药？”路易莎调整了一下抓我的姿势，把手伸向自己的皮包，掏出一个黏乎乎的棕色药团，递给基特。他急切地接过药，然后塞进嘴里。“它们真神奇，不是吗？德国的温血人类都把它叫做‘长生不死石’，因为其中的成分能让一无是处的人类以为自己是神。它还能让你感觉自己又强壮起来了。”

“是这个女巫让我变得体弱不堪的，就像她让你弟弟变得软弱一样。”基特的眼神变得呆滞，呼吸里有一股令人作呕的刺鼻甜味。*鸦片*。难怪他的行为这么奇怪。

“是真的吗，女巫？基特说你违反我弟弟的意志，把他束缚住了。”路易莎把我转来转去。她美丽的脸庞拥有温血动物噩梦中吸血鬼的所有特征：白瓷般的皮肤、黝黑的头发，黑色的眼睛跟基特的一样笼罩着鸦片的迷雾。她浑身充满着恶意，完美的弓形红唇不仅性感，也很残酷。这是一个会肆意猎杀而没有丝毫悔意的生物。

“我没有束缚你的弟弟。我选择了他——他也选择了我，路易莎。”

“你知道我是谁？”路易莎的黑色眉毛挑了起来。

“马修在我面前没有秘密。我们是配偶，也是夫妻。我们的婚礼是你父亲主持的。”*谢谢您，菲利普*。

“骗子！”路易莎尖叫道。她突然失控，瞳孔吞噬了整个虹膜。我要对付的不仅仅是毒品，还有血怒。

“不要相信她说的任何一句话。”基特警告道。他从自己的衣服中拿出一把匕首，抓住我的头发，把我的头向后扭转，我疼得大叫。基特拿着匕首在我的右眼前转动。“我要挖出她的眼睛，让她再也不能用来施咒，或偷窥我的命运。她知道我的死期，这一点我很确定。没有了女巫之眼，她就不能控制我们——或马修了。”

“这女巫不配死得这么痛快。”路易莎残忍地说。

基特把刀尖抵在我眉骨下方，割进肉里，一滴血沿着脸颊滚落。“我们的协议不是这样的，路易莎。为了破坏她的魔咒，我必须挖掉她的眼睛，然后再让她死掉、消失。只要这个女巫还活着，马修就不会忘记她。”

“嘘，克里斯托弗。难道我不爱你吗？难道我们不是盟友吗？”路易莎把手伸向基特，深情地亲吻着他。她的嘴唇沿着他的下巴往下移，来到血液在他血管里跳动的位置。她的嘴唇拂过皮肤，我看到随着她动作出现的血痕。基特全身颤抖，闭上眼睛。

路易莎在这个精灵的脖子上贪婪地吮吸着。她这么做的时候，我们三个形成一个紧密的结，都被紧紧锁在吸血鬼强壮的臂弯里。我扭动着想挣脱，但她唇齿紧扣基特的同时，也把我抓得更紧了。

“甜甜的克里斯托弗。”她喝饱了，舔着伤口小声说道。基特脖子上的疤痕银亮柔软，跟我胸口上的疤痕一样。路易莎以前肯定喝过他的血。“我在你的血里能尝到长生不老的味道，也能看到你脑海里跳跃着的美丽字句。马修竟然不想跟你分享，真是个傻瓜。”

“他只想要这个女巫。”基特抚摸着自己的脖子，幻想吸他血的是马修，而不是他的姐姐，“我想让她死。”

“我也想。”路易莎把无底洞似的黑色眼睛转向我，“那么我们就来比赛吧。赢的人可以随心所欲地处置她，让她弥补对我弟弟做过的所有错事。你同意吗，我亲爱的男孩？”

因为路易莎喝了基特充满鸦片的血，所以现在他们两个像天上的风筝一样飘飘欲仙。我开始惊慌，想起了菲利普在塞图尔城堡里对我的教诲。

思考，然后活下来。

然后我想起了孩子，又开始惊慌起来。我不能置我们的孩子于危险之中。

基特点点头。“只要能重新获得马修的青睐，做什么我都愿意。”

“我也这么认为。”路易莎微笑着，又给了他一个深深的吻，“我们来挑选颜色吧。”

35

“你犯了一个严重的错误，路易莎。”我警告她，想从绳子里挣脱出来。她和基特拆下柱子上那个稻草和麻布做的假人，把我绑在柱子上。然后基特从一根闲置的长矛头上取下来一条深蓝色绸布，蒙住我的眼睛，这样我就不能用目光对他们施法了。他们两个站在附近，争论银黑两色的长矛归谁使用，绿金两色的长矛又归谁使用。

“你去女王身边找马修，他会解释所有的事情。”我努力让自己的声音保持镇静，但还是在颤抖。在现代的牛津，当我们在旧馆里的壁炉旁喝茶时，马修曾跟我说起过他的姐姐。她的美丽和恶毒不相上下。

“你竟敢再说他的名字？”基特气得发狂。

“不许再说话了，女巫，否则我会让克里斯托弗割掉你的舌头。”路易莎的声音很恶毒。我不用看她的眼睛就知道，鸦片和血怒最好不要混合在一起。伊莎波的钻石戒指尖在我的脸颊上轻轻划动，刮出血来。路易莎把它从我手上拔下来时弄伤了我的手指，现在她自己戴着它。

“我是马修的妻子，他的配偶。你想一旦他发现你做了什么，会有什么样的反应？”

“你是只怪物——野兽。如果我赢了，我会扯掉你虚假的人皮，暴露底下的谎言。”路易莎的话像毒药一样慢慢流进我的耳朵，“一旦我做了这件事，马修就会看到你的真面目，他会和我们一起分享你死亡的快乐。”

他们的声音渐行渐远，我无法得知他们的位置，不知道他们会从哪个方向过来。我现在彻底孤独一人。

思考。然后活下来。

有东西在我胸腔里面鼓动，但那不是惊慌，而是我的火龙。我并不是孤独一人。我是个女巫，不需要眼睛就能看到周围的世界。

你们看到了什么？我问大地和空气。

我的火龙回答了我。她叽叽喳喳地说个不停。当她评估状况的时候，翅膀在我腹部与肺部之间的空间里拍动。

他们在哪里？我想知道。

我的第三只眼睁得很大，暮春时节的色彩闪烁，一片辉煌的蓝与绿。一根深绿色的丝线跟一根白色的丝线扭在一起，又和某种黑色的东西纠缠在一起。我沿着它找到了路易莎，她正往一匹狂躁不安的马背上爬。那匹马不愿意为这个吸血鬼站好站稳，不断闪躲。路易莎咬住马的脖子，马儿不再乱动，但也无法减轻它的恐惧。

我顺着另一束混合了猩红色和白色的丝线，以为它们可以带我去找马修。但是我只看到了一团图形和颜色在飞速旋转，令人眼花缭乱。我一直在往下坠落，最后落在一个冰冷的枕头上。雪。我将冬天冰冷的空气吸进肺里。我已经不在 5 月末黄昏的格林威治宫，被人绑在柱子上。我大约四或五岁，仰面躺在剑桥家里那个小小的后院中。

然后我想起来了。

一场大雪过后，我和父亲正在玩雪。我那双哈佛红连指手套与白雪相互辉映。我们在玩血天使的游戏，手臂和腿在雪地中上下挥舞。令我着迷的是，如果我的手臂挥动得够快，白色的翅膀就好像镶上了红边。

“它像一条翅膀喷火的龙。”我对父亲轻声说。他的手臂突然静止。

“你什么时候看到了一条龙，黛安娜？”他的声音很严肃。我能分辨出这种语气和他平时开玩笑的语气不一样。这意味着他期待一个答案——而且是诚实的答案。

“很多次了，大多数是在晚上。”我的手臂挥动得越来越快。手臂下面的雪开始变色，闪烁着绿色和金色、红色与黑色、银色跟蓝色。

“你在哪里看到的？”他看着飞舞的雪花，轻声说道。雪在我的周围堆积起来，不断掀动翻滚，好像活过来一样。有一堆雪长出了尾巴，舒展伸长，冒出一个细细的龙头。雪龙向旁边展开，现出一对翅膀。龙摇头摆尾，抖掉白鳞上的雪花。它转身看着我的父亲时，他喃喃说了几句话，拍了拍它的鼻子，好像他们俩曾经见过面。龙把温暖的蒸汽吹进寒冷的空气里。

“大部分是在我身体内——这里。”我坐起身，示范给父亲看。我用戴着手套的手按住弯弯的肋骨。它们摸起来很温暖，尽管隔着皮肤、外套和厚厚的连指手套。“但当她想飞的时候，我必须把她放出来，否则就没有足够的空间容纳她的翅膀。”

一对闪闪发亮的翅膀落在我身后的雪地上。

“你把自己的翅膀留在后面了。”父亲严肃地说。

那条龙从雪堆里钻出来。她一获得自由，就眨着银黑色的眼睛，飞上天空，消失在苹果树的上空。翅膀每拍一下，她就变得更加透明。我的翅膀也在背后的雪堆里逐渐消失。

“那条龙不愿带我一起走，也从不停留很长时间。”我叹口气说，“为什么会这样呢，爸爸？”

“或许她要去别的地方。”

我考虑过这种可能。“就像你和妈妈去上学吗？”父母要上学是个令人困惑的观念。这个街区里所有的孩子都这么认为，即使他们的父母大都也整天待在学校里。

“对啊。”我父亲仍然坐在雪地里，手臂抱着膝盖。他微笑着说：“我爱你身体里的女巫，黛安娜。”

“她吓到了妈妈。”

“没有。”我父亲摇了摇头，“妈妈只是害怕改变。”

“我尽力不让别人知道这条龙的存在，但我觉得妈妈已经知道了。”我闷闷不乐地说。

“妈妈们通常什么都知道的。”父亲说，然后低头看了看雪。我的翅膀现在已经完全消失了，“但她也知道你什么时候想喝热巧克力。如果我们现在进屋，说不定她已经做好了。”父亲站起身，伸出一只手。

我把仍然戴着连指手套的手放到了他温暖的手掌里。

“天黑的时候，你会一直在我身边握着我的手吗？”我问。黑夜降临，我突然害怕起那些影子来。黑暗中潜伏着怪物。在我玩耍的时候，奇怪的生物会在旁边看着。

“不会。”父亲摇着头说。我的嘴唇颤抖着，这不是我想要的答案。“但不要担心。”他压低声音，“你的龙会永远陪着你。”

一滴血从我眼睛周围的伤口里流出，滴到我脚旁的地上。虽然我被蒙上了眼睛，但仍然能看到它悠然坠落，着地时发出啪嗒一声。一根黑色的嫩芽从那一点中钻出来。

马蹄声如鸣雷般朝我奔来。有人发出凄厉的高喊，使我眼前浮现出古代战场的画面。这声高喊让火龙更加焦躁不安。我必须脱身。尽快。

我不再试着去找连接基特和路易莎的丝线，把注意力放在束缚手脚的纤维上。我解开绳结刚有进展时，一个锋利且沉重的东西撞上了我的肋骨，裂成碎片。那冲击力让我透不过气。

“击中了！”基特大喊，“女巫是我的！”

“击偏了。”路易莎纠正道，“你必须把长矛刺进她体内，才能宣称她是你的战利品。”

悲哀的是，我什么规则都不懂——既不知道比赛规则，也不懂魔法规则。在我们去布拉格之前，艾尔索普奶奶就已经讲得很清楚了。*你现在只有一条任性的火龙和一束几乎能让人失明的光，还老是会提出一些只会换来灾难式答案的问题*。我投入宫廷里的尔虞我诈，疏于学习魔法编织，为了寻找《阿什莫尔 782 号》手抄本而不再练习魔法。如果待在伦敦的话，我说不定就会知道该如何摆脱这场灾难。如今我却被绑在一根粗木桩上，像一个即将被处火刑的女巫。

思考，然后活下来。

“我们必须再来一次。”路易莎说。她催马绕柱一圈，然后策马远去，声音也逐渐消失。

“别这么做，基特。”我说，“想想马修会受到多大的打击。如果你要我离开，我可以走。我保证。”

“你的保证一文不值，女巫。你会交叉手指，然后想办法逃避自己的承诺。即便是现在，我都能看到你在*发光*，你在企图用魔法对付我。”

几乎能让人失明的光。只能换来灾难式答案的问题。还有一条任性的火龙。

一切都静止了。

*我们应该怎么办？*我问火龙。

她的回答是呼的一声打开自己的翅膀，把它们完全伸展开。它们穿过我一根根肋骨、我的血肉，从我脊椎两侧伸展出来。火龙待在原地，尾巴围绕着保护我的子宫。她从我的胸骨后面探出头来，银黑二色的眼睛发亮，然后又拍了一下翅膀。

活下来。她小声回答。她的话在我周围蒙上了一层灰雾。

她翅膀一用力，折断了我背后的粗木柱，参差的裂口割断了束缚我手腕的绳索。某种爪子般的利刃把我脚踝上的绳子也割断了。基特和路易莎冲进火龙那令人顿失方向的迷雾时，我已经升上二十英尺的高空。他们冲得太快，来不及停下来变换方向。他们的长矛交错、纠缠，冲撞的力量让他们双双落下马鞍，跌在坚硬的路面上。

我用没有受伤的手扯下蒙住眼睛的布，安妮正好出现在比武场边缘。

“夫人！”她喊道。但我不想让她来这里，出现在路易莎·克莱蒙身边。

“快走！”我低声呵斥。我在基特和路易莎的上空盘旋，说出来的话都带着火和烟。

血从我的手腕和脚踝处流了出来。红色的血滴落到哪里，哪里就长出黑色的新芽，不久便有一道黑色细枝的栅栏把目瞪口呆的精灵和吸血鬼围住。路易莎试图把它们从地上拔出来，但我的魔法牢不可破。

“要我说出你们的未来吗？”我厉声问道。他们两个都从围栏里抬起头，用贪婪、畏惧的眼睛看着我，“你永远无法满足自己内心的欲望，基特，因为有时候我们就是得不到自己最想要的东西。你永远无法填满自己心中的空虚，路易莎——无论是用血液还是怒火。你们两个都会死，因为死亡早晚会降临到我们所有人身上。但是我向你俩保证，你们的死亡绝不会是平静的。”

一阵旋风逼近。它停下来，变得可以辨认，原来是汉考克。

“戴维！”路易莎美如珍珠的手指抓住围着她的黑木桩，“救救我们。这个女巫用她的魔法击倒了我们。挖掉她的双眼，你就能消灭她的法力。”

“马修已经在赶来的路上了，路易莎。”汉考克回答道，“你在栅栏里接受黛安娜的保护，要比从马修的怒火中逃跑更安全。”

“我们没有谁是安全的。她会让那个古老的预言成真，就是热尔贝在很多年前告诉妈妈的那个预言。她会搞垮克莱蒙家族的！”

“那根本就不是真的。”汉考克悲悯地说。

“是真的！”路易莎坚持道，“‘谨防有狮狼之血的女巫，因为她会用自己的血毁灭黑夜的子女。’她就是那个预言中的女巫！难道你看不出来吗？”

“你病了，路易莎，我看得很清楚。”

路易莎站起来，非常愤怒。“我是个食血族人，而且很健康，汉考克。”

亨利和杰克也来了，他们因奔跑而喘着粗气。亨利扫视了一下比武场。

“她在哪里？”他四处张望，朝汉考克喊道。

“上面。”汉考克说，对空中竖起一根大拇指，“就跟安妮说的一样。”

“黛安娜。”亨利松了一口气。

一股灰黑色的旋风横扫过比武场，然后在那个曾经绑过我的断柱旁停下。马修不需要任何人告诉他我在哪里，他一眼就看到了我。

沃尔特和皮埃尔最后赶到。皮埃尔把安妮背在背上，她细细的胳膊紧紧地搂着皮埃尔的脖子。皮埃尔停下时，她就从他的背上滑下来。

“沃尔特！”基特在围栏里和路易莎一起喊道，“你一定要阻止她，放我们出去。我现在知道该怎么做了。我曾在新门和一个女巫谈过，而且——”

一只手臂打穿黑色的栏杆，修长的白色手指抓住了基特的喉咙。他咕噜几声，不出声了。

“一个——字——都别说。”马修的目光扫过路易莎。

“马丢。”血和药物让路易莎把他名字的法语读音念得更加模糊，

“感谢上帝，你总算来了。见到你很高兴。”

“你不应该高兴。”马修把基特扔到一边。

我降落下来，站在他身后。新长出来的翅膀缩回我的肋骨。然而，我的火龙依然保持警惕，她的尾巴紧紧地盘在一起。马修感觉到了我，便把我搂在怀里，但他的眼睛一刻也没有离开我的俘虏。他用手指轻触我的伤口，那支长矛就是从那里穿过我的上衣、紧身胸衣和皮肤，最后被肋骨挡了下来。那里已经被血浸湿了。

马修拨转我的身体，跪在地上，撕开伤口周围的衣服。他咒骂一声，把一只手放在我的腹部，然后搜寻着我的目光。

“我没事，我们两个都没事。”我安慰他。

他站起身来，眼露凶光，太阳穴上的血管在抽动。

“罗伊登老爷？”杰克悄悄地走近马修，他的下巴在颤抖。马修突然伸手拦住他，抓住他的衣领，不让他离我太近。杰克没有退缩。“你做噩梦了吗？”

马修松手放开了那个男孩。“是的，杰克。一个可怕的噩梦。”

杰克把手伸进马修手里。“我会陪在你身边，直到噩梦结束。”泪水刺疼了我的眼睛。那是深夜里杰克快要被恐惧吞没的时候，马修对他说过的话。

马修握紧了杰克的手，默默地表示领会他的心意。他们两个站在一起——一个高大健壮，全身充满超自然的健康，另一个瘦小笨拙，刚刚摆脱遭受遗弃的阴影。马修的怒火开始消退。

“安妮告诉我，一个女**血族**抓走了你，但我完全没想到——”他说不下去了。

“都怪克里斯托弗！”路易莎大叫道，赶紧和她旁边那个疯狂的精灵撇清关系。“他说你中了魔法，但我能闻到你身上有她的血。你没有被她施法，而是把她当食物。”

“她是我的配偶。”马修解释道，语气冰冷，“而且她怀孕了。”

马洛发出嘶嘶的呼吸声，目光恶毒地盯着我的腹部。我受伤的手赶紧伸过去，替肚子里的孩子挡住精灵的窥探。

“不可能。马修不能……”基特的困惑变成愤怒，“即使到现在，她还在蛊惑马修。你怎么可以这样背叛他？孩子的父亲是谁，罗伊登夫人？”

玛丽·西德尼曾以为我被人强奸。加洛格拉斯一开始认为这个孩子是我已故的情人或丈夫的，无论是谁的，都会激起马修的保护本能，也是我们迅速掉入爱河的原因。对于基特来说，唯一可能的答案是我背叛了这个他爱的男人。

“抓住她，汉考克！”路易莎乞求道，“我们绝不容许一个女巫把自己的杂种带进克莱蒙家族。”

汉考克双臂抱在胸前，朝路易莎摇了摇头。

“你企图诽谤我的伴侣，还吸了她的血。”马修说，“而且这孩子不是杂种，是我的。”

“不可能。”路易莎说，但语气好像有点不确定。

“孩子是**我的**。”她弟弟凶狠地重复道，“我的骨肉，我的血。”

“她身上流着狼的血。”路易莎喃喃道，“她**就是**先知预言中的那个女巫。如果孩子活下来，它会毁掉我们所有人！”

“让他们从我眼前消失。”马修的声音带着死亡怒火，“否则我把他们撕碎喂狗。”他踢倒木栅栏，抓起他的朋友和姐姐。

“我不走——”路易莎刚开口，然后低头看见汉考克的手抓住了她的手臂。

“哦，我带你去哪儿，你就得去哪儿。”他柔声说道。汉考克把伊莎波的戒指从她的手指上拔下来，抛给马修，“我想这是属于你妻子的。”

“基特呢？”沃尔特问道，谨慎地看着马修。

“既然他们这么喜欢对方，就把他们锁在一起吧。”马修把那个精灵推给雷利。

“但是，她会——”沃尔特欲言又止。

“喝他的血？”马修脸色阴郁，“她已经喝过了。吸血鬼只有透过温血动物的血管，才能体会到酒和药物的效果。”

沃尔特揣摩着马修的心情，然后点了点头。“好的，马修，我们会按你说的去做。带黛安娜和孩子们回黑衣修士区吧。其他事情就交给我和汉考克。”

“我告诉过他，没什么好担心的，孩子没事。”我把罩衫拉下来说道。我们直接回家了，但马修还是派皮埃尔把苏珊娜和艾尔索普奶奶请过来。现在，屋子里满是愤怒的吸血鬼和女巫，快被挤爆了。“或许你们可以说服他相信这一点。”

苏珊娜在一盆热肥皂水里洗过手。“如果你丈夫不愿意相信自己的眼睛，不管我做什么都无法说服他。”她唤马修过来。加洛格拉斯跟他一起走过来，两人把门口塞满了。

“你真的没事吗？”加洛格拉斯面如死灰。

“我断了一根手指，裂了一根肋骨。就算在楼梯上跌一跤，也很可能会有这种结果。多亏了苏珊娜，我的手指已经痊愈了。”我伸出手，它还有点肿胀。我不得不把伊莎波的戒指戴在另一只手上，但手指动起来已经不疼了。我身侧的伤口得需要更多时间才能愈合。马修拒绝用吸血鬼的血来愈合伤口，所以苏珊娜只好用魔法缝合，再敷上膏药。

“现在痛恨路易莎的理由有很多。”马修严肃地说，“但有几件事值得庆幸：她并不想杀掉你。路易莎一旦瞄准目标，就绝不失手。

假如她想刺穿你的心脏，你现在已经死了。”

“路易莎太相信热尔贝告诉伊莎波的那个预言了。”

加洛格拉斯和马修交换了一下眼神。

“不是什么预言。”马修轻蔑地说，“只不过是他想象出来煽动妈妈的蠢话罢了。”

“那是梅里黛安娜的预言，对吗？”从路易莎提起的那一刻起，我就打从心底知道是它。那些话唤回在拉皮埃尔被热尔贝碰触的记忆，还让路易莎周围的空气发出放电似的噼啪声，仿佛她是潘多拉，打开盒子，放出被遗忘已久的大量魔法。

“梅里黛安娜想用未来恐吓热尔贝。她做到了。”马修摇了摇头，“这跟你没有一点关系。”

“你父亲是狮子，你是狼。”我的胃里结了一块冰。它让我知道一定在某个地方，在某个光线无法达到的地方出了问题。我看着丈夫，他就是预言中提到的一个黑夜的孩子。我们的第一个孩子已经死了。我不再想这件事，不想让它在我心里或脑海里停留太长时间而留下痕迹，但这并没有用。如今，我们之间太过坦诚，什么也瞒不过马修——或我自己。

“你什么都不用怕。”马修轻轻吻着我，“你充满了生命力，不可能是毁灭的前兆。”

我听从他的安慰，但我的第六感不以为然。不知道为什么，也不知道在什么地方，一股危险而致命的力量被释放出来了。现在，我甚至都能感到它的丝线正在收紧，把我拉进黑暗。

36

我正在金鹅酒馆的招牌下等安妮带来一些炖菜当晚饭。这时，一个吸血鬼冰冷的目光看过来，驱散了空气中少许的夏季气息。

“哈伯德神父。”我转身面对袭来的寒气。

这个吸血鬼目光闪闪地看着我的胸腔。“我很惊讶，格林威治那场风波后,你丈夫竟然还让你独自到市区走动——你还怀着他的孩子。”

自从比武场事件之后，我的火龙就产生了非常强烈的保护意识，她用尾巴在我臀部绕了一圈。

“所有人都知道,血族是不可能让温血女人怀孕的。”我不屑地说。

“在你这个女巫身上，似乎没有什么事是不可能的。”哈伯德严肃的面孔绷得更紧了，“比如说，大多数生物都认为马修永远不会改变对巫师的轻蔑。没有人会认为是马修在苏格兰帮助芭芭拉·内皮尔免受火刑。”马修在收集伦敦的人类和生物的八卦的同时，还为贝里克郡的事情忙碌。

“那时，马修根本就不在苏格兰。”

“他不需要在苏格兰。汉考克当时在爱丁堡，假装成内皮尔的一个‘朋友’。正是他指出她怀孕的事实，吸引了宫廷的注意力。”哈伯德的呼吸冰凉，散发出森林的气息。

“那个女巫没有犯她被指控的罪。”我把披肩围到肩膀上，断然说道，“陪审团判她无罪。”

“只有一项罪名被撤销了。”哈伯德凝视着我的眼睛，“她另外有很多罪名都被坐实。你刚刚回来，可能还没听说：詹姆士国王找到了一个方法，逆转了陪审团对内皮尔案子的判决。”

“逆转？怎么逆转？”

“苏格兰国王最近并不怎么买圣会的账，这得好好谢谢你的丈夫。马修不太遵守圣约，干预了苏格兰的政治，让国王陛下发现了许多钻空子的灵感。詹姆士国王正在审判那些宣判那个女巫无罪的陪审员们。他们被控破坏国王的法律。恐吓陪审员要确保将来的审判会得到更好的结果。”

“那不是马修原来的计划。”我的心思飞快运转。

“听起来，马修·克莱蒙下错了棋。内皮尔和她的孩子可能会活下来，但几十个比她更无辜的生物就会因此而死。”哈伯德冷冰冰地说道，“难道这不是克莱蒙家族要的吗？”

“你竟敢这样说！”

“我有——”安妮走到街上，差点丢掉手里的菜盆。我伸手把它搂住。

“谢谢你，安妮。”

“在 5 月这个阳光明媚的早晨，你知道你丈夫去了哪里吗，罗伊登夫人？”

“他出去办事了。”马修确认我吃过早饭，吻了我，然后跟皮埃尔一起出去了。马修告诉杰克他必须跟哈里奥特一起待在家里，杰克悲伤得无法安慰。我感到一丝不安。拒绝带杰克进城，这不像马修一贯的作风。

“不。”哈伯德温和地说，“他跟他姐姐和克里斯托弗·马洛在一起，在疯人院里。”

疯人院除了名字不一样外，其他地方和地牢没有差别——一个遗忘之所，精神病患者和那些被亲友借莫须有罪名遗弃的人关在一起。他们以稻草为床铺，无法按时吃饭，从狱卒那里得不到一丝善待，也得不到任何治疗，大多数被囚禁的人永远都逃不出去。即使逃出来，也很难从这样的经历中康复过来。

“马修改变苏格兰审判的结果，但还是不满意，所以现在正设法在伦敦亲自主持正义。”哈伯德继续说道，“他今天早上去讯问他们了。我想他还在那里。”

已经过了正午。

“我看过马修·克莱蒙被激怒后杀人的速度，场面很可怕。但如果看到他以慢速度不厌其烦地做这种事，最坚定的无神论者都会相信世上有魔鬼的存在。”

基特。路易莎是个吸血鬼，身上还流着伊莎波的血，她可以保护她自己。但一个精灵……

“安妮，去找艾尔索普奶奶。告诉她我去疯人院找马洛先生和罗伊登先生的姐姐了。”我把这个女孩朝正确的方向一推，松开手，把自己的身体挡在她和这个吸血鬼之间。

“我必须跟您待在一起。”安妮说，眼睛睁得很大，“罗伊登老爷让我承诺过的！”

“必须有人知道我去了哪里，安妮。把你在这里听到的话都告诉艾尔索普奶奶，我自己能找到疯人院。”实际上，对那个臭名昭著的精神病院的位置，我只有一个模糊的概念，但我可以用其他方法找到马修。我用想象中的手指抓住体内的锁链，准备拉动它。

“等一下。”哈伯德用一只手抓住了我的手腕。我跳了起来。他朝阴影中的某个人喊了一声。那是一个骨瘦如柴的年轻人，马修曾叫他阿芒·科纳。这个奇怪的名字很适合他。“我儿子会带你去。”

“马修会知道我曾跟你在一起。”我低头看着哈伯德的手。他的手仍然抓着我的手腕，把他泄露真相的气味转移到我温暖的皮肤上。“他会拿你儿子出气的。”

哈伯德抓得更紧了，我轻轻哦了一声，表示理解。

“哈伯德神父，如果你想跟我一起去疯人院，说一声就行了。”

哈伯德知道圣詹姆斯大蒜区和主教门之间的每一个捷径和小巷。我们穿过城市的边缘，走进伦敦肮脏的郊区。跟跛子门一样，疯人院周围的环境贫困而拥挤不堪。但真正恐怖的还在后面。

管理员到门口迎接我们，带我们进入这个曾被称作伯利恒的圣玛丽医院里。斯莱福特先生跟哈伯德神父很熟，领着我们穿过坑坑洼洼的院子，进入坚固的大门时，他沿途不断地鞠躬作揖，非常谄媚。即便隔着中世纪修道院般厚实的木板和石墙，囚犯的尖叫声听起来还是很刺耳。大多数窗户都没有装玻璃，对外面敞开着。腐烂、污秽和长期以来产生的恶臭让人无法忍受。

“不用。”当我们进入潮湿封闭的区域时，哈伯德要搀扶我，被我拒绝了。这些囚徒们得不到任何帮助，而我则是自由的，再接受他的帮助，让我自己都觉得面目可憎。

走到里面后，那些从前被囚禁的犯人的鬼魂，以及原来缠绕在备受折磨的住院病人身上参差不齐的线头，都纷纷向我涌过来。我用可怕的数学习题缓和心中的恐惧，把我看见的男男女女打散，区分成一个个小团体，然后用不同的方法将他们重新组合。

沿着走廊往里走的时候，我数了数，一共有二十名病人。其中十四个是精灵，六个人完全赤身裸体，还有十个人衣衫褴褛。有个穿了一套昂贵且肮脏的男装的女人，以强烈的敌意瞪着我们。她是这里的三个人类之一。另外还有两个巫师和一个吸血鬼。有十五个可怜人或被铐在墙上，或被绑在地上，或两者兼而有之。剩下五个人中有四个无法站立，蜷缩在墙边喋喋不休，用手指刮擦着石头。还有一个病人是自由的，他光着身子在我们前方的走廊里跳舞。

有一间房子上有一扇门。我感觉路易莎和基特就在那扇门后面。

管理员打开门锁，使劲敲门。里面没有人立即回应，他开始用力捶。

“你敲第一次时，我就听到了，斯莱福特先生。”加洛格拉斯看起来非常疲惫，脸上有新鲜的抓痕，紧身上衣沾着血迹。看到我站在斯莱福特身后，他愣了一下说：“婶婶。”

“让我进去。”

“那不是什么好——”加洛格拉斯又看了一眼我的表情，站到了一边，“路易莎失了很多血，她很饿。离她远点，除非你想让她咬伤或抓伤。我给她修了指甲，但她的牙齿我就无计可施了。”

虽然无人阻挡，我还是站在门口不动。美丽而残忍的路易莎被铁链锁在石头地板里的铁环上。她的衣服已经破烂不堪，脖子上有道深深的伤口，全身都是从伤口处流出的血。有人一直在控制着路易莎——一个比她更强大、更愤怒的人。

我在阴影中搜寻，终于发现一个黑色的人影蹲伏在地上一堆东西上。马修抬起头，脸色像幽灵一样惨白，眼睛像夜色一样黑。他身上没有一丝血渍。跟哈伯德刚刚对我提供帮助一样，他的干净也令人觉得面目可憎。

“黛安娜，你应该待在家里。”马修站了起来。

“我正好就在我需要出现的地方。谢谢你了。”我朝丈夫的方向走去，“血怒和罂粟不能掺和，马修。你喝了他们多少血？”地上那堆东西动了动。

“我来了，克里斯托弗。”哈伯德叫道，“你不会再受到伤害了。”

马洛放心地哭起来，他的身体因呜咽而抽搐着。

“疯人院不属于伦敦城，哈伯德。”马修冷冷地说，“你出了自己的势力范围，而且你也保护不了基特。”

“天哪，又来了。”加洛格拉斯当着斯莱福特惊愕的脸把门关上。“锁上！”他隔着木门咆哮，在门板上重重打了一拳，强调自己的命令。

金属铰链转动上锁，路易莎突然跳起来，她的脚踝和手腕上的链子哗啦作响。其中一环突然啪的一声断了，铁环掉在地上的声音把我吓了一跳。走廊里也传来了甩动铁链的回响。

“别喝我的血别喝我的血别喝我的血。”路易莎念念有词。她尽可能平贴在对面墙上。当我们的眼神相遇时，她啜泣着转向了一边。“走开，**鬼魂**。我已经死过一次了，不会再怕你这样的鬼了。”

“安静。”马修的声音很低沉，却已经有足够的力量撼动整个房间，把我们都吓了一跳。

“我渴。”路易莎嗓子沙哑地说，“求你了，马修。”

定时会有一股液体滴下来。每滴一次，路易莎的身体就抽搐一下。有人抓住鹿角，把一个鹿头吊在半空中，它的眼睛空洞地凝视着。血从它被砍断的脖子上流出来，滴落到地面上，一次一滴，恰巧就落在被链子绑着的路易莎够不着的地方。

“别再折磨她了！”我走上前去，但加洛格拉斯把我拽了回去。

“我不能让你插手，婶婶。”他坚决地说，“马修说得对：你不该来这里。”

“加洛格拉斯。”马修摇了摇头以示警告。加洛格拉斯放开我的胳膊，谨慎地看着他叔叔。

“那好吧，我就回答你前面的问题吧，婶婶。马修喝了基特的血，分量足够让他的血怒燃烧起来。如果你想跟他说话，可能需要这个。”加洛格拉斯抛给我一把匕首。我没有去接，刀当啷一声掉在石板上。

“你不能向这种病屈服，马修。”我跨过那把匕首，走到他身边。我们站得非常近，我的裙裾碰到了他的靴子。“让哈伯德神父照顾基特吧。”

“不。”马修毫不让步。

“杰克要是看到你这个样子，会怎么想？”比起用刀，我更愿意用愧疚感让马修恢复理智。“你是他的英雄，英雄是不会折磨朋友和家人的。”

“他们想杀了你！”马修的怒吼在小小的房间里回荡。

“鸦片和酒精让他们失去了理智，他们都不知道自己当时在做什么。”我反驳道，“我还要补充一句，你现在也不知道自己在干什么。”

“别骗你自己了，他们两个都很清楚自己在做什么。基特要消灭一个妨碍自己获得幸福的障碍，毫不在意其他任何人。路易莎在放纵自己的残忍冲动，她从成为吸血鬼那一天起就沉溺于其中。”马修用手指梳理着自己的头发，“我也知道自己在干什么。”

“没错——你在惩罚自己。你相信生物学就是宿命，至少在你的血怒这方面。结果你就认为自己跟路易莎和基特一样，也是一个疯子。我劝你别再否认自己的直觉了，马修，不要成为直觉的奴隶。”

这一次，我朝马修的姐姐走近一步，她朝我扑过来，口沫横飞，连声咆哮。

“那就是你对未来最大的恐惧：你怕自己沦为一头野兽，被锁链锁住，等待下一次罪有应得的惩罚。”我回到他身边，抓住他的肩膀，“你不是这样的人，马修。你从来都不是。”

“我告诉过你，不要对我抱有罗曼蒂克的幻想。”他断然说道。他把眼光从我身上移开，但我已经瞥见他眼中的绝望。

“所以这也是为了我好？你一直都在试图证明你不值得爱吗？”他的双手在身体的两侧紧握成拳头。我伸手去拉它们，用力掰开，让他的掌心贴在我的小腹上面。“抱住我们的孩子，看着我的眼睛，然后告诉我们，这故事不可能有不一样的结局。”

就像我等马修咬破血管的那天晚上，当他努力战胜自己的时候，时间好像停止了一样。现在也像那次一样，我不能用任何方法加快时间前进的速度，也不能替他选择生胜于死。他必须自己抓住希望的脆弱之绳，而不是在我的帮助下。

“我不知道。”他终于承认道，“我以前以为吸血鬼和女巫相爱是个错误。我相信四大物种是截然不同的。如果巫族死亡能让血族和精灵存活的话，我也可以接受。”虽然他的瞳孔仍然像日全食一样占据大部分的眼睛，但已经出现了一抹明亮的绿色。“我告诉自己，精灵的疯狂和血族的脆弱都是最近才出现的，但现在我看到了路易莎和基特……”

“你不确定了。”我压低声音，“我们谁都不确定。这是一个可怕的前景，但我们必须对未来保持希望，马修。我不想让我们的孩子诞生在同样的阴影下，对自己既憎恨又害怕。”

我等着他再跟我争论下去，但他却沉默不语了。

“让加洛格拉斯照顾你姐姐，让哈伯德照料基特。要试着去原谅他们。”

“血族可不像女巫那样轻易原谅他人。”加洛格拉斯粗声粗气地说，“你不能要求他这样做。”

“马修曾经这么要求过你。”我指出这一点。

“是的，而且我也告诉过他，他顶多只能希望我随着时间流逝逐渐遗忘。婶婶，不要向马修提出超出他能力的要求。他对待自己就像最严酷的拷问者，不需要你从旁协助。”加洛格拉斯语气中带着警告。

“我愿意忘记，女巫。”路易莎乖巧地说，好像挑选新衣服用的衣料那样轻松。她的手在空中挥了挥。“所有这一切我都愿意忘记。用你的魔法让这些噩梦都消失吧。”

我有能力做到这件事。我能看到将她跟疯人院、马修以及我连在一起的丝线。不过，虽然我不想折磨路易莎，但我也没有宽容到让她安然无事的地步。

“不行，路易莎。”我说，“你有生之年会永远记得格林威治，记得我，记得你是怎么伤害马修的。让这些记忆，而不是这个地方，成为你的牢笼吧。”我转向加洛格拉斯，“放她自由前，要确定她不会对自己或任何人构成危险。”

“哦，她不会自由的。”加洛格拉斯保证道，“她要从这里前往菲利普派她去的任何地方。做了这种事，我爷爷再也不会放任她四处乱跑了。”

“告诉他们，马修！”路易莎哀求道，“你知道那是怎么回事，那种……东西在脑子里爬来爬去。我受不了！”她用戴着枷锁的手拉拽头发。

“基特呢？”加洛格拉斯问，“你确定想把他交给哈伯德吗，马修？我知道汉考克会很乐意处死他的。”

“他是哈伯德的人，不是我的。”马修用不容置疑的口吻说，“我不在乎他会怎么样。”

“我的所作所为都是出于爱——”基特开口说道。

“你是为了泄愤。”马修说着，转身背对自己最好的朋友。

“哈伯德神父。”他冲过去接管受监护者时，我喊道，“只要这里发生的事情不传出去，就可以忘记基特在格林威治的行为。”

“你是代表克莱蒙家族做出这个保证的吗？”哈伯德挑起白色的眉毛，“这种承诺应该由你丈夫提出，不是你。”

“我的承诺就足够了。”我坚定地说道。

“很好，克莱蒙夫人。”这是哈伯德第一次这样称呼我，“你的确是菲利普的女儿，我接受你家族的条件。”

即使离开了疯人院，我仍然觉得它的阴影还附在我们身上。马修也有这种感觉。不论我们到伦敦哪个地方，不管是去用餐还是访友，它都尾随着我们。只有一个办法可以摆脱它。

我们必须回到属于我们的现代。

没有商讨，也没有刻意计划，但我们都开始整理，剪断把我们跟我们共同拥有的过去束缚在一起的线。弗朗索瓦丝本来一直计划来伦敦跟我们会合，但我们传信给她，让她待在旧馆。马修和加洛格拉斯进行了一番复杂的长谈，研究他应该如何对 16 世纪的马修撒谎，才不至于让对方发现自己被未来的自己取代了。16 世纪的马修不能和基特或路易莎见面，因为这两个人都不可信任。沃尔特和亨利要编一些故事，解释任何前后不连续的行为。马修把汉考克派去苏格兰，让他在那里开始新的生活。我跟艾尔索普奶奶一起努力把带我们回到未来的魔咒编织得完美无缺。

有一天，我上完课，马修到圣詹姆斯大蒜区来接我，他建议我们穿过圣保罗教堂庭院回家。再过两个星期就是夏至，尽管疯人院的阴影一直存在，但阳光仍然明媚。

与路易莎和基特周旋的经历记忆犹新，马修看起来仍然很沮丧，但我们在书摊停下来看新书和新闻时，感觉仿佛回到了从前。我正在读两个剑桥毕业生互打笔仗的文章，马修突然僵住了。

“甘菊、橡树叶，还有咖啡。”他转过头去，寻找陌生气味的来源。

“咖啡？”我问道，这东西还没有引进到英国，怎么会在圣保罗大教堂附近闻到它的气味呢？但马修没有在我身边为我解答。他冲进人群里，一只手里拿着剑。

我叹了口气。马修从不放过他在市场里看到的任何一个小偷。有时候我都希望他的视力不要那么敏锐，道德标准也没有那么绝对。

这次，他追赶的是一个比他矮五英寸左右的男人。那个男人的棕色卷发里点缀着几缕灰白色的头发。他很瘦，肩膀有一点儿驼，好像花了太多时间低头看书。这样的组合勾起我隐隐约约的回忆。

那个男人感觉到危险正在逼近，就转过身来。唉，他拿着一把小得可怜的匕首，比铅笔刀大不了多少，那一点都挡不住马修。我不想看到流血场面，急忙跑去追赶我的丈夫。

马修紧紧抓住那个可怜人的手，那把可怜的武器掉到了地上。吸血鬼用一只膝盖把他的猎物压在了书摊上，用剑的扁平部分压着那个男人的脖子。我先是一愣，然后吃了一惊。

“爸爸？”我小声说道。不可能。我难以置信地看着他，心怦怦直跳，既兴奋又惊讶。

“你好啊，毕晓普小姐。”我父亲回答道，抬头看着马修锋利的剑刃，“我就猜会在这里见到你。”

37

我父亲面对一个手拿武器的陌生吸血鬼和自己已经成年的女儿，显得很镇静，但他略带颤抖的声音和抓着摊架、泛白的指关节出卖了他。

“普罗克特博士，是吧？”马修退后一步，把剑插进剑鞘。

父亲把那件可以用来应付任何场合的棕色外套拉平。完全搞错了。有人——或许是我妈妈——试图把一件尼赫鲁装改成类似教士长袍一样的衣服，而且他的裤子太长，更像是来自富兰克林时代而不是沃尔特·雷利会穿的东西。但他的声音，虽然已经阔别了二十六年，还是那么熟悉。

“过去三天之中，你长大了好多。”他的声音在颤抖。

“你看起来跟我记忆中的一模一样。”我茫然地说，依然对他就站在我面前这个事实感到震惊。考虑到两个巫师和一个血族就站在圣保罗大教堂前广场上的人群之中，可能太过显眼，但我又不确定该如何处理这种前所未见的场面，所以我决定还是遵守社交传统更加保险。“你想去我们家里喝一杯吗？”我笨拙地提议。

“当然了，宝贝，那太好了。”他说，犹疑地点点头。

父亲和我都忍不住看着对方——当然没有在回家的路上这样做，平安到达鹿冠公寓前也没有。公寓里竟然不可思议地空无一人。然后，他给了我一个热烈的拥抱。

“真的是你，你的声音就跟你妈妈的一样。”他双手扶着我的肩膀，仔细地端详着我，“你长得也像她。”

“人家都说我的眼睛像你。”我也仔细地看着他。七岁的孩子是不会注意到这些事情的。想要看个清楚时，已经来不及了。

“是很像。”史蒂芬笑道。

“黛安娜的耳朵也像您，还有你们的气味也很像，所以我才能在圣保罗教堂里认出您。”马修紧张地用手抓了抓剪得很短的头发，然后把手伸向我父亲，“我是马修。”

父亲看着马修伸过来的手，“没有姓氏吗？你是像霍斯顿[①]或雪儿[②]一样的名人吗？”我眼前忽然生动地浮现出我十来岁时，因父亲不在身边而错失的画面，比如他见到我约会的男孩时可能会做出的种种蠢事。我热泪盈眶。

“马修有很多姓氏，只是太……复杂了。”我吞下眼泪说道。父亲见我突然情绪激动，显得有点紧张。

“您现在叫我马修·罗伊登就可以。”马修唤起我父亲的注意力。他们俩握了握手。

“你就是那只吸血鬼吧。”我父亲说，“丽贝卡对于你和我女儿谈恋爱的各种实际问题担心得要命，而黛安娜甚至还不会骑自行车。”

“哦，爸。”这两个字一从我嘴里说出来，我的脸就红了。我听起来像一个十二岁的孩子。马修笑着走到了桌子旁边。

“坐下来喝点酒好吗，史蒂芬？”马修递给他一个杯子，然后给我拉出一把椅子，“见到黛安娜，您一定大吃一惊吧。”

“说得没错。我是想喝点酒。”父亲坐下来，喝了一口酒，赞许

① 美国著名时装设计师。
② 美国女歌星及演员。

地点点头，然后表现出争取主动权的明显企图。“那么，”他快速说道，“招呼打过了，你们邀请我到家里来，也喝了些酒。这些西方人见面的基本礼仪都完成了。现在谈点正事。你来这里做什么，黛安娜？”

“我？你在这里做什么？妈妈在哪里？”我推开了马修给我倒的酒。

“你妈正在家里照顾你。”父亲吃惊地摇了摇头，“我不敢相信，你比我年轻不到十岁。”

“我总是忘记你比妈妈大好几岁。”

“你都跟吸血鬼交往了，还对我的忘年恋有意见？”父亲奇怪的表达把我逗笑了。

我边笑边快速地算了一下。“这么说，你是从1980年左右穿越过来的？”

“是的。我总算把学生的成绩都交了出去，就出来探索一下。”史蒂芬打量着我们，“你们是在此时此地相遇的？”

“不，我们是2009年9月在牛津相遇的，在博德利图书馆里。”我看了一眼马修，他鼓励地朝我微笑。我又转向父亲，深深地吸了口气，“我跟你一样能穿越时光。我还把马修带来了。”

“我知道你能穿越时光，小花生。去年8月，你在三岁生日那天突然消失，差点把你妈妈吓死。会穿越时光的小孩儿简直就是妈妈最可怕的噩梦了。”他目光锐利地看着我，“所以你继承了我的眼睛、耳朵、气味，还有穿越时光的本领。还有其他的吗？”

我点点头：“我会创造魔咒。”

“哦。我们曾希望你可能会成为一个像你妈妈那样的火巫，但运气没那么好。”我父亲看起来很不安，声音也低了下来，“你不应该在其他巫师面前提起你的天赋。如果有谁尝试教你魔咒，就让它一个耳朵进一个耳朵出吧。根本不要尝试去学习。”

“你要是早点告诉我就好了，这样我就知道应该怎么对付萨拉了。”我说。

“善良的老萨拉。”父亲的笑声温暖且有感染力。

楼梯上传来了雷鸣般的脚步声，然后四条腿的拖把和一个男孩冲了上来，迫不及待进门的力道使门砰的一声撞上墙壁。

“哈里奥特老爷说我又可以跟他一起看星星了，还保证下次不会忘记带上我。莎士比亚老爷给了我这个。”杰克拿着一张纸在空中飞舞，“他说这是欠条。还有，安妮在主教帽酒吧吃派的时候，一直盯着一个男孩子看。这是谁呀？”说最后一句话的时候，他还用一根满是污垢的手指指向我父亲。

“那是普罗克特先生。”马修说，拦腰搂住杰克，“你进来时喂拖把吃东西了吗？”在布拉格的时候，根本没办法把男孩和狗分开，所以只好把拖把带回伦敦，奇特的长相让它成为本地的一大奇观。

“我当然喂过了。如果我忘了，他就会吃掉我的鞋子。皮埃尔还说他可以私下买一只新鞋不跟你说，但第二双就不行。”杰克啪的一下用手捂住了自己的嘴巴。

“对不起，罗伊登夫人。他在街上一直跑，我追不上。”这时，皱着眉头的安妮冲进了房间，立刻停下来。她盯着我父亲，脸色变得苍白。

“没事的，安妮。”我轻轻地说。自从格林威治事件以后，她见到不认识的生物都很害怕。“这是普罗克特先生，他是我们的朋友。”

“我有一些弹珠，您会玩弹珠游戏吗？”杰克看着我的父亲，毫不掩饰他正在评估这个新来者有没有留用的价值。

“杰克，普罗克特先生来这里是跟罗伊登夫人谈事情的。”马修把杰克转了好几个圈，“我们需要水、葡萄酒和面包。你和安妮分头去买。等皮埃尔回来以后，会带你去高沼地玩儿。”

杰克抱怨了几声，和安妮一起回到大街上。我终于还是迎上父亲的目光。他一直一言不发地看着我和马修，空气随着他的疑问变得凝重。

“宝贝，你为什么在这里？”孩子们走了之后，父亲低声说。

“我们认为也许在这里能找到一些人，帮我解答有关魔法和炼金术的问题。”不知为何，我不想让父亲知道这件事的细节，“我的老师叫艾尔索普奶奶，她和她的女巫集会接纳了我。”

“还可以啊，黛安娜。我也是个巫师，知道你什么时候在掩盖真相。”我父亲重新坐回到椅子上，“你早晚得告诉我真相。我只是觉得直接问可以节省时间。”

“您为什么在这里，史蒂芬？”马修问道。

“四处看看。我是个人类学家，这是我的工作。你是做什么的？”

“我是个科学家——生物化学，研究室在牛津。”

“爸爸，你才不只是在伊丽莎白时代的伦敦‘四处看看’而已，你已经找到了《阿什莫尔 782 号》手抄本中的一页。”我突然明白了他为什么会在这里了，“你在找手抄本其他的部分吧。”我拉低悬挂式木制烛台架。哈伯梅尔师傅的天文仪宝盒就放在两根蜡烛中间。我们每天都得给它换一个地方，因为杰克每天都能找到它。

“什么中的一页？”我父亲问，语气中的无辜听起来很可疑。

“上面有炼金术婚礼图画的那一页，来自博德利图书馆收藏的一份手抄本。”我打开了天文仪宝盒。它跟我预料中的一样，完全静止不动。“看啊，马修。”

“真酷。”我父亲吹着口哨说。

“您应该看看她的捕鼠笼。”马修轻声说。

“它是干什么用的？”我父亲伸手接过宝盒，想要看得更清楚。

“它是一种数学仪器，可以报时，还能追踪天象的重要变化，比如月亮的亏盈。我们在布拉格的时候，它自己就开始转动起来。我本来认为这意味着有人在找我和马修，但现在我怀疑它其实是接受到你来寻找那本手抄本的信号。”它依然会周期性地运转，轮子没有任何征兆地旋转着。这个房子里的人都叫它“女巫之钟”。

“或许我应该去把那本书拿出来。”马修说着站了起来。

“没事的。”我父亲答道，示意他坐下。“不着急，丽贝卡并不指望我几天内就回去。”

“所以你会待在这儿——伦敦？”

我父亲的表情变得柔和。他点了点头。

“您住哪儿？”马修问道。

“住这儿！”我愤愤地说，“他要住这儿。”这么多年来他都不在我身边，绝不可能让他再从我的视线中消失。

“您女儿对于让亲戚住旅馆一事，怀有强烈的反应。”马修脸上挂着嘲弄的笑容对我父亲说道，他想起了当初在卡泽诺维亚[①]，他试图安排马库斯和米丽娅姆住旅馆时我的反应。“当然欢迎您跟我们住在一起。”

“我已经在城区的另一端订了房间。”我父亲犹疑地说。

“就住这里。”我抿紧嘴唇，拼命眨眼睛忍住泪水，“求求你。”我有那么多的事情想问他，那么多只有他能回答的问题。我的父亲和丈夫交换了一个意味深长的眼色。

“好吧。”父亲终于说道，“和你共处一段时间应该会很棒。”

我本想把我们的房间让给父亲住，因为家中有陌生人，马修会睡不着，而我睡在窗边的椅子上也很方便，但父亲拒绝了。结果是皮埃

① 美国纽约州的城市。

尔把他的床让给了我父亲。我站在楼梯平台上，羡慕地倾听着杰克和我父亲像老朋友一样聊天。

“我觉得史蒂芬需要的东西都齐全了。”马修伸出手臂，揽着我说。

“他对我失望吗？”我问道。

“你父亲？”马修语气惊讶，“当然不会了！”

“他看起来有点不适。”

“史蒂芬几天前跟你吻别的时候，你还是个学步的小孩。他有点难以接受，仅此而已。”

“他知道他和妈妈将会发生什么事吗？”我小声说。

“我不清楚，我的心肝儿，但我觉得他知道。”马修拉着我走向卧室，“休息吧。明天早上一切都会显得不一样了。”

马修说得对：第二天，我父亲就放松多了，虽然他看起来并没有睡太多觉。杰克看起来也是如此。

“这孩子总是做这样的噩梦吗？”我父亲问。

“对不起，他让你睡不好。”我抱歉道，“任何变化都会让他焦虑不安。平时都是马修在照顾他。”

“我知道。我看到他了。”我父亲说，喝了一小口安妮泡的药草茶。

这就是父亲的毛病：他什么都看到了。他的警觉性让吸血鬼都自愧不如。虽然我有成百上千的问题——关于我母亲和她的魔法，关于从《阿什莫尔782号》手抄本上撕走的一页——但在父亲静静地凝视下，它们似乎一下都消失了。他时不时地问我一些无关紧要的问题。我会打棒球吗？我认为鲍勃·迪伦是天才吗？有人教我搭帐篷吗？他没有问一个关于我和马修的问题，也没有问我在哪里上的学，甚至没有问我是如何谋生的。如果他不表示兴趣，我觉得自己说出来就显得很尴尬。我们相处的第一天结束的时候，我甚至哭得泪流满面。

“他为什么不跟我交谈？”马修解开我的紧身胸衣的时候，我问道。

“因为他一直在忙着倾听。他是个人类学家——一个专业的观察者。你是家族中的历史学家，提问是你的特长，不是他的。”

“我在他身边说不出话来，也不知道从哪里说起。当他真的跟我交谈时，总是谈一些奇怪的话题，比如说，准许指定击打会不会毁了棒球运动。”

“那是一个父亲开始带女儿去看棒球赛时，一定会谈到的事。这么说来，史蒂芬的确知道他不能看着你长大。他只是不知道自己还能陪你多久。”

我一屁股坐到床边。“他是波士顿红袜队的忠实球迷。我记得妈妈说过，让她怀上我，再加上卡尔顿·费斯克在世界大赛第六局击出一支全垒打，令 1975 年秋季学年成为他一生中最棒的一个学年，尽管辛辛那提队最后击败了波士顿队。”

马修轻笑一声。“我敢肯定 1976 年的秋季学年才是他最棒的学年。”

“那年红袜队赢了？”

“没有。但你父亲赢了。”马修吻了我一下，吹灭了蜡烛。

第二天，当我办完事回到家里时，发现父亲正坐在我们空荡荡屋子的客厅里，面前放着摊开的《阿什莫尔 782 号》手抄本。

“你在哪里找到它的？”我把一包包东西放到桌子上，问道，“马修应该把它藏好的。”光是防范孩子们把那个可恶的天文仪宝盒拿去玩就够我忙的了。

“是杰克给我的，他说这是‘罗伊登夫人的怪物书’。我听到这种话，当然就很想看看。”父亲翻了一页。他的手指比马修的短，指头圆钝有力，不是修长灵活型的。“那张婚礼的图画就在这本书里？”

“是的。这本书里本来还有另外两张图：一幅画了一棵树，另一幅画了两条流着血的龙。”我停了一下，“爸爸，我不知道应该再告诉你多少。我对你和这本书的关系，知道得比你多——那些还未发生的事。”

“那就告诉我，你在牛津找到它之后发生了什么事。黛安娜，我想听真话。我看得见你和这本书之间的丝线受损，它们全都扭曲缠绕在一起了。还有人伤害了你的身体。”

沉默重重地笼罩在房间里，父亲的注视让我无处可逃。等我再也忍受不了的时候，就迎上他的目光。

“是巫师干的。当时马修睡着了，我出去呼吸新鲜空气。外面应该是安全的，但一个女巫把我抓走了。”我在座位上动了动身体，“故事结束，我们谈点别的吧。你不想知道我在哪所学校读书吗？我是个历史学家，在耶鲁大学有终身教职。”我愿意跟父亲谈论任何事情——除了那一连串事件，从一张旧照片被寄到我在新学院的房间里开始，到朱丽叶的死亡结束。

“以后再说吧。现在我想知道，为什么有别的巫师那么想要这本书，为了得到它，不惜要杀掉你。哦，是这样。”他看着我满脸难以置信的表情，“我自己想明白了。一个女巫在你背上施展破开咒，留下了恐怖的伤疤。我能感觉到那个伤口。马修的眼神常在那里徘徊，而且你的龙——我也知道她的事情——用翅膀护着它。”

“萨图——那个抓走我的女巫——不是唯一想要这本书的生物。还有彼得·诺克斯。他是圣会的一员。”

“彼得·诺克斯。”我父亲轻声说，“好吧，好吧，好吧。”

“你们两个见过面吗？”

“很不幸，见过。他一直喜欢你妈妈，好在她很讨厌他。”我父亲沉下脸，又翻了一页，“我很希望彼得不知道这本书里有那么多死去的巫师。书中凝聚了某种黑魔法，彼得一直对那一类巫术特别感兴趣。我知道他为什么想要它了，但你和马修为什么也想得到这本书呢？”

“生物们在不断减少，爸爸。精灵们变得越来越不安分，吸血鬼的血有时候无法转化人类，巫师们的子女数量也没有以前多了。我们正在逐渐灭绝。马修认为这本书可能会帮我们了解原因。”我解释道，“这本书里有大量的基因信息——皮肤、头发，甚至血液和骨头。”

“你嫁给了一个像查尔斯·达尔文一样的人。他对起源像对灭绝一样有兴趣吗？”

“是的。他很久以来都在研究精灵、巫师和吸血鬼之间的关系，以及他们和人类之间的关系。这本手抄本——如果我们可以把丢失的部分找回来，再解读它的内容——可能会提供重要的线索。”

我的目光碰上父亲褐色的眼睛。“你的吸血鬼关心的就只是这些理论吗？”

“已经不是了。我怀孕了，爸爸。”我把手轻轻地放在小腹上。我最近总是不自觉地这样做。

“我知道。”他笑了，“我看出来了，但听你告诉我，还是很开心。”

“你才来了四十八个小时。我跟你一样不喜欢仓促行事。”我说道，感觉有点害羞。父亲站起来，把我搂在怀里，紧紧地抱着我。“而且，你应该感到惊讶才对，女巫和吸血鬼是不应该相爱的，也绝对不应该生小孩。”我说。

“你母亲已经警告过我了——她用她那神奇的视力看到了一切。”他笑了，“她可真是一个自寻烦恼的人。她担心的不是你，而是那个吸血鬼。恭喜你，宝贝。孩子是美妙的礼物。”

“我只希望我们能把这事处理好。谁知道我们的孩子会是什么样子呢？”

“你能处理的事情远远超出你的想象。”父亲吻了一下我的脸颊，“来吧，我们去散步吧。你可以带我去看这个城市里你最喜欢的地方。我很想见莎士比亚。我的一个白痴同事居然认为是伊丽莎白女王写的《哈姆雷特》。说起同事，那么多年来，我一直给你买带有哈佛校徽的围嘴和连指手套，最后你怎么去耶鲁教书了？”

“有件事我很好奇。”父亲盯着自己的酒说。

我们两个愉快地散完步，一起悠闲地吃了晚餐，然后把孩子们送上床，拖把在壁炉旁边打起了鼾声。到目前为止，这一天过得很完美。

“什么事，史蒂芬？”马修从自己的杯子上抬起头，微笑着问。

“你们觉得这种疯狂生活还能过多久？”

马修的笑容消失了。“我不清楚你这问题是什么意思。”他生硬地说。

“你们两个把一切都抓得太紧了。”我父亲啜了一口酒，刻意地盯着马修紧握着放在杯口上的拳头。“马修，抓得太紧的话，可能会不经意地毁掉你最爱的东西。”

“我会记住这句话的。”马修在克制自己的怒气——快要失控了。我张口想打个圆场。

“不要调停，宝贝。”我还没来得及说话，父亲就说道。

“我没有。”我反对道。

“不，你有。”史蒂芬说，“你母亲总是这么做，我看得出迹象。黛安娜，这是我唯一能把你当一个成年人、和你交谈的机会，所以我一定要有话直说，尽管会让你——或他——不愉快。”

父亲把手伸进上衣，拿出一本小册子。“你也一直在试图调停，马修。”

“来自苏格兰的消息。”这行小字上面是一个大标题：**1 月在爱丁堡被火刑处死的著名魔法师费恩博士，据称一生作恶多端**。

“全城都在谈论苏格兰的巫师。”我父亲说着，把小册子推给马修，“但生物讲的故事和人类讲的故事不一样。他们说，巫师的敌人，伟大而可怕的马修·罗伊登，一直在违抗圣会的意愿，营救那些被指控的人。”

马修用手指阻止他继续翻。“你不该相信你听到的每件事，史蒂芬。伦敦人喜欢散播无聊的谣言。”

“你们是两个控制狂，肯定制造了一堆麻烦，而且麻烦不会到此为止，它还会跟着你们回去。”

“唯一会从 1591 年跟着我们回家的东西是《阿什莫尔 782 号》手抄本。”我说。

“你们不能带走那本书。”父亲的口气很强硬，“它属于这里。你们停留这么久，造成的时间扭曲已经够严重了。”

“我们一直都很小心，爸爸。”他的批评刺痛了我。

“小心？你们来到这里已经七个月了，还怀了一个孩子。我待在过去的最长时间是两个星期。你们不再是时光穿越者，你们已经违反了人类学田野考察的一条最基本原则：你们已经变成本地人了。”

“我之前就来过这里，史蒂芬。”马修温和地说，但他用手指在敲打着自己的大腿，这绝不是个好兆头。

“我知道，马修。”我父亲反驳道，“但你加入太多变数，过去已经不可能保持原貌了。”

“过去改变了我们。”我直视着父亲充满怒气的眼睛，“所以我们理所当然地也会改变它。”

“但那样可以吗？黛安娜，时光穿越是件很严肃的事情，即使是短暂的穿越，你们也需要有一个计划——包括找到的所有东西都得按原状留下。”

我在座位上动了动。“我们本来没有要在这里待这么久的。变故接二连三地发生，而现在——”

“现在你们把这里搞得一团糟。回去后，你们可能会发现那里也变得一团糟。”父亲忧郁地看着我们。

“我明白了，爸爸。我们搞砸了。”

“你们确实搞砸了。”他温和地说道，“我要去主教帽酒吧，你们可以趁此机会好好想想。一个叫加洛格拉斯的人在院子里自我介绍，说他是马修的亲戚，而且答应帮我见到莎士比亚，因为我自己的女儿不肯帮忙。”父亲在我的脸颊上轻吻了一下，其中有失望，也有谅解。“不用等我回家了。”

我和马修静静地坐着，父亲的脚步声在楼梯上慢慢消失。我颤抖着吸了一口气。

“我们搞砸了吗，马修？”我回顾了一下过去几个月里发生的事情：遇见菲利普；突破马修心中的防线；结识艾尔索普奶奶和其他女巫；发现自己魔法编织者的身份；跟玛丽和小城区的太太们交朋友；把杰克和安妮带到我们的家里，再带进我们的内心；重新获得《阿什莫尔 782 号》手抄本；哦，还有，怀上一个孩子。我的手落到小腹上，做出保护的姿势。如果有机会重来的话，我一件事也不愿意改变。

“这很难说，*我的心肝儿*。”马修忧郁地说道，“时间会给我们一个答案。”

“我想我们可以去见艾尔索普奶奶。她在帮我设计回到未来的魔咒。”我站在父亲面前，双手攥着魔咒盒。昨晚我和马修挨了他的教训，现在我在他旁边依然感到不安。

“是时候了。”父亲说着，伸手去拿他的外套。他仍然按照现代人的方式穿外套，一进门就把它脱下来，然后卷起衬衫袖子。“我想你没有把我的话听进去。我也迫不及待地想跟这位经验丰富的编织者见面。你终于要给我看盒子里装的东西了吗？”

“既然你这么好奇，为什么不早说呢？”

“你用那些丝丝缕缕的东西把它包得那么严实，我以为你不愿意让任何人提到它。”我们走下楼梯时，他这样说道。

我们来到圣詹姆斯大蒜区，艾尔索普奶奶的灵仆打开了门。

“请进，请进。”艾尔索普奶奶坐在火炉边，招呼我们过去。她的眼睛里闪耀着兴奋的光芒。“我们正等着你们呢。”

整个女巫团都在，每个人都坐在自己座位的边沿。

“艾尔索普奶奶，这是我父亲，史蒂芬·普罗克特。”

“编织者。”艾尔索普奶奶满意地笑着说，“你是个水巫，跟你女儿一样。”我父亲照例站在后方，我为他介绍大家时，他观察每一个人，尽可能地少说话。女巫们都笑着点点头，不过凯瑟琳得向伊丽莎白·杰克逊重复每一句话，因为我父亲的口音太奇怪了。

“请恕我们失礼。您愿意告诉我们您的灵仆叫什么名字吗？”艾尔索普奶奶盯着我父亲的肩膀，在那里可以看到一只白鹭模糊的轮廓。我之前从没注意到它。

“你能看到贝努？”我父亲惊讶地说。

“当然。他张开翅膀站在你的肩膀上。我的灵仆没有翅膀，虽然我跟风元素有着密切的关系。我想这就是她容易被驯服的原因吧。我还是个小女孩的时候，一个女编织者来到伦敦，她的灵仆是个鹰身女妖，名字叫艾拉，很难被驯服。”

艾尔索普奶奶的灵仆在我父亲周围飘着打转，低声招呼那只越来越明显的鸟儿。

“或许你的贝努可以哄劝黛安娜的火龙吐露她的名字。我觉得这样会让你女儿更容易回到自己的时代。我们不想让她的魔宠在这里留下任何痕迹，那会把她拽回伦敦的。”

“哇。”父亲在努力理解这一切——女巫集会、艾尔索普奶奶的灵仆，还有他的秘密显露出来的事实。

“谁？”伊丽莎白·杰克逊以为自己没听懂，客气地问道。

我父亲后退了一步，仔细打量着伊丽莎白。“我们以前见过吗？”

“没有。你认识我血管里的水元素。很高兴你加入我们，普罗克特先生。伦敦城内已经很久没有同时存在三个编织者了。大家都在议论着。”

艾尔索普奶奶指着身旁的椅子。“请坐。”

我父亲坐到贵宾席上。“家里没人知道编织是怎么回事。”

“就连妈妈也不知道？”我惊呆了，“爸爸，你应该告诉她的。”

“哦，她知道。但我不是告诉她的，而是做给她看。”父亲的手指一屈一伸，依照本能做出指挥的手势。

他把藏在房间各处的水元素丝线拉出来，四周亮起蓝、灰、紫、绿色的光：窗户旁边水罐中的柳枝、艾尔索普奶奶用来施展魔咒的银色烛台、等着被烤熟当晚餐的鱼。房间里的每个人和每样东西都笼罩在相同的水色光芒里。贝努飞了起来，银色的翼尖在空气中搅出波纹。艾尔索普奶奶的灵仆被气流吹得左右摇摆，一会儿变成一枝长茎水仙花，一会儿恢复原形，长出翅膀。这两个灵仆看起来像是在玩耍。一看到有机会玩，我的火龙也摆动尾巴，在我的胸腔里拍打着自己的翅膀。

“现在不行。”我抓着胸衣，紧张地对她说道。这个场合最不需要的就是一条凌空飞起的火龙。我对过去的控制力可能下降了，但我至少知道，不能让一条火龙闯进伊丽莎白时代的伦敦。

“放她出来，黛安娜。”父亲催促道，“本[①]会照顾她的。”

但我做不到。父亲召回贝努，它消失在他的肩膀里。我周围的水魔法也消散了。

“你为什么这么害怕？”我父亲轻声问。

“因为这个！”我迎空挥舞丝线，“还有这个！”我敲了敲我的肋骨，按住我的火龙。她打了个嗝作为回应。我的手向下滑到我们孩子生长的位置。“还有这个。让我害怕的事情太多了，我没有必要像你刚才那样使用元素魔法炫耀。我现在这样就很满足。”

“你能编织魔咒，控制火龙，和统治生死的法则相抗衡。你就和造物者一样多才多艺，黛安娜。任何有自尊的巫师为了取得这些法力，都不惜杀人的。”

我惊恐地看着他。他把一件我无法面对的事情带进了这个房间：巫师们已经为这些能力杀过人了。他们杀了我父亲，还有我的母亲。

“把你的魔法装进整洁的小盒子里，不让它接触其他技能，也改变不了你妈妈和我的命运。”父亲悲伤地继续说道。

“我没有打算那样做。”

“真的吗？”他的眉毛扬了起来，“那你打算怎么做？”

“萨拉说元素魔法和巫术是互不相干的。她说——”

“忘掉萨拉的话吧！”父亲抓住我的肩膀，“你不是萨拉，你和有史以来任何一个巫师都不一样。你没必要在魔咒和自己随时可以使用的法力之间做选择。我们是编织者，不是吗？”

我点了点头。

---

① 贝努的昵称。

“那就把元素魔法当作经线——构成这个世界的粗壮纤维——把魔咒当作纬线。它们组成了一张挂毯，合起来就是一个巨大的系统。如果你抛开自己的恐惧，就能掌握它。”

我看到各种可能性在我周围闪烁，色彩与明暗交织成无数张网，然而恐惧依然存在。

“等等。我像妈妈一样跟火元素有某种联系。我们不知道水和火在一起会有什么反应。我还没有学到这一课。”*都是因为布拉格*。我想。*都怪我们一心寻找《阿什莫尔782号》手抄本，忘了真正的目标是未来。我们要设法回到未来*。

“这么说，你是个左右手都可以击球的击球手喽——女巫的秘密武器。”他笑了起来。*他竟然笑了*。

“这是很严肃的事情，爸爸。”

“没那么严肃。”父亲顿了一下，勾起一根手指，挑出一根灰绿色的线头。

“你在干什么？”我怀疑地问。

“看。”他的声音很轻，就像轻拍海岸的浪花。他把手指收回来，噘起嘴唇，就好像拿着一个隐形的吹泡泡器。他吹出一口气，出现一个水球。他朝火炉旁边的水桶挥挥手，那水球就结成冰，飘到水桶上方，然后落下激起一片水花。“正中红心。”

伊丽莎白咯咯笑了起来，往空中释放出一大串水泡，它们在空中逐个破裂，每一个水泡都喷出一股小水花。

“黛安娜，你不喜欢未知，但有时候你必须接受它。我第一次把你放上三轮车的时候，你吓坏了。当你不能把所有的积木都放进盒子里时，就把它们朝墙上扔。我们克服过那些危机。现在这状况一定也能处理。”父亲伸出手。

“但这太……”

“太乱了？人生就是这样的。不要一味追求完美。试着做出真正的改变。”父亲的手臂划过空气，让所有平常看不见的细线都显露了出来。“整个世界都在这个房间里。慢慢了解它吧。”

我研究其中的图案，看到环绕在那些女巫周围的一团团色块，代表她们的特长。火与水的丝线围绕着我，两种彼此冲突的颜色缠得乱七八糟。我又开始恐慌。

“召唤火。”父亲说，好像这种事就跟点比萨一样简单。

犹豫片刻之后，我勾起一根手指，希望火来到我面前。指尖随即勾到一条橘红色的丝线，当我抿紧嘴唇，从唇缝里轻轻吐气时，几十个发光、发热的小泡泡像一群萤火虫般飞到空中。

“漂亮，黛安娜！”凯瑟琳拍着手大喊道。

听见掌声，看见火光，我的火龙也要出来。贝努在父亲肩头鸣叫，火龙回应。“不。”我咬着牙说。

“别这么扫兴。她是龙——不是金鱼。为什么总要求魔法生物像普通动物那样呢？让她飞！”

我只是放松了一点点，肋骨就变软了，像本书一样从脊椎骨处打开来。我的火龙一得到机会，就逃出骨骼的牢笼，拍动翅膀。那双翅膀也从没有实体的灰色变得色彩斑斓、光芒四射。她的尾巴卷曲成一个松散的结，在房间里四处乱飞。她用牙齿咬住那些小小的光球，像吃糖果一样把它们吞了下去。接着，她把注意力转移到我父亲的水球上面，好像它们是上好的香槟酒。吃够那些糖果以后，火龙在我前面的空中盘旋，尾巴在地板上挥来挥去。她歪着头，等待着。

“你是什么？”我问道，想不通她怎么能同时吸收水与火这两种矛盾的力量。

“我是你，但又不是你。”火龙眨眨眼睛，用她那玻璃般透明的眼睛审视着我。一个旋转着的能量球在她形如铁锹的尾巴末端保持着平衡。火龙轻甩了一下尾巴，把那个能量球甩到我的手心。它看起来就跟当初我在麦迪逊送给马修的那个球一样。

“你叫什么名字？”我轻声说。

“你可以叫我科拉。”她用烟与雾的语言说。科拉点头告别，融入一片灰影，消失无踪。她的重量砰然落入我的身体中央，她的翅膀在我的后背蜷曲起来。一切归于静止。我深深地吸了一口气。

“做得好，宝贝。”父亲紧紧地拥抱着我，“你刚才就像火一样思考。移情是生活中大多数事物的秘密——包括魔法在内。看现在的丝线是多么明亮啊！”

全世界都在我们四周焕发着各种可能。然而在角落里，亮度不断提升的靛蓝色和琥珀色发出警告，时间越来越不耐烦了。

38

“我的两个星期用完了。现在是要离开的时候了。”

父亲的话并不意外，但我还是觉得受到了很大的一个打击。我垂下眼帘，掩饰内心的反应。

“如果我不马上回去的话，你母亲会认为我跟一个卖橘子的小妞好上了。”

“卖橘子是到 17 世纪才会出现的行业。”我心不在焉地拨弄着腿上的丝线。现在，我各方面都在稳步前进，从简单的可以治头疼的魔咒到复杂的可在泰晤士河上掀起波涛的魔咒。我把金色和蓝色的丝线缠绕在手指上。**力量和理解**。

“哇，你恢复得很好，黛安娜。”父亲转向马修，“她恢复得真快。”

“这还用说。”我丈夫的回答同样不动声色。他们俩都借助幽默来克服交流中的摩擦，这有时候让他们令人难以忍受。

“很高兴认识你，马修——尽管你认为我对黛安娜发号施令时，你的表情很恐怖。”父亲笑着说。

我没有理会他们的戏谑，把黄色丝线跟金色与绿色丝线缠在一起。**说服**。

“你能待到明天吗？错过庆典会很可惜的。”明晚是仲夏夜，整个城市都会沉浸在节日的气氛中。担心陪女儿最后一晚还不足以吸引父亲，我就厚着脸皮激发起他的学术兴趣来。“你还可以看到很多民间习俗。”

“民间习俗？”父亲笑了，“好狡猾啊，我当然会待到明天。安妮帮我编了一个花冠。我和威尔还要跟沃尔特一起品尝某种烟草，然后我要去拜访哈伯德神父。”

马修皱起了眉头。“你认识哈伯德？”

“哦，当然了。我一来就去他那里做了自我介绍。我必须这么做，因为这是他的地盘。哈伯德神父很快就猜出我是黛安娜的父亲。你们都有着令人惊奇的嗅觉。”父亲和蔼地看着马修，“他是个很有趣的人，认为所有的生物应该是一个快乐的大家庭。”

“那只会带来彻底的混乱。”我指出。

“昨晚不就是那样吗？三个吸血鬼、两个巫师、一个精灵、两个人类和一条狗住在同一个屋檐下，彼此相安无事。黛安娜，不要这么快就否定新思想。”父亲不以为然地看着我，“到时候，我想我会跟凯瑟琳和玛乔丽一起出去逛街。今晚会有很多巫师出来活动。她们两个肯定知道最好玩的地方在哪里。”很显然，他已经跟全城一半的人都打成一片了。

“那你要注意一点。尤其跟威尔在一起的时候，爸爸。不要说‘哇’，也不要说‘演得好，莎士比亚’。”父亲喜欢用俚语。他说那是人类学家的习惯说法。

“如果能带威尔跟我回家就好了，他会成为一个很酷的——抱歉，宝贝——同事。他很有幽默感，我们系里需要他这样的人。往面团里加点酵母，如果你懂我意思的话。”父亲搓了搓双手，“你们计划怎么过节呢？”

“我们还没有计划。”我茫然地看了看马修，他耸了耸肩。

“我想我得写一些回信。”他犹疑地说。信件已经堆积到惊人的高度了。

“哎呀，天啊。”父亲坐回椅子上，一副吓坏了的样子。

“怎么了？”我回头张望，看是谁或什么东西走进了房间。

“别告诉我，你们是那种分不清工作和生活的学者啊。”他张开双手，好像要抵挡瘟疫。“我拒绝相信自己的女儿竟成了那样一个人。”

“有点太戏剧化了吧，爸爸。”我生硬地说，“我们可以整晚陪你。我从没抽过烟。第一次抽烟就跟沃尔特一起，倒挺有历史意义的，因为是他把烟草引进到英格兰的。”

父亲显得更害怕了。“绝对不行。我们要结拜兄弟的。莱昂内尔·泰格[①]认为——”

“我可不是泰格的粉丝。”马修插嘴道，“社会食肉动物[②]对我来说，从来都没有什么意义。”

“能不能先暂时把吃人的话题抛到一边，说说你为什么在最后一个夜晚不愿意跟我和马修一起度过？”我很伤心。

“不是这样的，宝贝。帮我一个忙，马修，带黛安娜出去约会吧。你一定能想到可以做些什么的。”

“比如去溜冰吗？”马修的眉毛猛地扬了起来，“16 世纪的伦敦根本没有溜冰场——21 世纪剩下的也没有几家了。”

“该死。”父亲和马修几天来一直在玩“时尚与潮流”的游戏。虽然父亲很高兴得知风行一时的迪斯科舞厅和把石头当宠物养的时尚都已消失，但听说其他东西——比如休闲西装——沦为笑柄，却很震惊。“我喜欢溜冰。当我和丽贝卡想摆脱黛安娜几个小时的时候，就会去多切斯特的一个地方，而且——”

“我们要去散步。”我急忙说。父亲谈到他和母亲如何消磨闲暇

---

① 莱昂内尔·泰格（1937— ），美国新泽西州罗格斯大学人类学教授，著有《男性群体的衰落》（*The Decline of Males and Men in Groups*）。

② 即 social carnivore，莱昂内尔·泰格提出的主要社会学理论。

时光，总是坦诚得超出必要的程度。他似乎认为这样做可以动摇马修守礼严明的立场。这个办法失败后，他就把马修叫做“兰斯洛特骑士”①。这一招更加讨人厌了。

“散步，你们去散步。”我父亲顿了一下，“你是说真正的散步，是吗？”

他抽身离开桌子。“难怪生物们会走上和渡渡鸟一样的灭绝之路。出去，你们都出去。现在就走。我命令你们要玩得开心。”他把我们领到门口。

“怎么玩啊？”我问，完全糊涂了。

“女儿不应该问她父亲这种问题。今晚是仲夏夜。出去遇到第一个人，你们就问他该怎么办。更好的办法就是学习别人的榜样。你们可以朝月亮嚎叫，可以施展魔法，至少也要亲热亲热吧。当然就算是兰斯洛特骑士也知道怎么亲热。”他抖了抖自己的眉毛，“有概念了吗，毕晓普小姐？”

“我想是吧。”我的语气反映了自己对父亲的“开心”一词的定义充满怀疑。

“很好。日出前我不会回来，所以别等我了。你们两个最好一整夜都待在外面。杰克跟汤米•哈里奥特在一起，安妮跟她阿姨待在一起，皮埃尔——我不知道他在哪里，但他不需要人照顾。明天早餐再见。”

“你什么时候开始叫托马斯•哈里奥特‘汤米’的？”我问。父亲假装没有听见。

“走之前先拥抱我一下。记得要玩得开心，好吗？”他把我抱在了怀里，“待会儿见，宝贝。”

---

① 亚瑟王圆桌武士中的第一勇士，他与王后格温娜维尔的恋情导致了他与亚瑟王之间的战争。他温文尔雅，又相当勇敢，而且乐于助人。

史蒂芬把我们推出门外，然后直接关上了门。我伸手去抓门闩，发现自己的手已经落入吸血鬼冰冷的手掌中。

“他再过几个小时就要走了，马修。”我用另一只手去推门，但马修也把它给抓住了。

“我知道，他也知道。”马修解释道。

“那他就该知道，我要花更多时间和他相处。”我两眼盯着门，用意念要父亲开门。我能看到丝线从我身上发出，透过木头上的纹理，伸向门那边的男巫。有条线猛地一弹，像橡皮筋一样打到了我的手背上。我惊呼一声：“爸爸！”

“走吧，黛安娜！”他大喊道。

我和马修在城里闲逛，看着店铺提前打烊，酒吧里早已挤满了狂欢的人群。不止一家肉铺的屠夫在门前堆了许多骨头，那些骨头都是又白又净的，好像被煮过一样。

“那些骨头是用来做什么的？”当我们看到第三堆骨头后，我问马修。

“用来生骨火的。”

“篝火？”

“不，”马修说，“是骨火。按照传统，人们用火来庆祝仲夏夜：骨火、木火，还有骨头和木柴混合在一起的火。市长每年都会发出停止这些迷信活动的警告，但人们还是照常放火。”

马修请我到位于黑衣修士区外鲁德门山上那个著名的野蛮美女酒馆吃晚餐。那个酒馆不仅供应小吃，还是一个综合娱乐中心，顾客可以观赏戏剧和剑术比赛——更别说还有那匹名马马罗科了，它能从人群里把处女挑出来。虽然我们不在多切斯特溜冰，但也差不多了。

城里的青少年们成群出动，他们从一家酒吧逛到另一家酒吧，一路上相互咒骂和指桑骂槐。他们在白天里大都是辛勤工作的仆人或学徒。即使在晚上，他们的时间也不由自己支配，因为雇主还要求他们看管店面或住宅，照顾小孩，采购食物和水，以及执行其他数百种杂役，而正是这些不可或缺的工作才维系了一种舒适的近代居家生活。不过，今晚的伦敦是属于他们的，他们要尽情享乐。

钟声敲响九点时，我们往回穿过鲁德门，来到黑衣修士区的入口。平时到了这个时候，城防队应该开始巡逻，普通人也该回家了，但今夜好像没有人打算按照规矩行事了。虽然太阳提前一个小时下山，但因为明天就是满月，城市的街道被月光照得通明。

“我们能再走走吗？”我问。以前我们总是要去某个特定的地方——去贝纳德城堡见玛丽，去圣詹姆斯大蒜区参加集会，去圣保罗教堂的广场买书。我和马修从没有漫无目的地在城市里闲逛过。

“我不明白为什么不能，既然我们奉命来外面找乐子。”马修说着，低头偷走一个吻。

我们绕过圣保罗大教堂的西门，到了这个时候那里依然人声鼎沸。我们穿过教堂庭院向北走，来到了齐普赛街。这是伦敦最宽敞最繁华的街道，有许多金匠在这里做买卖。我们绕过齐普赛街十字路口的喷泉，一群吵闹的男孩在那里玩水，然后向东走去。马修带我走安妮·博林加冕游行的路线，还指出杰弗里·乔叟[1]小时候住过的房子。一些商人邀请马修跟他们一起比赛滚木球，但他一连三次击出球，于是他们就把他轰出局了。

“你证明了自己是独占鳌头的，满意了？”我取笑道。他揽住我，把我拉近。

“非常满意。”他指着前面的交叉口说，“看。”

① 杰弗里·乔叟（1343—1400），英国小说家、诗人，主要作品有小说集《坎特伯雷故事集》。

“皇家交易所[1]。”我兴奋地转向他说，“还是在夜里！你没忘记啊。”

“绅士从不食言。”他深深地鞠躬，小声说道，“我不确定还有没有商店在营业，但灯总还是亮着的。你想跟我一起去院子里散步吗？”

宽大的拱门旁有一座塔楼，塔楼顶部立了一只金蚱蜢。走进拱门，我慢慢转身，全方位体会这栋四层的高楼。它里面有上百家店铺，售卖的东西应有尽有，从盔甲乃至鞋拔。英格兰历代君王的雕像俯视着顾客和店家，一大片蝗虫般的蚱蜢点缀在每一扇天窗的顶端。

“蚱蜢是格雷欣[2]的标志，他自我推销起来毫不害羞。”马修顺着我的目光看去，笑着说。

确实还有商店在营业，环绕中庭走廊的灯都还亮着，所以享用这夜色的人并不只有我们两个。

“音乐声是从哪里传来的？”我四处张望，寻找奏乐的艺人。

“塔上。”马修指着我们进来的方向说，“天气暖和时，商人们会集资赞助演奏会，可以招徕生意。”

马修显然是个老顾客了，这从向他打招呼的店家数量可以看出。他跟他们开玩笑，问候他们的老婆和孩子。

“我马上就回来。”他说着，冲进附近一家店铺。我困惑地站在那里听音乐，旁观一个很有权威的年轻女子组织一场临时起意的舞会。人们围成一个圆圈，手牵着手，像热锅中的爆米花一样跳上跳下。

马修回来后，毕恭毕敬地呈献给我——

① 商人托马斯·格雷欣始建于16世纪，作为伦敦市的商业中心。

② 托马斯·格雷欣（Sir Thomas Gresham，1519—1579），英国商人及金融家，因为帮助亨利八世向外国银行借钱而获封爵位。

“一个捕鼠器。”我看着这个带有滑动门的小盒子，咯咯地笑了起来。

“这才是真正的捕鼠器。”他拉起我的手，倒退着走，把我拉近欢乐舞会的核心，“我们跳舞吧。”

“这种舞我不会跳。”它一点也不像塞图尔城堡和鲁道夫宫廷里的那种庄重的舞蹈。

“哈，我会。”马修说，看也不看身后转来转去的一对对舞者。“这是一种老式舞蹈——黑马舞——舞步很简单。”他拉着我走到队伍的一端，把捕鼠器从我手里拿走，交给旁边一个小孩保管。他答应那个孩子说，跳完这支舞后，如果他把捕鼠器还给我们，就能得到一便士。

马修拉着我的手，加入跳舞的队伍。其他人一动，我们就跟着跳。走三步，前踏，走三步，屈膝。重复几遍后，我们开始跳更复杂的舞步，十二个舞者分成两排，每排各六个人，开始跟对角线上的人交换位置，来回穿梭。

跳完这支舞，有人喊着要更多音乐，有人点特定的曲子，但我们在舞会变得更加活跃之前，就离开了皇家交易所。马修取回了我的捕鼠器，但他没有带我直接回家，而是向南朝河边走去。我们钻过那么多的小巷，穿过那么多座教堂前的广场，到达万圣大教堂时，就完全迷失了方向。这里有高耸的方塔，还有曾供教士清修但现已废弃的修道院。跟伦敦大多数教堂一样，万圣大教堂也在慢慢变成一座废墟，它那些中世纪的石砌墙体正在坍塌。

“你想爬上去吗？”马修弯身进入回廊，然后穿过一个低矮的木门。

我点点头，我们开始向上爬。经过那些钟的时候，幸好它们没有发出声音。马修推开了屋顶上的一扇活板门，敏捷地穿过那个孔洞，然后伸手把我提起，放到他身边。忽然之间，我们已经站在钟塔的垛口后面，整个伦敦城就在我们脚下一览无遗。

城外山坡上的篝火已经熊熊燃烧起来，泰晤士河的小艇和驳船，船头挂的灯笼上下晃动。从我们这个距离望去，以黑暗的河流为背景，那些灯笼就像一只只萤火虫。我听见笑声、音乐声还有其他声音。我们在这里待了几个月，我逐渐习惯了这里一切日常生活的声音。

“所以你见到了女王，看到皇家交易所夜晚的模样，还真正地演过一出话剧，而不是坐在下面看。”马修扳着手指头说。

“我们也找到了《阿什莫尔 782 号》手抄本，我还发现自己是个编织者，而且魔法并不像我想的那么规律。”我眺望全城，想起刚抵达时，马修为我指出所有重要的地标，怕我迷路。现在我说得出一个个地标的名称了。“那是布赖德韦尔[①]。”我指着说道，“圣保罗大教堂、斗熊竞技场。”我转向这个默默站在旁边的吸血鬼：“谢谢你带给我这个晚上，马修。我们从没有过真正的约会——像这样在公共场合约会。真是太神奇了。”

“我追求你不够卖力，是吗？我们应该拥有更多这样的夜晚，一起跳舞、看星星。”他抬头仰望夜空，月光映着他苍白的皮肤。

“你真的会发光。”我温柔地说道，伸手去抚摸他的下巴。

“你也一样啊。”马修的双手滑到我的腰上，他的这个姿势让孩子也和我们抱在一起。“这倒提醒我了。你父亲给我们开了一张清单。”

“我们已经玩得很开心了。你施展魔法，带我去皇家交易所，然后又让我看到这让人惊喜的风景。”

“那就只剩下两件事情了。女士优先选择：是我对月长嗥呢，还是让我们来亲热？”

我微笑着扭过头去，无端羞涩起来。马修歪着脑袋，抖擞精神，

① 原来是一座宫殿，16 世纪初成为亨利八世的住处，1566 年改为监狱，成为大型监狱的代名词。

再次向月亮望去。

“别嗥叫了，你会把守夜人招过来的。”我笑着阻止他。

“那就亲一个吧。”他温柔地说，把嘴凑到我的嘴唇上。

***

第二天早上，在外面玩到凌晨的全家人在哈欠中吃完了早餐。汤姆和杰克刚起床，狼吞虎咽地喝了好几碗粥。这时，加洛格拉斯走进来，对马修说了几句悄悄话。看到马修悲伤的表情，我顿时口干舌燥。

“我爸爸在哪里？”我跳起来。

“他已经回家了。”加洛格拉斯的声音沙哑。

“你为什么不拦住他？”我问加洛格拉斯，泪水盈满眼眶，“他不能就这样走了。我只是想和他再相处几个小时。”

“全世界的时间都是不够的，婶婶。”加洛格拉斯满脸忧伤地说。

“可是他还没有说再见。”我木然地低声说道。

“做父母的不需要跟孩子做最后的诀别。”马修说。

“史蒂芬让我把这个给你。”加洛格拉斯说。那是一张纸折成的小船。

“爸爸折的天鹅好烂。”我擦着眼泪说，“但他真的很擅长折纸船。”我小心翼翼地展开纸船。

黛安娜：

你完全符合我们梦想让你成为的样子。

生命是时间强韧的经线。死亡只是纬线。

因为有你的孩子，还有你孩子的孩子，所以我永远都是活着的。

爸爸

又及：你每次读到《哈姆雷特》中“丹麦国里恐怕有些不可告人的坏事[①]”那句，要想到我。

“你告诉过我，魔法就是实现了的欲望，或许魔咒也无非就是一个人全心全意相信的字句。”马修说着走过来，把双手放到我的肩膀上。“他爱你，永远爱你。我也是。”

他的话在将我们这对吸血鬼和女巫连接在一起的线条之间交织，传递他深情的信念：温柔、敬重、专业、希望。

“我也爱你。”我小声说，用自己的魔咒加强他的魔咒。

① 即 something is rotten in the state of Denmark。此处为朱生豪译本。

39

父亲没有正式告别就离开了伦敦。我决定要用不一样的方式离开这里。结果，我在伦敦的最后几天就成了话语和欲望、魔咒与魔法的复杂编织。

我最后一次去艾尔索普奶奶家，老师的灵仆在小巷的尽头悲伤地等着我。当我爬楼梯的时候，它无精打采地在后面跟着我。

“这么说，你要离开我们了。”艾尔索普奶奶坐在火炉旁的椅子上说道。她穿着羊毛衫，围着披肩，火也生得很旺。

“我们必须得走了。”我弯下腰亲吻她薄如纸的脸颊，“你今天好吗？”

“好点了，多亏了苏珊娜的药。”艾尔索普奶奶开始咳嗽起来，那股力量让她脆弱的身躯弯成两半。咳嗽停止后，她用明亮的眼睛端详着我，点头道：“这次这个孩子扎下根了。”

“是的。”我笑着说，“我开始想吐了，这就是证明。你想让我告诉其他人吗？”我不想让艾尔索普奶奶背负任何额外的负担，无论是情感上的，还是在身体上的。苏珊娜很担心她虚弱的身体，伊丽莎白·杰克逊也已经分担了通常要由巫师团长老执行的部分职责。

“不需要，这事是凯瑟琳告诉我的。她说科拉几天前飞出来，纵声欢笑，喋喋不休。她每次有秘密时都会那样。”

我跟我的火龙达成了一个协议，她把户外飞行减少为一周一次，而且只限晚上。我勉强同意在月黑之夜给她一次额外飞行的机会。因为在月黑之夜，她被误认为喷火的末日凶兆的风险降到了最低。

“这么说，她去那里了。”我笑着说。科拉觉得跟凯瑟琳在一起很安心，凯瑟琳也喜欢跟她玩喷火的游戏。

“我们都很高兴，科拉除了抓住壁炉架、朝鬼魂发出尖叫外，终于找到了别的事做。”艾尔索普奶奶指着对面的椅子，“你不跟我一起坐坐吗？女神可能不会赐给我们这样的机会了。”

“您听说苏格兰那边的消息了吗？”我坐下来的时候问道。

“你曾告诉我，以怀孕为理由，为尤菲米娅·麦克莱恩进行辩护，也没有让她免于火刑。自那之后，我就没有听到新消息了。”有天晚上，我告诉艾尔索普奶奶，虽然马修百般奔走，伯里克郡的那个年轻女巫还是被烧死了。从那晚往后，她的健康就开始每况愈下了。

“马修终于说服了圣会的其他成员，不断增加的指控和处决必须终止。有两名受到指控的女巫已经翻供了，她们说自己是屈打成招的。”

“圣会一定停下来想了想，一个血族竟然替女巫说话。”艾尔索普奶奶严厉地看着我，“如果你们留下来，他会暴露的。马修·罗伊登虽然生活在一个半真半假的世界里，但没有人能永远不被拆穿。出于对孩子的考虑，你们一定要更加小心。”

“我们会的。”我安慰她道，“目前我还不是十分有把握，我的第八个绳结是否强韧到可以进行时光穿越，因为还要带着马修和孩子。”

“让我看看。”艾尔索普奶奶伸出手说道。我凑过去，把绳结放到她的手掌上。进行时光穿越时，我要把所有的九个不同的结都打上。魔咒最多能用这么多的结。

艾尔索普奶奶熟练地在红绳上做了八次交叉，然后把所有绳子的末端都绑在一起，这样绳结就牢不可破了。“这就是我的编织方法。”既简单又漂亮，套环和涡结都是开放着的，宛若大教堂窗户上的石雕窗格。

“我的方法跟你的不一样。”我遗憾地笑了笑，“每根线都歪歪扭扭的。”

“每一个编织物都像它的编织者一样独一无二。女神不想让我们模仿某种完美的观念，而是做真正的自己。”

“好吧，那么我就是一个歪歪扭扭的人。”我把绳结拿过来，观察它的结构。

“还有一个绳结，我要示范给你看。”艾尔索普奶奶说。

“还有一个？”我皱起了眉头。

“第十个。虽然它应该是最简单的一个，我却打不出来。”艾尔索普奶奶带着微笑，但她的下巴在颤抖。“我的老师也打不出这个结，但我们仍然把它传了下来，希望有一天会出现像你这样的编织者。”

艾尔索普奶奶弹了一下长着节瘤的食指，解开了刚刚编好的绳结。我把红色丝线递还给她，她绾了一个简单的圆环。绳结暂时连接在一起，形成一个周而复始的圆圈。然而，她的手指一松，那个圆圈就散开了。

“就在一分钟前，你把丝线的两头都连在了一起，而且用的是一种复杂得多的编织方法。”我困惑地说。

“只要丝线有交叉，我就可以把两端连接起来，完成魔咒。但是只有站在各个世界之间的编织者才能打出第十个结。”她回答道，“试一试吧，用这条银色的丝线。”

我困惑地把丝线的两头连接在一起，绾成了一个小圆圈。丝线的纤维啪的一下接合，成为一个没有开始也没有结束的环。我把手指从丝线上拿开，圆环竟然没有散开。

“编得很棒。”艾尔索普奶奶满意地说，“第十个结拥有永恒的力量，是生与死的编织。它很像你丈夫的衔尾蛇，或者科拉有时嫌自己的尾巴碍事，把它衔在嘴里的样子。”她举起第十个结。它是另一条衔尾蛇。屋子里充满神秘的氛围，让我胳膊上的汗毛都竖起来了。“创造和毁坏是最简单的魔法，也最强大，就像这个最简单、也最难打的结。”

“我不想用魔法毁灭任何东西。”我说。毕晓普家族有不伤害的强大传统。我阿姨萨拉认为，任何偏离这个基本信念的巫师最后都会发现自己会自作自受。

“没人想把女神的礼物当作武器，但有时候必须这么做。你的吸血鬼就明白这一点。自从这里和苏格兰发生过那些事情后，你也明白了。”

“或许吧，但我的世界不一样。”我说，“在那里，人们并不怎么需要魔法武器。”

“世界是会变的，黛安娜。”艾尔索普奶奶把注意力集中在遥远的回忆上，“我的老师厄休拉修女是一个伟大的编织者。在万圣节前夜，苏格兰开始发生那些可怕的事情，你也穿越过来改变我们的世界，当时我想起了她的一个预言。”

她的声音变为诵经般的歌唱腔调。

风暴肆虐，海洋咆哮，
加布里埃尔现身海岸之上。
当他吹响奇异号角之时，
旧世界灭亡，新世界诞生。

艾尔索普奶奶说完后，房间里没有起一丝微风，也没有爆裂的火星。她深深地吸了一口气。

“你明白的，万象归一。诞生和死亡。无头无尾的第十个结和血族的衔尾蛇。前几天照耀的满月，科拉投在泰晤士河上，预言你将离开的影子。旧世界和新世界。”艾尔索普奶奶的微笑慢慢消失了，“黛安娜·罗伊登，你来到我身边的时候，我很开心；当你必须要离开的时候，我的心情很沉重。”

“通常马修要离开我的城市前，都会先跟我打个招呼。”在教堂的地下室里，安德鲁·哈伯德把苍白的双手放在椅子的雕花扶手上。在我们高高的上方，有人在为即将到来的下一场仪式做准备。“什么风把你吹来了，罗伊登夫人？”

“我来找你谈谈安妮和杰克的事。”

我从口袋里掏出一个小巧的皮革钱包，哈伯德用奇怪的眼神打量着我。钱包里面的钱相当于他俩五年的薪水。

“我要离开伦敦了。我希望你把这个收下，替他们保管。”我把钱包递给哈伯德，但他不接。

“没必要，夫人。”

“拜托了。如果能带他们走，我肯定会带的。但是既然他们走不了，我一定要确定有人会照顾他们。”

“那你用什么回报我？”

“哦……当然是钱了。”我再一次把钱袋递过去。

“我不想要钱，也不需要钱，罗伊登夫人。”哈伯德往椅背上一靠，慢慢闭上眼睛。

“你想——”我打住，“不行。”

“上帝不会做徒劳的事情。他的计划当中没有意外。他让你今天到这里来，是因为他想确定，凡是与你有血缘关系的人都不需要害怕我或者我的孩子。”

“我的保护者够多的了。”我反对道。

“这句话你也能对你丈夫说吗？”哈伯德瞟了一眼我的胸部，“现在他的血管中有你的血，和你们刚过来的时候相比，这些血更强大了，而且还要为你的孩子着想。”

我的心开始纠结。我把我的马修带回现代之后，安德鲁·哈伯德将是少数几个知晓马修未来的人之一——还知道他的未来生活当中会有一个女巫。

“你休想利用你对我的了解来对付马修。不能在他做了这么多——改变了这么多——之后。”

“不能吗？”哈伯德不自然的微笑告诉我，他会采取一切手段来保护他的教众。“我和他之间的嫌隙很多。”

“那我另外想办法保障他们的安全了。”我说，决定离开。

“安妮已经是我的孩子了。她是个女巫，也是我家族的一员。我会确保她的幸福。杰克·黑衣修士就是另一回事了。他不是生物，必须要自谋生路。”

“他还是个孩子——一个小男孩！”

“但他不是我的孩子，你也不是。我不欠你们俩任何东西。祝你好运，罗伊登夫人。”哈伯德转过身去。

“如果我是你家族的一员呢，那会怎么样呢？你会接受我的要求，照顾杰克吗？你会承认马修和我的血缘，出面保护他吗？”我现在担心的是16世纪的马修。等我们回到现代之后，另一个马修还得留在过去。

“如果你把自己的血献给我，无论是马修、杰克，还是你未出生的孩子都不用对我或者我的手下感到恐惧。”哈伯德面无表情地宣布，但他的眼神里带着我曾在鲁道夫眼中看到的贪婪。

“你需要多少血呢？”**思考，然后活下来。**

“很少——只一滴就可以。”哈伯德坚定不移地看着我。

“我不能让你直接从我身上吸血。马修会知道的——毕竟我们是配偶。”我说。哈伯德的目光在我胸前一闪而过。

“我通常直接从我孩子的脖子上接受奉献。”

“我相信你是那样的，哈伯德神父。但你要了解我的情况，这种方法不但不可能，甚至不可取。”我沉默了一会儿，暗地里盼望哈伯德的那些渴望——追求权力、有关马修和我的秘密、一旦有必要就可以挟持克莱蒙家族的东西——最后会占上风。“我可以用一个杯子。”

“不行。”哈伯德摇着头说，“你的血会被污染的。它必须是纯洁的。”

“那就用银杯子。”我想到了元帅在塞图尔城堡中讲过的知识。

“那么你就割开手腕上的血管，举在我嘴巴上面，让血滴到我嘴里。这样我们彼此就不会接触到对方了。”哈伯德怒视着我，“否则我就要怀疑你奉献的诚意了。”

“好吧，哈伯德神父，我接受你的条件。”我解开右手的袖口，把袖子往上卷。我这么做的时候，对科拉提出一个无声的请求。“你想在什么地方进行？我之前看到的方法是你的孩子跪在你面前，但是如果我要把血滴到你嘴里，那样就行不通了。”

“这是一种圣礼。谁跪谁站，对上帝来说并不重要。”让我大吃一惊，哈伯德竟在我面前跪了下来。他递给我一把刀。

“我不需要那个。”我对自己手腕上蓝色的血管弹了一下手指，然后轻声念了一道简单的释放咒。一道红色的细痕立刻出现了，血涌了出来。

哈伯德张开嘴巴，眼睛盯着我的脸。他在等我食言，或以某种方式欺骗他。但是，我会按照字面意义遵守这个协议，不过不会遵守协议的精神。*谢谢你，艾尔索普奶奶*。我说，送给她一声默默的祝福，感谢她教我对付这个人的办法。

我把手腕放到他嘴巴上方，握紧拳头。一滴血滚到我的手臂边缘，开始坠落。哈伯德闭上双眼，好像要集中注意力，吸收我的血即将告诉他的知识。

“血，无非就是火与水。”我轻声说。我召唤风来减缓那滴血坠落的速度。风的力量逐渐增强，把坠落的血珠凝结成冰。当它落到哈伯德舌头上时，已经变成了边缘锋利的晶体。吸血鬼困惑不解，突然睁开眼睛。

“只一滴。”风已经吹干了我皮肤上剩余的血液，在蓝色血管上形成纵横交错的红色迷宫。“你是神父，一个信守承诺的人，不是吗，哈伯德神父？”

科拉松开缠在我腰上的尾巴。她用尾巴遮蔽这笔肮脏的交易，不让孩子察觉，但现在她好像很想用尾巴敲昏哈伯德。

我慢慢收回手臂。哈伯德很想再把它抓过去，凑在嘴边。我看见了这个念头穿过他的脑海，就像我曾看到爱德华·凯利企图用他的手杖攻击我一样清晰。但是，他经过思考又打消了那个念头。我又悄声念了一个简单的魔咒，让伤口愈合，然后一语不发，转身离开。

“你下次来伦敦的时候。”哈伯德轻声说，“上帝会悄悄告诉我的。如果上帝同意的话，我们会再见面的。但你要记住：从今往后，无论你在哪里，就算是死了，你自己都会有一部分活在我的体内。”

我停下脚步，扭头看他。他的话有威胁的意味，但脸上的表情却若有所思，甚至带着哀伤。我加快步伐离开教堂的地下室，只想离安德鲁·哈伯德越远越好。

“再会，黛安娜·毕晓普。”他在我身后喊道。

我走过半个市区才想到，无论那一滴血泄露了多少信息，哈伯德现在已经知道了我真正的名字。

我回到鹿冠公寓时，沃尔特和马修正在朝对方大喊大叫，雷利的马夫都能听到他们的声音。他站在院子里，牵着沃尔特那匹黑马，透过敞开的窗户听着他们争论的内容。

“那样我会送命——她也会死的！绝不能让任何人知道她怀着孩子！”奇怪，说话的是沃尔特。

“你不能为了效忠女王而抛弃自己心爱的女人和亲生孩子，沃尔特。伊丽莎白会发现你背叛了她，贝丝的一生也毁了。”

“你想让我怎么做？娶了她？如果未经女王批准就这么做，我会被逮捕的。”

“无论发生什么事，你都会活下来的。”马修淡然道，“如果贝丝失去你的保护，她就活不下去。”

“你对黛安娜说了那么多谎言，怎么还能装出一副在意婚内诚实的样子？有时候你坚称你们结婚了，却逼我们发誓，如果有陌生的巫师或吸血鬼来打听，一定要否认这件事。”沃尔特的声音低下来，但语气依然很激烈。“你以为我会相信，你回到原来的地方后才承认她是你的妻子？”

我悄悄走进房间，他们两个都没注意到。

马修欲言又止。

“我看是不会。”沃尔特说。他正在戴手套。

“你们两个就想用这种方式告别吗？”我问。

“黛安娜。”沃尔特谨慎地说。

“你好，沃尔特。你的马夫牵着马在楼下。”

他朝门口走去，又停了下来。“理智一点，马修。我不能在宫中名誉尽失。贝丝比任何人都更了解女王愤怒起来有多危险。在伊丽莎白的朝廷里，好运易逝，耻辱长存。”

马修目送他的朋友大踏步下楼。“上帝饶恕我吧。我第一次听到这计划时，还说这是明智的对策。可怜的贝丝。”

“我们离开后，她会发生什么事呢？”我问。

“到了秋天，贝丝的身孕就遮不住了。他们会秘密结婚。当女王质问他们的关系时，沃尔特会否认。反复否认之后，贝丝的名声就毁了，她丈夫的骗局也会被揭穿，他们两个也会被逮捕。”

“那孩子呢？”我小声说。

“3 月出生，同一年的秋天就死了。”马修在桌子旁边坐下来，双手抱着头。“我会给我父亲写信，确定贝丝能得到他的保护。或许苏珊娜·诺曼可以在怀孕期间照顾她。”

“无论是你父亲还是苏珊娜，都不能替她挡住雷利否认造成的打击。”我把双手放到他袖子上，“我们回去以后，你也会否认我们结过婚吗？”

“事情没有那么简单。”马修用烦乱的眼神看着我。

“那是沃尔特说的话。你说他做错了。”我想起了艾尔索普奶奶的预言，“‘旧世界灭亡，新世界诞生。’总有一天，你必须在过去的安全和未来的承诺之间做出抉择，马修。”

“而过去的伤是治不好的，无论我多么努力尝试。”他说，“女王懊恼过去做的错误决策时，我总是这么跟她说。我又一次搬起石头砸了自己的脚，加洛格拉斯肯定会这样说我的。”

“叔叔，这回被你抢先说了。”加洛格拉斯已经悄无声息地走进房间，卸下一堆包裹。“我帮你买了纸，还有笔。这药水是给杰克治喉咙痛的。”

“他整天跟汤姆爬到塔顶上谈论星星，就有这种下场。”马修搓搓自己的脸，“加洛格拉斯，我们一定要确保汤姆生活无忧。沃尔特快不能帮他保住那份差事了。亨利·珀西会扛起这个担子——不是第一次了——但我也会供应他的生活所需。”

“说起汤姆，你有没有看到他观察天体的单眼镜片设计图？他和杰克把它叫做望星镜。”

房间里的许多丝线啪地一弹，突然储满了能量，我的头皮感到一阵刺痛。时光在角落里低声抗议。

“望星镜。”我保持声音平静，“它长什么样子？”

“你自己去问他吧。”加洛格拉斯说着，把头转向楼梯的方向。杰克和“拖把”猛地冲进房间，汤姆漫不经心地跟在后面，手里拿着一副破裂的眼镜。

“如果你插手这件事，一定会在未来留下痕迹的，黛安娜。”马修警告道。

“看，看，看。”杰克挥舞着一大块木头。“拖把”追着那块木头，每次见它从面前掠过，就张口想咬。“哈里奥特老爷说，如果我们把这块木头从中间挖空，两头镶上玻璃，就会让远处的东西看起来很近。你知道该怎么挖吗，罗伊登先生？如果你不知道的话，你觉得圣邓斯坦的木匠会教我吗？我们还有圆面包吗？哈里奥特老爷的肚子已经咕咕叫了一个下午。”

“让我看看。”我说着，伸手去拿那根木管。“杰克，圆面包就在楼梯旁边的柜子里，它们一直都放在那里。拿一个给哈里奥特先生，你自己也拿一个吧。哦，不行。”他刚要开口，我就打断他，“‘拖把’不能和你合吃一个面包。”

“你好，罗伊登夫人。”汤姆梦游似地说道，“如果用如此简单的一副眼镜就能让人看到圣经里上帝的话，那么再设计得复杂一点，就能帮助他看到大自然中上帝的杰作。谢谢你，杰克。”汤姆心不在焉地咬了一口圆面包。

“那么，你怎么能把它设计得更加复杂呢？”我大声问道，几乎不敢呼吸。

“我会把凸透镜和凹透镜组合在一起，就像那不勒斯一位绅士德拉·波尔塔先生在他的书中建议的那样。那本书我是去年读的。只用我的手臂，没办法使它们保持适当的距离。所以，我们要尝试用那根木头延长我们手臂的长度。”

托马斯·哈里奥特这几句话改变了科学的历史。我没有必要干预过去——我只要保证过去不被遗忘就行了。

“这些都只是闲暇时的想象而已。我要把这些想法记到纸上，之后再慢慢思考。”汤姆叹气道。

这就是近代早期科学家存在的一个问题：他们不明白出版的重要。以托马斯·哈里奥特为例，他的观念肯定会因为没有人出版而消失。

“我想你说得对，汤姆。但这根木管还不够长。”我朝他发出灿烂的微笑，“如果你需要的是一根空心的长管子，和圣邓斯坦的木匠相比，瓦兰先生的帮助会更大。我们去找他好吗？”

“好！”杰克大喊道，一跃而起。“瓦兰先生有各种各样的齿轮和弹簧，哈里奥特老爷。他给过我一个，就放在我的宝物箱里。我的箱子没有罗伊登夫人的大，但足够用来装东西了。我们可以现在去吗？”

“婶婶要干什么？”加洛格拉斯问马修，他们两个既困惑又担心。

“我觉得她要因为沃尔特没有把未来放在心上而去惩罚他。”马修温和地说。

“哦，那还倒好。不过我觉得我闻到了麻烦的气味。”

“麻烦一直都有。”马修说，“你确定知道自己在干什么吗，*我的小母狮*？”

发生了这么多无法挽救的事情。我无法让我的第一个孩子死而复生，也解救不了苏格兰的女巫。我们大老远地从布拉格把《阿什莫尔782号》手抄本带过来，结果竟发现不可能把它安全地带回未来。我们已经跟我们的父亲说了再见，即将离开我们的朋友。这些经历大多数都会消失，不留一丝痕迹。但是，我知道如何让汤姆的望远镜流传到后世。

我点点头。“过去已经改变了我们，马修。凭什么我们不能改变它呢？”

马修抓住我的手，吻了一下。“那就去找瓦兰先生吧，让他把账单寄给我。”

“谢谢你。”我弯腰，凑在他耳边小声说道，“别担心。我带安妮一起去。她会跟他砍价。再说了，在 1591 年，有谁知道一副望远镜该卖多少钱呢？”

因此，就在那天下午，一个女巫、一个精灵、两个孩子和一条狗对瓦兰先生作了短暂的拜访。那天晚上，我向我们的朋友发出邀请，请他们第二天晚上参加我们的活动。那将是我们最后一次看到他们。我处理望远镜的事情、准备晚餐的时候，马修把罗杰·培根的《**真正秘密中的秘密**》送到了莫特莱克。我不想看到《阿什莫尔 782 号》手抄本被交到迪伊博士手上。我知道它必须要先回到那位炼金术士巨大的图书馆里，这样伊莱亚斯·阿什莫尔才能在 17 世纪把它买下。把这本书交给别人保管，做来也并不容易，就像在我们刚抵达过去的时候，把那尊黛安娜女神的小雕像交给基特一样。我们离开后，遗留下来的生活细节都交给加洛格拉斯和皮埃尔去处理。他们会捆扎行李，清空箱子，重新分配资金，把私人物品送到旧馆。这一切他们处理起来都非常有效率，表明同样的事情他们已经做过不知多少遍了。

再过几个小时，我们就要离开了。我从瓦兰先生那里取回一个用软皮革包扎的笨重包裹，路上忽然看到一个大约十岁的女孩站在街上，着迷地盯着橱窗里的食品。她让我想起这个年纪的自己，我们都长着乱蓬蓬的草黄色头发以及跟骨架不相称的长手臂。那个小女孩突然全身一僵，好像知道有人正在看着她。当我们的目光相遇的时候，我就知道原因了：她是个女巫。

“丽贝卡！”一个女人从店里走出来，大喊道。一看到她，我的心就猛地一跳，因为她看起来就像母亲和萨拉的混合体。

丽贝卡没说话，继续盯着我，仿佛看到了一个鬼魂。她母亲也抬起头，想弄明白是什么引起了她女儿的注意，随即惊呼一声。她把我的脸和体型看在眼中，目光刺痛我的皮肤。她也是个女巫。

我强迫自己的双脚朝馅饼店挪去，每一步都让我离那两个女巫更近了。那母亲用裙子兜住自己的孩子，丽贝卡却不情愿地扭动身体。

“她长得好像外婆。”丽贝卡小声说，试图把我看得更清楚。

“嘘。”她母亲对她说，略带歉意地看了看我，“你知道外婆已经去世了，丽贝卡。”

“我叫黛安娜·罗伊登。”我朝她们斜上方的招牌点点头，说道，“我就住在鹿冠。”

“原来你是——”这个女人瞪大眼睛，把丽贝卡拉得更紧了。

“我叫丽贝卡·怀特。”小女孩说道，没有理会她母亲的反应。她摇摇晃晃，行了一个浅浅的屈膝礼。这动作看起来也很熟悉。

“很高兴认识你们。你们刚搬到黑衣修士区吗？”我随口闲聊，希望拖得越久越好，哪怕只是为了多看几眼她们熟悉而又陌生的脸庞。

“不是。我们住在史密斯菲尔德市场附近的医院旁边。”丽贝卡解释道。

“医院病房满了的时候，我就收容一些病人。”这个女人迟疑了一下，“我叫布里奇特·怀特，丽贝卡是我女儿。”

即使没有丽贝卡和布里奇特这两个熟悉的名字，我也打从骨髓里认识这两个生物。布里奇特·毕晓普出生于1632年左右，毕晓普家魔法书上的第一个名字是布里奇特的外祖母——丽贝卡·戴维斯。就是这个十岁的小女孩在未来结婚并获得这个姓氏的吗？

丽贝卡的注意力被我脖子上的某个东西吸引住了。我伸手去摸。伊莎波的耳环。

我曾用三样东西把马修和自己带回过去：一本《浮士德博士》的手抄本、一颗银质棋子，还有一枚藏在布里奇特•毕晓普布偶里的耳环。就是这只耳环。我举手从耳朵上取下那只漂亮的金耳环。我从与杰克相处的经验中得知，如果想给儿童留下长久的印象，明智的做法就是要跟他们进行直接的眼神接触。我蹲下来，这样我们的视线就处在同样的高度上了。

“我需要有人替我保管这个东西。”我把耳环伸过去，“有一天我会需要它。你会好好地保管它吗？”

丽贝卡郑重地看着我，点了点头。我握住她的手，感觉一股相识的电流在我们中间通过，我随即把镶有珠宝的耳环放到她的手掌里。她紧紧握住，略微迟了一步地问布里奇特：“可以吗，妈妈？”

“我想应该可以的。”她母亲谨慎地说，“来吧，丽贝卡，我们得走了。”

“谢谢你。”我站了起来，拍拍丽贝卡的肩膀。我又看着布里奇特的眼睛，说道：“谢谢你。”

我觉得有眼神在盯着我。等到丽贝卡和布里奇特走出视线之后，我才转过头，面对克里斯托弗・马洛。

“罗伊登夫人。”基特声音嘶哑，面色跟死人一样，“沃尔特告诉我，你们今晚就要走了。”

“我让他告诉你的。”我用纯粹的意志力强迫基特看着我的眼睛。这是我能解决的另一件事：我要确保马修跟他一度视作最亲密朋友的那个人友好告别。

基特低头看着自己的脚，避开我的视线：“我不应该来的。”

“我原谅你了，基特。”

马洛惊讶地抬起头。“为什么？”他目瞪口呆。

“因为你爱他，也因为只要马修把发生在我身上的事都怪到你头上，某一部分的他就会留在这里，永远都带不走。”我简单地说道，“上楼来跟他道别吧。”

马修正在楼梯口等着我们，他已经猜到我要带人回家了。我往卧室走去时，轻轻地吻了一下他的嘴唇。

“你父亲原谅了你。”我低语道，“给基特同样的礼物，就算对你父亲的回报吧。”

然后我就离开了，让他们在剩下的时间里尽可能地修补关系。

几个小时后，我交给托马斯·哈里奥特一根铁管。“这是你的望星镜，汤姆。”

“这是我用枪管改装的——当然做了一些调整。”制作捕鼠器和钟表的高手瓦兰先生解释道，“按照罗伊登夫人的要求，上面还刻有字。”

望星镜的一侧刻着一面小巧可爱的长方形银色飘带，上面写着 N.VALLIN ME FECIT, T. HARRIOT ME INVENIT,1591。

“‘N. 瓦兰制造了我，T. 哈里奥特发明了我，1591 年。’”我对瓦兰先生露出温暖的微笑，“完美。”

“我们现在可以去看月亮了吗？”杰克大喊着，跑向门口，“它现在看上去比圣米尔德丽德教堂的钟还大！”

于是身兼数学家和语言学家的托马斯·哈里奥特，坐着一张从阁楼里搬下来的破藤椅，在鹿冠公寓的院子里写出新的科学史。他把这根装有两块透镜的长铁管对准空中的满月，心满意足地叹了口气。

“看啊，杰克，跟德拉·波尔塔先生说的一样。”汤姆让小男孩坐到他的大腿上，把铁管的一端凑在他这个热心助手的眼睛上。“两个透镜，一个凸透镜和一个凹透镜，只要距离对了，确实可以解决问题。”

在杰克之后，我们轮流去看望星镜。

“嗯，这跟我预期的一点都不一样。”乔治·查普曼失望地说，“难道你们不觉得月亮应该会更加多彩多姿吗？我觉得，相比之下，我更喜欢诗人笔下神秘的月亮，汤姆。”

“是啊，它一点都不完美。”亨利·珀西抱怨着揉揉眼睛，又凑到铁管上观测。

“它当然不完美。世界上没有什么是完美的。”基特说，“你不能相信哲学家说的每句话，哈尔，那一定会毁了你的。你已经看到哲学对汤姆毫无益处了。”

我看了一眼马修，咧嘴一笑。我们已经有段时间没有听到暗夜学派成员打嘴仗了。

“至少汤姆能养活自己，这比我认识的任何一位剧作家都要强。”沃尔特眯着眼睛从管子望出去，吹了一声口哨。“汤姆，如果你在我们去弗吉尼亚前想出这个点子就好了。那样的话，我们安全地待在船上，用它来观察海岸。加洛格拉斯，你过来看一看，看我说得对不对。”

“你从来都不会错，沃尔特。”加洛格拉斯朝杰克挤眼睛，“记着我的话，小杰克。付给你薪水的老板永远都是对的。”

我也邀请了艾尔索普奶奶和苏珊娜，她们甚至也用汤姆的望星镜看了看。她们对这项发明似乎并不怎么特别起劲，但只要提醒一下，也会发出兴奋的欢呼。

“男人们为什么会把心思放到这种无聊的小东西上？”苏珊娜小声对我说，“即使没有这个新发明的工具，我也能告诉他们月亮表面一点都不光滑。难道他们自己没有眼睛吗？”

享受完观察天体之乐后，就只剩下伤感的告别了。我们让安妮随艾尔索普奶奶一起离开，借口是苏珊娜还需要一个人帮她扶着这个老太太穿过城市。我的告别话语轻松简短，安妮却不确定地看着我。

“您还好吧，夫人？要不我就留下来吧？”

“不，安妮，跟你阿姨和艾尔索普奶奶一起走吧。”我忍住泪水。马修怎么能受得了那么多次的别离呢？

基特、乔治和沃尔特接着也离开了，他们用粗哑的嗓音说再见，和马修互握手臂，祝他顺利。

“来吧，杰克，你和汤姆跟我一起回家。”亨利·珀西说，“夜还很长呢。”

“我不想走。”杰克说。他转身朝马修走去，眼睛睁得很大。这孩子察觉到了即将到来的变化。

马修跪在他面前。“没有什么好害怕的，杰克。你认识哈里奥特先生和诺森伯兰勋爵，他们不会让你受到伤害的。”

“如果我做噩梦呢？”杰克小声说。

“噩梦就像哈里奥特的望星镜。不过是光线的把戏，让遥远的东西看起来似乎很近，还比实际上大。”

“哦。”杰克思考马修的回答，“所以即使我在梦中看到一个怪物，它也抓不到我？”

马修点点头。“我告诉你一个秘密：梦和噩梦是相反的。如果你梦见一个自己爱的人，即使那个人在很远的地方，看起来也很近。”他站起来，把手放在杰克的头上按了一会儿，默默为他祈福。

杰克和他的监护人离开之后，就只剩下加洛格拉斯了。我从魔咒盒里拿出那些丝线，其他几件东西都留在里面：一块鹅卵石、一根白色羽毛、一小截花楸树、我的珠宝，还有我父亲留下的字条。

“我会好好收管的。”他从我手中接过盒子，承诺道。那个盒子在他的大手掌上显得特别小。他一个熊抱把我抱起来。

“保护好另一个马修的安全，他才可以有朝一日找到我。”我在他耳边小声说道，紧紧地闭上眼睛。

我放开他，走到一边。克莱蒙家族的两个男人用族中一贯的方式告别——简短却充满感情。

皮埃尔牵着马在主教帽酒馆外面等着。马修把我扶上马鞍，然后跨上自己的马。

“再见，夫人。”皮埃尔说，放开缰绳。

“谢谢你，朋友。”我说，眼睛里又噙满了泪水。

皮埃尔递给马修一封信，我认出上面有菲利普的印章。“您父亲的指示，老爷。”

“如果我两天后没有在爱丁堡现身，你就来找我。”

“我会的。”皮埃尔承诺道。马修对马儿轻喝一声，我们踏上去往牛津的路。

我们换了三次马，在日出之前赶到了旧馆。弗朗索瓦丝和查尔斯都被打发到别的地方，只剩下我们两个。

马修把菲利普的信竖在他的桌子上，16 世纪的那个马修一定能看到。这封信会派他到苏格兰处理紧急事务。到了那里，马修·罗伊登会在詹姆士国王的朝廷上待一段时间，然后消失，再到阿姆斯特丹重新开始新的生活。

“苏格兰国王见我恢复过去的样子，一定很高兴。”马修用指尖摸着那封信，说道。“当然，我也不会想办法拯救女巫了。”

“你在这里造成了一些改变，马修。”我说，伸手搂住他的腰。“现在我们要去处理我们那个时代的问题了。”

我们走进几个月前我们到达的那间卧室。

“你知道我没有把握在穿越好几个世纪后，一定能抵达正确的时间与地点。”我警告道。

“你已经给我解释过了，**我的心肝儿**。我对你有信心。”马修把手臂穿过我的手臂，紧扣着我。“让我们去和未来见面吧。再一次。”

“再见，房子。”我最后一次环视我们的第一个家。虽然我还会见到它，但它所有的一切，跟 6 月早晨的这一间都不会一样了。

角落里蓝色和琥珀色的丝线突然噼啪作响，发出不耐烦的声音，让房间里充满了亮光和声音。我深吸了一口气，编织我的棕色丝线，让它的一段自由散开。除了马修和我们身上的衣服，我们唯一带走的东西就是编织者的丝线了。

“绳结见一，魔咒出击。”我小声说。时光的体积随着我打的结而扩张，直到尖叫和哀鸣变得震耳欲聋。

第九个结的末端融合在一起，我们踮起脚尖，四周的景物逐渐消失。

40

各大英文报纸刊登的标题略有不同，但伊莎波认为《泰晤士报》的标题最妙。

观测太空竞赛，英国人一马当先

2010 年 6 月 30 日

研究早期科学仪器的世界级专家，牛津大学科学史博物馆的安东尼·卡特今日证实，一只刻有伊丽莎白时代数学家兼天文学家托马斯·哈里奥特和尼古拉斯·瓦兰的名字的折射望远镜确为真品。瓦兰是一个胡格诺派钟表匠，因为宗教原因而逃离法国。除了这两个名字外，望远镜上还刻着制作年份 1591 年。

这一发现震惊了科学界和史学界。几个世纪以来，人们一直都公认意大利数学家伽利略·伽里列奥借用荷兰刚起步的望远镜科技，在 1609 年成为看到月球表面的第一人。

“历史必须要重写。”卡特表示，“托马斯·哈里奥特读过詹巴蒂斯塔·德拉·波特的《自然魔法》，就被凸透镜和凹透镜能‘使远处和近处的东西都变得更大、更清晰’一事所吸引。”

托马斯·哈里奥特对天文学领域的贡献之所以被人们忽视，一部分原因是他没有把那些发现发表出来，只把它们和一小群所谓“暗夜学派”的密友分享。在沃尔特·雷利和有诺森伯兰“巫师伯爵”称号的亨利·珀西的资助下，哈里奥特在探索自己兴趣的时候就没有经费的顾虑了。

这只望远镜由I.P.里德尔先生发现，还有一个盒子，里面装满了托马斯·哈里奥特亲手写的各种各样的数学论文，以及一个精致的银质捕鼠器，上面有瓦兰的签名。里德尔先生当时正在阿尼克修理圣迈克尔教堂的大钟，那座教堂就在珀西祖宅旁边。一阵狂风突然刮掉了一幅褪色的圣玛格丽特屠龙的挂毯，把藏在那儿的盒子暴露出来。

“那个时代的仪器难得有这么多用来辨识的标记。”卡特博士向记者解释道，并指出刻在望远镜上的年份，确认它是在1591—1592年制造的。“我们非常感谢尼古拉斯·瓦兰，他知道这个物件在科学仪器史上是一个重大的发展，所以一反常规，把它的出身来历刻录下来。”

“他们拒绝出售它。”马库斯倚在门框上说道。他双臂交叉放在胸前，双腿交叉地站在那里，看起来很像马修。“我跟阿尼克教堂的每一名职员、诺森伯兰公爵、纽卡斯尔主教都谈过了。即使你愿意支付的金额相当可观，他们也不肯放弃那个望远镜。不过我总算说服他们，把那个捕鼠器卖给了我。”

“全世界都知道这件事。”伊莎波说，“甚至《世界报》①也报道了这个消息。”

“我们本应该努力让这消息销声匿迹才对。它可能会给巫师和他们的盟友提供重要的信息。”马库斯说。塞图尔城堡高墙内不断增加

① 法国第二大全国性报纸。

的人众已经忧心忡忡了好几个星期，担心万一圣会发现马修和黛安娜所在的确切地点，可能会采取什么行动。

“菲比怎么想？”伊莎波问。她第一眼就喜欢上了这个观察力敏锐的年轻人类，她有着坚定的下巴，举止文雅。

马库斯的表情缓和下来。这使他又恢复马修离开前那种无忧无虑的模样。“她觉得现在单单从发现望远镜这件事判断已经造成的损害，还为时过早。”

“聪明的女孩。”伊莎波笑着说。

“我不知道该怎么办——”马库斯开口道。他的表情变得热烈起来。“我爱她，*奶奶*。[①]”

“你当然爱她，而且她也爱你。”在 5 月那件事后，马库斯希望她和他的家人见面，所以就把她带到了塞图尔城堡。他们两个人已经分不开了。当菲比见到目前住在塞图尔城堡里的精灵、巫师和吸血鬼的组合时，反应泰然自若。即使她对世界上有超自然生物的存在感到惊讶，也没有透露出来。

过去几个月来，马库斯的异灵会成员大幅增加。马修的助手米丽娅姆、菲利普的女儿韦兰和女婿恩斯特，都来塞图尔城堡定居了。伊莎波那个漂泊成性的孙子加洛格拉斯，整整六个星期都待在这里，让所有人都感到震惊。直到现在，他甚至都没有要离开的迹象。苏菲·诺曼和纳撒尼尔·威尔逊在伊莎波的屋檐下迎来了他们的新生儿玛格丽特。现在这个婴儿俨然是城堡中的第二号权威人物，地位仅次于克莱蒙家族的女族长。因为孙女住在城堡内，纳撒尼尔的母亲阿加莎也毫无预警地在城堡中出现和消失，马修最好的朋友哈米什也是如此。甚至鲍德温也不时飘来。

---

① 原文为法语 Grand-mère。

在伊莎波漫长的一生中，她从没想过会成为如此庞大的大家族的女主人。

“萨拉在哪里？”马库斯问道，在周遭各种活动的声音中搜索。“我没有听见她。”

“在圆塔那里。”伊莎波用自己锋利的指甲沿着那篇报道的边缘划了一圈，把文章整整齐齐地割下来。“苏菲和玛格丽特陪她坐了一会儿。苏菲说萨拉在等待。”

“等什么？发生了什么事？”马库斯说，一把抢过报纸。那天早上，他已经把报纸看了个遍，追踪财富和影响力的微妙变化，纳撒尼尔擅长分析和挑选这些信息，让他们可以对圣会的下一步行动做更好的准备。他已经无法想象没有菲比的世界，但纳撒尼尔也几乎同样不可或缺。“我就知道，那个该死的望远镜将会是一个麻烦。圣会只需要找到一个可以穿越时光的巫师，再加上这篇报道，就可以穿越回去找我父亲了。”

“你父亲不会在那里待很长时间，如果他还在那里的话。”

“真是的，*奶奶*。”马库斯语气中带着一丝愤怒，目光仍然黏在被伊莎波挖了一个洞的《*泰晤士报*》上。“你怎么可能知道？”

“先是那两幅迷你肖像，然后是实验记录，现有又发现了这个望远镜。我了解我的儿媳。如果不会损失任何东西，做出这个望远镜就是黛安娜会发出的信号。”伊莎波从她孙子旁边掠过，“黛安娜和马修就要回家了。”

马库斯的表情高深莫测。

“我还以为你父亲能回来，你会快乐一点。”伊莎波在门口停下来，轻声说道。

“这几个月很艰难。”马库斯阴沉地说，“圣会的意图表达得很清楚，他们想要那本书和纳撒尼尔的女儿。一旦黛安娜回到这里……”

“他们会无所不用其极。”伊莎波慢慢地吸了一口气，“至少我们不用担心待在过去的黛安娜和马修会发生什么不测了。我们会在一起，在塞图尔城堡并肩作战。”*也可能并肩战死*。

“从去年 11 月到现在，发生的变化太多了。”马库斯盯着闪闪发光的桌面，好像他是一个巫师，可以从桌子上看到未来。

“我猜，他们的生活也发生了很多变化。但你父亲对你的爱是不会改变的。萨拉现在需要黛安娜，你也需要马修。”

伊莎波拿着她的剪报朝圆塔走去，留下马库斯独自沉思。圆塔曾是菲利普最喜欢的监狱，现在被用来储藏家里的旧报纸。虽然三楼那个房间的门虚掩着，但伊莎波还是快速地敲了几下。

“你没必要敲门，这是你家。”萨拉沙哑的声音透露出她抽了多少烟，喝了多少威士忌。

“如果这就是你的待客之道，很庆幸我不是你的客人。”伊莎波尖刻地说道。

“我的客人？”萨拉轻轻地笑了，“我绝不会让你进我的家门。”

“吸血鬼通常不需要邀请。”伊莎波和萨拉将斗嘴艺术玩到了极致。马库斯和埃姆努力劝她们遵守沟通的礼节，却毫无进展。但是，这两个家族的族长都很清楚如何借着针锋相对来维系权力的脆弱平衡。“你不应该来这里，萨拉。”

“为什么不呢？担心我感冒而死吗？”突如其来的痛苦牵制住萨拉的声音，她弯下腰，好像遭到了重击。“女神，请帮帮我，我很想念她。伊莎波，请告诉我这是个梦，告诉我埃米莉还活着。”

“这不是梦。”伊莎波尽可能温柔地说。“我们都想念她。我了解你内心的空虚与痛苦，萨拉。”

“它会过去的。”萨拉木然地说。

“不。不会的。”

萨拉抬起头，对伊莎波的强硬语气感到惊讶。

“在生命中的每一天，我都在想念菲利普。每当太阳升起，我的心就哭喊着他。我寻找他的声音，可四周一片寂静。我渴望被他抚摸。太阳落下后，我只能去休息，意识到自己的伴侣永远离开了这个世界，我再也见不到他了。”

“如果你是想让我好过一点，那是没用的。”萨拉满面泪水。

“埃米莉是为了让苏菲和纳撒尼尔的孩子能活下来才牺牲的。所有涉及她被害的人都会付出代价，我向你保证。克莱蒙家族非常擅长复仇，萨拉。”

“报复会让我感觉好一些吗？”萨拉在泪水中眯起眼睛。

“不会。但看着玛格丽特长大成人会让你感觉好一些。还有这个。”伊莎波把剪报扔到这个女巫的腿上，“黛安娜和马修就要回家了。”

第六部分

PART VI

新世界，旧世界

New World, Old World

41

我屡次尝试着从旧馆的过去前往它的未来，却都没有成功。我专心思考这地方的外观和气味，也看到了把马修和我跟这栋房子连在一起的丝线——褐色、绿色、金色。但是，它们一次又一次地从我的手上滑走。

我对着塞图尔城堡尝试。把我们和那个地方连接起来的线，沾着马修独特的红、黑二色，中间还穿插了一些银线。我想象满屋子熟悉的脸庞——萨拉和埃姆，伊莎波和玛尔特，马库斯和米丽娅姆，苏菲和纳撒尼尔。但我还是无法到达那个避风港。

我毅然不顾越来越强烈的恐慌感，在几百个选项当中寻找下一个可能的目的地。牛津？现代伦敦的黑衣修士地铁站？圣保罗大教堂？

我的手指再三回到时间的同一股经纬线上，它既不柔软，也不光滑，摸起来又粗又硬。我顺着这股扭曲的丝线向前移动，发现它根本不是线，而是一条看不见的树根。想通这一点后，我脚下一滑，被看不见的门槛绊了一跤，跌进了毕晓普家的起居室里。

家。我的膝盖和双手先着地，打结的丝线压在手掌和地板之间。经过几个世纪的打磨，数百只祖先的脚来回践踏，早已把宽阔的松木地板磨得极为平滑。触手就觉得熟悉，这是瞬息万变的世界中一个永恒不变的象征。我抬起头，期待在前厅那头看到阿姨们在等候。这么容易就找到了回麦迪逊的路，以至于我认为是她们在引导我们。但是，

毕晓普家里的空气静止而毫无生气，好像自从万圣节以来，就没有人来叨扰过它似的，甚至那些鬼魂好像也都不住在这里了。

马修跪在我旁边，手臂仍然挽着我的手臂，身上的肌肉在穿越时光的压力下不停颤抖。

“就只有我们吗？”我问。

他闻了闻房间里的气味。“是啊。”

就在他低声回答的瞬间，房子醒了过来，房间里的气氛眨眼间从平静死寂变成稠密不安。马修看着我微笑道：“你的头发。它又变了。”

我低头看去，发现我已经习惯了的草莓金卷发，变成了金里透红的丝滑直发，色泽更加明亮——就像我母亲的头发那样。

“一定是时光穿越造成的。”

房子嘎吱嘎吱地呻吟起来。我感觉它在积聚能量，准备爆发。

“只是我和马修。”

我的话有抚慰作用，但我的声音却带有奇怪的口音，还很刺耳。尽管如此，这栋房子还是认出了我，如释重负地松了口气。烟囱里涌出一阵清风，带来了甘菊和肉桂混合在一起的陌生香气。我扭头去看壁炉和它周围裂开的木质护壁板，然后迅速站了起来。

“那是什么鬼东西？”

一棵树从炉架下面长了出来。黑色的树干填满了烟囱，枝条钻进石头和周围的木板里。

“它很像从玛丽的蒸馏器里长出来的那棵树。”马修穿着黑丝绒马裤和绣花亚麻衬衫，蹲在壁炉旁边，用手指触摸嵌在树皮上的一小块银色物体。跟我一样，他的声音和现在的时光格格不入。

“看上去很像你的朝圣者徽章。”拉撒路棺材的轮廓依稀可辨。我也蹲下来，我的黑色连衣裙像只钟一样罩在地板上。

“我想就是它。这原来是一个圣水瓶，设计了两个镀金的凹洞装圣水。离开牛津前，我在其中一个凹洞里装满了我的血，另一个装满了你的血。”马修迎上我的目光，“我们的血那么接近，让我感觉我们好像永远都不会分开。”

“看起来这个圣水瓶似乎因为受热，一部分熔化了。如果圣水瓶里面是镀金的，就会有少许的水银随着血液一起流出来。”

“这么说，这棵树的成分跟玛丽的黛安娜之树是一样的。”马修抬头望着光秃秃的树枝。

甘菊和肉桂的气味变得更加浓郁。那棵树开始开花结果——但不是普通的花或果，树干上竟然冒出了一把钥匙和一张羊皮纸。

“那是手抄本里的一页。”马修取下那张纸道。

“那也就是说，那本书到了 21 世纪仍然是不完整的。我们在过去做的所有事情都没有改变这个事实。”我吸了一口气，让自己平稳下来。

“那么，《阿什莫尔 782 号》手抄本可能仍然很安全地藏在博德利图书馆。”马修低声说道，“这是一把车钥匙。”他把钥匙从树枝上摘了下来。几个月来，除了马匹和船只，我从未想到过其他任何交通工具。我从前面的窗户望出去，但外面并没有车辆在等着我们。马修也顺着我的目光往外看去。

“马库斯和哈米什一定会确保我们能按照计划前往塞图尔城堡，不用打电话向他们求助。他们可能在欧洲和美洲的所有地方都安排了车子，以防万一。但是，他们不会把车放在看得见的地方。”马修继续说道。

“这里没有车库。”

“啤酒花仓库。”马修的手不自觉地把钥匙放进屁股后面的口袋里，可是他的衣服没有这种便利的现代设计。

“他们会想到为我们准备衣服了吗？”我指着自己的绣花上衣和

大蓬裙。它们上面还沾着16世纪牛津土路上的灰尘。

“我们来找找看吧。”马修拿着钥匙和《阿什莫尔782号》手抄本的那张书页，走进家庭活动室和厨房。

“还是棕色的。”我看着格子花纹的墙纸和老旧的冰箱说道。

“还是我们的家。”马修说着，把我搂进他的臂弯里。

“没有埃姆和萨拉，这就不是家。”和那个环绕我们好几个月、塞满东西的家相比，我们在现代的这个家显得脆弱，人口也很稀少。在这里，遇到有暴风雨的午后，我不能和玛丽·西德尼讨论我的麻烦；苏珊娜或艾尔索普奶奶也不会下午来串门喝酒，帮我完善新编的魔咒；没有安妮愉快地帮我脱下紧身胸衣和裙子；也没有“拖把”在我脚下打转，也没有杰克。如果我们需要帮助，也找不到不提问，不迟疑，冲过来帮忙的亨利·珀西。我揽住马修的腰，借此确定他仍然牢靠，可以依赖。

“你会一直想念他们的。”他猜到了我的心境，柔声说道，“但想念的痛苦会被时间冲淡的。”

“我开始觉得自己越来越像个吸血鬼，而不是女巫了。”我伤心地说，“太多的告别，太多值得怀念的心爱的人。”我瞥见墙上的日历只撕到11月，指给马修看。

“从去年起就没有人来过这里，可能吗？”他既困惑又担心。

“一定发生了什么事。”我说着，伸手去拿电话。

“别。”马修说，“圣会可能正在监视我们的电话或这间屋子。我们现在应该去塞图尔城堡。不管我们离开了几个小时，还是几年，那里才是我们需要去的地方。”

我们在烘干机的上面找到了我们的现代衣服，塞在一个枕头套里，避免落灰。马修的公文包整齐地放在衣服旁边。我们离开后，至少埃姆来过这里，其他人不会考虑到这些细节。我把我们伊丽莎白时代的衣服用布包起来，实在很不愿意放弃这些前世生活的具体证据，于是把它们夹在腋下，像两个长了肿块的足球。马修把《阿什莫尔 782 号》手抄本中的那页纸放进他的皮包里，牢牢锁上。

我们离开这个房子之前，马修扫视了一遍果园和田野，锐利的眼睛对所有可能出现的危险都充满警戒。我也用我女巫的第三只眼，把这个地方扫视了一遍，但房子外面似乎没有什么人。我看见果园地下的水,听到树上猫头鹰的声音,尝到薄雾中夏日甜美的空气,如此而已。

“走吧。”马修说着，接过一包衣服，拉着我的手。我们穿过开阔的空间，走向啤酒花仓库。马修用全身的力量抵着滑动门，用力推了一下，但它一动不动。

“萨拉施了魔咒。”我看得见，它透过木头的纹理，缠绕在门把手上。“还是一个很好的魔咒。”

“好到无法破解？”马修担忧地抿紧嘴唇。我一点也不惊讶他会担心，因为上次我们在这里的时候，我连万圣节的南瓜灯都点不亮。我找到关门咒松散的线头，咧嘴而笑。

“没有打结。萨拉很厉害，但她不是编织者。”我把从伊丽莎白时代带回来的丝线，塞进紧身裤的腰带里。我把它们取出来，绿色和棕色的丝线立刻从我手中延伸出去，搭上萨拉的魔咒，解开我阿姨设在门上的禁制，速度比我们的神偷杰克大师还要快。

萨拉的本田车就停在这个仓库里。

“见鬼了，我们怎样才能把你塞进这辆小车里呢？”我问道。

“我来想办法。”马修说着，把我们的衣服扔到了后座上。他把公文包递给我，蜷缩着坐到前排座位上。打了几次火之后，这辆车终于启动了。

“接下来去哪里？”我系上了安全带，问道。

“雪城，然后是蒙特利尔，最后是阿姆斯特丹，我在那里有一栋房子。”马修开动车子，静静地开进田野里。“如果有人在找我们，他们应该会去纽约、伦敦或巴黎。”

“我们没有护照。”我说。

“看看脚垫下面。马库斯应该会让萨拉把护照放在那里的。”他说。我掀开肮脏的脚垫，看到了马修的法国护照和我的美国护照。

“为什么你的护照不是酒红色的？”我把它们从塑胶密封袋（这是埃姆另一个细心之处）里拿出来问道。

“因为这是外交护照。”他开上外面的道路，打开了前灯。“你应该也有一份。”

我的法国外交护照夹在那本普通的美国护照里面，上面写着黛安娜·克莱蒙，而且注明了我和马修的婚姻关系。马库斯用了什么方法不损坏原件而成功复制我的照片，那就只有天知道了。

“你现在还在做间谍？”我有气无力地问。

“不是。这就跟坐直升机一样。”他笑着回答，“不过是克莱蒙家的另一种特别待遇罢了。”

我以黛安娜·毕晓普的身份离开雪城，第二天到达欧洲时，就变成了黛安娜·克莱蒙。马修在阿姆斯特丹的房子原来是一座 17 世纪的别墅，坐落在绅士运河沿岸最美丽的地段。马修解释说，1605 年他一离开苏格兰就买了这幢别墅。

我们停留在那里的时间刚够淋浴和换衣服。我继续穿我在麦迪逊就穿上的那件紧身裤，只换了一件马修的衬衫。虽然报纸上说现在已经是 6 月下旬，他还是穿上了自己经常穿的那件灰黑二色的开司米羊毛衫。看不到他的腿，感觉很奇怪。我已经习惯看着它们露在外面了。

“这看起来像一桩公平交易。”马修评论道，“除了私底下在我们的卧室中，我有好几个月都没看过你的腿了。”

当马修发现自己心爱的路虎揽胜并不在地下车库，差点心脏病发作。我们只看到了一辆海蓝色软顶跑车。

“我要杀了他。”马修看到这辆低底盘的车时说。他用房子的钥匙打开了一个固定在墙上的金属盒。盒里面有另一把钥匙和一张纸条：“欢迎回家。没人想到你会开这种车。这辆车很安全，也很快。嗨，黛安娜。M。”

“这是什么？”我看着那些安装在超炫的铬钢仪表板上的飞机式刻度盘。

“世爵跑车[①]。马库斯专门收集以蛛形纲动物命名的车。”马修开启车门，它们像喷气式战斗机的机翼那样向两边展开。他咒骂一声：“这是能想象到的最醒目的车了。”

我们只开到比利时，马修就把这辆车开到一家汽车经销商，把马库斯的车钥匙交上去，换了一辆更大的车，但这辆车开起来比较无趣。我们开着这辆笨重的、方盒子似的汽车，平安进入法国。几个小时之后，我们开始沿着奥弗涅的登山道路，缓缓前往塞图尔城堡。

隔着树林，不时瞥见城堡的影子——带粉红色泽的灰色岩石，塔上黝黑的窗户。我禁不住拿现在的城堡和附近的村庄跟我上次在1590年看到它们的印象做比较。这一次，没有如灰色帷幕笼罩在圣吕西安上空的烟雾。远处传来了一阵铃声，我扭头看去，以为能看到那群我相熟的小山羊回家吃晚餐。这一次，不会有皮埃尔拿着火把跑出来接我们了，也不会有元帅在厨房里把野鸡的头一一剁下，为了喂饱温血人和吸血鬼，把新鲜的野味做最有效率的处理。

菲利普也不会在这里，因此不会有大呼小叫的欢笑声，也不会有

---

① 即Spyker Spyder，Spyder和spider（蜘蛛）同音。

人引用欧里庇得斯的话对人性的弱点进行一针见血的评论，也不会有人对我们回到现代社会后遇到的问题发表深刻的见解。要经过多长时间，我才不会想要打起精神，准备面对菲利普进入一个房间之前那种呼啸而来的气势与咆哮呢？想到我的公公,我不禁心痛。他这样的英雄，在这个残酷无情的快节奏现代世界里，是完全无用武之地的。

“你在想我的父亲。”马修小声说。吸血鬼吸血和女巫之吻的沉默仪式，加强了我们揣度对方想法的能力。

“你也一样。”我说。自从我们越过法国边境，他就开始沉浸在思念中。

“从他去世那天起，我就觉得塞图尔城堡很空虚。它曾是我的避难所，却没给我带来一丝安慰。”马修抬头望着城堡，然后又回到前方的道路上。空气因责任感和父子传承的压力，变得沉重起来。

“或许这次会不一样。萨拉和埃姆在那里，马库斯也在那里，更别说还有苏菲和纳撒尼尔了。菲利普也会在那里，如果我们学会把心思放在他的精神，而不是实体的有无上。”在每一个房间的阴影里，在墙壁上的每一块石头里，都可以找到他。我仔细打量我丈夫那严肃而俊美的脸庞，更加理解了经验和痛苦是如何塑造这张脸的。我一只手弯曲着放在腹部，另一只手伸过去找他的手，给出他目前迫切需要的安慰。

他抓住我的手，紧紧地握着，然后松开，我们好长一段时间都没说话。但是不久我的手指就默默地在自己的大腿上留下不耐烦的印记，好几次我都想打开汽车的天窗，飞到城堡大门口。

“不准那样做。”马修咧嘴一笑，减弱了声音中警告的语气。趁他在一个急转弯处换排挡时，我回了他一个微笑。

“那就开快点。”我几乎控制不住自己，但速度表保持不动，无视我的哀求。我不耐烦地抱怨道：“我们应该继续开马库斯的车。”

“耐心点，马上就到了。”**我绝不会加快速度**。马修再次换到低速挡时想道。

“还记得苏菲怀孕的时候，她是怎么评价纳撒尼尔的开车技术吗？‘他开车就像个老奶奶。’”

“想象一下，假如纳撒尼尔**真是**个老奶奶——一个像我一样几百岁的老人——他会怎么开车。有生之年，只要你坐在车里，我都会这么开车的。”他再一次握起我的手，把它凑到自己的唇边。

“双手握好方向盘吧，老奶奶。”我开玩笑时，我们已经转过了最后一个弯道，前方是平直的路，一片胡桃树林挡在我们和城堡的大院之间。

快点，我无声地祈求。我定睛看着遥遥在望的马修的塔。车减慢速度的时候，我困惑地看着他。

“他们一直在等着我们。”他把头凑到挡风玻璃面前，解释道。

苏菲、伊莎波和萨拉都在等我们，一动不动，站在路中央。

精灵、吸血鬼、女巫——还多了一个。伊莎波怀里抱着一个婴儿。我看见她浓密的褐色头发和胖嘟嘟的长腿。这个婴儿一只手紧紧揪着吸血鬼的一缕蜜黄色头发，另一只手专横地指着我们的方向。当婴儿的眼神集中在我身上时，我感到一阵微弱但不容否认的刺痛感。苏菲和纳撒尼尔的孩子是一个巫师，就像她预言的那样。

马修还没来得及把车停稳，我就解开安全带，打开车门，快步跑过去，泪如泉涌。萨拉跑过来，把我搂进熟悉的羊毛和法兰绒的怀抱，用天仙子和香子兰的香味包围着我。

家，我想道。

“很高兴你们安全回来了。”她激动地说。

靠在萨拉肩上，我看着苏菲温柔地从伊莎波怀抱里接过宝宝。马修母亲的表情神秘莫测，但依然那么漂亮，只有嘴唇周围绷紧的线条泄露她交出孩子时情绪是多么激动。马修也有这种肌肉紧绷的特征。他们在外形上如此相似，似乎不能单纯用伊莎波用自己的血把马修变成吸血鬼这种方法来解释。

我挣脱萨拉的怀抱，转向伊莎波。

“我本来还不确定你们会回来。你们离开了那么久。后来，玛格丽特要求我们把她带到路上，我才终于相信你们能经过千难万阻，平安回到我们的身边。”伊莎波在我脸上搜寻一些我还没有告诉她的信息。

“我们现在回来了，不走了。”她漫长的一生中失去的东西已经够多的了。我轻轻亲吻她的一侧脸颊，接着是另一侧。

“好。”她喃喃低语，如释重负，“你们回来，我们所有人都很高兴——不只是玛格丽特。”小宝宝听到自己的名字，反复说着“D-d-d-d”，挥舞手脚，像个打蛋器一样，想接近我。“聪明的女孩。”伊莎波赞许地说，先拍了拍玛格丽特的脑袋，又摸摸苏菲的头。

“你想抱抱自己的教女吗？”苏菲问。虽然她眼睛里含着泪水，但脸上还是挂着大大的笑容。

“想。”我把婴儿抱到了怀里，亲了一下苏菲的脸颊算是交换。

“你好啊，玛格丽特。”我吸入宝宝身上的香味，小声说道。

“D-d-d-d。”玛格丽特抓住我的一绺头发，捏在拳头里摇来摇去。

“你真是一个小麻烦。”我笑着说。她用小脚踢着我的肋骨，咕哝着表示抗议。

“虽然她是双鱼座，但跟她父亲一样固执。”苏菲平静地说，“举行仪式时，萨拉代替了你。阿加莎原来也在这里，但现在不在，不过我觉得她很快就会回来。她和玛尔特做了一个特别的蛋糕，周围有一条一条的糖。真是太好看了。玛格丽特的衣服也很漂亮。你的声音变了——好像在国外待了很长时间一样。我喜欢你的发型，和以前也不一样了。你饿了吗？”苏菲的话杂乱无章地从嘴巴里涌出来，就像汤姆和杰克一样。虽然被家人环绕，我却不由得想念起失去的那些朋友。

我亲了一下玛格丽特的额头，把她还给她母亲。马修仍然站在路虎揽胜敞开的车门后面，一只脚踩在车里，另一只脚踏在奥弗涅的土地上，好像他不确定我们是否应该来这里似的。

“埃姆在哪里？”我问。萨拉和伊莎波交换了一下眼神。

“所有人都在城堡里面等着你们。我们走路回去吧。”伊莎波建议道，“车就放在这里。有人会来把它开走的。你一定想伸展伸展腿脚了吧。”

我一只胳膊搂着萨拉，走了几步。马修在哪里？我回过身，伸出另一只手。*回到你的家人中来*，当我们的目光相遇时，我心里默默说道。*跟爱你的人们待在一起*。

他微笑起来，我的心跳了一下作为回应。

伊莎波惊讶地发出嘶嘶声，声音飘浮在夏日的微风中，不像是低语声。“心跳，你的……另外还有两个？”她美丽的绿色眼睛飞快转到我的小腹上，两颗小红点在眼中涌现，膨胀，摇摇欲坠。伊莎波难以置信地看着马修。他点了点头，他母亲的血泪终于成形，沿着脸颊滑落。

“我的家族有双胞胎遗传。”我解释道。马修在阿姆斯特丹察觉到了第二个心跳，就在我们坐进马库斯的世爵车之前。

“我家里也是。”伊莎波小声说，“这么说，苏菲在梦里看到的就是真的了？你怀了孩子——马修的孩子？”

“是孩子们。”我看着她脸上慢慢流下的血泪说。

“那么，这是一个新的开始。”萨拉说着，把泪水擦掉。伊莎波朝我阿姨发出一个苦涩而甜美的微笑。

“关于开始，菲利普有一句最喜欢的名言，非常古老。是哪句话来着，马修？”伊莎波问他的儿子。

马修终于完全离开了那辆车，好像他原来被某种魔咒束缚着，现在才终于条件具备，破解了魔咒。他走了几步，来到我旁边，轻轻地吻了吻他母亲的脸颊，然后伸手握住了我的手。

“‘每一个结束都是一个新的开始。’”[①]马修眺望着他父亲的这片土地，仿佛这一刻才终于回到家了。

“‘每一个结束都是一个新的开始。’”

① 原文为拉丁语 Omni fine initium novum。

42

1593年5月30日

安妮把黛安娜的小雕像拿到哈伯德神父那里，正如马洛老爷强迫她承诺的那样。看到它躺在那个血族的掌心，她忽然心头一紧。这尊小雕像总是让她想起黛安娜·罗伊登。即使如今离她的女主人突然离开已经过去两年，安妮仍然想念着她。

“他没说别的什么吗？”哈伯德问道，把小雕像转来转去。女猎人的箭映着光线闪烁，好像即将要射出。

“没有，神父。他今早出发前往德特福德之前，命令我把这个带给您。马洛老爷说您知道必须要做什么。”

哈伯德留意到细长的箭筒里塞了一张纸条，卷起来和女神备用的箭装在一起。“把你的别针给我一根，安妮。”

安妮从紧身上衣上取下一根别针，带着困惑的表情递给他。哈伯德拿针尖钩住那张纸，小心翼翼地把它抽出来。

哈伯德读完那张纸条，眉头紧蹙，摇了摇头。“可怜的克里斯托弗，他永远是上帝迷途的孩子。”

“马洛老爷不回来了吗？”安妮强忍着没有发出如释重负的一小口气。她从来就不喜欢这个剧作家，自从格林威治宫比武场发生那件可怕的事之后，她对他的评价就没有提升过。自从她的男主人和女主人不告而别，没有留下去向，马洛的心情就从忧郁变成绝望，甚至更加阴暗。安妮确定有朝一日那黑暗会把他完全吞噬。她得确定那不会牵扯到她。

“不回来了，安妮。上帝告诉我，马洛先生已经离开这个世界，到下一个世界去了。我祈祷他能在那里找到平静，因为他今生并没有找到。”哈伯德看了这个女孩一会儿。她已经出落成一个楚楚动人的少女，或许她能治好威尔·莎士比亚喜欢勾搭别人老婆的毛病。“但你不用担心，罗伊登夫人嘱咐我要把你看作自己的女儿。我会照顾自己的孩子，你会有一个新主人的。”

“是谁呀，神父？”无论哈伯德神父给她提供什么工作，她都必须接受。罗伊登夫人已经明确告诉她，在伊斯灵顿[1]，成为一个独立自主的女裁缝需要多少资金。要凑齐那么一大笔钱，必须花时间，还要节俭。

“是莎士比亚老爷。现在你能读会写，是一个有价值的女人，安妮。你在工作上能帮到他。”哈伯德看着手中的纸条。他很想把这张纸条跟从布拉格寄给他的包裹放在一起保存，那包裹是通过荷兰吸血鬼建立的一个庞大网络送过来的。那个网络由邮差和商人组成。

哈伯德仍然不确定爱德华·凯利为什么要把那张奇怪的龙画寄给他。爱德华是一个阴险狡诈的生物，而且哈伯德无法苟同他认为公然通奸或偷窃毫无不妥的道德标准。在家族的牺牲仪式上吸他的血，变成了一件苦差事，失去了平常的乐趣。但是在吸血的过程中，哈伯德看透了凯利的灵魂，不想让他待在伦敦城里，所以就把他打发到莫特莱克。这样一来，迪伊就不再没完没了地缠着他要学魔法了。

但是，马洛既然要把这尊小雕像送给安妮，哈伯德就不好违反一

① 伦敦的一个区。

个将死之人的心愿了。他把小雕像和纸条递给安妮。“你一定要把这些交给你的阿姨诺曼夫人，她会替你保管好的。这张纸可以当作是马洛先生的另一件纪念品。”

“好的，哈伯德神父。”安妮说，虽然她很想卖掉这件银制品，把卖得的钱放进她的袜子里。

安妮离开安德鲁·哈伯德主事的教堂，沿着街道朝威尔·莎士比亚的房子慢慢走去。他不像马洛那样反复无常，虽然主人的朋友们总是动不动就嘲笑他，但罗伊登夫人说起他时总是带着敬意。

她很快就在这位剧作家的家中安顿下来，她的心情也一天天好起来。马洛惨死的消息传到他们这里，不过这消息只是证明了她能摆脱他是多么幸运。莎士比亚也大为震惊，有天晚上还多喝了几杯，引起节庆典礼官[①]的注意，但莎士比亚给出的解释令人满意，现在一切都恢复了常态。

安妮在清理窗户上的污垢，好让她的主人阅读时有更好的采光。她把抹布蘸进清水里，忽然一小片卷曲的纸条从她的口袋里掉出来，随着敞开的窗户吹进来的一阵微风起舞。

“那是什么，安妮？”莎士比亚用鹅毛笔羽毛的那一头指着纸条，怀疑地问道。这个女孩曾做过基特·马洛的仆人，她可能在向他的对手们传递情报。他可不能让自己用来争取赞助的最新创作走漏风声。所有的剧院都因为瘟疫歇业了，维持生计是一大挑战。《维纳斯和阿多尼斯》[②]会获得成功——如果没人偷走他的创意的话。

“没什么，莎士比亚老、老爷。”安妮有点结巴，弯下腰去捡那张纸条。

---

① 负责督办王室的庆祝活动，也负责剧本审查、检查剧场工作人员是否生活不检点等工作。

② 莎士比亚的一篇叙事长诗。

“既然没什么，那就拿过来。”他命令道。莎士比亚一拿到纸条，就认出上面那独特的笔迹。他后颈上的汗毛都竖了起来。这是一个死去的人写的留言。

“马洛什么时候把这个交给你的？”莎士比亚的声音很严厉。

“他没有交给我，莎士比亚老爷。”跟往常一样，安妮不会说谎。安妮几乎没有什么别的女巫特征，但她拥有诚实的品质。“它被藏了起来。哈伯德神父发现后交给我的。他说给我留作纪念。”

“你是在马洛死后发现这个的吗？”随着兴趣上涌，莎士比亚后颈上的刺痛感消失了。

“是的。”安妮小声说。

“那我替你保管，这样比较安全。”

“当然可以。”安妮看着克里斯托弗·马洛的遗言消失在她新主人的掌中，眼中闪过一抹担忧。

“忙你的事情去吧，安妮。”莎士比亚一直等到他的女佣离开去拿更多的破布和水，才细看纸上那几行字。

黑色是失去真爱的标志。
是精灵的颜色，
和夜的影子。

莎士比亚叹了口气。基特的格律在他看来毫无意义。他的忧郁和病态幻想在这个悲伤的年头显得不合时宜。它们会让观众不安，再说伦敦的亡灵已经够多的了。他转动手中的鹅毛笔。

失去真爱。才怪。莎士比亚嗤之以鼻。他已经受够了真爱，但是花钱看戏的观众似乎从不厌倦。他把这几个字抹掉，换上一个单音节词，一个更能准确表达他感觉的词。

精灵。基特的《浮士德》大获成功，现在仍然让他感觉不快。莎士比亚不会描写超自然生物，更善于写受命运摆布的有缺陷的人类。有时候他自觉可以编出一个精彩的鬼故事，比如一个含冤而亡的父亲亡灵缠着自己的儿子。莎士比亚打了一个寒噤。假如他的父亲约翰·莎士比亚在末日审判后，上帝讨厌他而不让他上天堂，他会变成一个可怕的幽灵。他删掉那个讨厌的词，另选了一个。

夜的影子。它是这首诗的结尾，没有韵律，软弱无力，太容易被预测出来——缺乏创意的乔治·查普曼可能会这么做。但是，改成哪个字才更好呢？他又涂掉一个词，在它上面写了个“**怒容**”。**夜的怒容**。这还是不够好。他又把这个词划掉，写上了“**袖子**”，这个词一样糟糕。

莎士比亚漫不经心地思考着马洛和他朋友们的命运，他们现在都像影子一样虚无缥缈。亨利·珀西难得享有历久不衰的王室恩宠，一直在宫廷里任职。雷利秘密结婚，失去女王的宠爱，被罚到多塞特郡定居，女王希望他从此被人遗忘。哈里奥特隐居在某个地方，想必不是在埋头研究一个数学难题，就是像个失心疯的罗宾·古德非罗[①]一样盯着天空。有传闻说，查普曼在低地国家为塞西尔执行某项任务，而且还在写一首关于女巫的长诗。马洛最近在德特福德被人谋杀了，有人说那是暗杀。或许那个奇怪的威尔士人了解内情，因为他曾和马洛一起去过那家酒馆。罗伊登——莎士比亚见过的唯一一个真正强大的男人——和他神秘的妻子在1591年夏天双双消失了，此后也没有人见过他们。

马洛人际圈里的人，莎士比亚还会定时听到消息的人就是那个高大的苏格兰人了，他叫加洛格拉斯。他没有仆人应该有的样子，反而更像一个王公贵族，还经常讲许多关于仙女和精灵的奇妙故事。多亏

① 英国传说中的著名精灵，喜欢搞恶作剧。

了加洛格拉斯长期的雇用，莎士比亚才会有一个栖身之所。加洛格拉斯似乎永远都需要用到莎士比亚伪造文书的才能。他付出的酬劳也很高——尤其当他想让莎士比亚模仿罗伊登的笔迹在某本书的空白处写字，或者写一封带有罗伊登签名的信。

都是些什么人啊，莎士比亚想。叛徒、无神论者，还有罪犯，物以类聚啊。他的笔悬在纸上犹豫。莎士比亚又写下一个字，这个字写得很果断，笔画粗大，墨汁浓黑。他往后一靠，端详起他的新诗来。

黑色是地狱的徽章，
地牢的颜色和黑夜的学校。

这就看不出来是马洛的作品了。莎士比亚的才能就像炼金术，把死者的想法修改得适合普通伦敦人欣赏，不再是罗伊登那类危险分子会喜欢的风格。这也不过花了几分钟而已。

莎士比亚大笔一挥，改变了过去，也改变了未来，没有一丝悔意。马洛在世界舞台上的表演结束了，但莎士比亚才刚刚登台。记忆是短暂的，历史是无情的。世界就是这样。

莎士比亚满意地把这片纸放进书桌一角，放进一摞类似的纸片里，上面压着一块狗骨头。总有一天，这几句小诗会派上用场。然后他又重新思考起来。

或许，他划掉“失去真爱”太过轻率了。那里面蕴含着潜力——一种未曾实现、等待某个人去挖掘的潜力。莎士比亚拿起一张小纸片，这是上次安妮给他看肉铺的账单后，他出于不怎么热衷的省钱打算，从没有写满的纸上裁下来的。

“*爱的徒劳*。”他用大的字体写道。

是的，莎士比亚沉思着，哪天一定会把它派上用场。

附　录

书中人物

The People of the Book

（标星号的是历史学家承认的人物）

第一部分：伍德斯托克：旧馆

黛安娜·毕晓普：女巫

马修·克莱蒙：化名*罗伊登，吸血鬼

*克里斯托弗·马洛：精灵，剧作家

弗朗索瓦丝和皮埃尔：均为吸血鬼，仆人

*乔治·查普曼：稍有名气的作家，没有赞助者

*托马斯·哈里奥特：精灵，天文学家

*亨利·珀西：诺森伯兰勋爵

*沃尔特·雷利爵士：探险家

约瑟夫·比德韦尔：父子同名，均为鞋匠

萨默斯师傅：手套工匠

比顿寡妇：一个狡猾的妇人

丹福思先生：牧师

伊弗雷师傅：另一个手套工匠

加洛格拉斯：吸血鬼，雇佣兵

* 戴维·加姆：又叫汉考克，吸血鬼，加洛格拉斯的同伴，威尔士人

第二部分：塞图尔城堡及圣吕西安村

* 茹瓦约斯大主教：圣米歇尔山的一个访客

阿兰：克莱蒙家的吸血鬼仆人

菲利普·克莱蒙：吸血鬼，塞图尔城堡的堡主

元帅：一个厨师

卡特里内、热埃娜、托马斯、艾蒂安：均为仆人

玛丽：做礼服的女裁缝

安德烈·尚皮耶：来自里昂的男巫

第三部分：伦敦：黑衣修士区

* 罗伯特·霍利：鞋匠

* 玛格丽特·霍利：鞋匠的妻子

* 玛丽·西德尼：彭布罗克伯爵夫人

琼：彭布罗克伯爵夫人的女仆

* 尼古拉斯·希利亚德：画师

普赖尔师傅：馅饼店店主

* 理查德·菲尔德：印刷商

* 杰奎琳·沃特利耶·菲尔德：印刷商的妻子

* 约翰·钱德勒：巴比肯十字架附近的药剂师

阿芒·科纳和伦纳德·肖迪奇：吸血鬼

哈伯德神父：伦敦的吸血鬼之王

安妮·地窖：年轻女巫，懂一些技巧，没有法力

* 苏珊娜·诺曼：接生婆，女巫

约翰和杰弗里·诺曼：苏珊娜·诺曼的两个儿子

艾尔索普奶奶：圣詹姆斯大蒜区的风巫

凯瑟琳·斯特里特：火巫

伊丽莎白·杰克逊：水巫

玛乔丽·库珀：土巫

杰克·黑衣修士：手脚灵活的孤儿

* 约翰·迪伊博士：拥有大量私人藏书的学者

* 简·迪伊：博士的爱抱怨的妻子

* 威廉·塞西尔：伯利勋爵，英格兰财政大臣

* 罗伯特·德弗罗：埃塞克斯伯爵

* 伊丽莎白一世：英格兰女王

* 伊丽莎白（贝丝）·思罗克莫顿：女王的女仆

第四部分：帝国：布拉格

卡罗利娜和特雷莎：吸血鬼仆人

* 塔代亚斯·哈耶克：御医

* 奥塔维奥·斯特拉达：皇家图书馆馆长，历史学家

* 鲁道夫二世：神圣罗马帝国皇帝兼波西米亚国王

胡贝尔夫人：奥地利人。罗西小姐：意大利人。住在小城区的女人

* 约里斯·赫夫纳格尔：艺术家

* 伊拉斯谟·哈伯梅尔：制造数学仪器的工匠

* 米塞罗尼先生：宝石雕刻工匠

* 帕塞蒂先生：皇帝的舞蹈教师

* 乔安娜·凯利：远离家乡的妇人

* 爱德华·凯利：精灵，炼金术士

* 犹大·罗乌拉比：智者

海乌姆的亚伯拉罕·本·以利亚：有一个困扰的男巫

* 大卫·甘斯：天文学家

富克斯先生：吸血鬼

* 梅尔基奥·梅塞尔：犹太区的富商

罗贝罗：一只匈牙利犬，有时被错认为是“拖把”，或许是一只可蒙犬。

* 约翰内斯·皮斯托瑞斯：男巫，神学家

第五部分：伦敦黑衣修士区

* 威廉·斯拉瓦塔：一位非常年轻的大使

路易莎·克莱蒙：吸血鬼，马修·克莱蒙的姐姐

* 斯莱福特先生：收容可怜人的疯人院的管理员

史蒂芬·普罗克特：男巫

丽贝卡·怀特：女巫

布里奇特·怀特：丽贝卡的女儿

第六部分：新世界，旧世界

萨拉・毕晓普：女巫，黛安娜・毕晓普的阿姨

伊莎波・克莱蒙：吸血鬼，马修・克莱蒙的母亲

苏菲・诺曼：精灵

玛格丽特・威尔逊：女巫，苏菲的女儿。

其他时代的人物

丽玛・哈恩：塞维利亚的图书管理员

埃米莉・马瑟：女巫，萨拉・毕晓普的伴侣

玛尔特：伊莎波・克莱蒙的女管家

菲比・泰勒：端庄漂亮，懂艺术

马库斯・惠特莫尔：马修・克莱蒙的儿子，吸血鬼

韦兰・克莱蒙：吸血鬼

恩斯特・诺伊曼：韦兰的丈夫

彼得・诺克斯：男巫，圣会成员

帕维尔・斯科瓦伊萨：图书馆馆员

*康塔尔省欧里亚克的热尔贝：吸血鬼，彼得・诺克斯的盟友

*威廉・莎士比亚：抄写员，伪造文书的高手，也写剧本

致 谢

Acknowledgments

这本书得以问世，得到了很多人的帮助。

首先要感谢对我总是很温柔、总是直言相告的第一批读者：凯拉、弗兰、吉尔、卡伦、丽莎和奥利芙。还要特别感谢玛吉。当我在为最后一稿奋斗的时候，她宣称自己很无聊，于是就用她敏锐的作家眼光阅读手稿。

我的编辑卡罗尔·德桑蒂在我的写作过程中扮演了助产士的角色，指出每一具尸体埋葬的位置（千真万确）。谢谢您，卡罗尔，总是准备好削尖的铅笔和同情的耳朵，对我施以援手。

维京出版社的优秀团队像使用了炼金术一般，将堆积如山的打字稿变成漂亮的书，并持续用他们的热忱和专业素养带给我惊喜。特别感谢我的文字编辑莫琳·萨格登，她目光之锐利堪比奥古丝塔。还要感谢我世界各地的出版商，谢谢你们为了把黛安娜和马修介绍给新读者所做的（还有接下来要做的）一切。

我的文学经纪人，弗朗西斯·戈尔丁文学经纪公司的萨姆·斯托洛夫，一直是我最坚定的支持者。萨姆，谢谢你为我提供新的观点并分担各种使我能继续写作的幕后工作。同样要感谢我的影视代理人，创新艺术经纪公司的里奇·格林，即使在最具挑战性的情况下，他仍然提供源源不断的建议和幽默。

我的助理吉尔·霍夫，在过去的一整年里用火龙般的凶悍捍卫着我的时间和心智。没有她的帮助，我一定写不完这本书。

丽莎·哈尔图宁再次整理手稿。虽然她交代的那些语法规则，我恐怕永远都摸不清头绪，但我永远感激她这次愿意继续修正我的句子和标点。

帕特里克·怀曼对迂回曲折的中世纪史和军事史提供了深刻见解，使角色——以及故事情节——出现意外的转折。虽然卡罗尔知道尸体的埋葬位置，但帕特里克却知道该怎么到达那些位置。谢谢你，帕特里克，帮我用新的眼光看待加洛格拉斯、马修，尤其是菲利普。还要感谢克里奥帕特拉·科姆尼奥斯解答我关于希腊语的疑问。

我还要对帕萨迪纳射箭场的射手们表示感谢，他们帮我了解把一支箭射中目标有多么困难。航空培训公司的斯科特·蒂蒙斯给我介绍了他在加州泰瑞尼景区饲养的其他美丽猛禽。千橡市苹果零售店的安德鲁在我写作的关键时期，让我的电脑系统——还有这本书——避免崩溃，从而挽救了我。

本书题献给把我收为研究生的历史学家莱西·鲍德温·史密斯。他对英格兰都铎王朝的激情启发过成千上万的学生。每当他提起亨利八世或他的女儿伊丽莎白一世，总像是和他们刚刚一起吃过午餐。有一次他给我一张简短的史实清单，让我想象，如果由我编写一部编年史，或圣徒传记，或中世纪罗曼史，我会如何处理这些材料。他在我写的一个非常短的故事末尾写道：**“接下来会发生什么事？你应该考虑写一部小说。”**也许，万众之灵三部曲的想法就是在那个时候萌生的。

最后，也是最重要的，我要对我长期以来受苦受难的亲朋好友（请对号入座吧！）表达诚挚的谢意。当我隐遁到1590年的时候，他们几乎见不到我的人了。现在，我返回现世，他们都大表欢迎。